Das Geheimnis der Monduhr

AMANDA BROOKE

Das Geheimnis der Monduhr

Roman

Aus dem Englischen von
Annette Wetzel

Weltbild

Die englische Originalausgabe erschien 2012 unter dem Titel
Yesterday's Sun bei Harper Collins, London.

Besuchen Sie uns im Internet:
www.weltbild.de

Genehmigte Lizenzausgabe für Verlagsgruppe Weltbild GmbH,
Steinerne Furt, 86167 Augsburg

Übersetzung: Annette Wetzel
Umschlaggestaltung: bürosüd°, München
Umschlagmotiv: plainpicture, Hamburg (© whatapicture)
Gesamtherstellung: CPI – Clausen & Bosse, Leck
Printed in the EU
ISBN 978-3-86365-146-6

2015 2014 2013 2012
Die letzte Jahreszahl gibt die aktuelle Lizenzausgabe an.

PROLOG

Die Zeiger der Uhr schoben sich übereinander, für den flüchtigen und unaufhaltsamen Augenblick, der einen Tag vom anderen trennt. Holly lag im Bett und strich zärtlich über ihren gewölbten Bauch, versuchte, das ungeborene Kind vor den Panikattacken zu schützen, die sie so regelmäßig überkamen, wie die Zeiger auf der Uhr vorrückten.

Es kostete sie beträchtliche Mühe, sich vom Rücken auf die Seite zu wälzen. Behutsam und ohne das übliche Ächzen und Stöhnen schob sie ihren dicken Bauch zu Tom hin, der von ihr abgewandt leise schnarchte. Holly kuschelte sich näher an ihn, bis sie das vertraute Kitzeln seiner widerspenstigen Locken an der Nase spürte, und sog gierig seinen warmen, wohligen Duft ein.

»Ich liebe dich«, flüsterte sie kaum hörbar. So viele Nächte schon hatte sie wach neben ihm gelegen und dem Drang widerstanden, ihr Schweigen zu brechen und ihm zu sagen, dass der Tag, an dem sie ihn verlassen würde, immer näher rückte.

»Heute ist es so weit«, wisperte sie. »Du wirst Vater. Und ein ganz fantastischer sogar. Aber es wird nicht einfach sein. Du wirst bezweifeln, ob du die Kraft hast, unsere Tochter allein großzuziehen, aber die hast du. Du wirst böse auf mich sein, weil ich euch beide allein lasse, doch irgendwann wirst du verstehen, warum. Eines Tages siehst du deine Tochter an und weißt, was ich weiß – dass sich das Opfer gelohnt hat.«

Tom bewegte sich unruhig im Schlaf, und sie hielt die Luft an. Sie durfte ihn nicht wecken, noch nicht. Sie versuchte, sich zu rechtfertigen, wollte aber nicht, dass er sie hörte. Das war einer der letzten offenen Punkte auf ihrer Liste. Das und die Geburt natürlich.

Holly hatte sich die letzten beiden Monate auf die Ankunft ihrer Tochter vorbereitet und, was genauso wichtig war, auf den Abschied von beiden. Tom liebte Hollys Leidenschaft für Pläne, eine Besessenheit, die fast ans Neurotische grenzte, aber selbst er wäre bestürzt, wenn er wüsste, wie gut sie auf diesen Tag vorbereitet war. Doch wie sollte sie sonst in Frieden sterben?

»Ich liebe dich«, wiederholte Holly. Eine Träne lief ihr über die Wange. Das Wissen, was mit ihr geschehen würde, belastete sie mehr als das Kind in ihrem Bauch. »Es tut mir leid, dass ich es dir nicht gesagt habe, nicht sagen konnte. Für mich ist die Situation schon schrecklich genug, aber du wärst daran verzweifelt. Ich habe mir die Entscheidung nicht leichtgemacht und dabei die bittere Erfahrung machen müssen, dass die beste Entscheidung nicht unbedingt die naheliegende ist. Und ich habe noch mehr gelernt. Ich habe gelernt, dass Liebe unvergänglich ist, manchmal auf höchst seltsame Weise. Ich verspreche dir, dass ich an deiner Seite bin, wenn du traurig bist und vor lauter Kummer nicht mehr weiterweißt.«

Sie seufzte auf, diesmal laut genug, um Tom zu wecken.

Schlaftrunken drehte er sich um. »Alles in Ordnung?«, murmelte er benommen und fuhr plötzlich erschrocken hoch. »Ist es so weit?«

»Noch nicht ganz«, beruhigte sie ihn mit einem wehmütigen Lächeln. Ihr blieb noch ein wenig Zeit.

Die Zeit war ihr Feind gewesen von dem Augenblick an, als sie in das Torhaus eingezogen waren. Eineinhalb Jahre war das jetzt her, und Hollys Gedanken kehrten unweigerlich wieder zu jenem folgenschweren Geschehnis zurück, als für sie der Wettlauf mit der Zeit begonnen hatte.

EINS

Holly schloss die Haustür und lehnte sich erschöpft dagegen. Erleichtert seufzte sie auf. Die Möbelpacker hatten wahre Wunder vollbracht und den leeren Kasten, den sie beide am Morgen vorgefunden hatten, in ein annehmbares Zuhause verwandelt. Das Haus war früher ein beeindruckendes Torhaus gewesen, das den Eingang zum stattlichen Landsitz Hardmonton Hall bewacht hatte. Vom Herrenhaus selbst war nur noch eine ausgebrannte Ruine übrig geblieben, und für das Torhaus hatte sich niemand mehr interessiert, da es etwas außerhalb der kleinen Ortschaft Fincross lag. Trotz der grauen Steinmauern, die unter dem blätternden Putz zum Vorschein kamen, hatte Holly sich in das Haus verliebt. Es schien der ideale Ort zu sein, um sich niederzulassen, vielleicht für immer.

Von ihrem Platz an der Haustür warf Holly einen verstohlenen Blick in den großen Spiegel, der noch an der Wand lehnte und darauf wartete, aufgehängt zu werden. Das Haus war im Lauf des Tages immer ansehnlicher geworden, während man das von ihr selbst nicht sagen konnte. Ihre langen blonden Haare, die sonst ihr eher durchschnittliches Aussehen herausrissen, waren zu einem nachlässigen Pferdeschwanz zurückgebunden. Von dem spärlichen Make-up, das sie morgens aufgelegt hatte, war kaum noch etwas übrig; und das Wenige hatte sich in die Fältchen um ihre blauen, mandelförmigen Augen verflüchtigt.

Sie hoffte, dass sie müde und nicht etwa alt aussah. Immerhin war sie erst neunundzwanzig und hatte das Gefühl, ihr Leben habe gerade erst angefangen. Tom und sie waren nun seit zwei Jahren verheiratet, und hier hatten sie beide zum ersten Mal ein eigenes Haus und die Möglichkeit, wirklich Wurzeln zu schlagen.

Sie kümmerte sich nicht weiter um ihr Spiegelbild und nahm lieber ihre neue Umgebung in Augenschein. Der Flur erstreckte sich durch das gesamte Haus, auf der linken Seite führte eine Tür zu einer kleinen Pförtnerloge, die Toms Arbeitszimmer werden sollte. Eine Tür auf der rechten Seite führte in ein geräumigeres Zimmer, das als Wohnzimmer vorgesehen war, die halb geöffnete Tür gab den Blick auf die vertrauten Möbelstücke in der fremden Umgebung frei. Das großstädtische Mobiliar stach auffallend von der altmodischen, geblümten Tapete und dem Dielenboden ab, aber Holly hatte ein Faible für alles Ausgefallene und liebte Stilbrüche.

»Ich bin die Liste durchgegangen, alles erledigt, soweit ich sehe«, sagte Tom, der in der Tür aufgetaucht war, die zur Küche führte.

In seinen abgetragenen Jeans und dem T-Shirt sah er sogar noch ramponierter aus als Holly. Sein Aufzug brachte weder seine große, sportliche Erscheinung zur Geltung, noch ließ sie etwas von seinem wohlgeformten Körper erahnen, der sich, wie Holly wusste, darunter versteckte. Im Unterschied zu ihr war dieser Stil bei Tom der Normalzustand. Er war viel zu sehr an der Welt und den Menschen interessiert, als dass er sich auch noch um sich selbst kümmern konnte. Was wahrscheinlich auch der Grund war, warum er ein so ausgezeichneter Journalist war. Seine verbindliche, offene Art, die nie die Grenze zur Anbiederung oder zur Taktlosigkeit überschritt, verschaffte ihm problemlos Zugang zu den Menschen.

Holly hatte der Versuchung widerstanden, ihn herauszuputzen, nicht zuletzt, weil ihr der Kontrast zu ihrer eigenen Erscheinung gefiel. Holly war bildende Künstlerin, und wenn sie nicht gerade knöcheltief in Gips und Farbe steckte, kleidete sie sich mit Vorliebe in einer eigenwilligen Mischung aus klassischen und modischen Teilen, ein Stil, der sich auch in ihren Kunstwerken widerspiegelte. Der zweite Grund, warum sie Toms nachlässiges Äußeres tolerierte, war absolut eigennützig. Er war beruflich viel unterwegs, und wenn er auf die Damenwelt nicht allzu großen Eindruck machte, umso besser.

»Welche Liste?«, erkundigte Holly sich misstrauisch. »Es gibt noch jede Menge zu tun. Wir werden noch Wochen brauchen, bis alles ausgepackt und verstaut ist, vom Renovieren ganz zu schweigen.«

»Nicht die Umzugsliste«, winkte Tom ab. »*Die Liste*«. Er näherte sich langsam, wobei er ein unsichtbares Blatt Papier in seiner ausgestreckten linken Hand musterte, und blieb einen Schritt vor ihr stehen.

»Dir ist klar, dass deine Hand leer ist?«, fragte Holly.

Tom beachtete sie nicht. »Freund finden. Erledigt! Galerie finden, um Kunstwerke auszustellen. Erledigt! Heiraten. Erledigt! Kundenstamm aufbauen, um besagte

Kunstwerke zu verkaufen. Erledigt! Ausreichendes Einkommen, um davon leben zu können. Erledigt!« Bei jedem »Erledigt!« setzte Tom mit dem rechten Zeigefinger wie mit einem unsichtbarerem Stift einen Haken hinter den jeweiligen Posten.

»Und zum Schluss?«, lächelte Holly, die die Antwort schon kannte.

Tom trat einen Schritt näher. »Aufs Land ziehen und bis ans selige Ende dort leben.«

»Erledigt«, flüsterte Holly, bevor Tom sie küsste.

Es dauerte unanständig lange, bis Tom Luft holte. »Gehe ich recht in der Annahme, Mrs Corrigan, dass Sie ihr Soll schon ein halbes Jahr im Voraus erfüllt haben?«

»Sie liegen goldrichtig, Mr Corrigan antwortete Holly selbstgefällig.

Selbstgefällig war vielleicht nicht der richtige Ausdruck. Von ganzem Herzen dankbar passte besser. Holly hatte sich in den vergangenen fünf Jahren mächtig ins Zeug gelegt, aber den Mann ihrer Träume und den Erfolg als Künstlerin hatte sie eher dem Glück als der Planung zu verdanken. Um genau zu sein, einem betrunkenen Steuerberater.

Als Fünfundzwanzigjährige hatte sie sich mit zahllosen Aushilfsjobs durchgeschlagen, um überhaupt über die Runden zu kommen. Die Kunsthochschule hatte sie mit diversen Auszeichnungen, aber ohne konkrete Ideen verlassen, wie sie mit ihrem Talent Geld verdienen sollte. Sie hatte sich ihr Studium mühsam erkämpft, doch nach dem Abschluss verschlangen die vielen Aushilfsjobs, die sie gleichzeitig unterhielt, so viel Zeit, dass die Bildhauerei zu einem Luxus wurde, den sie sich kaum leisten konnte, von der nötigen Muße und dem fehlenden Antrieb ganz zu schweigen.

Die Erleuchtung erschien eines Abends in Gestalt eines Büromenschen um die vierzig, der in angeheitertem Zustand in die Hinterhofkneipe stolperte, in der sie arbeitete. Nach mehreren Anläufen schaffte es ihr Held auf einen Barhocker und belegte sie unvermittelt mit einem weitschweifigen Monolog über seine fabelhafte Karriere – dass er kürzlich erst in einer der großen Steuerkanzleien befördert worden sei. Erst als der Mann in seinem Rausch behauptete, er habe das alles einem Fünfjahresplan zu verdanken, wurde Holly aufmerksam. Plötzlich wurde ihr bewusst, wie ziellos sie selber durchs Leben stolperte. Wenn sogar dieser lächerliche Trunkenbold Erfolg hatte, warum sollte sie es nicht auch schaffen? In der Nacht darauf konnte sie nicht einschlafen, bis sie schließlich schwarz auf weiß die Ziele notiert hatte, die sie in den nächsten fünf Jahren erreichen wollte.

Ein Jahr später hatte Holly ihr Leben umgekrempelt. Die diversen Aushilfsjobs hatte sie gegen eine feste Stelle beim Fernsehen eingetauscht, wo sie hinter den Kulissen bei der Produktion assistierte und ihre Fähigkeiten sinnvoll einsetzen konnte. Außerdem blieb ihr noch genügend freie Zeit für ihre Skulpturen. Und hin und wieder bekam sie sogar einen Auftrag von einer Kunstgalerie und konnte etwas Geld dazuverdienen.

Der zweite Punkt auf ihrer Liste betraf ihr Privatleben. Tom tauchte vorzeitig auf, eigentlich war er nicht vor dem dritten Jahr eingeplant. Er war zu einem Bewerbungsgespräch ins Fernsehstudio gekommen und verließ es ein paar Stunden später nicht nur mit einem neuen Job, sondern auch mit einer neuen Freundin.

Vor lauter Begeisterung, von nun an als freier Korrespondent für Umweltthemen arbeiten zu können, hatte er eine Spritztour durch das Studio unternommen, aus der schnell ein endloser Irrweg durch ein Labyrinth geworden war. In der Requisitenabteilung war er schließlich Holly in die Arme gelaufen.

Tom Corrigan entsprach keineswegs dem Ehemann, den sie sich vorgestellt hatte. Rein äußerlich konnten sie nicht unterschiedlicher sein. Er war groß und dunkel, ein attraktiver Mann, neben dem sie wie eine graue Maus wirkte. Außerdem waren sie vom Wesen her grundverschieden. Sie plante, er nicht. Sie war auf Misserfolge gefasst und kalkulierte sie ein, Tom sah in jeder Schlappe eine neue Chance. Sie gab zu, wenn sie Hilfe brauchte. Tom, der Mann, dem man soeben die Gelegenheit gegeben hatte, um die ganze Welt zu reisen, wollte um keinen Preis eingestehen, dass er sich verirrt hatte. Nachdem er Holly auf seiner schicksalsträchtigen Tour durchs Studio über den Weg gelaufen war, hielt er das Geständnis für überflüssig, dass er die Orientierung verloren hatte, lungerte stattdessen herum und bot ihr seine Hilfe an, bis sie Feierabend machen konnte. Und dann würde er sie, bitte schön, zum Essen einladen.

»Das Räderwerk ist bereits wieder angeworfen, ich sehe es dir an«, warnte Tom. »Ist der nächste Fünfjahresplan schon in Arbeit?«

»Ich bin so weit zufrieden mit der Abarbeitung meiner

gegenwärtigen Liste, danke der Nachfrage«, sagte Holly. »Auspacken, renovieren, mein neues Atelier einrichten, von meinem Auftrag für Mrs Bronson ganz zu schweigen.«

»So weit zufrieden?«, hakte Tom in gespielter Empörung nach.

Holly musste lächeln. »Überaus zufrieden. Überaus glücklich, glücklicher geht's nicht.«

»Glücklicher geht's nicht?«

»Hör auf«, schimpfte Holly. »Wollen wir hier im Flur Wurzeln schlagen und über den Grad meines Glücks diskutieren oder es uns lieber woanders gemütlich machen?«

»Gute Idee. Wie wär's, wenn ich den Champagner hole und wir uns pünktlich in zwei Minuten im Schlafzimmer wieder treffen?«

»Hört sich fast wie ein Plan an«, bemerkte Holly, aber Tom war schon auf dem Weg in die Küche.

Am nächsten Morgen fanden Tom und Holly so schwer aus dem Bett, wie sie am Abend zuvor nicht schnell genug hatten hineinhüpfen können. Tom hatte sich vierzehn Tage freigenommen, so dass kein Wecker sie aufscheuchte, keine Morgenroutine absolviert werden musste. Nichts Wichtiges stand an – nur die Kartons auspacken und das neue Heim in Besitz nehmen.

Vom Bett aus sah man aus dem Fenster, das bis zum Boden reichte. Der Blick reichte über eine große Wiese, die an einen weitläufigen Obstgarten grenzte, und dahinter breitete sich die englische Landschaft aus. Es war ein klarer Frühlingsmorgen, und die Sonne gab sich alle Mühe, die neuen Bewohner des Torhauses aus dem Tiefschlaf zu erwecken. Das Licht der Sonne zeichnete Muster auf den weißen Baumwollgardinen, tanzte über die blassblauen Wände, huschte über den gebohnerten Dielenfußboden und kroch langsam über Hollys Gesicht und kitzelte sie wach.

Ihre Gedanken sortierten sich augenblicklich zu einer Liste aller Arbeiten, die anstanden, eine dringender als die andere. Sie verscheuchte diese Gedanken, indem sie im Geiste die Seiten ihrer neuen Liste zusammenfaltete. Sollten sie warten. Holly wollte sich wenigstens einen einzigen Tag mit ihrem Mann und ihrem neuen Zuhause gönnen, an dem nur ihre eigenen Bedürfnisse zählten. Denn in den kommenden Monaten würde sie Tom nicht oft zu sehen bekommen, und die Zeit zu zweit war kostbar.

Sie hatten kaum den Kaufvertrag für das Haus unterzeichnet, für das vor allem die Tatsache gesprochen hatte, dass man nach London pendeln konnte, als Tom eine neue Stelle angeboten wurde. Ein Angebot, das er unmöglich ausschlagen konnte, zumal der Sender bei einer Umstrukturierung harte Schnitte gemacht hatte und Tom mit einem blauen Auge davongekommen war. Auch wenn er in Zukunft mehr vor der Kamera arbeiten musste, sich neben den Umweltthemen auch mit Politik befassen und mit größeren Reportageaufträgen im Ausland rechnen musste, war er wenigstens nicht arbeitslos geworden. Ein solcher Auslandseinsatz kam schneller als gedacht. Sein erster Auftrag führte ihn gleich für sechs Wochen nach Belgien, was die Pendelstrecke ein wenig länger gestaltete, als sie es sich vorgestellt hatten.

»Bist du wach?«, fragte Tom.

»Hm«, brummte Holly und drehte sich zu ihm um, so dass ihre Nasen sich berührten.

»Puh, du riechst nach ungeputzten Zähnen«, neckte Tom sie.

»Du hast gut reden, du riechst wie ein Mann.«

»Danke.«

»Ich war noch nicht fertig«, belehrte ihn Holly. »Du riechst wie ein Mann, der die ganze Nacht den versifften Läufer in einer fiesen alten Kneipe abgeleckt hat. Das Zeug klebt noch an deiner Zunge, ich seh's.«

»Du willst also keinen Kuss?«

»Wenn du meine ungeputzten Zähne aushältst …«, lachte Holly und hauchte ihm absichtlich jedes Wort mitten ins Gesicht.

»Wenn du das Risiko in Kauf nimmst, den Mund voller versiffter Teppichflusen zu haben, ist es einen Versuch wert.«

»Ich hatte schon Schlimmeres im Mund.«

»Was du nicht sagst!«, grinste Tom.

»Du hast nicht nur eine dreckige Zunge, sondern auch eine dreckige Fantasie.«

Tom rückte näher an Holly, ließ seine Hand über ihren Körper gleiten und schob seine Beine zwischen ihre. Ein eingespieltes, vertrautes Manöver.

»Ich kenn auch ein paar dreckige Sachen, soll ich?«, bot Tom an.

Holly schlang die Arme um seinen Hals und ließ ihre Finger über sein Rückgrat gleiten. Hinter der dunklen Silhouette seines Körpers konnte sie die tanzenden Flecken der Morgensonne auf seinem Rücken erahnen.

»Wie dreckig?«

»Nun ja …« Tom dehnte jedes Wort genüsslich in die Länge, dann lächelte er. Oder war es ein spöttisches Grinsen? »Ich rede hier nicht über Fünfjahrespläne.«

»Das will ich hoffen«, erwiderte Holly. Sie musterte den Umriss seines Mundes, die feuchten Lippen, die Zungenspitze. Sie presste herausfordernd ihren Körper an seinen.

»Keine Sorge«, sagte Tom und reagierte nicht auf ihr unverhohlenes Verlangen. »Auch nicht über sieben Jahre.« Er küsste ihre Nasenspitze. »Nicht mal über zehn.«

Holly fuhr ihm durch die üppigen Locken. Sie beugte sich vor, um ihn zu küssen, aber er wich ihr aus.

»Es geht eher um die nächsten zwanzig Jahre. Nein, zum Teufel, ich bin so pervers, dass ich an vierzig Jahre denke.«

»Ja, du hast nicht alle Tassen im Schrank, Tom Corrigan«, bestätigte Holly. Ihr Körper bebte vor Verlangen, und sie wand sich erregt unter seinem Gewicht.

»Ich denke an ein Projekt, mit dem wir alt und senil werden, in diesem Haus, umgeben von unserer Familie, unseren Kinder, unseren Kindeskindern und vielleicht den Kindern unserer Kindeskinder.«

Für den Bruchteil einer Sekunde wurde Holly stocksteif. Sie zwinkerte heftig, um die Angst zu verscheuchen, die in ihr aufflackerte. Sie zwang sich zu einem Lächeln, in der Hoffnung, dass Tom ihre Reaktion nicht bemerkt hatte, aber ihre Leidenschaft war verflogen.

»Was ist?« Tom sah sie mit einem eigenartigen Blick an,

der sie mitten ins Herz traf. »Hast du solche Angst davor, Kinder zu haben?«

»Nein«, log Holly.

»Doch«, beharrte Tom, wälzte sich auf die Seite und stützte den Arm auf. Auch ihm war plötzlich jede Lust vergangen.

»Ich will schon Kinder haben«, beharrte sie. »Ich kann mir mich nur so schlecht als Mutter vorstellen.«

»Du willst mir Kinder schenken. Das ist was anderes, als selber Kinder zu wollen«, stellte Tom in einer Mischung aus Sorge und Enttäuschung fest. »Aber du wirst bestimmt eine gute Mutter werden. So was ist schließlich nicht erblich.«

Tom spielte damit auf ihre Kindheit an. Holly stammte aus äußerst schwierigen Familienverhältnissen, die schon lange vor der Scheidung ihrer Eltern zerrüttet waren. Ihre Mutter war von zu Hause ausgezogen, als Holly erst acht Jahre alt gewesen war, und sie erinnerte sich, wie die Erleichterung damals größer gewesen war als das Gefühl, verlassen worden zu sein. Ihre Mutter hatte seltsame Vorstellungen, was ihre Mutterrolle anging, und ersetzte Liebe durch Brutalität, Fürsorge durch Bitterkeit und Hohn. Nach der Scheidung sah Holly ihre Mutter nur noch gelegentlich, und als sie ein junges Mädchen geworden war, hatte ihre Mutter sich bereits zu Tode getrunken. Ihr Vater dagegen war unnahbar und zeigte nicht das geringste Interesse an seiner Tochter, was auf andere Weise ebenso brutal war. Holly musste selber sehen, wie sie zurechtkam, und als sie mit achtzehn in eine Studentenbude zog, brach sie jeden Kontakt ab und kam nicht einmal zu seiner Beerdigung.

»Ich weiß, es ist nicht erblich, aber man wird von den Verhältnissen geprägt. Du weißt gar nicht, was für ein Glück du mit deiner Familie hast. Deine ist so … so …« Holly fand nicht die richtigen Worte. Tom wusste zwar über ihre Kindheit Bescheid, aber er würde niemals nachempfinden können, was es hieß, ohne die Sicherheit einer liebevollen Familie aufzuwachsen. »Sie ist so ohne Brüche«, brachte sie schließlich heraus.

»Ohne Brüche?« Tom lachte. »Was meinst du damit?«

»Du hast eine Mutter und einen Vater, die dich lieben und zu dir stehen, und sie hatten Eltern, die sie liebten und zu ihnen standen. Deine Großeltern hatten bestimmt auch fabelhafte Eltern und so weiter und so fort, über Generationen weitergegeben.«

In Hollys Augen waren Toms Eltern fabelhaft. Manchmal konnte sie es kaum fassen, wie selbstverständlich sie in die Familie aufgenommen worden war und wie eine eigene Tochter geliebt wurde. Für Holly war es ein mühsamer und aufwühlender Lernprozess gewesen, Teil einer traditionellen Familienstruktur zu sein. Als kürzlich Toms Großmutter Edith gestorben war, hatte sie unmittelbar miterlebt, wie sie funktionierte: wie alle sich gegenseitig aufrichteten, wie die Liebe, mit der alle an Edith hingen, gleichsam eine Brücke über die Leere spannte, die ihr Tod hinterlassen hatte.

»So perfekt sind wir nun auch wieder nicht«, meinte Tom. »Bei uns gibt es auch das berühmte schwarze Schaf in der Familie.«

»Doch, doch. Im Vergleich zu meiner Familie seid ihr perfekt.« Holly berührte zärtlich Toms Wange. »Und wenn ich nun das schwache Glied bin, das die Kette in eurer Familie brechen lässt? Wenn ich es nicht schaffe, die Sorte Mutter zu werden, die deine Familie über Generationen hervorgebracht hat?«

»Du bist doch nicht schwach. Deine Eltern waren schwach, ja, und das hat dich geprägt, aber es hat genau das Gegenteil bewirkt. Du bist der stärkste Mensch, den ich kenne. Deine Eltern haben ihre Aufgabe denkbar schlecht erfüllt, doch genau das wird dich zur besten Mutter machen, die man sich vorstellen kann. Glaub mir.«

Tom wirkte plötzlich angespannt, und Holly spürte seinen wachsenden Groll. Groll, der sich gegen ihre Eltern, aber auch gegen sich selbst richtete, weil er nicht in der Lage war, ihre Wunden zu heilen und die Dämonen ihrer Vergangenheit zu bannen.

»Ich weiß, es fehlt mir an Selbstvertrauen«, gab Holly zu, obwohl sie bezweifelte, dass sich daran jemals etwas ändern würde. Aber Tom würde keine Ruhe geben, bis sie ihren nächsten Fünfjahresplan aufgestellt und den Punkt darin untergebracht hatte. Nicht dass er auf Pläne angewiesen war. Er war eher ein spontaner Mensch, der die Dinge auf sich zukommen ließ, doch er war bereits zweiunddreißig und wollte unbedingt Kinder haben oder zumindest wissen, ob er eines Tages welche haben würde.

Hollys Augen füllten sich mit Tränen, das Sonnenlicht um Toms Kopf verschwamm zu einem unscharfen Heiligenschein. Nur seine blassgrünen Augen konnte sie noch deutlich erkennen.

»He, du weinst ja«, sagte Tom erschrocken.

Holly zwinkerte, um die Tränen zu vertreiben. »Ich weine nicht«, log sie trotzig.

»Ach ja. Du weinst ja nie. Hab ich ganz vergessen.«

»Ich weine schon. Nicht jetzt, aber manchmal weine ich schon.«

»Wann?«

Holly zögerte und suchte fieberhaft nach einem Beweis aus der jüngsten Vergangenheit. »Dieser Film neulich, wo der Hund gestorben ist.«

Tom runzelte die Stirn, als er in seinem Gedächtnis kramte. Dann prustete er vor Lachen. »Das muss schon über zwei Jahre her sein, da waren wir noch nicht mal verheiratet, glaube ich.«

»Aber ich habe geweint, basta.«

»Okay. Basta.«, gab Tom nach. »Hör zu, ich will dich zu nichts drängen, was du nicht selber willst. Ich hatte gehofft, dass du auf den Geschmack kommen würdest, als Lisa und dann Penny ihre Babys gekriegt haben, aber ich sehe, dass die Sache komplizierter ist. Wenn du noch keine Lust auf das Thema Kinder hast, verstehe ich das.«

Lisa und Penny waren in London ihre engsten Freundinnen gewesen. Sie hatten im selben Jahr ihre Kinder bekommen. Es war Holly nicht entgangen, wie enttäuscht Tom gewesen war, als sie beim Anblick der Säuglinge nicht wie durch Zauberkraft Muttergefühle entwickelt hatte. Er ahnte sicher nicht, dass ihre Begeisterung, aufs Land zu ziehen, zum Teil auch damit zu tun hatte, dem endlosen Babygeschwätz zu entrinnen, das offenbar jedes vernünftige Gespräch mit ihren Freundinnen ersetzt hatte.

»Lass mich erst das Haus fertig einrichten, dann können

wir den nächsten Fünfjahresplan machen. Diesmal wird definitiv unser gemeinsames Projekt ›Baby‹ auf der Liste stehen«, sagte sie.

»Baby? Nur eins?«, sagte Tom. Die Spannung war von ihm abgefallen, und er war wieder zu Scherzen aufgelegt. »Hier, sieh dir diesen Körper an. Die beste Babyproduktionsmaschine aller Zeiten. Da wirst du schon vom bloßen Hinsehen schwanger.«

»Halt die Luft an, Tiger«, lachte Holly und entspannte sich auch. »Ich glaube, deine Babyproduktionsmaschine könnte noch ein bisschen Übung vertragen.«

»Dein Wunsch ist mir Befehl.«

Es war bereits Mittag, als sie endlich dazu kamen, ihr neues Heim in Augenschein zu nehmen.

Die Tage vergingen wie im Flug, und Toms Abreise rückte unerbittlich näher. Alles war ausgepackt und geputzt, und Unbrauchbares war durch Neues ersetzt worden, jedenfalls soweit sie es sich leisten konnten. Was an Ersparnissen noch übrig war, hatten sie bereits für die Renovierung eines kleinen Nebengebäudes beiseitegelegt, das Hollys Atelier werden sollte.

Toms Eltern waren zu Besuch gekommen, die Arme voller Geschenke, und hatten sogar mit angepackt, um das Torhaus in ein gemütliches Heim zu verwandeln. Bezeichnenderweise waren Diane und Jack gerade lange genug geblieben, um eine Hilfe zu sein, sie hatten ihren Besuch aber nicht unnötig in die Länge gezogen. Sie wussten auch ohne Worte, dass Holly und Tom die vierzehn Tage, die ihnen noch blieben, für sich selber brauchten.

Vor der Abfahrt hatte Diane dafür gesorgt, dass die Küche betriebsbereit und mit allem, was man zum Kochen brauchte, ausgestattet war. Sie war ganz erpicht darauf, Holly bei einem ihrer neuen Projekte unter die Arme zu greifen. Holly wollte kochen lernen. Ihr Vater hatte ihr nur das Nötigste beigebracht, vermutlich vor allem, um seine eigene Versorgung sicherzustellen, aber diese Grundlagen beschränkten sich darauf, wie man Doseneintöpfe öffnete, wie man Löcher in die Folie piekste, bevor man das Fertigessen in die Mikrowelle schob, wie man Instantnudeln zubereitete und dergleichen. Jetzt, wo Holly und Tom außerhalb jeglicher Reichweite bequemer Fastfood-Imbisse und Restaurants an jeder Straßenecke lebten, wollte Holly unbedingt richtig kochen lernen. Mit dem Umzug aufs Land sollte sich mehr ändern als nur ihre Adresse; auch ihre Lebensgewohnheiten sollten anders werden.

»Ein bezauberndes Haus, Holly. Jack und ich freuen uns sehr für euch«, sagte Diane, als sie mit Holly eine schwindelerregende Sammlung von Küchenutensilien auspackte. »Und Mum hätte auch ihre Freude. Es tröstet uns ein bisschen, dass ihr das Erbe so gut gebrauchen und damit das Haus kaufen konntet.«

»Nur schade, dass Grandma Edith nicht hier ist und sehen kann, wie gut ihr Geld angelegt ist. Für Tom und mich ist es wichtig zu wissen, dass ihr einverstanden seid, wie wir die Erbschaft verwendet haben.«

»Das ist eine Investition in die Zukunft. Es ist euer gemeinsamer Anfang. Hier werdet ihr eure Familie gründen.«

Diane nahm Holly in die Arme und konnte die dunkle

Wolke nicht sehen, die über Hollys Gesicht huschte. Holly hätte auch gerne etwas von dem Selbstvertrauen gehabt, an dem es den Corrigans offenbar allen nicht mangelte.

Drei Tage vor Toms geplanter Abreise hatte Holly ihre Aufgabenliste abgearbeitet, und das Haus war in einem bewohnbaren Zustand. Die Handwerker hatten bereits ihre Arbeit im Nebengebäude aufgenommen. Während Holly sich zufrieden zurücklehnte und ihnen einfach zusah, empfand Tom die Handwerker offenbar als eine Art Angriff auf seine Männlichkeit und stürzte sich ebenfalls in körperliche Arbeit, indem er dem verwilderten Garten zu Leibe rückte.

Holly überließ den Männern das Feld und blieb im Haus, um mit den Entwurfszeichnungen für ihren neuen Auftrag zu beginnen. Mrs Bronson war die junge Ehefrau eines sehr wohlhabenden und sehr viel älteren Mannes. Die Geburt ihres ersten gemeinsamen Kindes wollte Mrs Bronson mit einer Skulptur würdigen und damit angesichts der zahlreichen Kinder, die ihr Mann in diversen früheren Ehen und Affären gezeugt hatte, ein Zeichen setzen. Es sollte ein relativ großes Kunstwerk werden und in der Eingangshalle ihrer Nobelvilla einen schwer zu übersehenen Platz finden.

Das Thema war natürlich Mutter und Kind. Angesichts des Sujets hätte Holly den Auftrag, der bestimmt ein halbes Jahr in Anspruch nehmen würde, am liebsten abgelehnt, aber die Bezahlung war einfach zu verlockend.

Sie hatte sich am Morgen ihre Skizzenbücher bereitgelegt, voller guter Absichten, doch ohne jegliche Inspiration. Geld allein ließ ihre Kreativität nicht sprudeln. Ihr fehlte einfach das Einfühlungsvermögen, auf das sie sonst zurückgreifen konnte. Von der geheimnisvollen Bindung zwischen Mutter und Kind, von der alle Welt unentwegt redete, hatte sie nicht die geringste Ahnung.

Holly konnte sich nicht erinnern, als Kind jemals etwas von dieser Art Bindung empfunden zu haben. Die entscheidenden Jahre hatte sie nur Einsamkeit und Angst gespürt. Ihre Mutter war noch keine zwanzig gewesen, als sie schwanger wurde. Eine überstürzte Heirat und ein ungewolltes Kind machten ihr einen Strich durch die Rechnung, und sie war nicht in der Lage oder willens, ihre Unabhängigkeit aufzugeben.

Mit einem kleinen Kind, um das sie sich kümmern musste, war das gesellschaftliche Leben ihrer Mutter stark eingeschränkt, so dass sie ihr Bohemeleben, von dem sie nicht lassen wollte, kurzerhand nach Hause verlegte. Holly konnte sich noch gut an all die Schmarotzer erinnern, die sich im Haus eingenistet hatten, um sich von einer Party zu erholen oder auf die nächste zu warten. Ihre Mutter stand immer im Mittelpunkt, tänzelte barfuss durchs Haus, mit oder ohne Musik im Hintergrund. Wenn sie tanzte, wirkte sie am glücklichsten und zog die Menschen in ihren Bann, auch Holly, wie das Licht die Motten, und jeder wollte sich in ihrem Glanz sonnen. Holly meinte sich erinnern zu können, wie ihre Mutter sie einmal geschnappt und zu ihrem Entzücken im Zimmer herumgewirbelt hatte, aber Holly war sich nicht sicher, ob es sich wirklich so zugetragen hatte. Möglicherweise war es nur die Erinnerung an einen Wunschtraum. Die verlässlichen Erinnerungen sahen anders aus: Ihre Mutter unterbrach ihren Tanz, zeigte vorwurfsvoll mit dem Finger auf ihre Tochter und erklärte der versammelten Meute, dass dieses Geschöpf ihr Leben ruiniert habe. Aus ihrer Miene sprach offene Abscheu, und das war das Bild, das Holly vor Augen stand, wenn sie ans Mutterwerden dachte.

Bis sie mit Tom zusammenkam, kannte sie verantwortungsvolle Eltern nur vom Hörensagen. Als kleines Mädchen hatte sie keinen Kontakt zu anderen Kindern, deren Eltern Holly wegen ihres Elternhauses bereits als Problemkind abgestempelt hatten. Als Jugendliche fühlte sie sich dann von all den anderen verwaisten, vorzeitig aus dem Nest gefallenen Küken angezogen. Ihre Kunst war in mehrfacher Hinsicht ihr Rettungsanker geworden. Eine Art Fluchtburg, ein Platz in ihrem Leben, wo sie nicht hilflos ausgeliefert war, wo sie etwas leisten konnte, und die, wie sich im Nachhinein zeigte, zugleich eine erfolgreiche Therapie war. In ihren frühen Arbeiten hatte sie eine Menge Aggressionen verarbeitet, und erst als sie Tom kennenlernte, entdeckte sie, dass sie auch positive Gefühle in ihrer Kunst zum Ausdruck bringen konnte. Die Liebe zwischen Mann und Frau war ihr inzwischen ein Begriff, die zwischen Mutter und Kind aber nicht. Ein leeres Blatt Papier, im wahrsten Sinn des Wortes.

Zwei Stunden lang hatte sie mechanisch Skizzen angefertigt, ohne einen einigermaßen originellen oder aussagekräftigen Entwurf zustande zu bringen. Sie hatte ein paar naheliegende Motive skizziert, eine Mutter mit ihrem Kind auf dem Arm, eine Mutter, die ihr Kind stillt, eine Mutter, die ihr Kind küsste. In ihrer Verzweiflung hatte sie sogar den Augenblick der Geburt skizziert, was Mrs Bronson aber mit Sicherheit nicht als Willkommensgruß in ihrer Eingangshalle vorschwebte.

Holly hatte in einer knappen Woche einen Termin mit Mrs Bronson, und sie erwog inzwischen ernsthaft, die Sache ganz abzublasen. Wenn es so weiterlief, und sie ein mittelmäßiges Werk ablieferte, würde das ihrer Karriere, die ohnehin in den Kinderschuhen steckte, nur schaden. Auf der anderen Seite wäre ein Vertragsbruch genauso fatal für ihren Ruf.

Holly legte den Skizzenblock beiseite und machte sich auf den Weg in die Küche. Der Raum war groß genug, dass man einen Esstisch in die Mitte stellen konnte. Man sollte annehmen, dass das Nebengebäude Holly ins Auge gestochen war, aber es war letztlich die Küche, die für sie und Tom den Ausschlag gegeben hatte, das Anwesen zu kaufen. Die Einbauten aus Holz waren weiß gestrichen, die Wände grün, und der Terrakottaboden setzte sich auch draußen auf der Terrasse fort, hinter der der riesige, ziemlich verwilderte Garten begann, der in die freie Landschaft überging.

Holly spähte aus dem Küchenfenster in der Hoffnung, Tom zu entdecken. Vor lauter Büschen und Bäumen war er nicht zu sehen, doch knackende Äste und gelegentliche Flüche verrieten, wo er steckte. Am liebsten hätte sie ihn ein wenig kontrolliert, aber sie zwang sich zum Gemüseputzen und machte sich an die Arbeit, Tom und die Handwerker als Versuchskaninchen mit einem Eintopf zu überraschen.

»Was soll das denn werden?«

Holly fuhr vor Schreck zusammen und hätte mit dem Messer fast ihren Finger statt die Karotte erwischt. Zwei Arme schlossen sich um ihre Taille. Tom hatte sie vom Garten aus gesehen und war ins Haus geschlichen.

»Ich warne dich«, sagte Holly und fuchtelte mit dem Küchenmesser in der Luft herum. »Bewaffnete Frauen zu erschrecken ist gefährlich.«

»Du bist immer gefährlich. Du kannst mich immer kleinkriegen, mit oder ohne Messer.« Er beugte sich vor und küsste ihren Nacken.

»Keine Ablenkungsmanöver! Ich möchte, dass der Garten tipptopp aussieht, wenn du hier den Abflug machst.«

»Mensch, jetzt guck doch erst mal«, schnappte Tom empört nach Luft. »Sieht doch schon ganz anders aus, oder?«

Holly spähte in den Garten hinaus, indem sie die Augen mit einer Hand beschattete. »Nein, überhaupt nicht«, lachte sie.

»Ich habe Berge von Gestrüpp aufgetürmt. Ich bin sogar deinem kleinen Dickicht zu Leibe gerückt.«

»Da gilt dieser Mann als Meister der Schreibkunst und vergreift sich immer wieder im Ton mit seinen kindischen Anspielungen. Und der Garten sieht für meine Begriffe immer noch wüst aus.«

»Na ja, wenn der ganze Gartenabfall mal weggeschafft ist, sieht er sicher besser aus«, brummte Tom gekränkt. »Ich bräuchte nur jemanden, der die Handwerker mit seinem weiblichen Charme bezirzt, damit sie mir beim Aufräumen helfen.«

»Wie du vielleicht bemerkt hast, bin ich beschäftigt.

Versuch's mal mit deinem eigenen weiblichen Charme, die werden schwer beeindruckt sein.«

Holly ließ Tom noch eine Weile zappeln, bevor sie einwilligte. Insgeheim freute sie sich, einen Vorwand zu haben, den Fortschritt der Bauarbeiten in Augenschein nehmen zu können. Das Nebengebäude befand sich seitlich hinter dem Haus und hatte in der Vergangenheit offenbar einmal als Werkstatt gedient. Das einstöckige Häuschen war ungefähr so groß wie eine Doppelgarage. Dank Billy, dem Polier, waren die Arbeiten in der letzten Woche bereits gut vorangekommen, zwei Container waren schon mit Bauschutt und Gerümpel gefüllt. Zum Glück musste das Dach nicht erneuert werden, aber es sollten Dachfenster eingebaut werden, um mehr Licht hereinzulassen. Die Innenwände hatte man eingerissen und in die Außenwände neue Fenster eingesetzt. Jedes Mal, wenn Holly die Baustelle inspizierte, schien das Atelier heller und lichter geworden zu sein.

Auch jetzt herrschte dort emsiges Schaffen. Billy türmte gerade Schutt in eine Schubkarre, als Holly eintrat. Der Polier näherte sich entschieden dem Rentenalter, aber er verriet nicht die geringste Altersschwäche, als er riesige Mauerbrocken in die Karre hob. Er hatte ein rundliches Gesicht, das die Falten seiner wettergegerbten Haut nachsichtig milderte, und noch erstaunlich volles Haar, das höchstwahrscheinlich grau war. Jedenfalls vermutete sie das, denn die Staubschicht auf seinem Kopf ließ seine Mähne ganz weiß erscheinen.

»Geht die Arbeit voran, Billy?«, rief Holly und versuchte das Gehämmer der Handwerker zu übertönen.

»Morgen kommt der Elektriker, ich würde also sagen, dass wir Anfang nächster Woche die Wände verputzen und letzte Hand anlegen können.«

»Sie sind einfach klasse, wirklich.«

Billy strahlte. »Stets zu Ihren Diensten. Auf mich können Sie sich immer verlassen«, betonte er. »Im Gegensatz zu Ihrem Göttergatten. Ich habe es schon mehrmals gesagt und sage es noch mal – es gefällt mir gar nicht, dass er Sie hier allein lässt.«

»Ich weiß, Billy, das sagten Sie schon, mehr als einmal sogar. Und ich bleibe dabei, dass ich bestens allein zurechtkomme.« Mittlerweile kannte Holly die altmodischen Ansichten des Mannes, doch statt ihm das Gerede übel zu nehmen, schmeichelte es ihr durchaus, als das schwächere Geschlecht behandelt zu werden. Vor allem weil sie ihn dann leichter um den Finger wickeln konnte.

»Wenn sie irgendetwas brauchen, wenden Sie sich an mich«, zwinkerte er ihr schelmisch zu.

»Also, ich hätte da was«, fing sie an. »Aber es wäre mein Göttergatte, der Hilfe braucht.«

»Wir haben uns schon den halben Vormittag amüsiert«, sagte Billy. »Wie er in Ihrem Urwald dahinten gewütet hat, herrlich.«

»Also … besteht vielleicht die Möglichkeit, dass ein paar von Ihren Leuten mit anpacken, die alten Büsche und den Haufen mit Gartenabfällen zu beseitigen? Als Dank für Ihre Mühe steht schon ein Topf Suppe und eine Ladung knuspriges Brot auf dem Tisch«, lockte Holly und unterstrich ihre Bitte mit heftigem Augengeklimper.

»Ihr Wunsch ist mir Befehl«, gab Billy sich geschlagen.

»Aber wo Sie gerade hier sind, sehen Sie sich das hier mal an. Wir haben es beim Entrümpeln gefunden.«

Billy nahm einen Holzkasten von einem Stapel Baumaterial in der Ecke. Der Kasten war nicht größer als ein Schuhkarton, unter der dicken Staubschicht konnte man das Eichenholz, die Messingbeschläge und ein einfaches Schloss erahnen. An den Seiten waren umlaufende Schnitzereien, die aber unter dem Staub nicht genau zu erkennen waren.

»Haben Sie schon hineingeschaut?« Holly war neugierig geworden. Der Kasten machte nicht gerade den Eindruck, als würde er einen Haufen Juwelen enthalten, doch er wirkte kostbar genug, um irgendetwas Wertvolles darin zu vermuten. Billy drehte am Verschluss und öffnete den Deckel. Hollys Neugier löste sich in einer Wolke von modrigem Staub auf. Der Kasten beherbergte eine Reihe mechanischer Objekte. In zwei verschiedenen Fächern lagen eine Art Glaskugel und diverse Zahnräder und Klammern aus Messing. »Was ist das denn?«, wunderte sich Holly.

»Keine Ahnung«, meinte Billy. »Betrachten Sie es als Geschenk von mir«, zwinkerte er ihr wieder zu.

»Danke, Billy. Sie wissen wirklich, wie man Frauen verwöhnt.«

Holly trug den Kasten ins Haus und stellte ihn beiseite, so dass er sie nicht von den Essensvorbereitungen ablenkte.

Der Eintopf war ein voller Erfolg, gemessen an der Geschwindigkeit, mit der ihn die Handwerker verschlangen, und nach der Mittagspause machten sich die Männer daran, Tom bei den Aufräumarbeiten im Garten zu helfen. Holly hatte es nicht eilig, ihre Skizzen wiederaufzunehmen, weshalb sie sich mit Eifer der Reinigung des geheimnisvollen Holzkastens und seinem Inhalt widmete. Sie breitete eine alte Zeitung auf dem Küchentisch aus und säuberte den Kasten und seinen Inhalt vorsichtig mit Hilfe von Seifenlauge und einer ausgedienten Zahnbürste. Um genau zu sein, hatte die Zahnbürste am Morgen, als Tom sie benutzt hatte, noch nicht ausgedient, aber jetzt durchaus.

Der Kasten selbst verriet nichts über seine Bestimmung; alles, was sie erkennen konnte, waren die hübschen, geschnitzten Darstellungen von Sonne, Mond und, wie es schien, von Ziffernblättern. Die Glaskugel war relativ einfach sauberzukriegen. Ihr Durchmesser betrug vielleicht fünf Zentimeter, und sie bestand, wie Holly beim Abwischen entdeckte, nicht aus reinem Glas. Die Oberfläche war rund und glatt, und im Innern befand sich ein kleines, silbern schimmerndes Prisma, das in der Sonne funkelte. Holly legte die Kugel beiseite und machte sich an die Reinigung der Beschläge. Unter Staub und Dreck kam glänzendes Messing und eine Inschrift am Rand eines größeren Beschlags zum Vorschein. Die Schrift war teilweise ziemlich abgenutzt und kaum leserlich, aber ab und zu konnte Holly einzelne Worte entziffern. »Reflexion« und »Schlüssel«, ein anderes sollte vermutlich »Zeit« heißen.

»Hast du eine Ablenkung gefunden, um der gefürchteten Mrs Bronson aus dem Weg zu gehen?«, fragte Tom. Er war mit Kratzern übersät, die von harter Arbeit zeugten. Und richtig, als Holly aus dem Fenster spähte, musste sie zugeben, dass der Garten Gestalt annahm.

»Das hat Billy im Nebengebäude gefunden. Ich hab's

sauber gemacht, aber immer noch nicht die leiseste Ahnung, was es sein könnte.« Holly zeigte ihm die Inschrift.

»Zur rechten Zeit ist die Reflexion der Schlüssel zur Reise«, las Tom.

Holly staunte mit offenem Mund. »Wie kannst du das bloß lesen? Manche Wörter sind doch völlig abgegriffen.«

Tom warf sich stolz in die Brust. »Hab ich's dir nicht immer gesagt? In mir schlummern ungeahnte Talente.«

Holly ließ nicht locker. »Ist das ein Sprichwort? Hab ich noch nie gehört, was soll das bedeuten?«

Tom zuckte mit den Schultern. »Keine Ahnung.«

»Tom?« Holly musterte Tom misstrauisch.

»Erinnerst du dich?«, sagte er plötzlich. »Dieser nutzlose Sockel aus Stein mitten im Garten? Also, im Gestrüpp habe ich den passenden Aufsatz gefunden. Er trägt dieselbe Inschrift.«

»Das muss ich sehen.« Holly sprang auf und ließ die blank geputzten Messingrädchen auf dem Küchentisch vor sich hin glänzen.

Die Steinplatte lag kopfüber im Dreck, halb verborgen unter den Laubschichten vieler Jahre. Sie war dunkelgrau und mit glitzernden Quarzpartikeln durchsetzt. Obwohl Holly sich durch ihre Bildhauerei mit den verschiedensten Materialien auskannte, war ihr dieser Stein völlig unbekannt. Die Platte war ein perfekter Kreis und trug, wie Tom gesagt hatte, eine Inschrift auf dem umlaufenden Rand. In der Mitte befand sich ein großes Loch, das tatsächlich exakt auf den Sockel zu passen schien.

»Kaum zu glauben, dass das Ding so sauber ist«, schüttelte Tom ungläubig den Kopf. »Wenn man bedenkt, wie tief es im Dreck gesteckt hat.«

Holly strich über die glatte, kalte Oberfläche. Sie spürte ein leichtes Kribbeln in den Fingern, als wäre der Stein elektrisch geladen, und zog die Hand zurück.

»Irgendwie unheimlich, oder?«, fragte Holly, die sich nicht sicher war, ob es sich nur um eine Einbildung handelte.

Tom sah sie irritiert an und strich über den Stein. »Fühlt sich an wie ein Stein«, versicherte er. »Was hast du denn gedacht?«

Zaghaft berührte Holly erneut den Stein, diesmal war kein Kribbeln zu spüren. Sie schüttelte abwehrend den Kopf. »Nichts, blöd von mir. Kann man ihn hochheben?«

»Wozu? Willst du ihn im Ernst auf diesen Sockel setzen?«

»Ja, klar.« Holly sah die runde Steinplatte schon im Geiste auf dem Sockel thronen und einen Blickpunkt im Garten bilden. Sie gehörte an ihren ursprünglichen Platz, Holly war wild entschlossen.

»Sollen wir nicht lieber die Handwerker holen?«

Holly stemmte herausfordernd die Hände in die Hüften. »Bist du ein Mann oder eine Memme?«

»Ein Mann, wo denkst du hin. Aber das ändert nichts daran, dass meine Spießgesellin ein schwächliches Weib ist.«

»Dir werde ich helfen!«, drohte Holly.

Sie legte ihre Hände wieder auf den Stein, beinahe in der Hoffnung, seine unsichtbare Energie würde ihnen bei ihrem Vorhaben zu Hilfe kommen. Tom packte mit an, und gemeinsam bohrten sie ihre Hände in die Erde, um Halt zu finden. Als sie unter Ächzen und Stöhnen die Platte anhoben, bekam Tom einen ganz knallroten Kopf und Holly spürte, wie ihre Halsschlagadern unter der Anstrengung pochten. Nach endlosem Zerren und Ruckeln ließen sie den Stein fallen, um zu verschnaufen.

»Nicht schlecht«, keuchte Tom.

»Klar«, schnappte Holly nach Luft. »Wir haben ganze fünfzehn Zentimeter geschafft.« Sie schielte zu dem Sockel, der bestimmt sechs Meter entfernt war. »Bei dieser Geschwindigkeit kostet uns das drei Tage und zwei Leistenbrüche.«

Ein missbilligendes Schnalzen in ihrem Rücken ließ Holly herumfahren. Billy stand hinter ihr und schüttelte den Kopf.

»Mister Corrigan, sie enttäuschen mich. Das ist doch keine Art, eine Lady wie einen gewöhnlichen Arbeiter schuften zu lassen«, sagte er und wandte sich an seine Männer, die hinter ihm aufgetaucht waren. »War nicht böse gemeint, Leute.«

Holly war nahe daran, Billy darauf hinzuweisen, dass es zu ihrer Arbeit gehörte, schwere Gegenstände zu schleppen, aber sie besann sich eines Besseren. »Mein Retter in der Not«, flötete sie.

Tom richtete sich ächzend auf. »Meiner auch«, zwinkerte er Billy zu.

Billy und seine Leute hoben die Steinplatte an, als wäre sie aus Balsaholz, und setzten sie im Handumdrehen auf den Sockel.

»Moment«, rief Holly, die bemerkt hatte, dass die Schrift auf dem Kopf stand.

Noch eine kurze Anstrengung, dann war die Platte gedreht und saß korrekt auf dem Sockel. Sie passte perfekt. Alle starrten gebannt auf den so entstandenen Tisch.

»Das ist eine Uhr«, sagte einer von Billys Männern.

»Und sie zeigt mir an, dass wir wieder an die Arbeit müssen«, brachte Billy die Sache auf den Punkt.

Die Handwerker verschwanden so schnell, wie sie gekommen waren, und Tom und Holly blieben mit dem Rätsel allein. Der Mann hatte recht gehabt, das Ganze sah aus wie eine Uhr. In die Oberfläche war ein großes Zifferblatt mit römischen Zahlen gemeißelt, ähnlich wie bei einer normalen Uhr. Ein etwa fünf Zentimeter tiefes Loch klaffte in der Mitte, wo die Spitze des Sockels nicht bis zur Oberfläche reichte. Holly bemerkte erst jetzt, dass sich oben am Sockel Rillen und Einkerbungen befanden, in die offenbar der Mechanismus der Uhr passte, deren Einzelteile Billy in dem alten Kasten gefunden hatte. Wie die umlaufende Umschrift glichen auch die in den Stein gemeißelten Symbole den Schnitzereien auf dem Holzkasten.

»Das ist eine Sonnenuhr«, sagte Holly.

»Wird ein schöner Blickfang im Garten sein.«

»Ich muss nur noch herausfinden, wie die ganzen Zahnräder hineinpassen, und die Uhr in Gang setzen« antwortet Holly, bereits im Begriff, in die Küche zu eilen und den Kasten samt Inhalt zu holen.

»Die Schwerarbeit habe ich gemacht, den Rest überlasse ich gerne dir. Ich muss hier noch allerhand aufräumen. Es sei denn, du willst mir dabei helfen?«, meinte Tom.

»Hast du nicht gehört, was Billy gesagt hat? Ich bin keine gewöhnliche Arbeiterin«, grinste Holly .

Holly verbrachte den restlichen Nachmittag damit, das Puzzle zusammenzusetzen. Am Ende saßen alle Zahnräder an der richtigen Stelle in der Mitte der Uhr. Am höchsten Punkt zeigten vier Klammern nach oben in den Himmel, die offensichtlich die Glaskugel fassen sollten. Holly ließ die Kugel hineingleiten, und sie rollte in Position, obwohl die Klammern etwas von der Kugel abstanden. Die Sonnenstrahlen, die sich im Prisma im Innern der Kugel brachen, blendeten in den Augen. Holly rief nach Tom, und beide bewunderten aus gebührendem Abstand das neue Schmuckstück in ihrem Garten.

»Ich dachte, eine Sonnenuhr wirft einen Schatten und reflektiert nicht das Sonnenlicht« sagte Tom und blinzelte in die Glaskugel. Er versuchte, sie tiefer in die Vorrichtung zu drücken, um zu testen, ob sich die Halterung fester um die Kugel schloss, aber der Mechanismus knarzte nur widerspenstig und rührte sich nicht. »Irgendwie hast du das falsch zusammengebaut.«

Holly stieß ihn zur Seite.

»Was ist denn in dich gefahren?«, empörte sich Tom.

»Man darf die Klemmen nicht mit Gewalt zusammendrücken.«

»Und woher weißt du das?«

»Das weiß ich eben«, brummte Holly. Sie verstand nicht viel von Sonnenuhren, aber diese war ihr nicht geheuer. Sie nahm die Kugel aus der Halterung und legte sie wieder in den Kasten.

»Ich verstaue das Ding lieber an einem sicheren Ort.

Wenn so viel trockenes Holz herumliegt, ist es bestimmt nicht ratsam, im Garten Brennglasexperimente zu machen.«

»Falls das ein Wink mit dem Zaunpfahl sein soll, mache ich mich wieder an die Arbeit. Viel Zeit habe ich nicht mehr.«

Bei Toms Bemerkung lief Holly ein Schauder über den Rücken, den sie sich nicht erklären konnte.

ZWEI

Das Haus war still und leer. Tom war in den frühen Morgenstunden nach Belgien abgereist. Holly hatte sich an ihn geklammert, bis das Taxi eintraf, und Tom hatte ihre Finger mit sanfter Gewalt vom Revers seines Sakkos lösen müssen, als sie ihm einen letzten Kuss gab, einen Kuss, der für sechs Wochen reichen musste.

»Ich bin ja bald wieder da. Schneller als du denkst. Außerdem ist es nicht weit, nur zwei Flugstunden. Wenn du mich brauchst, bin ich in null Komma nichts hier.«

»Ich hätte mitfahren sollen. Wer ist eigentlich auf die blöde Idee gekommen, dass ich hierbleibe?«

»Du«, sagte Tom, so zärtlich wie er konnte.

Er hatte recht, es war ihre Idee gewesen. Sie hatte einsehen müssen, dass ihre Karriere auf dem Spiel stand. Der Umzug aufs Land war an sich schon ein großes Wagnis gewesen. Ein längerer Auslandsaufenthalt würde einem beruflichen Selbstmord gleichkommen.

Sie war wieder ins Bett geflüchtet, wo sie sich dem Selbstmitleid hingab, als sie spürte, wie die Entfernung mit jeder Minute größer wurde. Sie wusste, wie albern das war, schließlich war sie nicht zum ersten Mal allein. Sie kam sehr gut allein zurecht, das war nicht der Punkt. Es war ihr Traum gewesen, mit Tom zusammen aufs Land zu ziehen, aber nicht, ihre Tage hier ohne ihn zu verbringen. Sie lag im Bett und hatte das Gefühl, die Vögel machten sich mit ihrem Gezwitscher, mit dem sie den neuen Tag begrüßten, über sie lustig. Zumindest das Wetter zeigte sich etwas einfühlsamer und türmte am Himmel düstere Wolken auf. Holly zog die Bettdecke über den Kopf und versuchte, wieder einzuschlafen. Es war Sonntag, wenigstens rückten heute keine Handwerker an, um die man sich kümmern musste.

Die Vögel hatten ihr nervtötendes Morgenkonzert eingestellt und ließen nur noch dann und wann ein mittägliches Zwitschern hören, als Holly in ihre Jogginghose schlüpfte, die Haare zurückband und in die Küche ging, um einen starken Kaffee aufzusetzen. Als ihr Blick auf Toms halbleeren Kaffeebecher fiel, der einsam und verlassen auf dem Küchentisch stand, musste sie sich auf die Lippen beißen, um einen Seufzer zu unterdrücken.

»Alte Heulsuse«, schimpfte sie sich. »Mrs Bronsons Skulptur macht sich nicht von allein.«

Sie atmete tief durch und straffte die Schultern, um sich aufzuraffen. Beim Ausatmen fiel sie wie ein luftleerer Ballon in sich zusammen. Sie versuchte es erneut, doch bevor ihre guten Vorsätze ein zweites Mal verpufften, nahm sie schnell Toms Becher, spülte ihn und verstaute ihn im Schrank, damit er aus dem Blickfeld war.

Mit ihrem Kaffee bewaffnet schlurfte Holly ins Arbeitszimmer, wo ihr noch flauer im Magen wurde. Obwohl es bis zur Fertigstellung des Ateliers vorübergehend ihr Revier war, sollte es eigentlich Toms Arbeitszimmer werden. Aber Tom war ja kaum da.

Das Zimmer ging nach vorne hinaus, es hatte einen

offenen Kamin, ein großes Erkerfenster und eine pastellfarbene geblümte Tapete, alles, was den gemütlichen und einladenden Charme eines Landhauses ausmachte. Doch in Hollys Augen wirkte der Raum jetzt nur kalt und unwirtlich und beklemmend leer. Die klaren Linien der modernen Möbel, die Holly und Tom aus der Stadt mitgebracht hatten, bildeten keinen aparten Kontrast mehr, sondern erschienen ihr wie der Zusammenprall zweier Welten. Langsam kamen ihr Zweifel, ob sie sich an ein Leben auf dem Land überhaupt jemals gewöhnen würde.

Die Atmosphäre des Raumes lenkte sie so sehr ab, dass sie nach einem halbherzigen Versuch, sich an die Arbeit zu machen, aufhörte und sich in das geräumigere Wohnzimmer verzog. Seine Fenster gingen nach vorne und nach hinten zum Garten hinaus, aber auch das zusätzliche Tageslicht half nichts; sie konnte sich immer noch nicht auf ihre Arbeit konzentrieren.

Irgendwann ging sie in die Küche, der einzige Raum, der so bleiben sollte, wie er war. Nur ein langer Holztisch aus Grandma Ediths Besitz war dazugekommen. Der Tisch hatte eine Vergangenheit, eine gute Vergangenheit.

Schließlich gelang es Holly, ein paar Skizzen anzufertigen. In drei Tagen sollte bereits das entscheidende Treffen mit Mrs Bronson stattfinden. Sie hatte etliche Ideen zu Papier gebracht, die wahrscheinlich dem Geschmack ihrer Kundin entsprachen, aber nichts, was sie selbst befriedigte. Sie musste mit dem Herzen bei der Sache sein, sonst konnte sie einen Entwurf nicht umsetzen und ihm eine eigene Formensprache geben. Den Auftrag hatte sie nur aus finanziellen Gründen angenommen, worauf sie keineswegs stolz war. Allerdings kam für sie überhaupt nicht in Frage, ein Werk zu produzieren, unter das sie nur ungern ihren Namen setzte. Dagegen hätte ihr Gewissen rebelliert.

Holly griff nach zwei Skizzen, die sie in die engere Wahl gezogen hatte. Eine stellte Mutter und Kind dar, deren Arme sich in einem geschlossenen Kreis umeinanderlegten. Die Idee war nicht gerade originell, doch Holly beabsichtige, bei der Ausführung einen rauen schwarzen Stein mit weißem Material zu kombinieren, was inzwischen zu ihrem Markenzeichen geworden war. Auf der zweiten Skizze wirbelte eine Mutter ihr Kind im Kreis herum. Der Entwurf war lebendiger als der erste, und Holly gefiel er besser. Trotzdem fehlte etwas. Holly hatte den Verdacht, dass die emotionale Bindung zwischen den beiden Figuren fehlte. Etwas, womit sie sich nicht auskannte, was man den Entwürfen auch anmerkte.

Ein Klopfen an der Haustür ließ Holly aus ihren Gedanken aufschrecken. Sie schlich den Flur entlang, warf einen hastigen Blick in den Spiegel, der inzwischen seinen Platz an der Wand neben der Tür gefunden hatte, und überlegte ernsthaft, sich lieber in der Küche zu verstecken, als den unbekannten Besuch mit ihrer üblen Laune und den ungekämmten Haaren zu erschrecken. In London wäre es kein Problem gewesen gewesen, nicht an die Tür zu gehen, aber hier im Dorf hatte sie das Gefühl, dass sie das nicht machen konnte. Zögernd öffnete Holly die Tür.

»Guten Tag. Sie sind bestimmt Holly. Ich hoffe, ich störe nicht.« Eine grauhaarige Frau mit wachen braunen Augen hielt schützend einen ausladenden blauen Schirm mit weißen Punkten über sich. Der Regen prasselte heftig darauf, aber die alte Dame hielt ihn trotz ihrer Gebrechlichkeit fest im Griff.

»Nicht im Geringsten«, log Holly, wobei sie sich unwillkürlich die Wangen rieb, um etwas Farbe zu bekommen. Sie zögerte einen Moment und überlegte hin und her, ob sie die Frau hereinbitten sollte oder nicht.

War sie eine einsame Alte, die Gesellschaft suchte, eine neugierige Wichtigtuerin auf der Jagd nach Klatschgeschichten, die man im Dorf verbreiten konnte, oder eine gewitzte Händlerin, die ihr an der Tür etwas andrehen wollte? Sie konnte aber genauso gut eine freundliche Seele sein, die nicht anderes im Sinn hatte, als Holly in Fincross willkommen zu heißen. Wie auch immer, den Rest des Nachmittags konnte Holly vergessen, wenn sie die alte Dame hereinbat, doch ein Schritt in die falsche Richtung könnte ihr andererseits den Bannfluch des gesamten Dorfes eintragen. Freunde in der Stadt hatten sie gewarnt – wenn man im Dorf dem Falschen auf die Füße trat, konnte das Familienfehden zur Folge haben, die noch Generationen später bestanden. Genau diese Stadtmenschen kannten das Landleben aber nur vom Hörensagen, es war reine Miesmacherei, das war Holly klar. Trotzdem konnte man nie wissen.

»Vielleicht komme ich ungelegen«, sagte die Frau verständnisvoll. »Ich heiße Jocelyn und wohne gleich da unten im Dorf. Ich wollte mich nur mal vorstellen. Aber sagen Sie, wenn es Ihnen nicht passt. Ich habe ein dickes Fell, wissen Sie, ich würde es Ihnen nicht übel nehmen.«

»Nein, ich bitte Sie. Wie unhöflich von mir. Kommen Sie doch herein.«

Holly nahm der alten Dame Schirm und Mantel ab und bat sie in die Küche. Hastig schob sie ihre Skizzen beiseite und machte Platz, so dass Jocelyn sich setzen konnte. Diese sah sich neugierig um, wobei ein leichtes Lächeln ihre Lippen umspielte.

»Ein heißes Getränk zum Aufwärmen?«, bot Holly an.

»Nein, wirklich, machen Sie sich keine Umstände.«

»Es macht keine Umstände, ich wollte mir sowieso noch eine Tasse Tee machen.«

Holly setzte Wasser auf und stöberte in den Schränken nach Tassen und ein paar Keksen zum Anbieten.

»Ich hörte, dass Sie eine erfolgreiche Künstlerin sind. Wie ich hier sehe, zu Recht. Diese Zeichnungen sind bezaubernd.« Jocelyn tippte auf einen von Hollys Entwürfen, die neben ihr auf dem Tisch lagen.

»Danke. Es lässt sich einigermaßen davon leben.« Holly kannte bisher kaum jemanden aus dem Dorf. Tom und sie waren viel zu sehr mit sich selbst beschäftigt gewesen, um irgendwelche Antrittsbesuche bei den Nachbarn zu machen. Es hätte sie aber nicht gewundert, wenn die Gerüchteküche im Dorf bereits heftig brodelte.

»Billy hat mir ausführlich von dem neuen Atelier berichtet. Er platzt fast vor Stolz.«

»Aha, ich verstehe«, sagte Holly, die gar nichts verstand und sich bemühte, die richtigen Schlüsse zu ziehen. Jocelyn war offenbar gut bekannt mit Billy, aber sie musste mindestens achtzig sein, während Billy höchstens Anfang sechzig war. »Sind Sie Billys Frau?« Holly errötete über ihre eigene Dreistigkeit.

»Großer Gott, nein!«, lachte Jocelyn. »Billy ist ein guter

Freund von mir, und ich hab ihn sehr gern, aber ich kann ihn nur in homöopathischen Dosen vertragen.«

Holly lachte. »Ich glaube, ich verstehe, was Sie meinen. Er hat ziemlich festgefahrene Ansichten. Jedenfalls hat er Tom ganz schön die Hölle heißgemacht, weil er mich hier allein lässt.« In der Annahme, dass Jocelyn nicht wissen konnte, dass Tom im Ausland zu tun hatte, schickte sie eine Erklärung hinterher. »Tom ist heute früh nach Belgien geflogen, er wird die nächsten sechs Wochen weg sein.«

»Ich weiß, deshalb bin ich ehrlich gesagt auch hier.« Jocelyn lächelte verlegenen. »Billy meinte, jemand zum Reden täte Ihnen gut, und da kamen nur er oder ich in Frage.«

Holly fragte sich, ob Tom und ihr wohl irgendeine Form von Privatleben bleiben würde. Das Leben auf dem Land, so viel stand schon mal fest, bedeutete eine ganz schöne Umstellung. Vielleicht gab es ja einen Dorfausschuss, dem sie ihren nächsten Fünfjahresplan zur Unterzeichnung vorlegen musste.

»Vielen Dank, das ist sehr nett«, erwiderte Holly, diesmal aufrichtig dankbar. Toms Eltern hatten versprochen, regelmäßig bei ihr vorbeizuschauen, aber sie wohnten in der übernächsten Ortschaft. Und die wenigen Freunde, die Holly hatte, lebten alle in London. Plötzlich wurde ihr klar, dass die Leere, die Toms Abreise hinterlassen hatte, nicht nur innere Einsamkeit war, sondern auch damit zu tun hatte, dass kein anderer Mensch in diesem Haus war.

»Keine Ursache.« Jocelyn nippte an ihrer Tasse. Sie zögerte, bevor sie fortfuhr. » Um ehrlich zu sein, ich war einfach neugierig, wie es hier aussieht. Es ist schon so lange her, dass ich zuletzt hier war.«

»Tatsächlich?«, fragte Holly. »Kannten Sie jemanden, der hier gewohnt hat?«

»Ich habe selber hier gewohnt.«

»Im Ernst?« Holly schnappte nach Luft. »Wann? Wie sah es hier aus? Warum sind Sie ausgezogen?« Die Fragen purzelten geradezu aus Hollys Mund.

»Ach, das ist bestimmt schon fünfundzwanzig Jahre her. Damals war das hier eine topmoderne Küche aus orangefarbenem und braunem Melamin.«

»Typisch siebziger Jahre«, bemerkte Holly.

»Erraten. Aber ich bin erst Anfang der Achtzigerjahre ausgezogen. Meinem Mann waren Geschmacksfragen ziemlich gleichgültig.«

»Warum sind Sie denn ausgezogen? Und wer hat nach Ihnen hier gewohnt?« Holly wollte unbedingt die ganze Geschichte des Hauses hören, das jetzt ihr Zuhause war.

»Das ist eine lange Geschichte«, seufzte Jocelyn. »Ich bin ausgezogen, weil ich meinen Mann verlassen habe. Er wohnte hier noch ein paar Jahre, dann ist es verkauft worden.«

»Entschuldigen Sie, ich wollte nicht indiskret sein.« Holly lagen noch eine ganze Reihe Fragen auf der Zunge, aber sie war so taktvoll, sie sich zu verkneifen.

»Schon gut. Dieses Haus birgt für mich ein paar sehr schöne Erinnerungen. Und ein paar weniger schöne«, fügte sie nachdenklich hinzu. »Ich hoffe, Sie werden hier glücklich. Das werden Sie ganz bestimmt.«

Anstatt sich näher über ihr Leben im Torhaus auszulassen, zog Jocelyn es vor, Holly mit den geselligen Highlights von Fincross vertraut zu machen. Sie erzählte von den Raterunden abends im Pub, von der Karaokenacht in der nächsten Kneipe, von den unzähligen Benefizveranstaltungen und Bingoabenden im Gemeindesaal. Und sie bot Holly an, sie mitzunehmen, sofern sie Lust dazu hatte und mal unter die Leute gehen wollte.

»Und dann natürlich ist da noch mein kleines Café gegenüber der Kirche. Eins müssen Sie mir versprechen. Dass Sie im Lauf der Woche dort vorbeischauen und ich Sie zum Tee einladen darf.«

Holly blieb nichts anderes übrig, als pausenlos zu nicken. Jocelyn entpuppte sich als Balsam für ihr einsames Herz. »Abgemacht«, versprach sie.

»Jetzt aber Schluss mit all den Höflichkeiten. Im Stillen halten Sie mich sicher für eine neugierige Nervensäge«, lachte Jocelyn »Aber ich weiß aus Erfahrung, wie schnell man in einem Dorf ausgegrenzt werden kann. Sie sind offenbar eine junge Dame, die auf eigenen Füßen steht und ihren eigenen Kopf hat. Doch das kann sich auch als Nachteil erweisen. Für mich hat es sich jedenfalls als Nachteil erwiesen.«

»Wie meinen Sie das?«, fragte Holly in der Hoffnung, Jocelyn noch mehr von ihrer Lebensgeschichte entlocken zu können.

»Sie erinnern mich ein bisschen an mich damals. Aber vielleicht liegt das nur an der gemeinsamen Beziehung zu diesem Haus. Ich hoffe es jedenfalls. Ich bin im Dorf geboren und aufgewachsen, und ich hatte von einer Karriere geträumt, genau wie Sie, und wollte meinen eigenen Weg gehen.«

»Was ist denn passiert?«

»Ich hatte keine besondere Begabung, auf die ich mich hätte berufen können, anders als Sie. Eine Heirat habe ich so lange wie möglich aufgeschoben, aber schließlich musste ich mich in die Tradition fügen. Ein eigener Beruf oder auch nur ein unabhängiges Leben kam für jemanden aus meinen Verhältnissen und meiner Generation nicht in Frage.«

»Sie wurden also Hausfrau? Hier in diesem Haus?«

»Ja. Anfangs hat es mir durchaus gefallen. Mein Sohn kam zur Welt, und mein Mann hatte eine anständige Arbeit. Er besaß eine Schreinerei.«

»Und das Nebengebäude war seine Werkstatt«, vermutete Holly. »Was ist dann schiefgelaufen? Entschuldigen Sie bitte, ist das zu persönlich?«

»Es ist eine lange Geschichte. Eine lange, lange Geschichte, mit der ich Sie jetzt nicht belästigen will. Sie haben mir schon mehr als genug von Ihrer Zeit geopfert.« Jocelyn leerte ihre Tasse.

Holly war ein wenig enttäuscht. Die Vergangenheit dieser Frau hatte ihre Neugierde geweckt. Um Genaueres zu erfahren, hätte sie auch den ganzen Rest des Tages geopfert.

Jocelyn stand auf, stellte Teller und Tassen aufs Tablett.

»Ich bitte Sie, das kann ich doch machen. Sie sind mein Gast«, protestierte Holly.

»Lassen Sie einer alten Frau ihren Willen«, sagte Jocelyn mit einem leisen Schmunzeln. »Ich mag niemandem eine

Last sein. Außerdem kann ich dabei einen Blick aus dem Fenster in den Garten werfen.«

»Ich kann Ihnen gerne das ganze Haus zeigen, wenn Sie wollen«, lachte Holly.

»Nein, das wäre wirklich zu viel verlangt, und ich muss mich jetzt dringend auf die Socken machen.«

»Es regnet aber noch«, gab Holly zu bedenken. »Wollen Sie wirklich schon gehen?«

»Ein wenig Regen schadet nicht. Ist außerdem gut für den Garten.« Als Jocelyn sich umdrehte und aus dem Fenster sah, sackte sie kaum merklich zusammen.

»Tom hat schon angefangen, das Unkraut und die alten Büsche rauszureißen. Offenbar hat schon lange keiner mehr Hand angelegt«, sagte Holly, die glaubte, sich für das Chaos entschuldigen zu müssen.

»Sie haben ja die Monduhr wieder aufgestellt.« Jocelyn starrte auf den steinernen Tisch.

»Monduhr? Meinen Sie die Sonnenuhr?«

Bevor Holly Gelegenheit hatte, Jocelyn weitere Fragen zu stellen, klingelte das Telefon. Es war Tom. Er war gut in seiner neuen Unterkunft in Belgien angekommen.

»Ich gehe jetzt«, bedeutete ihr Jocelyn mit den Lippen.

Holly schwankte zwischen Höflichkeit und dem Wunsch, mit Tom zu sprechen. Während Jocelyns Besuch hatte sie für einen Augenblick vergessen, wie sehr er ihr fehlte, aber jetzt war dieses Gefühl schlagartig wieder da. Holly legte Jocelyn eine Hand auf die Schulter. »Danke«, flüsterte sie.

Mit entschiedenen Gesten wurde Holly angewiesen, in der Küche zu bleiben, und Jocelyn verließ das Haus allein. »Ich habe gerade eine nette Bekanntschaft gemacht«, sagte

Holly zu Tom. »Sie hat den Tag einigermaßen erträglich gemacht.«

Vor dem Schlafengehen gönnte Holly sich ein großes Glas Wein und ein Schaumbad, eine Kombination, von der sie sich eine ruhige Nacht versprach. Tom übernachtete nicht zum ersten Mal woanders, aber so lange waren sie noch nie getrennt gewesen. Tom hatte versprochen, zur gegenseitigen Aufmunterung täglich anzurufen, morgens und abends, und so hockte Holly mit dem Glas in der Hand im Bett, umgeben von weichen Kissen, und ließ sich von Tom zärtliche Dinge ins Ohr flüstern.

Es half alles nichts, schließlich mussten sie sich Gute Nacht sagen, und Holly legte auf. Sie machte das Licht aus, doch ihre Gedanken ließen sich nicht so einfach abschalten. Ihre gut gemeinten Vorkehrungen für eine ruhige Nacht verhedderten sich im Gestrüpp ihrer Grübeleien. Die Trennung von Tom, das fremde Haus, das Dorf, der Auftrag, mit dem sie nicht zurande kam, alles ließ sie nicht zur Ruhe kommen, und sie wälzte sich bis weit nach Mitternacht von einer Seite auf die andere. Zu ihrer Überraschung waren es nicht so sehr Tom und seine Abwesenheit, die sie beschäftigten. Es war Jocelyn.

Holly hatte Jocelyn sofort ins Herz geschlossen. Als die alte Dame unangemeldet vor der Tür gestanden hatte, hätte Holly nicht im Traum daran gedacht, dass sie sich über den Besuch freuen würde. Nun aber musste sie zugeben, dass sie Jocelyn nur ungern hatte gehen lassen. Sie hätte am liebsten noch mehr über die ehemaligen Bewohner des Torhauses erfahren, und Jocelyn faszinierte sie. Holly hatte das eindeutige Gefühl, dass sich hier eine Freundschaft anbahnte, ein Gedanke, der ihr gefiel und sie in gewisser Weise für ihre ungestillte Neugier entschädigte.

Holly versuchte sich zu entspannen, aber je mehr sie sich bemühte, umso mehr rasten ihre Gedanken im Kreis. Die Stunden verstrichen, unruhig wälzte sie sich von einer Seite auf die andere, bis sie sich schließlich geschlagen gab, sich reckte und streckte und die Augen öffnete. Das Display auf ihrem Wecker zeigte sieben Minuten nach zwei. Durch die Jalousien sickerte das Mondlicht und versetzte den Raum in eine Stimmung, wie es nur das natürliche Licht des Mondes kann. Hollys Herz setzte einen Moment aus, als ihr einfiel, was Jocelyn gesagt hatte, als sie durch Toms Anruf abgelenkt war: »Ihr habt die Monduhr wieder aufgestellt.« War es das, was sie nicht zur Ruhe kommen ließ? Dann gab es nur eine Möglichkeit, die Dämonen zu verscheuchen, die sie am Schlaf hinderten.

Holly stolperte aus dem Bett und öffnete die Jalousie. Ein kreisrunder Vollmond war über den aufgetürmten Wolken aufgegangen. Der Sturm, der tagsüber getobt hatte, hatte sich gelegt und war nicht mehr als eine blasse Erinnerung, die sich in der Nachtluft verflüchtigt hatte. Holly sah in den Garten hinunter, der sich in allen erdenklichen grauen Schattierungen vor ihr ausbreitete. Aber nicht die weißen Tupfer auf den Obstbäumen, die ihre ersten Blüten zeigten, fesselten ihre Aufmerksamkeit, auch nicht die Osterglocken, deren weiße Köpfe hier und da wie Irrlichter auf und ab tanzten, sondern die Monduhr. Sie stand genau in der Mitte des Gartens, im vollen Licht des Mondes. Es war, als leuchtete sie selber.

Holly konnte sich nicht erklären, warum sie sich von dem verführerischen Glitzern der Monduhr angezogen fühlte, und weshalb sie dem Wunsch, die Uhr näher in Augenschein zu nehmen, beim besten Willen nicht widerstehen konnte. Als sie ein T-Shirt und die Jogginghose überstreifte und die Treppe hinuntereilte, musste sie beinahe über ihre eigene Dummheit lachen. Sie schlüpfte in ihre Turnschuhe, und auf dem Weg durch die Küche griff sie aus ebenso unverständlichen Gründen nach dem Holzkasten mit den fehlenden Teilen für die Monduhr und nahm ihn mit in den Garten.

Der Frühling hatte die Winterkälte noch nicht ganz vertrieben. Holly fröstelte in der kühlen Aprilnacht. Die Erde war feucht, und im hohen Gras, das seit Ewigkeiten nicht mehr gemäht worden war, waren ihre Hosenbeine im Handumdrehen bis zu den Knien durchweicht.

Als Holly sich der Monduhr näherte, spürte sie plötzlich einen Kloß im Hals. Der Garten, der tagsüber so still und friedlich aussah, wirkte bei Nacht fast bedrohlich, wenn der Wind durch die überall verstreuten toten Äste fuhr, und raschelnd an die Vergänglichkeit des Lebens gemahnte.

Holly hatte fast das Gefühl, dass ein unsichtbarer Puppenspieler ihre Hand lenkte, als sie den Kasten auf den Stein legte und ihn öffnete. Sie hielt die Kugel ins Mondlicht, die glitzerte und blinkte, als aus dem Prisma in ihrer Mitte kleine scharfe Lichtblitze schossen.

Vorsichtig setzte Holly die Kugel in die Vertiefung in der Mitte des Steins, wo sie gegen die Metallhalterung schepperte. Holly beobachtete fasziniert, wie die Kugel immer mehr Mondlicht einfing, bis sie zu leuchten anfing, wie ein kleiner Mond, der in der Halterung gefangen war. Vor Schreck blieb ihr fast das Herz stehen, als der Mechanismus plötzlich zum Leben erwachte, und die Greifer mit einem dumpfen, metallischen Geräusch nach der Kugel schnappten. In Sekundenschnelle schossen Lichtblitze aus der leuchtenden Kugel und wirbelten wie rasende Uhrzeiger immer schneller im Kreis. Als Holly nach der Monduhr zu greifen versuchte, durchzuckte plötzlich ein elektrischer Schlag ihren Arm.

Instinktiv zog sie die Hand zurück und wurde von gleißendem Mondlicht eingehüllt. Ihre Beine gaben nach, sie taumelte, und im Fallen prallte sie mit dem Kopf gegen den Rand der Uhr. Unsanft landete sie auf dem Boden, hinter ihren geschlossenen Lidern tanzten Sterne. Sie hörte das gleichmäßige Ticken einer Uhr, das allmählich schwächer wurde, bis nur noch das wilde Klopfen ihres Herzens in ihren Ohren pochte.

Holly war völlig verstört und durcheinander. Sie versuchte, ruhig durchzuatmen und sich zu sammeln, und stützte sich mit beiden Händen am Boden ab. Das Gras unter ihren Händen war weich und üppig, als würde sie auf einem ordentlich gemähten Rasen knien, statt auf ungepflegtem Wildwuchs.

Holly befiel eine unerklärliche Angst, dass sie sich nicht mehr in ihrem eigenen Garten befand, aber sie war immer noch halb blind und versuchte mit den Händen ihre Umgebung zu ertasten. Hatte die Energie des Leuchtfeuers sie womöglich weiter weggeschleudert, als sie angenommen hatte? Als sie den Stein berührte, fühlte er sich zu ihrer

Erleichterung hart und kalt an wie immer. Sie klammerte sich an die Steinplatte und zog sich schwankend daran hoch.

Vor ihren Augen tanzten immer noch weiße Lichtpunkte, doch inzwischen konnte sie immerhin wieder schemenhaft die vertrauten Umrisse wahrnehmen. Die Obstwiese, das Atelier, das Haus. Als sie einen Blick auf die Monduhr warf, erstarrte sie. Die Kugel und die Messinghalterung waren verschwunden, der Holzkasten ebenfalls, der vorher noch auf der Platte gestanden hatte. Holly sah sich hastig um, möglicherweise war er heruntergefallen. Aber es war nichts als eine perfekt gepflegte Rasenfläche zu sehen. Hätte ihr Herz nicht ohnehin gerast, hätte es jetzt bis zum Zerbersten geklopft. Was war eben geschehen?

Holly bebte am ganzen Körper, und merkte plötzlich, dass sie nicht nur vor Schreck zitterte. Die Temperatur war beträchtlich gefallen, sie fror erbärmlich in ihrem T-Shirt. Sie atmete tief ein und aus, um sich zu beruhigen, und sah, wie ihr Atem in der Kälte kleine Kondenswolken bildete. Als sie sich umdrehte in der Hoffnung, ihr vertrautes Heim zu sehen, war es mit ihrer Ruhe schon wieder vorbei. Nur das Mondlicht hatte ihr vorhin den Weg durch den Garten gewiesen, sie hatte im Haus kein Licht gemacht. Jetzt war das Küchenfenster hell erleuchtet.

Eine andere Erklärung, als dass ihr Gedächtnis bei dem Aufprall Schaden genommen hatte, fiel Holly nicht ein. Sie atmete tief durch und musterte ihre Umgebung noch einmal aufmerksam. Doch es half alles nichts.

Irgendetwas stimmt nicht an dem Bild. Nein, fast alles stimmte nicht, aber Holly war nicht in der Lage, einen klaren Gedanken zu fassen. Als sie sich dem Haus näherte, konnte sie nicht länger leugnen, was sie bisher nicht wahrhaben wollte. An die Rückfront angebaut war plötzlich ein Wintergarten. Er lag im Dunkeln, doch im Hintergrund drang ein schwacher Lichtschein aus dem Wohnzimmer. Mit unsicheren Schritten und dem Gefühl, nicht in der Wirklichkeit zu sein, tastete Holly sich zur Hintertür, die in die Küche führte. Wie ein Dieb spähte sie durchs Fenster ihres eigenen Hauses. Erleichtert stellte sie fest, dass niemand in der Küche war, aber bei näherem Hinsehen schlug ihre Verwirrung nicht in Angst, sondern in blankes Entsetzen um. Die Küche war immer noch ihre alte Küche, dieselben Schränke, derselbe Herd, derselbe Kühlschrank, sogar derselbe Tisch, doch sie war in einem völlig anderen Zustand, als Holly sie eben verlassen hatte. Sie fragte sich allmählich, wie hart ihr Kopf aufgeschlagen sein musste, um eine plausible Erklärung für die umfangreiche Babyausstattung zu liefern, die überall verstreut war.

Nur die feste Überzeugung, dass es sich um eine Sinnestäuschung handelte, löste Hollys Erstarrung. Sie wollte einfach ins Haus gehen, sich ins Bett flüchten, und diese zweite Wirklichkeit ausblenden, die ihre Fantasie offenbar erschaffen hatte, um sie höchstpersönlich zu quälen. Sie trat an die Tür und versuchte sie zu öffnen, aber die Klinke rührte sich nicht. Sie lag zwar kalt und fest in ihrer Hand, Holly hatte jedoch das Gefühl, keinen Druck ausüben zu können, was eine Nachwirkung des Schocks sein musste, wie sie annahm. Sie packte so kräftig zu, dass selbst ein Burgtor nachgegeben hätte, öffnete schließlich die Tür und trat noch tiefer in ihren Alptraum ein.

Ein fremder Geruch lag in der Luft, eine Mischung aus Kochdünsten und warmer Milch, nicht wie erwartet der des Fertiggerichts und abgestandenen Weins vom Vorabend. Holly traute sich nicht bis in die Mitte der Küche und lehnte sich an einen Schrank neben der Tür. Sie wartete und lauschte in der Hoffnung, dass wenigstens einer ihrer Sinne noch vernünftig funktionierte. Sie wollte nichts hören außer der vertrauten Stille eines leeren Hauses, aber es dauerte nicht lange, bis ihr Gehör das Spiel mitmachte, das sie an den Rand des Wahnsinns trieb.

Sie hörte undeutliche Geräusche, die langsam näher kamen. Wer sich auch immer im Haus aufhalten mochte, hatte gerade den Flur betreten. Hollys Blick wanderte von der Hintertür, ihrem einzigen Fluchtweg, zur Tür zum Flur, die sich jeden Augenblick öffnen konnte.

Holly blieb standhaft. Es war immerhin ihr Haus, sie hatte ein Recht, hier zu sein. Warum nur kam sie sich in ihrem eigenen Heim wie eine Fremde vor? Sie konnte zwei Stimmen unterscheiden, eine männliche und eine weibliche. Sie sprachen leise und undeutlich, so dass Holly sie vor lauter Herzklopfen nicht verstehen konnte. Die Haustür öffnete sich mit dem vertrauten Quietschen.

In dem kurzen Moment der Erleichterung, dass ihr die drohende Begegnung erspart geblieben war, versuchte Holly sich Klarheit zu verschaffen. Was ging hier vor? Handelte es sich um eine Halluzination? Hatte der Aufprall mit dem Kopf Wahnvorstellungen erzeugt? War sie länger ohnmächtig gewesen, als sie dachte? Hatte sie vielleicht tagelang bewusstlos im Garten gelegen, während sich Obdachlose in ihrem Haus eingenistet hatten? Dieser Möglichkeit, so unwahrscheinlich sie auch war, hätte sie lieber Glauben geschenkt, als ihren Geisteszustand infrage zu stellen.

Sie ging zur Küchentür hinüber und war im Begriff, einen Blick in den Flur zu werfen, als sich die Tür vor ihrer Nase öffnete. Holly wich erschrocken zurück, als eine Gestalt vor ihr auftauchte.

»Tom!«, schrie Holly. »Gott sei Dank bist du hier.«

Sie streckte beide Arme nach ihm aus, aber dann erstarrte sie. Der Mann vor ihren Augen sah aus wie Tom, wirkte jedoch vollkommen fremd. Die Haare waren kurz, so kurz wie noch nie, allerdings war das nicht das Schlimmste. Er sah ungepflegt aus, was Holly nicht weiter wunderte, nicht mal sein eingefallenes Gesicht erschreckte sie. Was ihr das Blut in den Adern gefrieren ließ, war sein Blick. Seine schönen grünen Augen richteten sich auf sie – und sahen direkt durch sie hindurch. Sein Blick war leer und leblos, wie tot.

Tom wandte sich von Holly ab, ohne sie wahrzunehmen. Er griff nach einem Paar lederner Damenhandschuhe, die auf dem Küchentisch auf einem Laptop lagen. »Ich hab sie«, rief er laut, bevor er sich umdrehte und die Küche verließ.

Als die Tür hinter ihm ins Schloss fiel und Holly wieder allein war, wurde ihr schwindelig, und sie vergaß einen Moment zu atmen. Mit letzter Kraftanstrengung taumelte sie zur Tür, durch die Tom gerade verschwunden war, und schaffte es nur mit größter Mühe, sie einen Spaltbreit zu öffnen. Tom stand mit dem Rücken zu ihr an der Haustür, wo Diane, bereits auf der Türschwelle, eine Hand auf seinen Arm gelegt hatte und mit ihm sprach. Im Wandspiegel war eine dritte Person zu sehen, die, wie Holly nur vermuten konnte, ihr Schwiegervater Jack war.

Holly konnte nur schwer dem verzweifelten Bedürfnis widerstehen, sich in Toms Arme zu werfen und ihn anzuflehen, alles wieder ins Lot zu bringen. Aber dann erinnerte sie sich, wie er durch sie hindurchgesehen hatte, und rührte sich, starr vor Angst, nicht vom Fleck.

»Du weißt, wo du uns finden kannst, wenn du Hilfe brauchst«, sagte Diane zu Tom.

»Ich weiß, Mum. Wir werden es schon schaffen.«

»Wir waren uns alle einig, dass du ab jetzt allein zurechtkommen musst, aber wenn du mich trotzdem brauchst …«

»Ich weiß«, beharrte Tom. »Ich weiß, wo du bist.«

»Jetzt lass den Jungen in Ruhe, Di«, sagte Jack. Er legte den Arm um Dianes Taille und versuchte, seine Frau loszueisen.

»Sie ist so klein und zart. Wenn du mal nicht weiterweißt – ich habe alles Notwendige auf dem Laptop notiert, der auf dem Tisch steht. Und du kannst mich Tag und Nacht anrufen. Melde dich, wenn du was brauchst.«

»Mach ich, aber wie du weißt, ist alles perfekt organisiert. Holly hat vor Libbys Geburt alles bis zur letzten Windel durchdacht. Als hätte sie gewusst, dass sie nicht mehr aus dem Krankenhaus nach Hause kommt.« Toms Stimme versagte vor Schmerz, es war eine Weile still, als er ein Schluchzen unterdrückte. »Ich kann ihr nicht die Mutter ersetzen, das ist klar, aber ich verspreche dir, dass ich mich um unser Kind kümmere. Wir haben einen hohen Preis dafür bezahlt.«

»Arme Holly. Es ist ein Jammer. Sie wäre so eine gute Mutter geworden. Warum musste sie nur…« Diane konnte ihren Satz nicht beenden, sie weinte hemmungslos.

»Du kannst das Wort ruhig aussprechen, Mum. Ich denke Tag und Nacht daran«, sagte Tom. »Sie ist gestorben. Holly ist tot.«

Holly umklammerte die Klinke. Vor Schreck war ihr fast das Herz stehen geblieben, und sie fürchtete, ohnmächtig zu werden. Am liebsten wäre sie weggerannt, doch wie gelähmt starrte sie auf das Grauen, das sich vor ihren Augen abspielte wie ein Autounfall in Zeitlupe.

»Genug jetzt«, wiederholte Jack. »Wir haben gesagt, dass wir heute abreisen. Wir hielten es alle für das Beste.«

»Aber es ist noch nicht einmal einen Monat her. Toms Leben ist völlig auf den Kopf gestellt«, gab Diane zu be denken.

»Dad hat recht.« Tom straffte entschlossen die Schultern. »Wenn wir noch länger warten, wird es nur noch schlimmer.«

»Und wenn du jetzt nicht aufhörst zu heulen, wirst du den Weg zum Auto nicht mehr erkennen«, mahnte Jack.

»Lass mich wenigstens deinen Koffer tragen«, sagte Tom und trat aus der Haustür.

»Und was ist mit Libby?«, schluchzte Diane.

»Sie ist gut im Wohnzimmer aufgehoben. Und ich leg den Keil in die Tür.«

Kaum waren die drei außer Sichtweite, war ein Laut

aus dem Wohnzimmer zu hören. Ein Laut, der Holly in diesem Haus so fremd vorkam, dass sie vor Schreck die Türklinke losließ, als wäre sie elektrisch geladen wie die Monduhr.

Sie war im Begriff sich umzudrehen und wegzulaufen, aber das Weinen eines Babys hielt sie davon ab. Es berührte sie, obwohl Babygeschrei sie bisher nie berührt hatte. Neugierig trat Holly auf den Flur hinaus und ging ins Wohnzimmer.

Das Baby lag in einer Babyschale im Erker. Es sah sie mit großen, wachen Augen an, die Toms blassgrünen Augen zum Verwechseln ähnlich waren. Bei Hollys Anblick hörte das Baby nicht nur auf zu weinen, sondern es entspannte sich und wurde vollkommen still und friedlich. Das kleine Mädchen war das bezauberndste Geschöpf, das Holly je gesehen hatte. Es hatte feine blonde Haare, einzelne Löckchen fielen ihm in die Stirn. Die Bäckchen waren kugelrund, und der rosa Mund hatte eine niedlich geformte Oberlippe. Holly konnte nicht widerstehen und berührte das kleine Engelsgesicht. Das Baby folgte ihrer Hand mit dem Mund, und suchte nach Nahrung.

»Was hast du kleines Wunder in diesem Alptraum zu suchen?«, flüsterte Holly. Das Baby strampelte und gurrte, und Holly streckte unwillkürlich die Arme nach ihm aus. Sie stutzte nur einen Moment, als das Verlangen, das Kind im Arm zu halten, sie überwältigte. Sie konnte sich nicht erinnern, jemals ein Baby im Arm gehalten oder auch nur den Wunsch gehabt zu haben, so etwas zu tun.

Holly schob die Hände unter den Körper des Babys, ihre Finger glitten über die weiche, warme Decke, in die es eingehüllt war. Sie wollte es hochnehmen, doch ihre Hände griffen ins Leere und fanden keinen Widerstand. Sie war verärgert, denn sie wollte das Kind um jeden Preis im Arm halten. Doch es nützte alles nichts, das Baby blieb fest in seiner Schale liegen, und als es Hollys Enttäuschung spürte, fing es wieder an zu schreien, noch lauter als vorher.

»Ich komme«, rief Toms geisterhafte Stimme. Holly hörte, wie er den Flur hinunter in die Küche lief.

Sie geriet in Panik, trat einen Schritt von der Babyschale zurück und sah sich nach einem Versteck um, wobei ihr Blick einen Stoß Beileidskarten auf dem Kaminsims streifte. Sie hastete zur Terrassentür, die in den Wintergarten führte, und konnte gerade noch in seinen Schatten schlüpfen, als Tom mit einer Babyflasche in der Hand erschien.

Er nahm die Kleine hoch und setzte sich mit ihr auf das Sofa, um sie zu füttern. Er saß Holly direkt gegenüber, und obwohl sie nicht völlig verdeckt war, schien er sie nicht zu bemerken.

»Jetzt sind wir beide allein«, seufzte Tom, während das Baby gierig an der Flasche nuckelte.

Stille breitete sich aus, nur das Schmatzen des Babys und Hollys stockender Atem waren zu hören. Sie dachte, Tom könnte sie unmöglich überhören, aber er nahm sie immer noch nicht wahr. Sie spürte, wie sie langsam in eine beinahe wohltuende Schockstarre fiel. Ihr Verstand hatte es bereits aufgegeben, nach einer Erklärung dafür zu suchen, was hier vorging. Sie konzentrierte sich lieber auf Libbys regelmäßiges, zufriedenes Schmatzen, das eine beruhigende Wirkung auf sie ausübte.

»Ich weiß, dass du hier bist, Holly«, sagte Tom. Holly überlief es kalt. Wie in Trance trat sie aus dem Schatten ins Zimmer.

»Ich bin hier, Tom.«

Tom sah zur Terrassentür, knapp an Holly vorbei, wieder mit diesem leeren Blick. Worauf er ihn auch richten mochte, es lag außerhalb dieser vier Wände. »Ich hoffe, du siehst mich. Ich hoffe, du hörst mich. Weil ich ohne dich nämlich nicht weiterleben kann.« Toms Stimme verlor sich in einem heiseren Flüstern, er kniff die Augen zusammen, um die Tränen zurückzuhalten.

Holly stürzte zu ihm, kniete sich vor ihm hin, packte ihn an den Armen, damit er die Augen öffnete und sie sah. »Ich bin hier, Tom! Sieh mich doch bitte, bitte an«, schluchzte sie.

Tom schlug die Augen auf, aber Holly lief es eiskalt den Rücken herunter, als sein Blick wieder durch sie hindurchging.

»Es tut weh, Holly, es tut so unendlich weh. Jeden Morgen, wenn ich aufwache, wird mir bewusst, dass ich dich nie mehr sehen werde, und mein Herz krampft sich zusammen. Ich kann es einfach nicht glauben, dass du tot bist, nein, ich kann es nicht. Es ging dir doch gut, du warst schwanger, ja, aber du warst doch gesund. Von einer Minute auf die andere warst du nicht mehr da. Ich vermisse dich wahnsinnig, es tut so weh.«

Tom schwieg und schüttelte den Kopf, als versuchte er einen klaren Gedanken zu fassen. »Mum sagt dauernd, ich soll loslassen, soll nicht gegen die Tränen ankämpfen, aber ich kann das nicht. Ich habe solche Angst, Holly, wenn ich einmal anfange zu weinen, kann ich nicht mehr aufhören, das weiß ich.« Tom schnappte nach Luft, als würde er an seinen unterdrückten Tränen ersticken.

Libby wand sich in seinem Arm, und Tom zog ihr die halb geleerte Flasche aus dem Mund. Seine Miene hellte sich ein wenig auf, als er seine Tochter betrachtete und sie anlächelte, bevor er sie an die Schulter legte und ihr auf den Rücken klopfte. Das aufgesetzte Lächeln verschwand, und sein Blick war wieder voller Trauer. »Ich war nicht darauf gefasst, Holly, dass du mich verlässt. Ich kann es nicht glauben, dass du nie wieder das Zimmer betrittst. Deine Sachen sind alle noch hier, so wie du sie hinterlassen hast, sie warten auf dich. Komm wieder nach Hause, Holly, bitte komm wieder.«

Tom entfuhr ein Seufzer, aber er biss sich auf die Lippen, um Haltung zu bewahren. »Ich kann nicht mehr, ich halte den Schmerz nicht länger aus. Ein Leben ohne dich – das ertrage ich nur um Libbys willen.«

Libby antwortete mit einem vernehmlichen Bäuerchen, und Tom musste lächeln. Er nahm sie wieder in den Arm und gab ihr die Flasche.

»Danke für den Vertrauensbeweis, Libby«, flüsterte er. Holly wurde warm ums Herz, als sie sah, wie zärtlich er mit seiner Tochter umging, und ihre lähmende Starre löste sich. »Ich liebe dich von ganzem Herzen, und deine Mami liebt dich auch und beschützt dich.«

Holly konnte der Versuchung nicht widerstehen, Libbys Kopf zu streicheln. Als sie sich vorbeugte, spürte sie Toms warmen Atem auf ihrem Gesicht und zitterte plötzlich. Sie wusste, dass es wirklicher war als alle ihre Träume.

»Versprich mir, dass du mich nie verlassen wirst«, flüsterte Tom.

»Ich verspreche es.« Holly hoffte, dass Tom sie hörte, aber er reagierte nicht.

Mutlos ließ sie ihren Kopf auf Toms Schoß sinken und schloss die Augen. »Das ist alles nicht wahr, Tom, das ist nicht die Wirklichkeit. Alles wird wieder gut.«

Stille erfüllte den Raum, die Zeit verrann. Holly rührte sich nicht, bis das Baby die Flasche ausgetrunken hatte. Als Tom eine Bewegung machte, um aufzustehen, machte sie nur ungern Platz. Sie stand jetzt unmittelbar vor ihm. Er legte das Baby an die Schulter und griff nach der Babyschale.

»Jetzt aber ab ins Bett«, sagte er mit gespielter Munterkeit.

Als er sich zur Tür wandte, legte ihm Holly eine Hand auf die Schulter, um ihn aufzuhalten. »Bleib bei mir«, flehte sie ängstlich. Tom zögerte einen Augenblick. »Bleib bei mir«, flüsterte er, doch dann verließ er das Zimmer.

Holly, die vor Angst wie versteinert war, konnte sich kaum noch auf den Beinen halten. Ihre Atemzüge wurden immer hektischer, ihr wurde schwindelig, und sie war nahe daran zu hyperventilieren. Sie hörte Toms Schritte auf der Treppe, dann das Knirschen der Dielenboden über ihrem Kopf. Und zum zweiten Mal in dieser Nacht verkrampfte sich beim Schreien eines Babys ihr Herz.

Hollys einziger Gedanke war die Flucht. Sie brauchte dringend frische Luft. Taumelnd fand sie den Weg durch die Küche, drückte zitternd die Klinke hinunter und stürzte schließlich hinaus in den Garten. Es war immer noch kalt, viel zu kalt für Ende April, der Wind peitschte ihr ins Gesicht.

Gehetzt sah sie sich im Garten um, ob im Schatten nicht noch mehr Dämonen lauerten, die sie um den letzten Rest ihres Verstandes bringen wollten. Und wie zur Bestätigung wurde ihr Blick magisch vom Obstgarten angezogen. An den Bäumen, die eigentlich kurz vor der Blüte stehen sollten, hingen noch ein paar einsame, vertrocknete Blätter, die spärlichen Überreste eines längst vergangenen Sommers. Holly taumelte weiter bis zur Monduhr.

»Ich bin nicht tot, ich bin nicht tot«, schluchzte sie, fiel auf die Knie und kauerte sich in sich zusammen. »Ich bin doch hier, Tom. Warum kannst du mich nicht sehen?«, beschwor sie ihn.

Holly hatte keine Vorstellung, wie lange sie zusammengekauert neben der Monduhr gelegen hatte. Erschöpft und vor Kälte zitternd, verängstigt und verwirrt wusste sie nicht, was sie jetzt tun sollte. Erst als das Licht in der Küche erlosch und der Garten wieder in der Dämmerung versank, hob sie den Kopf und wagte einen Blick auf das Haus.

Kurz darauf wurde im Schlafzimmer Licht gemacht. Es war der warme Schimmer einer Nachttischlampe. Die Jalousie stand offen. Holly versuchte sich zu erinnern, ob sie sie hochgezogen hatte oder nicht. Sie seufzte. Was spielte es schon für eine Rolle? Alles war anders, und Holly fühlte sich in einer Welt gefangen, in der sie nicht mehr vorhanden war. Tom hingegen gab es in dieser Welt. Doch wenn Tom sie nicht sehen konnte, wo befand sie sich dann?

Holly stand auf. Vor dem lauernden Blick des Vollmondes wäre sie am liebsten ins Haus und in Toms Arme geflohen. Sie war gerade im Begriff, den ersten Schritt zu tun, als seine vertraute Silhouette am Schlafzimmerfenster erschien. Er schaukelte hin und her, und obwohl ihr das Ganze völlig absurd vorkam, war ihr klar, dass er das Baby in den Armen wiegte. Das leise Schaukeln seines Körpers erstarrte plötzlich. Holly konnte seine Augen zwar nicht erkennen, doch sie war felsenfest davon überzeugt, dass er sie ansah.

Im selben Augenblick spürte Holly, wie die Welt um sie herum auf sie einstürzte. Eine zentnerschwere Last legte sich auf ihre Brust, während eine tickende Uhr auf sie zuraste und mit einem dumpfen Schlag stehen blieb. Holly schwankte, vom peitschenden Wind oder einfach aus Erschöpfung, und suchte Halt an der Monduhr. In dem Moment, als sie den Stein berührte, wurde sie in einen rasenden Lichtwirbel gerissen, der Garten verschwamm vor ihren Augen, und die Luft wurde um einige Grade wärmer.

Holly musste sich mit beiden Händen an der Uhr festhalten. Sie schloss die Augen, um der Schwindelattacke Herr zu werden. Mit der Hand war sie an einen Gegenstand gestoßen, der auf der Uhr lag. Sie blinzelte, damit die Lichtreflexe vor ihren Augen verschwanden, doch es dauerte eine Weile, bevor sie gezielt nach dem Gegenstand greifen konnte. Erleichtert atmete sie auf, als sie sah, was sie in der Hand hielt. Es war der Holzkasten. Auch der Mechanismus und die Kugel waren an ihrem Platz. Die Kugel schaukelte harmlos in der gelockerten Messinghalterung. Alles war, wie es sein sollte.

Der Wind hatte sich gelegt, und als Holly einen Blick auf den Obstgarten wagte, leuchteten die weißen Frühlingsknospen verheißungsvoll in der Dunkelheit. Unter ihren Füßen war der ungemähte Rasen so verwildert wie eh und je. Abrupt drehte Holly sich zum Haus um. Das Schlafzimmerfenster war unbeleuchtet, das ganze Haus lag im Dunkeln, und der Wintergarten fehlte. Die Jalousie im Schlafzimmer war hochgezogen, aber niemand sah zu ihr hinunter.

Holly nahm die Kugel aus der Uhr und warf sie hastig in den Kasten, als könnte sie sich die Finger daran verbrennen. Mit dem Kasten unter dem Arm rannte sie über die Wiese und holte erst Luft, als sie die Küche erreicht und das Licht angemacht hatte. Ein kurzer Blick genügte, um sich zu vergewissern, dass keine Babysachen herumlagen und kein Laptop auf dem Küchentisch stand.

Nur langsam ließ der schreckliche Alptraum Hollys Seele und Verstand wieder aus seinen Fängen. Zaghaft betrat sie den Flur, warf einen prüfenden Blick in die beiden Zimmer im Erdgeschoss, und lief die Treppe hinauf. Das Schlafzimmer war leer, das Bett so zerwühlt, wie sie es hinterlassen hatte. Der Wecker zeigte 3.21 Uhr.

Holly schlüpfte aus ihren Kleidern, die Jogginghose war vom nassen Gras noch feucht. Sie verkroch sich in die Geborgenheit ihres Bettes und zog die Decke über den Kopf. Sie war nicht mehr in der Lage, sich über die rätselhaften Vorgänge der letzten Stunde Gedanken zu machen, schloss einfach die Augen und schaltete ab. Der Schlaf, der sie vorher so hartnäckig gemieden hatte, übermannte sie nun rasch und gnädig.

DREI

Das verhängnisvolle Leuchten des Vollmonds war dem grellen Sonnenlicht eines Frühlingsmorgens gewichen, als Holly von einem energischen Klopfen an der Haustür hochschreckte und in die Wirklichkeit zurückgeholt wurde. Sie sprang aus dem Bett, stieg über die achtlos auf den Boden geworfenen Kleider und warf sich ihren Morgenmantel über. Alle Knochen taten ihr weh, als sie die Treppe hinunterhastete.

»Tut mir leid, Billy, ich habe wohl verschlafen«, entschuldigte sie sich und rieb sich den Schlaf aus den Augen.

»Aber, aber, Mrs Corrigan.« Billy schnalzte missbilligend mit der Zunge. »Sie können doch in diesem aufreizenden Hemdchen nicht an die Tür gehen, wenn Handwerker im Haus sind! Meinen Leuten fällt noch der Hammer aus der Hand.«

»Das ist doch nur ein alter Morgenmantel, Billy. Die werden eher tot umfallen vor Schreck.« Holly wusste, dass sie wie eine Vogelscheuche aussah, und war Billy im Stillen dankbar, dass er sie so charmant darauf hinwies. Hastig fuhr sie sich durch die Haare, um wenigstens ein einigermaßen anständiges Bild abzugeben.

Billys Schmunzeln verschwand, und er klang plötzlich besorgt. »Was ist denn mit Ihrem Gesicht passiert?«

Holly warf einen Blick in den Spiegel neben der Tür. Die rechte Wange war voller blauer Flecken und Schürfwunden. »Ach nichts«, meinte Holly geistesabwesend, als sie sich zum ersten Mal nach dem Aufwachen wieder an ihr nächtliches Abenteuer erinnerte.

»Wenn Ihr verehrter Gatte Sie verprügelt hat, dann muss ich ein ernstes Wörtchen mit ihm reden, wenn er wieder da ist«, knurrte Billy.

»Blödsinn«, lächelte Holly verkrampft. »Ich bin eben eine arme, schwache Frau, die nicht allein zurechtkommt. Ich bin im Garten gestolpert, weiter nichts.«

»Umso besser, dass ich Jocelyn vorbeigeschickt habe. Wusste ich's doch, dass man ein Auge auf Sie haben muss.«

Holly war nicht in der Stimmung für Billys Scherze, doch wenn sie sich nicht zusammenriss, schickte er womöglich noch mehr Aufpasser vorbei.

»Obwohl ich bestens allein zurechtkomme, war die Idee ausgezeichnet. Wirklich, eine reizende Dame.« Hollys Lächeln kam diesmal mehr von Herzen.

»Sie müssen öfter mal ausgehen, andere Leute sehen.«

»Wenn ich Ihnen jetzt verspreche, dass ich das tun werde, hören Sie dann auf zu meckern und machen sich wieder an die Arbeit?«

Billy salutierte. »Zu Ihren Diensten. Ende der Woche müssten die Innenarbeiten fertig sein. Es wäre nicht verkehrt, wenn Sie sich inzwischen schon mal Gedanken über den ganzen Schnickschnack machen, der da noch reinsoll. Und wenn Sie mich irgendwo sonst noch gebrauchen können, sagen Sie einfach Bescheid.«

»Was für ein unmoralisches Angebot, Billy!« Holly zog in gespielter Empörung die Luft ein.

Billy lief tatsächlich rot an. »Äh, was ich sagen wollte, also ich meinte den Garten, der müsste noch in Ordnung gebracht werden. Wir wollen doch nicht noch mehr Unfälle haben, oder?«, stammelte er.

Holly schauderte, als sie sich daran erinnerte, wie sie auf dem weichen Rasen gekniet hatte. »Danke Billy, aber ich glaube, da machen wir es Tom ein bisschen zu einfach.«

Sie brachte das Gespräch mit Billy zu einem raschen Ende, indem sie ihm und seinen Leuten eine Tasse Tee in Aussicht stellte. Nachdem Billy wieder im Atelier verschwunden war, warf sie noch einmal einen Blick in den Spiegel. Sie hätte so gerne geglaubt, dass die Ereignisse der vergangenen Nacht nur ein bizarrer Alptraum gewesen waren, aber der körperliche Beweis war schwerlich zu leugnen.

Holly brachte Duschen und Anziehen hinter sich und versuchte dabei die ganze Zeit, eine vernünftige Erklärung für die Vorgänge in der Nacht zu finden. Sie hatte nachts das Haus verlassen, so viel stand fest. Die offene Küchentür und die feuchte Jogginghose waren ein eindeutiger Beweis, dass sie im Garten gewesen war. Der Holzkasten auf dem Küchentisch bestätigte, dass sie mit der Monduhr hantiert hatte. Aber an welchem Punkt endete die Wirklichkeit und setzte ihre Fantasie ein?

Bis zu dem Punkt, an dem sie mit dem Kopf aufgeschlagen war, fand sich für alles eine vernünftige Erklärung. Und eine leichte Gehirnerschütterung wäre eine Erklärung für ihren grotesken Blick in die Zukunft. Was, um ehrlich zu sein, die einzige Erklärung war, die Holly in Betracht ziehen wollte.

Um nicht noch mehr Zeit zu verschwenden und über ihre Wahnvorstellungen nachzudenken, raffte sie sich auf und machte sich an die Arbeit. Sie lief die Treppe hinunter, um den versprochenen Tee für die Handwerker aufzusetzen und sich selbst eine Tasse starken Kaffee zu brühen. Entschlossen breitete sie ihr Arbeitsmaterial auf dem Küchentisch aus, um sich den ganzen Tag Mrs Bronsons Auftrag zu widmen. Zuweilen kamen sich ihre Disziplin und ihre Kreativität ins Gehege, aber heute waren Disziplin und Konzentration gefragt. Keine Ablenkungen.

Tom rief an. Gewisse Ablenkungen waren natürlich erlaubt und die Ausnahme von der Regel, und heute musste Holly einfach seine Stimme hören.

»Guten Morgen, du Sonne meines Lebens«, flötete Tom.

»Guten Morgen, mein Fels in der Brandung«, erwiderte Holly und war zu ihrem Erstaunen erleichtert, dass er sie hörte und wahrnahm. Der Mann, den sie gestern Nacht in seiner verzweifelten Trauer gesehen hatte, fiel ihr wieder ein, aber sie verscheuchte das Bild.

»Hab ich dich gestört?«, erkundigte sich Tom.

»Nein, überhaupt nicht. Du weißt gar nicht, wie sehr ich dich vermisst habe.«

»Und hast noch keinen Ersatz gefunden, hm?«, scherzte Tom.

Holly musste lächeln, die Banalität der Unterhaltung tat ihr wohl. Die Anspannung, die sie den ganzen Morgen mit sich herumgeschleppt hatte, fiel von ihr ab. »Ging ziemlich bunt zu hier«, lachte sie. »Aber schließlich habe ich die ganze Fußballmannschaft aus meinem Bett geschmissen.«

»Nur eine Fußballmannschaft? Deine Kondition lässt bedenklich nach.«

»Und wie sieht's mit dir aus? Schon ein paar Mädels aufgetrieben, die dich in Schwung halten?«

»Oh, das Angebot gestern Abend war nicht übel, aber kein Vergleich zu dir.«

»Du fehlst mir«, flüsterte Holly, die das Spiel leid war.

»Du fehlst mir auch.«

»Ich glaube, ich halte es ohne dich nicht so lange aus. Zum Teufel mit Mrs Bronson, ich sollte lieber zu dir kommen.«

Es blieb merkwürdig still. Holly spürte, dass Tom dasselbe dachte, aber beide wollten durchhalten, so wie es abgemacht war.

»Nein, vergiss es«, ergänzte Holly hastig, bevor Tom etwas sagen konnte. »Ich hab bloß schlecht geschlafen, und heute ist der erste Tag. Wird schon werden, keine Sorge. Ich muss mich erst mal dran gewöhnen, außerdem sitzt mir dieser verdammte Auftrag im Nacken. Das Handtuch zu werfen, kommt nicht infrage. Es bleibt mir nur noch heute und morgen, um die Skizzen fertig zu machen. Ich stürze mich in die Arbeit, dann wird es schon gehen. Vergiss, was ich gesagt habe. Es geht mir gut, wirklich.«

»Holly.«

»Ja?«

»Du schwafelst«.

Holly seufzte. »Entschuldigung.«

»Du hast also schlecht geschlafen?«

»Das ist untertrieben.« Holly zögerte. Sie war sich nicht sicher, wie viel sie ihm erzählen konnte, ohne ihn zu beunruhigen. »Werd jetzt nicht hysterisch, aber ich hatte gestern ein kleines Missgeschick, also, ich meine nicht, dass ich ins Bett gepinkelt habe.« Sie hoffte, dass der lockere Ton glaubwürdig klang.

»Was denn für ein Missgeschick? Geht's dir gut?« Tom klang etwas besorgt.

Holly überschlug im Stillen rasch die möglichen Ausreden. Tom reagierte im Allgemeinen besonnen, aber er würde sie bestimmt zum Neurologen schicken, wenn sie die Halluzination erwähnte. »Ich bin im Garten ausgerutscht. Nur ein Kratzer im Gesicht, nichts Schlimmes.«

»Du bist mit dem Kopf aufgeschlagen? Warst du bewusstlos? Oder ohnmächtig?«

»Ich verfolge die Krankenhausserien auch, wie du weißt. Nein, ich war nicht bewusstlos. Keine Gehirnerschütterung, Herr Doktor, ehrlich.« Holly klang überzeugter, als sie war. »Obwohl mein Kopf in der Monduhr wahrscheinlich eine Delle hinterlassen hat.«

»Monduhr? Du meinst wohl die Sonnenuhr? Bist du sicher, dass dein Verstand bei dem Aufprall keinen Schaden genommen hat?«

»Keine Sorge«, erwiderte Holly eine Spur zu knapp. Tom kam der Wahrheit näher, als er ahnte. »Jocelyn hat sie so genannt. Sie muss es schließlich wissen, sie hat hier gewohnt.«

Holly hatte Tom schon von dem überraschenden Besuch berichtet, und die Erwähnung von Jocelyn war ein willkommener Anlass, das Thema zu wechseln. Was ihren

Sturz betraf, hatte Holly Tom nicht die Unwahrheit gesagt, aber auch nicht die volle Wahrheit. »Vom hinteren Teil des Gartens war sie allerdings nicht gerade begeistert, es war mir richtig peinlich. Wann bist du mal lange genug zu Hause, um Ordnung zu schaffen?«

Jetzt war Tom um eine Antwort verlegen, was Hollys schlechtes Gewissen erleichterte. Er meinte, die Umstrukturierung des Senders sei noch nicht abgeschlossen, und er müsse um seinen Job kämpfen. Er könne sich jetzt wirklich nicht festlegen, was er wann erledigte.

Sie plauderten noch eine Weile, bis sie beide wieder an die Arbeit gehen mussten. Holly legte das Telefon beiseite und griff nach ihrem Skizzenblock. Sie hatte sich vorgenommen, die beiden von ihr favorisierten Entwürfe auszuarbeiten.

Als sie die erste Zeichnung aufklappte, auf der die Mutter das Kind im Arm hielt, fiel ihr Blick als Erstes auf das Baby. Die Zeichnung war zum Teil nur angedeutet, aber als sie mit dem Finger die Linien des Kindergesichtes nachfuhr, fiel ihr das Baby in ihrer nächtlichen Halluzination wieder ein. Libby. Ihr Herz schlug höher, als sie sich an den Moment erinnerte, in dem sie Libby in die Augen geblickt und sofort eine innere Bindung gespürt hatte. War das vielleicht der berühmte Mutterinstinkt, fragte sie sich, oder wollte sie nur Toms Wunschvorstellungen entsprechen?

Sie betrachtete die Figur der Mutter. Die Pose schien ihr plötzlich völlig missglückt. Die Figur auf dem Skizzenblock hielt das Kind wie mit spitzen Fingern, als wäre es eine Schachtel voller Spinnen, die jeden Augenblick über ihren Arm krabbeln könnten. Ohne lange nachzudenken machte Holly einen energischen Strich durch die Zeichnung. Dann nahm sie sich den zweiten Entwurf vor, dessen Grundidee sie am meisten überzeugt hatte. Nach wie vor gefiel ihr die spiralförmige Bewegung der Mutter, die das Kind im Kreis herumwirbelte, aber auch diese Pose hielt sie für missglückt, weil die Mutter ebenso gut ihre Handtasche hätte herumwirbeln können. Auch diese Zeichnung strich sie durch.

Mit flauem Gefühl im Magen erkannte Holly, dass sie jetzt unter Druck stand und sich die nächsten beiden Tage anstrengen musste, um rechtzeitig ein Modell präsentieren zu können.

Die Fahrt nach London riss Holly aus dem Trott des beschaulichen Landlebens, an das sie sich allmählich gewöhnt hatte. Sie stieg in der nächstgelegenen Stadt in den Frühzug, wo sie prompt den Kampf um den letzten Sitzplatz gegen einen geübten Pendler verlor.

Holly war mit Mrs Bronson in der Galerie verabredet, in der sie ihre Skulpturen ausstellte und verkaufte. Die Galerie war nicht groß, doch für Holly genau richtig, vor allem wegen ihrer erstklassigen Lage und gehobenen Kundschaft, aber auch weil sie sich mit dem Eigentümer Sam Peterson gut verstand. Sam hatte ihr am Anfang ihrer Karriere kräftig unter die Arme gegriffen und deshalb einen nicht geringen Anteil an ihrem künstlerischen Erfolg.

Holly hatte Sam durch einen ihrer zahlreichen Nebenjobs kennengelernt, die sie nach der Kunsthochschule angenommen hatte. Sie arbeitete damals bei einer Agentur für Haustierpflege, führte Hunde aus, versorgte Kaninchen, und fütterte in Sams Fall seine Katzen, wenn er wieder mit seinem Lebensgefährten James in den Tropen unterwegs war. Sam hatte Gefallen an ihrer Bildhauerei gefunden und Holly eines Tages angeboten, ihre Werke in seiner Galerie auszustellen.

Der Weg zur Galerie war nicht weit, ein paar Stationen mit der U-Bahn, dann noch ein paar Schritte durch das Menschengewühl. Das hektische Treiben ließ sie richtig aufleben. Sie hatte ein apartes Tunikakleid im Stil der fünfziger Jahre angezogen, mit passender Jacke. Die blassblaue Farbe brachte ihr langes blondes Haar, das sie mit einem farblich passenden Haarband aus dem Gesicht gekämmt hatte, vorteilhaft zur Geltung. Es war schon eine Weile her, dass Holly etwas anderes als Jeans und T-Shirt getragen hatte, und das Bewusstsein, gut angezogen zu sein, gab ihr wieder das Gefühl, ein Teil dieser Menge zu sein.

Die neue Energie war auch dringend nötig, weil sie sich völlig verausgabt hatte. Sie hatte ohne Unterbrechung an ihren Modellen gearbeitet, bis in die frühen Morgenstunden. Nur der abnehmende Mond hatte ihr Gesellschaft geleistet, der wie ein lauerndes Ungeheuer durchs Küchenfenster gespäht und ihr misstrauisch über die Schulter gesehen hatte.

Die Einzelheiten ihrer nächtlichen Vision hatte sie inzwischen erfolgreich verdrängt. Bis auf das Bild von Libby, das ihr nicht aus dem Sinn ging und das ihren Entwürfen neues Leben einhauchte. Schließlich fand sie doch eine innere Beziehung zu dem Werk, an dem sie arbeitete. Die Kehrseite war, dass sie auch eine innere Beziehung zu

Libby entwickelt hatte. Mochte sie auch eine Erfindung ihrer Fantasie sein, so war sie doch das erste Baby, vor dem Holly sich nicht fürchtete, das erste Baby, bei dem sie das Bedürfnis gespürt hatte, es in den Arm zu nehmen. Libby hatte sich in ihr Herz geschlichen, und manchmal wünschte Holly sich fast, dass sie aus Fleisch und Blut wäre.

Die Messingglocke über der Tür kündigte Hollys Ankunft in der Galerie an. Der weite Raum, der sie empfing, wirkte hell und modern. Weiße Wände warfen das Tageslicht zurück, das durch das große Schaufenster der Galerie flutete, während sorgfältig platzierte Strahler auf einzelne farbenfrohe Objekte gerichtet waren, um Kunden anzulocken.

Die Dame an der Rezeption winkte ihr zu und griff nach dem Telefon, offensichtlich um Sam zu benachrichtigen, dass Holly eingetroffen war. Holly nutzte die Wartezeit, ihre ausgestellten Werke einer raschen Bestandsaufnahme zu unterziehen und die Konkurrenz einzuschätzen. Holly verkaufte in der Galerie vor allem kleinere Objekte; figürliche Darstellungen, aber auch ungegenständliche Plastiken, die jedoch alle Hollys unverwechselbare Handschrift – die Kombination verschiedener Materialien und Farben – trugen. Ihre Arbeit schien zunehmend Geld in die Kasse zu bringen und ihr und Tom den einen oder anderen Luxus zu ermöglichen. Ein wenig enttäuscht bemerkte sie, dass nur wenige Skulpturen von ihr im Eingangsbereich der Galerie ausgestellt waren.

»Suchst du was Bestimmtes?«, ließ sich hinter ihrem Rücken eine leise Stimme vernehmen. Holly drehte sich um, und ein rundlicher Mann mittleren Alters, dessen

Vorliebe für Tweed nicht zu übersehen war, hieß sie willkommen.

»Hallo Sam«, strahlte Holly und küsste ihren alten Freund auf beide Wangen. »Ich habe nur nach Arbeiten der vielversprechenden Künstlerin Holly Corrigan Ausschau gehalten, aber ich kann beim besten Willen nicht die Auswahl entdecken, die ich mir erhofft hatte. Hast du sie etwa irgendwo in eine dunkle Ecke verbannt?«

»Oh, Holly, Holly, Holly. Was seid ihr Landeier doch für misstrauische Geschöpfe. Du glaubst doch wohl nicht, dass ich deine Werke von hier verbanne, nur weil du deine Stilettos gegen Gummistiefel getauscht hast?«

»Na ja …« Holly schämte sich, dass sie Sam unterstellt hatte, ihre Interessen nicht zu wahren.

»Da vorne steht ein Objekt von dir«, deutete Sam herablassend zum Fenster. Holly schwankte, ob seine Haltung eher an einen Lehrer oder an einen Flugbegleiter erinnerte.

»Und eins dort auf der rechten Seite, und zwei weitere links, da und da.«

Flugbegleiter entschied Holly amüsiert. »Und der Rest?«

»V-E-R-K-A-U-F-T. Verkauft!«

Holly schnappte nach Luft. »Alle?«

»Alle«, versicherte Sam. »Die Rezession scheint abzuflauen. Hier macht sich das zuerst bemerkbar.«

Holly nahm seine Hände und vollführte mitten in der Galerie einen kleinen Freudentanz.

»Bravo, Sam!«

»Bravo, Holly!«, korrigierte Sam. Er stutzte und musterte Hollys Gesicht. »Ist das etwa ein blaues Auge, das sich da unter deinem Make-up versteckt? Hat dein Göttergatte dich etwa geschlagen?«

»Warum sagt ihr das alle?«, empörte sich Holly. »Natürlich nicht. Ich bin im Garten gestolpert, weiter nichts.«

»Hm«, brummte Sam. »Na, du kannst mir später von deinem Landleben berichten. Erst müssen wir noch mit deiner Lieblingskundin ins Geschäft kommen«, flüsterte er.

»Oh Gott, ist sie schon hier?« Holly brach allein bei dem Gedanken an die Begegnung der kalte Schweiß aus. »Ist Bronson junior auch dabei?«

»Zum Glück nicht«, versicherte Sam, der Hollys Abneigung teilte.

Holly meinte natürlich Mrs Bronsons Sprössling oder, was ihrer Ansicht nach eher zutraf, ihr neuestes Accessoire. Holly war gewiss keine Expertin in Sachen Mutterschaft, aber Mrs Bronson kam ihr immer wie ein großes Kind vor, das mit einem Katzenbaby spielte. Es hätte sie nicht gewundert, wenn ihre Kundin auftauchte und der bedauernswerte Kleine aus ihrer überdimensionalen Handtasche lugte.

»Da entlang und dann die Treppe rauf«, wies ihr Sam den Weg in sein Büro.

Die Besprechung mit Mrs Bronson verlief besser als erwartet. Holly konnte mit zwei detailliert ausgearbeiteten Skizzen aufwarten, von denen aber nur eine sie wirklich überzeugte. Glücklicherweise war es diejenige, für die sich Mrs Bronsons entschied. Der Entwurf zeigte nicht nur die Mutter mit dem Kind im Arm, sondern darunter noch eine Reihe anderer Figuren, die die vorausgegangenen Generationen symbolisierten und sich spiralförmig aus dem schwarzen Sockel zu den beiden weißen Figuren emporwanden. Mrs Bronson wollte den Vertrag erst unterzeichnen, wenn Holly noch ein verkleinertes Modell angefertigt hatte, aber die größte Hürde war genommen. Sie hatte einen Entwurf geliefert, mit dem sie selbst zufrieden sein konnte, vor allem wenn man bedachte, wie schwer ihr das Ganze gefallen war.

Die Glocke über der Tür war wieder verstummt, und Holly und Sam atmeten beide erleichtert auf, als Mrs Bronson in der Menge der Passanten verschwand.

»Na, ist ja ganz gut gelaufen«, wagte Holly sich vor.

»Tu nicht so, als hättest du was anderes erwartet. Der Entwurf ist fantastisch. Alle Achtung! Das war bestimmt nicht einfach für dich.« Sam kannte Holly recht gut und wusste von ihrer problematischen Kindheit. »Ich hatte wirklich Zweifel, ob das der richtige Auftrag für dich ist, aber du hast die Sache durchgezogen. Ich könnte mich nicht so verstellen, ehrlich. Mit dir möchte ich lieber nicht pokern.«

»Was meinst du mit verstellen?« Holly wusste genau, was er meinte.

»Holly, ich habe dich wirklich gern, aber, nun ja, als Mutter kann ich mir dich nicht so richtig vorstellen, oder? Um ein Kunstwerk von dieser Qualität zustande zu bringen, braucht es ziemlich viel Einfühlungsvermögen in diesen ganzen Mutter-und-Kind-Quatsch, und leider hast du davon vermutlich genauso wenig Ahnung wie ich.«

»Die Zeiten ändern sich. Wer sagt denn, dass ich keine

gute Mutter sein kann?«, hielt Holly dagegen. Sie spürte, wie sie rot wurde. Noch vor einer Woche hätte Sam ihr aus dem Herzen gesprochen, das Thema hatten beide schon öfter diskutiert. Aber jetzt, wo hinter allem Libbys Gesicht wie ein Wasserzeichen auftauchte, wollte sie davon nichts mehr hören.

Lachend nahm Sam sie in den Arm. »Vielleicht hast du recht, ich hoffe es sogar. Aber versprich mir eins.«

»Und das wäre?«, erkundigte Holly sich misstrauisch und wand sich aus der Umarmung.

»Bring es um Gottes willen nicht mit hierher, wenn du mich besuchst. Ein Landei gehört nicht in dic Stadt.«

»Versprochen!«, lachte Holly. »Aber genug davon, lass uns lieber übers Geschäft reden. Wie soll ich denn so schnell deine Vorräte wieder auffüllen?«

Es war ihr keineswegs unangenehm, dass ihre Arbeiten gefragt waren, aber sie hatte nicht vor, ihre Skulpturen am Fließband zu produzieren. Mrs Bronsons Auftrag war schon schlimm genug. Doch Sam konnte sie umstimmen. Die beiden sammelten ein paar Ideen, und Holly versprach, sich an die Arbeit zu machen, sobald sie Zeit hatte und das Atelier im Laufe der nächsten Woche fertiggestellt war. Um ehrlich zu sein, ein Berg von Arbeit war eine willkommene Ablenkung während Toms Abwesenheit.

Sam wollte Holly unbedingt zum Bleiben bewegen, doch sie hatte noch etwas Wichtiges zu erledigen, bevor sie nach Hause fuhr. Nachdem sie sich verabschiedet hatte, schlug sie sich durch halb London bis zur British Library durch, wo sie hoffte, Anregungen zu finden, welcher Stein für

Mrs Bronsons Skulptur geeignet war. Wenigstens war das der Grund, den sie sich beharrlich einredete.

Die Bibliothek war so weitläufig, dass Holly sich verlaufen hätte, wenn sie nicht schon endlose Stunden oder gar Tage in den hoffnungslos überfüllten Regalen und Verzeichnissen gestöbert hätte. Im Handumdrehen hatte sie die einschlägigen Fachbücher ausfindig gemacht und sich ebenso schnell für den Stein entschieden, den sie verwenden wollte. Holly klappte das letzte Buch zu und legte es wieder auf den Stapel auf ihrem Lesepult. Geistesabwesend klimperte sie mit den Fingern auf dem Buchdeckel. Sie hatte sich nicht getäuscht. Schwarzer Marmor für den Sockel, was ja nahelag, und der obere Teil aus Ton, genau wie sie gedacht hatte.

Der Mann am Nachbartisch räusperte sich und warf ihr einen vorwurfsvollen Blick zu. Holly hielt abrupt inne, sie hatte nicht gemerkt, dass sie so laut geklopft hatte, und murmelte eine Entschuldigung.

Sie gab die Bücher zurück und bat die Bibliothekarin, ihr bei der Suche nach Aufzeichnungen über Hardmonton Hall behilflich zu sein. Es war nicht so sehr der Landsitz, der sie interessierte, sondern die Herkunft der Monduhr. Das Interesse an der Uhr hatte nichts mit ihrer Halluzination zu tun, wie sie sich selber versicherte, sie recherchierte nur ein wenig über einen ausgesprochen interessanten, um nicht zu sagen mysteriösen Gegenstand in ihrem Garten. Es dauerte eine Weile, bis Holly mit gelegentlicher Unterstützung der außerordentlich geduldigen und hilfsbereiten Bibliothekarin ganze zwei Bücher über das Thema beisammen hatte. Wieder an ihrem Platz, schlug Holly das erste Buch auf. Es handelte sich um eine Gesamtausgabe der englischen Architekturgeschichte, speziell über die Landsitze der Tudorzeit, und Hardmonton Hall war im Register aufgeführt. Holly blätterte bis zum angegebenen Abschnitt, der nur ein paar Seiten umfasste und im Wesentlichen aus Darstellungen und Plänen der Gebäude und Außenanlagen bestand. In einem Lageplan der Ziergärten, die sich hinter dem Herrenhaus ausbreiteten, entdeckte Holly schließlich einen Hinweis auf die Monduhr. Sie hatte in der Mitte eines großen Steinkreises gestanden. Der Kreis war in vier Abschnitte unterteilt, mit einem kleineren Kreis in der Mitte, wahrscheinlich der Platz für die Monduhr. Von diesem Mittelstück gingen vier breite gepflasterte Wege aus, die offenbar durch Blumenbeete voneinander getrennt waren.

Das zweite Buch war ein blinder Versuch, von dem sich Holly kaum neue Erkenntnisse über die Monduhr versprach. Es ging darin um berühmte Ausgrabungen im 19. Jahrhundert, aber immerhin stand im Register ein gewisser Lord Hardmonton. Holly blätterte in dem Band und fand schließlich das Kapitel, nach dem sie gesucht hatte. Ungeduldig ging sie eine Seite nach der anderen durch. Charles Hardmonton war ein namhafter Forschungsreisender gewesen, der auf der ganzen Welt an Ausgrabungen beteiligt gewesen war, doch so interessant diese Ausführungen auch sein mochten, in der Sache der Monduhr brachte es sie nicht weiter. Hollys Enttäuschung wurde immer größer, und sie machte sich schon auf einen kompletten Fehlschlag gefasst. Gereizt überflog sie den letzten Abschnitt. Lord Hardmontons Laufbahn als Entdecker hatte ein jähes Ende gefunden, als seine Geldgeber ihm nach einer Forschungsreise ins Landesinnere Mexikos ihre Gunst entzogen. Angeblich hatte er dort den Tempel der Coyolxauhqui, einer aztekischen Mondgöttin, gesucht.

Holly starrte gebannt auf den Namen. Gab es hier eine Verbindung zur Monduhr? Sie blätterte noch einmal zurück, ob sie vielleicht irgendwelche anderen Hinweise übersehen hatte, konnte aber nichts Neues entdecken.

Obwohl Holly sich im Allgemeinen nicht so leicht geschlagen gab, war ihr klar, dass sie in eine Sackgasse geraten war. Sie klappte das Buch so heftig zu, dass der ganze Tisch wackelte, und schob hastig den Stuhl zurück, der über den Steinboden scharrte.

»Schsch!«, zischte der Mann am Nachbartisch, derselbe, der sich schon vorher geräuspert hatte. Holly warf ihm einen finsteren Blick zu.

»Selber schsch!«, fauchte sie zurück, als sie an seinem Tisch vorbeiging. »Hätte ich mal lieber zu Hause gegoogelt. Da wäre wenigstens die Gesellschaft netter gewesen.«

Holly stutzte bei ihren eigenen Worten und machte eine Kehrtwendung. Der Nervensäge am Nachbartisch schenkte sie keine Beachtung, setzte sich wieder und schlug noch einmal das Buch auf. Im Register suchte sie den Namen der aztekischen Göttin und notierte ihn auf einen Zettel. Den Begriff bei Google eingeben, das war die Lösung!

Erst als Holly wieder in der warmen Maisonne stand, fiel die Spannung von ihr ab, und sie ließ den Erfolg dieses Tages Revue passieren. Zu Hause wartete eine Menge Arbeit auf sie, die sie von dummen Gedanken abhalten würde, und sie wollte nur noch zurück in ihr Dorf. In der

Eingangshalle des Bahnhofs kam sie an einem Schaufenster voller Teddybären vorbei, wobei ihr Sams giftige Bemerkung über die mütterlichen Gefühle, die ihr abgingen, wieder einfiel. Sam hatte, ohne es zu wollen, den letzten Anstoß gegeben. Ohne mit der Wimper zu zucken, betrat sie den Laden und kaufte ihrer ungeborenen Tochter den schrillsten rosa Teddybären, den sie finden konnte.

Holly hatte seit dem Morgen noch nichts gegessen, und ihr Magen knurrte, als sie am späten Nachmittag wieder in Fincross eintraf. Sie beschloss, einen Umweg zu machen und unangemeldet in Jocelyns Teestube aufzukreuzen. Sie könnte damit das Versprechen halten, das sie der alten Dame gegeben hatte, und außerdem ihren heutigen Erfolg feiern, was allein irgendwie schlecht ging.

Die Teestube empfing ihre Kundschaft bilderbuchmäßig mit karierten Baumwollgardinen und Spitzendeckchen auf den Tischen, mit dem Duft nach frischgebackenem Kuchen, nach dampfendem Tee und Kaffee. Es war voller, als Holly erwartet hatte, aber sie konnte einen Platz an einem Tisch ergattern, den ein Pärchen gerade freigemacht hatte.

»Was für eine reizende Überraschung«, sprudelte Jocelyn, die hinter der Theke hervorwuselte und Holly ungestüm umarmte. »Möchten Sie was essen? Was darf ich Ihnen bringen?«

»Ich komme um vor Hunger«, gestand Holly. »Was gibt es denn?«

»Oh, ich empfehle Ihnen Tee mit Kuchen. Ich habe gerade eine Ladung mit frischem Gebäck aus dem Ofen geholt, es ist noch köstlich warm. Oder wenn Sie richtig Hunger haben, wäre vielleicht ein belegtes Brötchen das Richtige, die Auswahl ist groß. Sie können auch beides haben.«

Holly konnte Jocelyn davon überzeugen, dass Tee und Gebäck vollkommen ausreichten, aber als beides auf dem Tisch stand, war klar, dass sie mit einer besonders großen Portion verwöhnt wurde. Jocelyn nahm ihr gegenüber Platz.

»Ich muss mal einen Moment die Beine hochlegen. Lisa kommt solange allein zurecht.«

»Eine hübsche Teestube. Sie haben sich viel Mühe gegeben.«

»Es ist nicht allein mein Verdienst. Das Lokal gehörte vorher meiner Schwester Beatrice. Nachdem ich Harry verlassen hatte, hat sie mir netterweise hier Arbeit gegeben, von der Wohnung im oberen Stockwerk gar nicht zu reden. Im Laufe der Zeit wurden wir Geschäftspartner, und als sie vor sechs Jahren starb, Gott sei ihrer Seele gnädig, hat ihre Tochter Lisa ihren Anteil übernommen und jetzt führen wir den Laden gemeinsam. Ich fühle mich hier wohl. Wenn's nach mir ginge, würde ich bis zu meinem Lebensende in der Teestube arbeiten.«

»Ist Ihr Sohn auch an dem Familienunternehmen beteiligt?«

»Paul? Oh nein«, lachte Jocelyn. Der Gedanke amüsierte sie offensichtlich. »Er ist bei der Armee. Ich glaube nicht, dass er sich ein Schürzchen umbinden möchte.«

»Sie sind sicher sehr stolz auf ihn.«

»Oh, ja. Natürlich. Er hat sich tapfer allein durchgeschlagen, es hätte schlimmer kommen können.« Jocelyns Blick verdüsterte sich, als hätte die Vergangenheit einen Schatten darauf geworfen.

»Schlimmer? Inwiefern?«

Jocelyn machte eine wegwerfende Handbewegung, als wollte sie die Schatten verscheuchen. »Ach nichts. Er hatte es nicht leicht, das ist alles. Sein Vater war ein Tyrann. Paul seinem Einfluss zu entziehen, war das einzig Richtige.«

»Es tut mir leid, dass Sie so schlechte Erinnerungen an unser Haus haben.«

»Machen Sie sich keine Sorgen um mich, das ist alles lange her. Ihr Leben dort steht unter einem besseren Stern, da bin ich mir sicher.«

»Glauben Sie wirklich?«, fragte Holly, der die unheimliche Vision noch in den Knochen steckte.

»Ich weiß es«, versicherte Jocelyn mit einem Lächeln, das Holly Sicherheit gab und sie nicht an ihrer Zukunft zweifeln ließ. »Und wie kommt Billy mit der Arbeit am Atelier voran?«

»Das wissen Sie nicht? Ich dachte, er hält das ganze Dorf auf dem Laufenden?«

»Er kann eine fürchterliche Klatschbase sein«, bestätigte Jocelyn. »Aber bei mir nimmt er sich in Acht. Ich würde ihm die Ohren langziehen, wenn ich ihn dabei erwische. Verstehen Sie mich nicht falsch. Von mir aus kann er tratschen, so viel er will, nur stimmt leider die Hälfte nicht, weil er selber pausenlos quasselt, statt zuzuhören.«

Jocelyn und Holly amüsierten sich noch eine Weile auf Billys Kosten, bevor Jocelyn sich wieder an die Arbeit machen musste, um den nachmittäglichen Ansturm zu bewältigen. Hollys Ansinnen, ihren Tee zu bezahlen, stieß bei Jocelyn auf taube Ohren, und einer Frau wie ihr widersprach man besser nicht.

»Tausend Dank, Jocelyn. Sie haben mir richtig gutgetan. Schauen Sie doch einfach wieder bei mir vorbei. Ich will mich gerne revanchieren.«

»Fühlen Sie sich bloß zu nichts verpflichtet. Ich will Ihnen nicht Ihre Zeit stehlen, wo sie jetzt mit Ihrer Skulptur beschäftigt sind«, erwiderte Jocelyn, obwohl ihr sehnsüchtiger Blick Holly vielmehr beschwor, keinen Rückzieher zu machen.

»Ich bestehe darauf.«

Jocelyn strahlte. »Ich habe jedes zweite Wochenende frei und noch keine Pläne gemacht. Wie wäre es also nächste Woche mit einem Sonntagsfrühstück?«

»Abgemacht. Da kann ich mich endlich mal auf was anderes freuen als auf Toms Rückkehr.«

Es dauerte nicht lange, bis Hollys Neugier siegte. Schon am nächsten Morgen lagen der säuberlich vorbereitete Skizzenblock und die Stifte einsam und verlassen auf dem Küchentisch. Holly hatte ihren dampfenden Kaffee mit in Toms Arbeitszimmer genommen und wartete ungeduldig, dass sein Computer zum Leben erwachte. Sie war durchaus nicht technikfeindlich, aber der virtuellen Welt des Internets konnte sie nicht viel abgewinnen. Eine Welt, die sie mit allen Sinnen erfahren konnte, war ihr lieber. Doch was sein musste, musste sein, und vielleicht schaffte das Internet ja, woran die Bibliothek gescheitert war.

Sorgfältig gab sie den Namen der Mondgöttin in die

Suchmaschine ein und war augenblicklich mit einer Fülle von Links konfrontiert, die teils in einer Sackgasse endeten, teils keine verwertbaren Erkenntnisse lieferten. Erst als sie auch den Namen Charles Hardmonton eingab, traf sie ins Schwarze. Sie war auf die Seite einer Forschungseinrichtung gestossen, die nicht nur über weitere Details zu Lord Hardmontons letzter Expedition Auskunft gab, sondern auch die Gründe enthüllte, warum er in Ungnade gefallen war. Gründe, die zu seiner Zeit als Verleumdung gegolten hätten und deshalb in keinem Buch zu finden waren.

Lord Hardmontons letzte Forschungsreise hatte tatsächlich das Ziel gehabt, den Tempel der Coyolxauhqui in Zentralmexiko zu finden. Er hatte seine eigenen Vorstellungen von Forschung, und diese Vorstellungen hatten zu einer massiven Auseinandersetzung mit seinen Kollegen geführt und, was noch mehr ins Gewicht fiel, mit seinen Geldgebern im heimatlichen England. Als man schließlich den Tempel der Mondgöttin entdeckt hatte, wollte Lord Hardmonton ihn an Ort und Stelle restaurieren und vor dem Verfall bewahren, aber seine Geldgeber verlangten, dass er die Gegenstände aus dem Tempel entfernte und nach England verschiffte. Unter Androhung von juristischen Konsequenzen musste sich Lord Hardmonton widerwillig der Plünderung der Anlage fügen.

Unwillkürlich empfand Holly Bewunderung für diesen Mann, aber seine Abenteuer ergaben keinen Zusammenhang mit der Monduhr. Seufzend scrollte sie auf der Seite weiter nach unten. Als Lord Hardmonton nach London zurückkehrte, flammte der Streit erneut auf. Obwohl es eine sorgfältige Auflistung der Ladung gab, war eins der

Fundstücke während der Überfahrt verschwunden. Trotz seines guten Rufes fiel der Verdacht auf Lord Hardmonton. Das fehlende Stück wurde nie gefunden, und er war fortan auch nicht mehr in der Lage, die nötige Finanzhilfe für weitere Forschungsreisen aufzutreiben. Für den Rest seines Lebens lebte er zurückgezogen in Hardmonton Hall.

»Wieder eine Niete«, dachte Holly, nippte an ihrem Kaffee und starrte auf den Bildschirm. Eine Verbindung zwischen dem verschwundenen Tempelschatz und der Monduhr zu sehen, war reichlich gewagt, aber Holly wollte noch nicht aufgeben. Sie versuchte es mit einer anderen Wortkombination und erweiterte den Suchbegriff um das Wort »Inventarliste«. Zu ihrer Überraschung führte bereits der erste Link zu einer aktuellen Fotokopie des Originals der Inventarliste. Das vermisste Objekt war angekreuzt und wurde als Mondstein bezeichnet, außerdem gab es eine Fußnote mit einer ausführlicheren Beschreibung. Es handelte sich um einen Kultstein aus einem nicht näher bezeichneten grauen Quarz. Der Stein bildete das Zentrum des Tempels, und man vermutete, dass es sich um den sagenhaften Mondstein handelte, der der Verehrung der Mondgöttin Coyolxauhqui diente. Außerdem handelte es sich wahrscheinlich nicht um einen Opferstein, sondern eher um einen Gegenstand, mit dessen Hilfe Visionen erzeugt werden konnten.

Holly machte eine hastige Bewegung, um den Computer auszuschalten, wobei sich ihr Kaffee über die Tastatur ergoss. Sie hatte genug gelesen. Sie betrachtete das Chaos, das sie angerichtet hatte, der Kaffee tropfte von der Tastatur und bahnte sich bereits einen Weg zu Toms Unterlagen. Schnell sprang sie auf und stürzte in die Küche, um einen Lappen zu holen. Sie schnappte ein Tuch von der Spüle, doch bevor sie ins Arbeitszimmer zurücklief, warf sie noch einen kurzen Blick aus dem Fenster und erstarrte. Ihr Blick fiel direkt auf die Monduhr.

Bisher hatte sie sich geweigert, einen direkten Zusammenhang zwischen der Monduhr und ihrer Vision zu sehen, außer der Tatsache, dass ihr Kopf auf dem Stein aufgeschlagen war. Aber inzwischen hatte sie nicht nur mehr über die Geschichte der Monduhr herausgefunden, sie glaubte auch, dass sie etwas mit ihrem Blick in die Zukunft zu tun hatte.

Der verschüttete Kaffee musste von allein trocknen. Holly war damit beschäftigt, sich selbst davon zu überzeugen, dass sie voreilige Schlüsse zog, sehr unwahrscheinliche noch dazu. Ihre Zukunftsvision war nichts weiter als eine Halluzination, das musste sie sich nur immer wieder vor Augen halten.

Der Mai verging wie im Flug, nachdem Holly sich zu regelmäßiger Arbeit gezwungen hatte. Billy hatte das Atelier in Rekordzeit fertiggestellt, so dass sie die Vormittage dort in Ruhe mit der Ausarbeitung des Entwurfs für Mrs Bronsons Skulptur verbringen konnte. Die Nachmittage hielt sie sich für die Hausarbeit frei, und abends setzte sie sich an die Entwurfsskizzen für den von Sam gewünschten Nachschub oder sie telefonierte mit Tom. Hin und wieder machte sie auch einen kleinen Ausflug ins Dorf.

Der Brunch mit Jocelyn war ein voller Erfolg. Holly

erfuhr immer mehr über die Geschichte des Dorfes, wobei Jocelyn nie auch nur ein Wort über ihre Zeit in dem alten Torhaus verlor. Auch die anderen Dorfbewohner ließen sich nichts über Jocelyns Vergangenheit entlocken, so dass Hollys Neugier trotz aller Bemühungen unbefriedigt blieb.

Holly hatte ebenfalls ihre Ausweichmanöver und vermied, mit Jocelyn über die Monduhr zu sprechen. Seit sie die Geschichte des Mondsteins kannte, war sie noch fester entschlossen, ihre Vision für eine Sinnestäuschung zu halten. Je weiter der blaue Fleck im Gesicht verblasste, umso mehr war sie davon überzeugt.

Holly befreite sich von den letzten Schatten ihres verstörenden Alptraums. Sie löschte das Bild von Toms leerem Blick, wie er durch sie hindurchgesehen hatten; tilgte die Vision des Torhauses mit seinem angebauten Wintergarten und verbannte das Chaos eines Hauses aus ihrem Gedächtnis, in dem ein Säugling, aber keine Mutter wohnte. Nur das Bild des Babys blieb unangetastet, und wenn sie sich Libbys Engelsgesicht vorstellte, kribbelten ihre Finger, und sie spürte wieder die weiche Haut des Kindes.

Kein Wunder, dass Hollys Gedanken ständig ums Kinderkriegen kreisten, zumal sie jetzt intensiv an Mrs Bronsons Skulptur arbeitete. Nachts, wenn sie die Augen geschlossen hatte, sah sie Libby vor sich, und sie durchlebte wieder jenen Augenblick, als eine innige Verbindung zwischen ihnen beiden entstanden war. Allmählich konnte Holly nachvollziehen, warum Tom so versessen darauf war, Vater zu werden, und sie spürte, wie sich der Wunsch nach einem Kind leise in ihr regte; ein zaghaftes Glimmen, das weiter geschürt werden musste. Und wenn die Vision des Babys nicht ausreichte, um den Funken in ein Feuer zu verwandeln, half ihr der Groll auf ihre eigene Mutter, die Sehnsucht nach einem komplett anderen Mutter-Kind-Verhältnis anzufachen.

»Ich habe über die Zukunft nachgedacht«, sagte Holly eines Abends, als sie eingekuschelt unter ihrer Bettdecke lag und mit Tom telefonierte. Der rosa Teddy schaukelte auf ihren Knien, und die Vorstellung, dass kleine Babyhändchen nach seinen rosa Ohren griffen, verursachte ihr einen wohligen Schauer.

»Also, was gibt's zum Frühstück?«, neckte Tom.

»Ich habe ein bisschen weiter gedacht, als bis dahin. Die nächsten fünf Jahre vielleicht, was meinst du?« Holly hielt die Luft an und wartete auf Toms Triumphgeschrei.

»Oh«, sagte er.

»Also, ein bisschen mehr Begeisterung bitte.« Holly war ein wenig enttäuscht. »Ich wollte nämlich sagen, dass ich bereit bin, die Planung eines Babys in Erwägung zu ziehen. Und dann kriege ich so eine Antwort!«

Es herrschte Stille, und Holly wurde von einer seltsamen Furcht befallen.

»Hast du jemand anders?«, stieß sie hervor.

»Spinnst du? Natürlich nicht!« Tom klang ehrlich empört. »Wie kannst du so etwas nur denken. Sieh mal, ich weiß, wie schwer es für dich ist, und deshalb bin ich so was von froh, dass du ein Kind haben willst. Ich bin richtig glücklich, dass du eine Familie gründen willst, ein Haus voller Kinder, ich liebe dich einfach!«

»Nun mal langsam«, unterbrach ihn Holly. »Lass uns erst mal *ein* Kind planen, ja?«

»Ich weiß, ich weiß. Es handelt sich um einen Fünfjahresplan, bla, bla, bla.«

»Wo liegt also das Problem? Warum springst du nicht vor Begeisterung an die Decke?« Holly zog eine Schnute wie ein bockiges Kind, obwohl Tom sie gar nicht sehen konnte.

»Der Sender will mich sprechen, sobald ich wieder in London bin.«

»Und warum?« Holly missfiel sein Unterton. Sie wusste, dass er sich immer noch Sorgen um seinen Arbeitsplatz machte, aber er tat ja schon alles, was man von ihm verlangte; mehr war einfach nicht möglich.

»Die Umstrukturierung hat nichts gebracht. Es sind Fusionen geplant und weitere Einsparungen.«

»Aber das ist doch nicht möglich, die schicken dich doch jetzt schon von Pontius zu Pilatus. Noch mehr können sie dir doch wirklich nicht zumuten. Oder?« Holly stiegen die Tränen in die Augen. Sie hatte sich so auf diesen Augenblick gefreut, wenn sie Tom sagen konnte, dass sie sich ein Kind wünschte. Es lief nicht wie geplant, und der euphorische Höhepunkt, den Holly sich erträumt hatte, war verpufft.

Sie hatte Tom eigentlich erst in zwei Wochen von ihrem Entschluss erzählen wollen, wenn er wieder zu Hause war, aber in der vergangenen Nacht hatte sie den Vollmond gesehen, und der Drang, wieder in den Garten zu gehen und die Kugel noch einmal in die Halterung der Monduhr fallen zu lassen, hatte sie verunsichert. Sie musste der Monduhr die Herrschaft über ihre Zukunft entreißen und selbst darüber bestimmen.

»Durch den Zusammenschluss der Firmen wird es tiefere Einschnitte geben, als wir dachten«, sagte Tom.

»Ist deine Stelle in Gefahr?« Holly war beunruhigt. Die Einkünfte aus ihrer Bildhauerei reichten nicht für sie beide, von einem Kind ganz zu schweigen.

»Ehrlich gesagt, ich weiß es nicht. Tut mir leid, Holly. Ich finde es großartig, dass du vorhast, eine Familie zu gründen, mehr als großartig, einfach fantastisch. Ich weiß, was es dich gekostet hat, so weit zu kommen. Wenn du wüsstest, wie mies ich mir vorkomme.«

»Hey, du brauchst dir nicht mies vorzukommen. Du kannst doch nichts dafür, vielleicht hat der Sender ja auch gute Neuigkeiten für dich.« Holly war gewöhnlich die Pessimistischere von beiden, aber sie hatte das Gefühl, dass im Moment ein kleiner Rollenwechsel nötig war. Tom wirkte ziemlich niedergeschlagen. »Vielleicht gibt es einen Engpass, und sie sind zu der Erkenntnis gekommen, dass sie einen fantastischen Mann wie dich brauchen, um die Sache wieder auf die Reihe zu kriegen. Wäre verständlich.«

»Ich fürchte, dass es auf zwei Möglichkeiten hinausläuft. Entweder bin ich meinen Job gleich los, oder sie benutzen die Drohung als Druckmittel, um mir einen Horrorjob aufzuzwingen. Na ja, wir werden sehen, aber wenn's allzu schlimm ist, brauche ich ja nicht zu unterschreiben. Ich könnte mich immer noch als Freiberufler versuchen.«

»Wenn du meinst«, murmelte Holly geknickt. Ihre pessimistische Seite kam wieder durch, und sie versuchte das ungute Gefühl zu verdrängen, dass sie geradewegs auf eine Katastrophe zusteuerten. »Nicht gerade die sichere Zukunft, die wir uns vorgestellt hatten, wie?«

»Holly, in ein paar Wochen wissen wir Genaueres. Es reicht, wenn wir uns dann Sorgen machen.«

»Du hast recht.« Hollys monotone Stimme konnte ihre Enttäuschung kaum verbergen. »Vielleicht ist der Sender auch so gnädig und stellt für uns einen Fünfjahresplan auf.«

Holly wusste, dass es nicht Toms Schuld war, aber sie hatte das Gefühl, dass er gerade einen Eimer mit eiskaltem Wasser über das zarte Pflänzchen ihrer Schwangerschaftspläne geschüttet hätte. Plötzlich kam sie sich furchtbar einsam vor. Tom am anderen Ende der Leitung war weit weg, und die Entfernung schien größer denn je. Nur der rosa Teddybär, der auf ihren Knien saß und sie stumm ansah, leistete ihr Gesellschaft. Sie spielte mit dem Etikett, das an der Seite des Kopfes abstand, dabei fiel ihr ein Warnhinweis auf, den sie bisher nicht bemerkt hatte. Das Spielzeug war nicht für Kinder unter zwei Jahren geeignet. Wahrscheinlich würde sie doch keine gute Mutter abgeben. Sie war noch nicht einmal in der Lage, einen lächerlichen Teddy für ihr Baby zu kaufen.

»In ein paar Wochen sehen wir weiter«, wiederholte Tom.

Holly biss sich auf die Lippen. Sie traute sich nicht zu antworten, um nicht in Schluchzen auszubrechen.

»Irgendwann werden wir Kinder haben, versprochen«, sagte Tom noch.

»Bleibst du am Telefon, bis ich eingeschlafen bin?«, bat Holly.

»Ich bleibe immer und ewig bei dir.«

VIER

Sieht so aus, als hättest du heute eine Aufmunterung nötig«, sagte Jocelyn zu Holly. Sie war gerade zum Sonntagsbrunch eingetroffen, der mittlerweile für beide zur vertrauten Gewohnheit geworden war. Sie konnte an Hollys Gesicht ablesen, dass sie irgendetwas auf dem Herzen hatte.

»Es geht mir gut«, versicherte Holly und lächelte zaghaft. Sie saßen am Küchentisch, Holly führte die Tasse zum Mund, um ihre zitternden und spröden Lippen zu verstecken. Seit dem Telefonat mit Tom hatte sie sich ständig nervös auf die Lippen gebissen, um nicht in Tränen auszubrechen.

»Es geht dir überhaupt nicht gut. Meine Augen sind vielleicht alt, aber nicht blind«, warnte Jocelyn. Sie griff nach ihrer Einkaufstasche und zog eine kleine Kuchenschachtel heraus. »Nichts hilft da besser als ein Törtchen. Worauf hast du Lust, Zitronen oder Walnuss?«

»Tom verliert vielleicht seine Stelle«, schluckte Holly.

»Oh, das tut mir leid.« Jocelyn stellte die Schachtel hin und stand mit gequälter Miene auf, die keinen Zweifel daran ließ, dass die Aktion der alten Dame schwerfiel. »Diese verflixten Gelenkschmerzen«, murmelte sie, als sie um den Tisch herumhumpelte, um Holly in die Arme zu nehmen.

»Das sieht aber gar nicht gut aus«, sagte Holly. Jetzt war es an ihr, ein besorgtes Gesicht zu machen. Sie war so daran gewöhnt, in Jocelyn das starke Schlachtross zu sehen, dass sie beinahe vergessen hatte, dass ihre Freundin über achtzig war.

»Ein paar neue Hüften würden schon reichen«, lächelte Jocelyn. »Ich kann mich noch erinnern, wie ich zwei- oder dreimal täglich die Strecke von hier bis in den Ort gelaufen bin. Jetzt bin ich schon fix und fertig, wenn ich einmal quer durchs Zimmer gehe.«

»Warum hast du nichts gesagt? Das Auto steht vor dem Haus. Ich hätte dich doch abholen können.«

»Ich bin nicht alt auf die Welt gekommen, so schnell gebe ich nicht auf. Wenn ich nicht mehr allein von A nach B komme, dann ist es aus mit mir.«

»Also, du setzt dich jetzt brav wieder hin, und ich hole Teller für den Kuchen.«

Jocelyn ließ sich seufzend auf ihren Stuhl fallen. »Wann klärt sich das mit Tom?«

»Dienstag in einer Woche ist er wieder zurück, dann haben sie ihn ins Studio bestellt. Er weiß noch nicht, um was es geht, aber ihm schwant nichts Gutes. Auch wenn er seinen Job behält, werden sie ihm vermutlich alles Mögliche aufs Auge drücken.«

Jetzt ließ sich Holly seufzend auf ihren Stuhl fallen, aber ihr Seufzen klang verdächtig nach Enttäuschung.

»Er scheint ein heller Kopf zu sein. Was ich im Fernsehen von ihm gesehen habe, finde ich großartig. Ich könnte mir denken, dass man sich um ihn reißt. Ich würde ihn sofort einstellen«, zwinkerte Jocelyn ihr zu.

»Das sieht dir ähnlich«, lachte Holly. »Vor der Kamera wirkt er locker, aber in Wirklichkeit hasst er es. Er gehört lieber zum Fußvolk und überlässt anderen die Lorbeeren vor der Kamera. Aber es ist nicht nur die Sorge um seinen Arbeitsplatz, die mich beunruhigt«, gestand Holly.

»Willst du darüber sprechen?«

»Wir hatten uns gerade entschlossen, eine Familie zu gründen. Du weißt ja nicht, was ich für Probleme damit habe, und jetzt, wo ich dachte, ich bin so weit, scheint sich alles gegen mich verschworen zu haben. Allmählich glaube ich, dass es einfach nicht sein soll.« Holly war überrascht, wie offen sie mit Jocelyn darüber sprechen konnte, obwohl sie sie erst seit knapp zwei Monaten kannte. Es gab nur wenige Menschen in Hollys Leben, mit denen ein solches Gespräch überhaupt möglich gewesen wäre, und Jocelyn schien eine Lücke zu füllen, die seit Hollys Kindheit bestand.

»Du hast noch so viel Zeit. Eines Tages wirst du Mutter werden, sicher eine sehr gute Mutter, so was habe ich im Gefühl, und auf mein Gefühl ist Verlass, glaub mir.«

»Hättest du nicht noch mehr Kinder haben wollen?«, erkundigte Holly sich arglos. Sie hätte zu gerne noch mehr über Jocelyns Vergangenheit gewusst.

Jocelyn musterte Holly nachdenklich. »Ich habe spät geheiratet und spät mein Kind bekommen. Ich war einundvierzig, als Paul zur Welt kam, aber auch wenn ich jünger gewesen wäre, wäre ein weiteres Kind unklug gewesen. Mein Mann war nicht so ein Glücksfall wie dein Tom. Harry war ein Tyrann, nach Pauls Geburt wurde es noch schlimmer. Ich glaube, er war tatsächlich eifersüchtig darauf, wie liebevoll ich mit Paul umging, und führte sich noch schlimmer auf als vorher.«

»Von Mutterfreuden konnte also nicht die Rede sein, oder?«

»Oh nein, ganz im Gegenteil.« Jocelyn schüttelte den Kopf. »Paul war das Beste, was mir passieren konnte. Harry hat mir das Leben zur Hölle gemacht. Er hat den Kontakt zu meinen Freunden und meiner Familie vergiftet und mich regelrecht fertiggemacht. Wenn Paul nicht gewesen wäre, hätte alles ein noch schlimmeres Ende genommen.«

»Wie meinst du das?«

Jocelyn sah an Holly vorbei in den Garten. Ein ängstlicher Ausdruck erschien auf ihrem Gesicht, als könnte der Geist ihres Ehemanns am Fenster auftauchen. »Paul hat mir das Leben gerettet. Ich meine damit, dass ich Harry schließlich um Pauls willen verlassen habe. Ich wollte meinen Sohn vor seinem Vater beschützen. Für mich hätte ich nicht den Mut dazu gehabt, aber für meinen Sohn hatte ich ihn. Für diese Erkenntnis musste ich aber ein bitteres Lehrgeld bezahlen.« Jocelyns Stimme erstarb zu einem Flüstern, und die Altersfältchen in ihren Augenwinkeln zeichneten sich schärfer ab. Trotz der warmen Sonne, die durchs Fenster flutete, zitterte sie am ganzen Körper.

»Fehlt dir was?«, fragte Holly besorgt.

»Nein, nein, nichts. Es ist mir eben nur kalt über den Rücken gelaufen.« Und wieder warf sie einen verstohlenen Blick zum Fenster. »Entschuldige, Holly, aber es fällt mir schwer, über diesen Teil meiner Vergangenheit zu sprechen.«

»Nein, ich müsste mich entschuldigen. Es war mir nicht klar, was für eine schreckliche Zeit du in diesem Haus verbracht hast. Verzeih mir.«

»Sei nicht traurig, Holly, sieh nach vorne. Gib deine Träume noch nicht auf.«

Für den Bruchteil einer Sekunde dachte Holly nicht an ihre Träume, sondern an ihre Alpträume. »Vielleicht sollte ich meine Wünsche noch einmal überdenken«, sagte sie. »Aber Schluss jetzt mit dem Trübsinnblasen. Die Törtchen essen sich nicht von allein.«

»Belgische Pralinen? Du fährst für sechs Wochen nach Belgien, und dir fällt nichts Besseres ein als belgische Pralinen?«, brummte Holly verschlafen. Sie war aus dem Schlaf hochgeschreckt, als Tom wie ein ungestümer Welpe aufs Bett gesprungen war, um seine Rückkehr zu vermelden. Es war halb drei Uhr morgens.

»Aber sieh dir mal die Verpackung an«, protestierte Tom lautstark, um sicherzugehen, dass Holly richtig wach war. Holly zwinkerte gegen das grelle Deckenlicht, das Tom angemacht hatte. Ihr Herz hämmerte, teils vor Schreck über die nächtliche Störung, teils aus Freude, dass Tom wieder da war. Sie musterte die rote Pralinenschachtel. »Aber sie ist ja gar nicht verpackt«, maulte sie.

Tom knöpfte sein Hemd ein Stück auf und steckte die Schachtel hinein. »Besser?« Er kniete über Holly, so dass sie sich nicht rühren konnte, beugte sich vor und küsste sie auf die Nasenspitze.

»Du stinkst«, neckte sie ihn. »Wie wenn ich eine Knoblauchzehe schäle.«

»Nur zu, Mrs Corrigan.«

Sie küsste ihn, zuerst zaghaft, dann immer leiderschaftlicher. Sie verscheuchte die Schatten der Vergangenheit und vor allem die der Zukunft. Was sie brauchte, war die Gegenwart. Und die Gegenwart war Tom.

Die Pralinenschachtel verschwand unter einem Berg zerwühlter Laken und hastig abgeworfener Kleidungsstücke. »Du hast mir schrecklich gefehlt«, flüsterte sie, als sie in seinen Armen lag. Sie griff ihm in sein widerspenstiges Haar und zog seinen Kopf hoch, um ihm in die Augen zu sehen. Es waren dieselben Augen, in die sie während ihres nächtlichen Alptraums geblickt hatte, nur dass sie jetzt grünlich schimmerten, ohne jede Spur von Trauer, die den Mann, der ihrem kranken Hirn entsprungen war, gequält hatte. Aber Holly konnte beim besten Willen dieses Bild von Tom nicht vergessen, das sich in ihrem Kopf eingenistet hatte. Die Angst vor der Zukunft, die Holly fast verdrängt hatte, erwachte wieder zum Leben und verunsicherte sie. Wenn sie nun wirklich eine Vision gehabt hatte? Wenn die Monduhr ihr tatsächlich die Zukunft gezeigt hatte?

Tom runzelte die Stirn, als er Hollys Anflug von Kummer bemerkte. »Du bist bestimmt sauer auf mich«, sagte er. »Erst verpflanze ich dich aufs Land, und dann lasse ich dich hier allein. Ich bin ein miserabler Ehemann.«

»Du bist der beste Ehemann aller Zeiten. Ich kann von Glück sagen, dass ich so geliebt werde, vergiss das nicht.« Holly schlang die Arme fest um Tom und unterdrückte die Tränen und die Zweifel. Hellwach und ganz in der Gegenwart angekommen, stutzte Holly plötzlich. Sie schob

Tom ein Stück von sich weg, so dass sie ihm in die Augen sehen konnte. »Moment mal, wieso bist du eigentlich hier? Wolltest du nicht über Nacht in London bleiben, um morgen für die Machtprobe mit dem Sender fit zu sein? Was ist los?«

Tom seufzte und schloss die Augen. Er beugte sich vor und legte den Kopf auf Hollys, als würde das Gewicht der ganzen Welt auf ihm lasten.

»Was Schlimmes, oder?«, sagte Holly, der das Herz bis zum Hals klopfte.

Tom hob den Kopf und versuchte zu lächeln. Holly schwante nichts Gutes. »Einen Job habe ich noch, das heißt, ich werde einen neuen bekommen«, sagte er, aber Holly spürte, dass er die Sache beschönigen wollte.

»Sag schon«, verlangte sie leise.

»Peter Richards geht Ende des Jahres in den Ruhestand, und ich bin als Nachfolger vorgesehen.«

»Als Nachrichtensprecher? Du sollst die Nachrichten moderieren?« Holly hätte beinahe gelacht, halb vor Erleichterung, halb bei der komischen Vorstellung, dass Tom geschniegelt und gebügelt im Anzug hinter einem Lesepult stand. »Und das nennst du eine schlechte Nachricht?«

Tom schnitt ein Gesicht. »Kannst du dir vorstellen, dass ich jeden Tag in einem gepflegten Anzug herumlaufe? Ah, ich sehe es deinem hämischen Grinsen an, dass du es bereit tust. Aber das ist eigentlich nicht die schlechte Nachricht, nicht ganz jedenfalls.«

Hollys Lächeln verschwand, als sie merkte, dass Tom noch nicht fertig war. »Das soll also nächstes Jahr losgehen. Und was ist bis dahin vorgesehen?«

»Bei der Fusion wurden Abteilungen zusammengelegt, und ich bin versetzt worden. Das bedeutet andere, speziellere Aufgaben, einschließlich mehr Reisetätigkeit. Der erste Auftrag betrifft Recherchen über kanadische Erdölvorkommen, ich muss schon in ein paar Wochen wieder weg. Die Auswirkungen auf die Umwelt bei der Ölförderung und so weiter.«

»Du fährst nach Kanada?« Holly war bewusst, dass die Frage ziemlich dämlich war, aber Tom verzichtete netterweise auf eine schlaue Bemerkung.

»Wie lange dauert das?«

»Mindestens vier Wochen.«

»Und dann?«

»Noch mehr Reisen. Tut mir leid, Holly.«

Toms Augen schimmerten feucht, und Hollys Herz verkrampfte sich noch mehr. Sie konnte es nicht ertragen, Tom leiden zu sehen, nicht schon wieder. Sie beugte sich vor und küsste ihn auf beide Augen. »Küss mich«, befahl sie.

»Auch wenn ich nach Knoblauch rieche?«

»Das macht mir erst recht Appetit.«

»Dann greif zu.« Seine Augen strahlten wieder.

Holly kicherte, und der Klang ihres Lachens ließ sie die Enttäuschung vergessen. Sie waren füreinander da, sie würden immer füreinander da sein, dachte Holly im Stillen. Sie genoss jeden Kuss, jede Zärtlichkeit, und als sie sich liebten, hielt sie Tom umklammert, als wollte sie ihn nie mehr loslassen.

Am späten Vormittag, als sie erschöpft waren und ihren Appetit nur noch mit einer ziemlich demolierten Schachtel

Pralinen stillen konnten, quälten sich Holly und Tom aus dem Bett und schlurften hinunter in die Küche, um den Kühlschrank zu plündern.

»Wann darf ich denn dein großartiges neues Atelier sehen?«, wollte Tom wissen.

»Sobald du angezogen und vorzeigbar bist. Das hier ist ein anständiges Dorf, und ich werde es nicht dulden, dass du nur in Boxershorts das Haus verlässt und die Leute verschreckst.«

»Es sieht uns doch keiner«, wendete Tom ein. »Und wenn deine Freundin Jocelyn zufällig vorbeikommt, wird es wahrscheinlich das Ereignis des Tages für sie sein.«

»Jocelyn kommt heute nicht. Sie und die anderen im Dorf lassen uns bestimmt erst einmal ein oder zwei Tage in Ruhe. Sogar Billy.«

»Ach ja, Billy. Ich hätte ihn gerne gesprochen.«

»Damit er rein zufällig deinen halbherzigen Versuch, den Garten hübsch zu machen, zu Ende führen kann?«

»Meine neue Stelle wird besser bezahlt. Wenn ich schon nicht hier sein kann, um die Arbeit selber zu machen, darf ich wenigstens mein sauer verdientes Geld investieren, um meiner Frau zu einem wunderschönen Garten zu verhelfen. Außerdem schwebt mir auch noch etwas anderes vor«, sagte Tom geheimnisvoll.

Holly erinnerte sich, wie sie bei Vollmond in dem gepflegten Garten gestanden und zum Haus hinübergesehen hatte. »Was denn?«, erkundigte sie sich misstrauisch. Die mittlerweile vertraute Angst kehrte zurück. Den Anblick des Wintergartens vor ihrem inneren Auge, betete sie, dass Tom keine derartige Andeutung machte.

»Das geht nur Billy und mich was an.«

Holly zuckte mit den Schultern. Sie war auf nichts erpicht, was ihre Halluzination bestätigen könnte. »Bitte, wie du willst.«

Überrascht und ein wenig gekränkt von ihrem raschen Einlenken starrte Tom sie mit offenem Mund an. Er war es nicht gewöhnt, so leicht zu gewinnen. »Allerdings«, erwiderte er schnippisch und schürzte die Lippen wie ein bockiges Kind.

Holly tat es leid, dass sie Toms kleinem Wortgeplänkel die Luft aus den Segeln genommen hatte, und versuchte, ihn abzulenken. »Also, wenn du dir von Billys Sachverstand ein Bild machen willst, lass uns das Atelier besichtigen. Ich gestatte dir sogar einen Besuch in halbnacktem Zustand. Wer nicht wagt, der nicht gewinnt.«

Das Wetter war milde, und es lag der Geruch feuchter Erde in der Luft. Der Juni stand in voller Blüte, im Garten hatten die Osterglocken den Sommerblumen Platz gemacht. »Der Löwenzahn gedeiht prächtig«, bemerkte Holly, als sie beide barfuss aus dem Haus schlichen. Sie hatte nur Hemd und Höschen angezogen und hielt sich dicht hinter Tom.

»Autsch, diese verdammten Brennnesseln«, murmelte er, als er vorsichtig auf dem schmalen, überwucherten Pfad voranging, der zum Atelier führte.

Der Eingang des Ateliers zeigte zur Straße, die einzige Stelle, an der man sie möglicherweise sehen konnte. »Guten Morgen, Mrs Davis«, grüßte Tom beiläufig.

Holly ging erschrocken hinter Tom in Deckung. Vorsichtig spähte sie über seine Schulter. »Du kennst gar keine

Mrs Davis«, lachte sie und gab ihm einen Knuff. »Jetzt mach schon die Tür auf, bevor uns wirklich jemand sieht.«

Holly verbrachte die Vormittage meistens im Atelier. Der helle, luftige Raum war mittlerweile ihr zweites Zuhause geworden. Tom hatte das Atelier dagegen zuletzt als Baustelle gesehen, und sie war gespannt auf seine Reaktion. Beim Anblick der weißen Wände und des Sonnenlichts, das über Decke und Wände tanzte, riss er vor Staunen die Augen auf. Eine bunte Mischung aus eigenen Zeichnungen, Fotos und anderen Bildern, die Holly als Anregung für ihre Arbeit aufgehängt hatte, hoben sich wirkungsvoll von dem schlichten Weiß ab. Manche waren an die Wand geheftet, andere hingen an Drähten von der Decke herunter und bildeten hier und dort kleine Farbtupfer.

Tom lief im Atelier auf und ab, als wäre er in einem Zauberwald. »Fantastisch«, sagte er schließlich. »Hätte ich mir niemals träumen lassen.« Er berührte einen Bilderrahmen, der in der Luft zu schweben schien. Es war ein Foto von Tom und Holly, auf dem beide in die Kamera lachten. Daneben ein Foto von ihrer Hochzeit, ein anderes von Grandma Edith. »Sie wäre unheimlich stolz auf dich«, meinte er.

Dann wandte er sich Hollys laufenden Projekten zu. Über die gesamte Länge des Raumes erstreckten sich Werktische, auf denen ein paar in Arbeit befindliche Objekte aufgereiht waren, die auf ihre Fertigstellung warteten. Der Hauptarbeitsplatz befand sich in der Mitte des Ateliers, um das Licht, das durch die Dachfenster fiel, voll zu nutzen. An dieser Stelle stand die mit einem Tuch abgedeckte Skulptur, an der Holly arbeitete, und daneben eine

Staffelei, an der die Entwurfszeichnungen mit Klebeband befestigt waren.

»Das ist wohl die Skulptur für die gefürchtete Mrs Bronson«, bemerkte Tom.

»Eine verkleinerte Fassung, aber ich bin immer noch nicht hundertprozentig zufrieden damit. In vier Wochen will sie den endgültigen Entwurf gegenzeichnen, und bis Weihnachten muss das Stück fertig sein. Dann bin ich sie endlich los.«

»Darf ich mal sehen?«, fragte Tom. Er wusste, dass Holly sich während der Arbeit nur ungern über die Schulter blicken ließ und es meistens ablehnte, ihm ein halbfertiges Werk zu zeigen, bis sie mit sich selber über die endgültige Fassung im Reinen war. Sie wollte sich nicht durch fremde Meinungen irritieren lassen, die sie immer leicht aus dem Konzept brachten. Holly ließ es diesmal darauf ankommen und zog das Tuch von der Skulptur. Das knapp ein Meter große Objekt stand auf einem Holzkasten, damit es sich auf Augenhöhe befand und leichter zu bearbeiten war.

Der Sockel war aus Gips geformt und schwarz bemalt, um den Granit der endgültigen Fassung anzudeuten. Aus den sie umspielenden schwarzen Figuren des Sockels wuchs die weiße Gestalt der Mutter empor oder, besser gesagt, was das vorläufige Gebilde aus Maschendraht einmal darstellen sollte. Mit der Figur des Babys, das die Mutter im Arm halten sollte, war Holly besser vorangekommen. Das Gesicht des Babys war glatt und weiß, die geschwungene Oberlippe perfekt geformt, die Pausbäckchen perfekt gerundet. Holly hatte dabei nicht das Foto von Mrs Bronsons Sohn im Sinn gehabt, das sie achtlos irgendwo auf der Werkbank abgelegt hatte, sondern das Baby ihrer nächtlichen Vision.

Tom ließ zärtlich einen Finger über das kleine Gesicht gleiten. »Wie hübsch sie ist.«

Holly lächelte, nicht ohne einen verräterischen Anflug von schlechtem Gewissen. Es war ihr nicht wohl dabei, dass Tom von dem Baby so entzückt war, zumal sie ihn in ihrer Fantasie schon mit ebendiesem Kind gesehen hatte, als er es im Arm hielt und fütterte.

»Ich kann es kaum erwarten, bis wir selber ein Kind haben«, meinte Tom, als könnte er ihre Gedanken lesen. Er musterte Holly, über deren Gesicht ein dunkler Schatten huschte. »Wenn ich sehe, was du hier im Atelier fertigbringst, könnten wir doch mit deinem Fünfjahresplan gleich anfangen.«

Nichts kam Holly ungelegener als diese Diskussion. Ihren Entschluss, ein Kind zu bekommen, hatte sie begraben, als Tom Zweifel an seiner beruflichen Zukunft geweckt hatte. Stumm und hilflos sah sie ihn an.

»Du hast es dir anders überlegt, wie?« Tom hatte einen vorwurfsvollen Unterton.

»Ich weiß nicht. Im Augenblick scheint alles so unsicher, vielleicht sollten wir lieber noch warten.«

Tom wirkte angespannt und verärgert. »Herrgott noch mal, Holly, wann ist denn überhaupt mal der richtige Zeitpunkt?«

Auf Toms Enttäuschung war Holly gefasst, aber seine Verärgerung machte sie betroffen. »Was soll das?«, fragte sie, obwohl ihr klar war, dass es diesmal um mehr als ihre üblichen Ausflüchte beim Thema Kinder ging.

Tom seufzte, wobei sein Ärger wie die Luft aus einem Ballon nur ganz langsam entwich. »Ich wollte die Stelle als Nachrichtensprecher annehmen, um dir und unseren Kindern die nötige Sicherheit zu bieten. Von mir aus können die sich ihren Job an den Hut stecken, ich würde lieber als freier Journalist arbeiten, aber das wage ich nicht. Es geht mir um unser Wohl, um uns als Familie.«

»Warum machst du dich denn nicht selbstständig? Du bekommst bestimmt genug Aufträge, wir schaffen das schon. Meine Sachen in der Galerie verkaufen sich gut. Tom, das ist doch kein Problem, wenn dir die Vorstellung, Nachrichtensprecher zu werden, wirklich so zuwider ist.«

»Die Stelle ist nicht schlecht, und einem geschenkten Gaul guckt man nicht ins Maul. Wenn ich dafür mehr zu Hause arbeiten kann und wir dann wirklich mal eine Familie sind, habe ich nichts dagegen. Ich möchte nur, dass wir uns einig sind. Gut, das nächste Jahr bleibt noch etwas unübersichtlich, aber dann wissen wir, wie es weitergeht, und wir können planen.«

Holly lachte leicht hysterisch. »Wissen wir das? Wissen wir wirklich, wie es weitergeht? Vielleicht können wir gar nicht alles haben, was wir wollen, Tom? Vielleicht hat alles seinen Preis« Holly war bewusst, dass sie sich am Rande eines Abgrunds bewegte, und es nur ein wenig Hartnäckigkeit von Tom bedurfte hätte, dass sie ihm ihre nächtliche Vision beichtete.

Tom hob verzweifelt die Hände. »Ich liebe dich, Holly. Ich liebe dich von ganzem Herzen und von ganzer Seele. Mehr Liebe könnte ich dir nicht geben, und sie wird nie, nie weniger werden. Aber manchmal machst du mich wahnsinnig. Du machst mich wahnsinnig, weil es mir anscheinend nicht gelingt, dich davon zu überzeugen, dass du die Fehler deiner Mutter nicht wiederholen wirst. Was ist denn so furchtbar daran, ein Kind zu haben? Sieh dir doch deine Skulptur da an. Wenn du so etwas aus einem Haufen Gips und Maschendraht zustande bringst, was kannst du dann erst aus Liebe zustande bringen. Was haben wir denn zu verlieren?«

Holly wusste genau, was sie zu verlieren hatte, aber sie durfte jetzt nicht die Wirklichkeit aus den Augen verlieren. Tom, der Mann, der vor ihr stand, war real, und das Kind, das sie beide gemeinsam haben könnten, wäre auch real. »Sie ist hübsch, nicht?«, sagte Holly, den Blick fest auf das Abbild des Babys gerichtet. Die schwelenden Muttergefühle, die sie keineswegs ganz ausgetreten hatte, loderten wieder auf. »Ich glaube, ich bin so weit, dass wir unseren Fünfjahresplan aufstellen können. Fünf Jahre für mich und dich und wer immer noch dazukommen mag.«

Tom beugte sich hinunter und küsste Holly erst auf die Stirn, dann auf die Nase. Vor ihren Lippen machte er Halt und wartete, dass sie ihm entgegenkam.

»Sag bloß, du willst noch mal üben«, flüsterte sie. Sie sehnte sich nach Toms Umarmung mehr als je zuvor und stellte sich auf die Zehenspitzen, um seinen Kuss zu erwidern. Taumelnd fielen sie auf das Abdecktuch, das verwaist auf dem Boden lag, und ihre leisen Zärtlichkeiten fielen allmählich in einen immer heftigeren, leidenschaftlicheren Rhythmus, der Hollys Zukunftsangst mit sich riss und in erwartungsvolle Zuversicht verwandelte.

Jocelyn war bereit, auf das gewohnte Sonntagsfrühstück bei Holly zu verzichten, solange Tom zu Hause war, aber Holly wollte nichts davon hören. Obwohl es sich nur noch um Tage handeln konnte, bevor Tom nach Kanada abflog, brannte Holly darauf, dass er Jocelyn kennenlernte. Es kam ihr fast so vor, als würde sie ihren Eltern einen neuen Freund vorstellen, obwohl sie, was das betraf, keinerlei Erfahrung hatte.

»Wann kommt sie denn?«, erkundigte sich Tom gespannt, als er auf die Terrasse hinaustrat, die von der milden Sommersonne beschienen war.

Holly deckte gerade den Gartentisch mit Servietten und Besteck. »Ach, meistens kommt sie so um elf. Das hängt davon ab, wie lange sie braucht, um ihre Gelenke auf Trab zu bringen und loszumarschieren.«

»Warum hast du nichts gesagt, ich kann sie doch mit dem Auto abholen.« Tom machte auf dem Absatz kehrt und wollte wieder ins Haus gehen.

Holly erwischte ihn am Arm. »Nein, lass das. Jocelyn wird stinksauer, wenn man sie wie einen Pflegefall behandelt. Sie ist fest davon überzeugt, dass alles eine Frage des Willens ist, und sie denkt nicht im Traum daran, einen Gang zurückzuschalten. Glaub mir, ich hab's schon probiert.«

»Ach, du meine Güte, noch eine eiserne Lady. Wenn ich das gewusst hätte, hätte ich zum Ausgleich Billy eingeladen.«

»Du hast dich in letzter Zeit mit Billy schon oft genug getroffen«, beschwerte sich Holly.

»Und du wirst, wenn ich weg bin, auch noch eine Weile

mit ihm zu tun haben.« Tom war im Begriff, im Haus zu verschwinden, doch Holly hielt ihn am Ärmel fest.

»Raus mit der Sprache«, befahl sie, ohne Rücksicht auf ihren steigenden Adrenalinspiegel. Sie wusste, was kommen würde, aber sie hatte einen neuen Talisman, um den bösen Blick der Zukunftsvision abzuwehren. Sie hatte mit Tom, wie versprochen, den Fünfjahresplan zu Papier gebracht. Tom hatte beim Schreiben neben ihr am Küchentisch gesessen, im klaren Licht des Vollmondes und im klaren Bewusstsein, dass die Monduhr um ihre Aufmerksamkeit buhlte. Der Plan besagte, dass Tom bis zum Jahresende im Ausland arbeitete; im nächsten Jahr war Baby Nummer eins geplant, im dritten Jahr sollte Toms Buch entstehen, das er schon immer hatte schreiben wollen, und im fünften Jahr vielleicht, aber nur vielleicht, Baby Nummer zwei. Fünf verplante Jahre, an deren Ende Holly immer noch bei Tom war. Dort stand es, schwarz auf weiß, und nirgendwo war vom Tod im Kindbett die Rede. Es war einfach nicht vorgesehen.

»Also, da wo der Tisch auf der Terrasse steht«, setzte Tom zu einer Erklärung an und zog Holly ein Stück weit in den Garten, damit sie sich seinen Plan besser vorstellen konnte. »Sagen wir, von da drüben bis direkt vor die Tür zur Küche, über die gesamte Rückfront des Hauses, vom Wohnzimmerfenster, sagen wir, bis hier.« Tom deutete voller Eifer eine Linie an, die sich von der Terrasse bis in den Garten ausdehnte. »Stell dir eine tolle Konstruktion aus Glas und Stahl vor, der perfekte Platz, um die warme Sonne zu genießen und gleichzeitig ein Dach über dem

Kopf zu haben, wenn wir abends unseren Cocktail schlürfen in unserem nagelneuen …«

»Wintergarten«, fiel Holly ihm nüchtern ins Wort. Sie brauchte sich den Wintergarten nicht vorzustellen, sie hatte ihn bereits mit eigenen Augen gesehen.

»Was hältst du davon?«

Holly hätte Tom das Projekt am liebsten ausgeredet, aber angesichts seiner kindlichen Begeisterung konnte sie unmöglich Nein sagen. Das bedeutete ja nicht, dass ihre Vision Wirklichkeit werden musste, wofür Holly umgehend sorgte. »Eine hübsche Idee, aber ich hätte noch einen Vorschlag zu machen«, fügte sie hinzu.

»Nur zu, du bist schließlich die Künstlerin in der Familie.«

»Ich weiß nicht, an welcher Stelle du die Tür vorgesehen hast, mir würde sie an der Vorderseite gefallen. Nur für den Fall, dass du sie an der Seite, gleich neben der Küche, geplant hast …« Holly hielt die Luft an. Sie wusste sehr wohl, dass die Türen in ihrer Vision dort gewesen waren, und es war, um ehrlich zu sein, der vernünftigste Platz. Aber praktische Erwägungen waren zweitrangig, wenn sie beweisen wollte, dass die Zukunft, die sie gesehen hatte, eine Einbildung war und bleiben würde. Wenn ihre Fantasie ihr einen Streich spielte, war sie um Rache nicht verlegen.

»Dann müsste man ja außen herum laufen, um auf die Terrasse vor der Küche zu gelangen«, gab Tom zu bedenken.

»Du hast doch gesagt, dass ich die Künstlerin bin. Glaub mir, das macht sich besser. So entsteht eine durchgehende

Flucht vom Wohnzimmer durch den Wintergarten bis in den Garten dahinter.«

Das Argument klang so einleuchtend, dass Holly beinahe selber daran glaubte. Und Tom blieb keine Gelegenheit mehr, weitere Fragen zu stellen, weil es in diesem Augenblick an der Haustür klingelte. Jocelyn war eingetroffen.

»Ich kann mir gar nicht vorstellen, dass hier mal jemand anders gewohnt hat«, sagte Tom nachdenklich. Mit seinem journalistischen Geschick hatte er Jocelyn fast so viele Informationen entlockt wie Holly, dabei kannte er sie erst seit einer knappen Stunde.

»Und ich kann mir kaum vorstellen, dass du hier wohnst, Tom«, stichelte Holly, die es nicht lassen konnte, ihn zu necken.

Von der Sonne geblendet schielte Tom mit einem gekränkten Lächeln zu ihr herüber. »Durch die Ferne wächst die Liebe.«

»Und wie weit willst du noch gehen, um deiner Frau zu beweisen, dass du sie liebst?« Holly ließ nicht locker.

»Oh, bis ins Schlafzimmer«, grinste Tom, bevor er merkte, dass Jocelyn sie beide im Stillen beobachtete. Er hüstelte verlegen.

»Bitte, nehmt keine Rücksicht auf mich«, winkte Jocelyn ab. »Es ist schon eine Weile her, dass in diesem Haus zwei Menschen wohnten, die sich so gernhatten.«

»Was ist denn eigentlich aus Ihrem Scheusal von Ehemann geworden?«, fragte Tom. Holly stockte der Atem. Wie kam er dazu, Jocelyn so etwas Persönliches zu fragen!

Aber bevor sie ihn zurechtweisen konnte, beantwortete Jocelyn zu ihrem Erstaunen die Frage.

»Er hat sich umgebracht«, sagte sie ohne Umschweife.

Die Stille, die folgte, wehte wie ein kühler Luftzug durch die warme Sommerluft. »Das tut mir leid«, sagte Tom, um den Abgrund zu überbrücken, der sich ungewollt aufgetan hatte.

Jocelyn musterte Holly und schien ihre Gedanken zu erraten. »Nein, nicht in diesem Haus«, versicherte sie. »Nachdem ich mit Paul ausgezogen war, sah er keinen Sinn mehr im Leben. Wenn ich ehrlich sein soll, einer von uns beiden musste auf der Strecke bleiben. Um Pauls willen bereue ich nicht, dass ich ihn verlassen habe, aber ich habe mich natürlich schuldig gefühlt.«

»Schuldig? Wieso das denn? Du hast mir genug erzählt. Ich weiß, was er für ein Scheusal war. Er hat gemacht, was er für richtig hielt, und du, was du für richtig hieltest. Du brauchst wirklich kein schlechtes Gewissen zu haben«, empörte sich Holly.

»Sie haben eine prächtige Frau«, sagte Jocelyn zu Tom. »Geben Sie sie niemals wieder her!«

»Ich habe nicht die Absicht«, lachte Tom.

Holly musste unwillkürlich daran denken, wie schnell sich alles ändern konnte. Das Leben war eine riskante Angelegenheit, nichts war selbstverständlich. Sie blickte nervös in die Richtung der Monduhr, die zu dieser Jahreszeit hinter dem hohen Gras und dem wuchernden Unkraut kaum zu sehen war. Jocelyn folgte ihrem Blick.

»Sie gehörte früher zum Besitz der Hardmontons, die Monduhr, meine ich«, erklärte sie Holly. »Ein verheerendes Feuer hat das Herrenhaus in den siebziger Jahren in Schutt und Asche gelegt, nur die Monduhr und ein paar andere Gegenstände wurden verschont.«

»Ich habe mich damit beschäftigt. Die Familie ist in den Flammen umgekommen«, ergänzte Tom.

»Lord und Lady Hardmonton sind umgekommen, aber ihr kleiner Sohn war zu der Zeit nicht zu Hause. Er ist nicht wiedergekommen, und das Wenige, was vom Besitz übrig geblieben ist, wurde verkauft.«

»Und auf diesem Weg ist die Monduhr in Ihre Hände gelangt«, schloss Tom.

»Ich verstehe allmählich, warum Sie von Ihrer Wissbegierde leben können«, lachte Jocelyn. »Ja, Harry hat die Uhr entdeckt und musste sie unbedingt haben, nicht weil sie ihm gefallen hatte, sondern weil er wusste, dass sie mir nicht gefallen würde. Wir waren schon eine ganze Weile verheiratet, Paul war zehn, glaube ich, und die Sache lief bereits aus dem Ruder, vollkommen aus dem Ruder.« Sie wandte sich demonstrativ an Tom: »Ob Sie es glauben oder nicht, der Garten war damals ein Traum. Er war das Einzige, worüber ich noch ein bisschen Kontrolle hatte, eine Art Schlupfwinkel, doch Harry gab sich alle Mühe, mir auch den zu ruinieren. Er stellte die Monduhr mitten in meinen wunderschönen Garten, weil er dachte, sie würde ihn verunstalten.«

Wie auf Kommando standen alle drei auf, um zur Monduhr zu gehen. Tom bemühte sich, einen Pfad in den Wildwuchs zu trampeln, damit Jocelyn besser laufen konnte. »Das wird schon wieder«, versprach er kleinlaut. »Wenn ich hier mal endgültig sesshaft bin, werde ich den

Garten in alter Pracht wiedererstehen lassen, versprochen.«

»Ich werde Sie daran erinnern«, meinte Jocelyn.

Holly stand vor der Uhr und wagte nicht, sie zu berühren. Seit ihrem Sturz hatte sie sich bewusst von der Uhr ferngehalten. Als sie den Stein jetzt aus der Nähe betrachtete, dessen Oberfläche bedrohlich im Sonnenlicht glitzerte, konnte sie fast den Stromschlag spüren, den die Monduhr ihr versetzt hatte. Es war schließlich Jocelyn, die behutsam eine Hand auf den Stein legte. »Ihr habt den Mechanismus gefunden«, flüsterte sie, und Holly meinte ein leises Zittern in ihrer Stimme zu vernehmen.

»Ja, er scheint aber nicht zu funktionieren. Wir haben die Glaskugel in die Halterung gelegt, aber sie passte nicht richtig«, erklärte Tom.

Jocelyn atmete sichtlich auf. »Die Uhr funktioniert nicht, hat sie auch früher nicht. Aber als Landeplatz für die Vögel macht der Stein sich doch gut.«

»Bisher hat sich noch kein Vogel daraufgesetzt«, meinte Holly, mehr zu sich selbst, als ihr plötzlich bewusst wurde, wie seltsam es war, dass in der Nähe der Monduhr nie Vögel zu sehen waren.

»Und, was wissen wir noch alles über die Monduhr?« Tom richtete einen argwöhnischen Blick auf Holly.

»Wie meinst du das?«, stammelte sie verwirrt.

Tom wandte sich an Jocelyn. »Meine Frau hat sich nämlich selber schlau gemacht. Ich warte schon seit geraumer Zeit, dass sie mir die undurchsichtige Geschichte der Monduhr enthüllt, doch bisher hat sie mir ihre Erkenntnisse vorenthalten. Sie hat sich nicht einmal dafür entschuldigt, dass sie meinen Computer mit Kaffee bekleckert hat.«

Tom drehte sich wieder zu Holly um. Sie stand da, mit offenem Mund, außerstande, die richtigen Worte zu finden, um von diesem entschieden unbehaglichen Gespräch abzulenken.

»Du hast den Monitor ausgeschaltet, aber den Computer nicht heruntergefahren.«

»Ich wollte wissen, woher die Monduhr stammt«, gab sie zu. »Das mit dem Kaffee tut mir leid.«

»Was hast du denn herausgefunden?«, erkundigte sich Jocelyn vorsichtig.

»Im 19. Jahrhundert gab es einen Lord Hardmonton, der Forschungsreisender war. Er hat in Mexiko einen sogenannten Mondstein ausgegraben, der aber während der Verschiffung nach England abhandengekommen ist. Ich könnte mir denken, dass er selber den Stein behalten und die Monduhr daraus gemacht hat.«

Jocelyn wirkte unbeeindruckt. Wenn sie mehr über die Monduhr wusste, dachte Holly, ließ sie sich nichts anmerken.

»Nicht nur das«, ergänzte Tom eifrig, um seine eigenen Recherchen beizutragen. »Dem Stein wird nachgesagt, dass er Visionen auslösen kann. Ich habe Hinweise darauf gefunden, dass die Azteken diese Visionen für Blicke in die Zukunft gehalten haben. Aber ich persönlich glaube eher, dass es sich um Halluzinationen handelt, die durch Drogen ausgelöst wurden. Immerhin sehe ich die Monduhr jetzt in einem anderen Licht.«

Tom fuhr mit den Fingern über die eingemeißelte

Schrift am Rand der Uhr. »Ich habe mich geirrt«, sagte er zu den beiden, die aschfahl und wie versteinert vor ihm standen. »Das Ganze soll heißen: Reflexion ist der Schlüssel zur Zeitreise.«

Sie schwiegen alle drei, das Einzige, was Holly hörte, war das Hämmern ihres Herzens.

»Alles dummes Zeug«, schnaubte Jocelyn und brach den Bann.

»Da haben Sie wahrscheinlich recht«, meinte Tom. »Denn wenn die Uhr damals funktioniert hätte, hätte Lord Hardmonton wissen müssen, dass die elektrischen Leitungen, die er hatte verlegen lassen, das Herrenhaus irgendwann einmal in Schutt und Asche legen würden.«

Holly durchfuhr es selber wie ein Stromschlag, Sterne tanzten ihr vor den Augen. Sie glaubte, in Ohnmacht zu fallen, so dass sie allen guten Vorsätzen zum Trotz Halt an der Monduhr suchte. Der Stein fühlte sich kalt an, und Holly spürte ein kaum wahrnehmbares Kribbeln zwischen ihrer Handfläche und dem Stein. Als die Sinnestäuschung verschwand, suchte sie Jocelyns Blick, doch Jocelyn starrte auf die Uhr und wich ihrem Blick aus.

»Vielleicht verrät mir dieses Ding, ob meine Frau heute Abend das Essen anbrennen lässt?«, versuchte Tom zu scherzen.

»Wasser und Brot ist alles, was Ihnen zusteht, junger Mann, bis Sie den Garten in Ordnung gebracht haben«, schalt ihn Jocelyn. »Die Brennnesseln zerstechen mir schon die Waden.«

Erst als Gelächter den Garten erfüllte, hatte Holly das Gefühl, dass die Monduhr sie losließ.

»Wer möchte noch eine Tasse Tee?«, rief sie, als Tom den beiden Frauen den Weg auf die sichere Terrasse bahnte.

Tom sah seiner Abreise entspannter entgegen als beim letzten Mal. Nachdem er Jocelyns Bekanntschaft gemacht hatte, ließ er Holly leichteren Herzens in ihrer neuen Umgebung allein.

»Die Zeitverschiebung ist diesmal ziemlich groß«, warnte er Holly, während er seine Kleidung in den Koffer stopfte, um in aller Frühe aufbrechen zu können. Sie waren im Schlafzimmer, durch das offene Fenster wehten die milde Abendluft und der süße Duft des Geißblatts herein, das sich aus dem verwilderten Garten bis über die Rückseite des Hauses ausgebreitet hatte. »Wir können wahrscheinlich nur einmal am Tag telefonieren.«

»Ohne Ausnahmen«, drohte Holly. Sie beugte sich über den geöffneten Koffer, zog die verknitterten Sachen heraus und legte sie sorgfältig gefaltet wieder hinein.

»Apropos Telefonate …«, fing Tom an.

»Apropos Telefonate, willst du mir nicht endlich verraten, was du heute Morgen solange mit dem Sender zu besprechen hattest?«

»Ich sagte doch schon, nichts Schlimmes. Es hat sich nichts geändert. Ich bleibe vier Wochen in Kanada und komme dann kurz nach Hause, bevor ich wieder abfliege. Es sieht ganz danach aus, dass der nächste Einsatz in Haiti sein wird, das könnte dann länger dauern, ein paar Monate vielleicht.«

»Das wusste ich ja schon. Sonst keine weiteren Neuigkeiten?«, erkundigte Holly sich misstrauisch. Vor ein paar Tagen hatte Tom ihr bereits die Hiobsbotschaft seines nächsten Auftrags eröffnet. Holly war alles andere als glücklich über die Reise, über den Einsatzort ebenso wenig, aber es gab eine Zukunft für sie beide, niedergeschrieben als Fünfjahresplan, also war die Welt in Ordnung, und Holly willigte notgedrungen ein.

»Mit meinen Berichten waren sie sehr zufrieden«, sagte Tom ein wenig verlegen.

»Aber?«

»Mein Erscheinungsbild ist noch verbesserungsbedürftig.«

Es war kein Geheimnis, dass Tom lieber hinter als vor der Kamera stand. Sein Widerwille gegen den Job als Nachrichtensprecher hatte auch damit zu tun, dass er sich in Bezug auf sein Aussehen bestimmten Regeln unterwerfen musste. Es war nur eine Frage der Zeit, bis der Sender ihm nahelegen würde, sein Äußeres aufzupolieren.

»Das hätte ich dir gleich sagen können«, lachte Holly.

Tom spielte den Beleidigten. »Danke für die Blumen! Tu dir keinen Zwang an. Ich habe das perfekte Radiogesicht, sag's ruhig.«

»Dein Gesicht ist tadellos. Aber die Frisur, weißt du ...«

»Ich weiß«, sagte Tom und zupfte verlegen an einer widerspenstigen Locke, die von seinem Kopf abstand.

Holly brach plötzlich in lautes Gelächter aus. »Sollst du dir etwa die Haare schneiden lassen?«

»Das ist nicht witzig«, beschwerte sich Tom, aber dann musste er ebenfalls lachen. »Es wird erwartet, dass ich zum Frisör gehe, bevor meine Beiträge in Kanada gefilmt werden.«

Holly schob den Koffer beiseite und kroch über das Bett zu Tom. Sie nahm ihn in die Arme und fuhr zärtlich durch seine dunklen Locken. »Dann muss ich mich wohl von jeder einzelnen Locke mit einem Kuss verabschieden«, flüsterte sie.

Als Tom sich neben sie aufs Bett legte, merkte er kaum, wie Holly für den Bruchteil einer Sekunde erstarrte. Sie hatte gerade an den gebrochenen Tom ihrer Vision denken müssen. Seine Haare waren kurz geschoren. Holly hatte es satt, ein Spielball der Monduhr zu sein, und war fest entschlossen, diesen Alptraum ein für alle Mal zum Schweigen zu bringen.

FÜNF

Am Tag von Toms Abreise konnte Holly es kaum erwarten, bis es dunkel wurde. Die Sommernacht war milde und dunstig; sie bahnte sich einen Weg durch das hohe Gras und stand herausfordernd vor der Monduhr. Über ihr leuchtete der abnehmende Mond, dessen Strahlen nach der spiegelnden Oberfläche der Glaskugel tasteten, die Holly in der Hand hielt. Ohne zu zögern ließ sie die Kugel in die Halterung gleiten und achtete darauf, weder den Mechanismus noch den Stein zu berühren.

Die Kugel rastete klirrend ein, dann blieb sie still liegen, so still wie die Nacht, die Holly erwartungsvoll einhüllte, und ihre Spannung weiter wachsen ließ. Sie lauschte, ob das verräterische Ticken einer Uhr zu hören war, das beim letzten Mal das heftige Aufblitzen des Mondlichts begleitet hatte, doch außer dem Rascheln der Gräser, durch die ein leiser Luftzug strich, war nichts zu hören. Die Kugel glitzerte arglos im Mondschein; es ging keine eigene Energie von ihr aus, nichts, was nicht ins Reich ihrer Fantasie gehört hätte.

In der Ferne war ab und zu der Ruf eines Käuzchens zu hören, als würde es sich über Holly lustig machen. Zu Recht, dachte sie. Erleichtert warf sie den Kopf in den Nacken, aber als sie den Himmel über sich sah, war ihr plötzlich nicht mehr zum Lachen zumute. In der Nacht, als sie die Vision gehabt hatte, hatte der Vollmond geschienen, nicht diese halb verdeckte Scheibe, die hinter dem Erdschatten hervorlugte. Die Darstellungen des Mondes, die in den Stein gemeißelt waren, zeigten alle eine makellose Rundung. In diesem Moment begriff sie widerwillig, dass die Uhr, wenn sie wirklich Macht besaß, nur bei Vollmond funktionierte. Mit spitzen Fingern löste sie die Kugel vorsichtig aus der lockeren Halterung und legte sie wieder in den Kasten.

Eine ernüchternde Niederlage für Holly. Bis zum nächsten Vollmond Ende Juli musste sie ganze drei Wochen warten, und sie hatte das Gefühl, in ein tiefes Loch zu fallen. Die Trennung von Tom war belastend genug, aber nicht zu wissen, ob sie bald sterben musste, war schier unerträglich.

In dieser Nacht warf Holly sich ruhelos im Bett herum. Verzweifelt versuchte sie das, was sie in ihrer Halluzination gesehen hatte oder glaubte, gesehen zu haben, mit ihren bisherigen Erkenntnissen in einen vernünftigen Zusammenhang zu bringen. Vielleicht hatte ihr Sturz auf den Kopf ernsthafte Schäden verursacht. Vielleicht hatte sie den Wintergarten in ihrer Vision gar nicht gesehen. Vielleicht hatte sie Tom mit kurzen Haaren gar nicht gesehen. Was, wenn ihr Gedächtnis ihr einen Streich gespielt hatte, als Tom von seinen Plänen erzählte? Leuchtete das nicht eher ein? Sicher, die Parallelen zwischen ihren eigenen Erlebnissen und der Legende des Mondsteins blieben weiter unerklärlich, aber ob die Monduhr überhaupt etwas mit dem geheimnisvollen Mondstein zu tun hatte, war genauso fraglich.

»Reflexion ist der Schlüssel« hieß es auf der Inschrift, aber was sollte das bedeuten? Der Mond reflektierte das Sonnenlicht und erhellt die Nacht. Die Monduhr reflektiert dieses Licht und erhellt was? Die Zukunft?

Holly überlegte, ob sie mit Jocelyn über die Monduhr sprechen sollte. Hatte sich Jocelyn nicht merkwürdig verhalten, als sie zu dritt um die Uhr herumstanden? Wusste Jocelyn mehr, als sie zugab? Doch bevor Holly nicht der Lösung des Rätsels ein Stück näher gekommen war, wofür sie erst den nächsten Vollmond abwarten musste, wollte sie die Sache für sich behalten. Sie schüttelte den Kopf, um sich aus dem Spinnennetz der Theorien zu befreien, in dem sich ihre Gedanken verheddert hatten.

Ihre Nächte wurden immer unruhiger, und sie schlief immer schlechter, während der Mond abnahm, bis er nur noch ein schiefes Lächeln, nein, ein höhnisches Grinsen war. Und dann öffnete er langsam wieder seinen Rachen, um ihre schwindende Hoffnung zu verschlingen, dass sich alles mit einem Sturz auf den Kopf erklären ließe.

Während sich Hollys Gedanken nachts um die Monduhr drehten, war sie tagsüber mit Mrs Bronsons Skulptur beschäftigt. Die Figur des Babys war ihr hervorragend gelungen, seine zarten Rundungen rührten sie immer wieder. Die Figur der Mutter näherte sich ebenfalls der Vollendung, sie wiegte das Baby auf eine Weise im Arm, dass Holly meinte, die Last des Kindes selber zu spüren. Die Mutter hielt ihr Baby, als sei es eine empfindliche Blume, aber gleichzeitig erweckte ihre Haltung irgendwie den Eindruck, als hätte sie eine eiserne Hand.

Holly trat einen Schritt zurück, um ihr Werk zu betrachten. Ihre Hände starrten vor Dreck, vom pausenlosen Schmirgeln und Feilen an unvollkommenen Linien und Kanten. Die Arbeit war fast fertig, doch Holly runzelte kritisch die Stirn, irgendetwas störte sie. Langsam ging sie um die Skulptur herum und kontrollierte jeden Zentimeter. Es fehlte noch der letzte Schliff, der der endgültigen Fassung vorbehalten war, aber ansonsten war alles so, wie es sein sollte. Immer noch unzufrieden trat Holly ein paar Schritte zurück, bis fast an die Tür, um die Arbeit aus einem größeren Abstand zu mustern. Irgendetwas an der Haltung stimmte nicht, obwohl sie genau mit der Entwurfsskizze übereinstimmte.

Holly sah sich nach einem feinen Meißel um, hielt aber plötzlich inne, und atmete tief durch. »Für Mrs Bronson reicht's«, sagte sie sich leicht verärgert.

Es war erst Mitte Juli, seit Tagen lag ihr ihre Auftraggeberin in den Ohren, obwohl der Termin zur Gegenzeichnung des Entwurfs erst Ende des Monats war. Holly wusste, dass sie über ihren Schatten springen und einsehen musste, dass sie nichts Besseres zustande brachte. Resigniert lehnte sie sich an die Tür des Ateliers, die sich in diesem Augenblick nach außen öffnete und Holly ins Leere fallen ließ.

»Vorsicht«, rief Billy und fing Holly gerade noch rechtzeitig auf.

Er lächelte mitleidig und schüttelte den Kopf. »Man kann euch Frauen doch wirklich nicht allein lassen«, seufzte er.

»Ich komme bestens allein zurecht«, schnaubte Holly.

»Typisch Frau!«

»Sie können mich jetzt loslassen, Billy.«

»Ihr Wunsch ist mir Befehl«, meinte er und ließ los.

Holly landete unsanft auf dem Boden. »Besten Dank, Billy«, sagte sie und rieb sich den Ellenbogen, als sie sich aufrappelte. »Was machen Sie hier eigentlich?«

»Melde mich gehorsamst zum Dienst, Ma'am«, salutierte er. Holly sah ihn verständnislos an. »Ihr Mann hat mir aufgetragen, einen Wintergarten für Sie zu bauen.«

»Hm«, brummte Holly mürrisch. »Das hat mir gerade noch gefehlt.«

»Oh, warten Sie erst mal ab. Er wird sich fantastisch machen«, sprudelte Billy.

»O ja, ich sehe ihn schon vor meinem inneren Auge«, seufzte Holly und würzte Billys Begeisterung mit einer Prise Sarkasmus, die nur sie würdigen konnte.

»Mehr ist auch nicht erlaubt. Ich habe die Pläne mit Tom abgesprochen, aber ich darf sie Ihnen nicht zeigen. Sie haben sich schon genug eingemischt mit der Pfuscherei an den Türen. Tom möchte, dass es eine Überraschung wird.«

»Das wird schwieriger werden, als Sie denken«, meinte Holly.

»Wäre es vielleicht möglich, dass Sie in den nächsten Wochen nicht in den Garten kommen?«

»Ausgeschlossen«, bestätigte Holly. »Aber wie wäre es«, fuhr sie fort, als Billy enttäuscht die Schultern hängen ließ, »wenn ich beim Vorbeigehen die Augen zumache und verspreche, nicht herumzuschnüffeln?«

»Abgemacht. Nach dem Wochenende fangen wir an.«

»Großartig, bis nächste Woche also.«

Billy warf einen Blick auf die Skulptur und war im Begriff, seine Meinung dazu zum Besten zu geben.

»Bis Montag, Billy«, schnitt ihm Holly das Wort ab.

»Könnte man vielleicht …«, setzte Billy an.

»Nun gehen Sie schon, Billy«, lachte Holly.

Nachdem sie Billy abgewimmelt hatte, griff sie zum Telefon, um Mrs Bronson anzurufen. Wenn die Frau bereits nächste Woche zu ihr ins Atelier kommen könnte, hätte sie anschließend ein bisschen Luft für die anderen Stücke, die sie Sam versprochen hatte. Vorausgesetzt natürlich, Mrs Bronson wäre mit dem Modell zufrieden.

Während sie mit Mrs Bronson telefonierte, musterte Holly die Skulptur, und die Zweifel meldeten sich wieder.

Holly seufzte und versuchte die Gespenster der Zukunft zu verscheuchen. Mrs Bronson hatte möglicherweise einen weniger voreingenommenen Blick und nahm die Skulptur als das, was Holly damit beabsichtigt hatte, nämlich als eine einfache idealistische Darstellung der Bindung zwischen Mutter und Kind.

Holly vermisste Tom mehr denn je. Die seelische Belastung, die ihre Trennung mit sich brachte, war mittlerweile größer als der Atlantische Ozean, der jetzt zwischen ihnen lag. Auf die Zeitverschiebung und die damit verbundenen praktischen Unannehmlichkeiten ihrer Fernbeziehung hatte sie sich eingestellt, nicht aber auf das Gefühlschaos, das die Monduhr angerichtet hatte.

Es war naiv von ihr gewesen zu glauben, dass sie mit der grotesken Situation allein zurechtkommen würde. Tom war ihr Fels in der Brandung geworden, nachdem sie durch die Lieblosigkeit ihrer Eltern den Boden unter den Füßen verloren hatte. Mit ihrem ersten Fünfjahresplan hatte sie den Kurs für sich abgesteckt, doch es war Tom und nur Tom, der ihr den Halt gab, nach dem sie sich immer gesehnt hatte. Für die kommenden fünf Jahre war sturmfreie Fahrt geplant, und zumindest für Tom gehörten eine Frau und ein Kind unbedingt dazu.

Kurz vor dem Vollmond war ihre Sehnsucht nach Tom größer denn je. Sie fragte sich, wie er wohl reagieren würde, wenn sie ihm von der Halluzination erzählte und dass sie allmählich überzeugt war, in die Zukunft gesehen zu haben. Er würde vermutlich den nächsten Flieger nach Hause nehmen und wäre ihr sicherlich eine Hilfe, aber ihre Ängste würde er trotzdem niemals nachvollziehen können. Im Gegensatz zu ihr hatte er nicht ein Haus voller Trauer und dumpfer Verzweiflung betreten müssen, ihm war nicht das Herz gebrochen beim Anblick seiner völlig aufgelösten Liebsten. Er hatte Libby nicht gesehen, die ihn mit ihren wunderschönen grünen Augen anblickte, und er hatte auch nicht spüren müssen, wie es war, sie nicht auf den Arm nehmen zu können. Das alles würde ihm sowieso erspart bleiben, wenn ihre unheilvolle Vision sich am Ende als Hirngespinst entpuppen würde. Als sie für das gewohnte Auslandsgespräch mit Tom zum Telefon griff, entschied sie deshalb, sich nicht das Geringste anmerken zu lassen, und gab sich stattdessen dem beruhigenden Klang seiner Stimme hin.

»Wie kommt Billy mit meinem Projekt voran?«, erkundigte Tom sich gespannt.

In Fincross war es heller Nachmittag. Ein glühend heißer Tag, wie geschaffen, um im Garten zu sitzen, wenn man es ihr erlaubt hätte. Die Terrasse, auf der Holly, Tom und Jocelyn das Sonntagsfrühstück genossen hatten, war mittlerweile aufgerissen und die Fundamente für den Wintergarten gelegt.

»Billy hat mir streng verboten, einen Blick aus dem Fenster zu werfen oder den Garten zu betreten, wie soll ich da wissen, ob es vorangeht?«, maulte Holly.

»Aber es läuft alles nach Plan?«

»Billy liegt mir ständig wegen der Türen in den Ohren. Ich musste Jocelyns Einfluss geltend machen, damit sie ihm untersagt, heimlich den Entwurf zu ändern.«

»Na ja, ganz unrecht hat er nicht. Ich bezweifle auch, dass es die richtige Stelle für die Türen ist.«

»Ich sagte doch, von uns beiden habe ich die künstlerische Ader. Ich kenne mich da aus«, versicherte Holly.

»Apropos künstlerische Ader, hast du dich schon mit der berüchtigten Mrs Bronson getroffen?«

»Sie ist gerade gegangen.« Holly saß am Küchentisch und stocherte in einem Sandwich.

»Und?«

»Sie ist entzückt, Gott sei Dank.« Holly lehnte sich im Wohlgefühl der Erleichterung zurück. Sie musste immer noch schmunzeln.

»Kein Wunder. Ich fand es schon in halbfertigem Zustand toll. Könntest du mir ein Foto schicken?«

Holly hatte sich geweigert, ihm die Skulptur zu zeigen, bevor Mrs Bronson sie abgesegnet hatte. Sie wusste, dass Tom begeistert sein würde, aber die Kundin war Mrs Bronson, und ihr musste es gefallen.

»Natürlich«, versprach Holly.

»Sie wollte auch nichts mehr geändert haben?«

»Na ja, ganz ungeschoren bin ich nicht davongekommen. Sie musste mich unbedingt darauf hinweisen, dass ihr Kleiner ein länglicheres Gesicht und ein Grübchen am Kinn hat. Ich hätte ihr am liebsten gesagt, sie solle froh sein, dass ich ein wesentlich hübscheres Baby zum Vorbild genommen habe, aber der Kunde ist König.«

»Die fertige Skulptur wird also ihrem Sohn ähnlicher sehen?«

»Ja klar«, sagte Holly mit einem hämischen Grinsen.

»Wirklich?«

»Warum denn nicht? Wenn sie ihr hässliches Entlein verewigen will, warum soll ich sie daran hindern?«

»Vielleicht, weil du damit deine eigene Arbeit verewigst.«

»So habe ich das noch gar nicht gesehen. Vielleicht überlege ich es mir noch mal.«

»Als hättest du das nicht schon längst getan«, lachte Tom. »Ich hoffe nur, dass du nicht unseren eigenen Kindern die kalte Schulter zeigst, wenn sie hässlich sind.«

Hollys Lächeln verschwand, und sie war froh, dass Tom sie am anderen Ende der Leitung nicht sehen konnte.

»Unsere Kinder werden bildschön«, sagte sie hastig, bevor ihm die Pause verdächtig vorkam. Sie schloss die Augen, und ein vertrautes Gesicht stieg vor ihr auf.

»Wenn sie nach dir kommen, bestimmt.«

»Hauptsache, sie haben deine Augen« sagte Holly. Vor ihrem inneren Auge tauchte Libby auf, und sie musste die Augen zusammenkneifen, um das Traumbild zu verscheuchen.

»Meine Augen, aber deine Nase. Und deinen Mund. Und deine Haare. Wunderhübsche Kinder, die als Erwachsene genauso hinreißend aussehen wie ihre Mutter«, wusste Tom schon ganz genau. »Also, die Mädchen, meine ich. Vielleicht bin ich altmodisch, aber Jungs mit langen blonden Haaren wären nicht unbedingt mein Fall.«

Holly kicherte, und ihre Anspannung löste sich. Eben dafür brauchte sie Tom, dass er das Leben normal und sicher und einfach erscheinen ließ. »Du hast wohl alles bis ins Detail geplant, was? Und wahrscheinlich schon die Namen ausgesucht«, beschwerte sich Holly.

»Ich? Wer ist denn so auf Pläne versessen? Aber wenn du schon davon sprichst, ich habe tatsächlich mit einigen Namen geliebäugelt«, räumte Tom ein.

»Sag bloß, du stehst jetzt auf diese blöden, ausgefallenen Namen, weil du bald zu den Prominenten gehörst.«

»O nein, fang nicht davon an. Ich habe demnächst einen Termin beim Friseur. Unglaublich, was die alles von mir verlangen. Aber nein, keine albernen Namen. Ich spiele mit dem Gedanken, einen von den Jungs Jack zu nennen, nach meinem Vater.«

»Okay.« Holly blieb misstrauisch. »Aber den Hinweis auf ein ganzes Rudel von Kindern will ich mal wieder überhört haben.«

»Und unser erstes Mädchen muss unbedingt wie Grandma heißen.«

»Edith?« Holly verzog das Gesicht.

»Nein, das würde ich dem Kind nicht antun. Grandmas

zweiter Name war Elizabeth. Wir könnten es Beth oder Eliza oder meinetwegen Lizzy nennen, das ist kürzer.«

»Oder Libby«, ergänzte Holly, während die Angst sie wieder wie eine Dampfwalze überrollte.

»Genau, das klingt gut. Unsere kleine Libby. Ich sehe sie schon vor mir.«

»Ich auch«, flüsterte Holly.

Als sie sich verabschiedeten und Holly das Telefon aus der Hand legte, hätte sie alles darum gegeben, wenn das Leben wieder so einfach wäre wie vorher. Sie wollte wieder glauben, dass der nächste Tag eine leere Seite war, die unbeschrieben vor ihnen lag. Denn solange sie noch nicht beschrieben war, konnte ihre Liebe eine ganze neue Welt gestalten und vor ihnen ausbreiten. Mit ein bisschen Glück würde der Vollmond beweisen, dass die Monduhr nichts weiter als ein Gartenschmuck war. Und noch wichtiger, er würde zeigen, dass ihre Zukunft einzig und allein in ihrem Fünfjahresplan stand, auf den die Monduhr keinen Zugriff hatte.

»Du siehst ganz verändert aus«, sagte Holly, als sie das Foto von Tom auf ihrem Handyscreen gesehen hatte. Im sicheren Schlafzimmer, geborgen in einem Berg von Kissen und fest in die Bettdecke eingewickelt, hatte Holly sich gegen die Angst vor dem Vollmond gewappnet, der langsam am nächtlichen Himmel aufging.

»Besser oder schlechter?« Der Nachhall von Toms Stimme klang nachts noch hohler und machte die Entfernung besonders deutlich.

»Einfach anders«, wiederholte Holly. Die Qualität des

Fotos war schlecht, Tom hatte es offenbar selber gemacht, mit ausgestrecktem Arm, im Hintergrund sah man die eintönige Ausstattung eines Hotelzimmers.

Ohne die vertrauten Locken wirkte sein Gesicht schmaler und kantiger. Holly konnte sich zwar undeutlich erinnern, wie Tom in ihrer Vision mit kurzen Haaren ausgesehen hatte, aber sein leerer Blick hatte sie abgelenkt. In der unbestreitbaren Realität und mit klarem Kopf konnte sie seine neue Frisur besser würdigen. Sie hatte nie bezweifelt, dass Tom mit akkuratem Haarschnitt und ebenso akkuratem Anzug genauso attraktiv aussehen würde wie vorher, trotzdem gab ihr sein Anblick mit den kurz geschorenen Haaren einen Stich. Sie hatte sich an sein nachlässiges Äußeres gewöhnt, das war ihr Tom, und er war ihr in mehr als einer Hinsicht abhandengekommen. »Ein bisschen gewöhnungsbedürftig«, meinte sie.

»Es gefällt dir nicht«, jammerte er. »Und dabei hast du mir immer in den Ohren gelegen, dass ich mir die Haare schneiden lassen soll.«

»Ich wollte nur, dass deine Haare einigermaßen anständig und gepflegt aussehen. Ab und zu musste ich dich auch zum Haarewaschen ins Badezimmer schleppen. Und ich gebe zu, dass ich dir einmal, aber nur ein einziges Mal, ein paar verfilzte Stellen im Schlaf abgeschnitten habe.«

»Ha, du hast mich skalpiert.«

»Du siehst richtig flott aus. Richtig weltmännisch. Die Zuschauer werden entzückt sein.«

»Du willst mir nur was Nettes sagen. Jetzt mal ehrlich.«

Holly beschwichtigte und beruhigte Tom, der, wie Samson, seine Männlichkeit durch den einfachen Akt eines

Haarschnitts bedroht sah. Als sie die Bettdecke fester um sich zog, streifte ihr Blick zufällig das Fenster. Alle Lampen im Schlafzimmer brannten, um dem Mondlicht keine Gelegenheit zu geben, ihren Seelenfrieden zu stören.

Holly hatte die Tage bis zum Vollmond gezählt, aber jetzt überlegte sie, ob sie sich nicht doch lieber auf ihren Verstand verlassen sollte, um die Vorstellung zu widerlegen, dass er eine geheimnisvolle Macht besaß. Musste sie wirklich die Probe aufs Exempel machen?

Während sie weiter mit Tom plauderte, kroch sie aus dem Bett und schlich zum Fenster. Sie zog die Vorhänge zurück und öffnete vorsichtig die Jalousie. Das rätselhafte Antlitz des Mondes strahlte sie an, und Holly gab sich seufzend geschlagen.

»Bist du müde? Soll ich Schluss machen?« Tom hatte ihr Seufzen für ein unterdrücktes Gähnen gehalten.

»Noch nicht«, flehte Holly in einem Anfall von ängstlicher Vorahnung, der sie zu ersticken drohte.

Aber sie konnte nicht erwarten, dass Tom sie die ganze Nacht unterhielt. Unter dem Vorwand, dass das Telefongespräch sie angenehm eingeschläfert hätte, verabschiedete sie sich endgültig, nicht ohne den bitteren Nachgeschmack eines schlechten Gewissens.

Als Holly das Telefon aus der Hand legte, fühlte sie sich plötzlich eingeschlossen, die Luft war zum Ersticken, und sie hatte nur noch das Bedürfnis, fluchtartig das Haus zu verlassen. Hastig griff sie im Vorbeigehen nach ihrer Jacke, schlüpfte in ihre Sportschuhe, holte den Holzkasten aus der Küche und stürzte nach draußen. Erst als sie den kalten Stein der Uhr berührte, wurde ihr bewusst, dass das Haus sie nicht vertrieben, sondern die Monduhr sie angezogen hatte.

Die Sommernacht war schwül und feucht, weil es tagsüber geregnet hatte. Keuchend stand Holly vor der Monduhr, der Schweiß lief ihr den Nacken hinunter. Sie hatte die Jacke umgebunden, in der Hoffnung, dass sie nicht gebraucht würde.

Hier und dort standen ein paar Wolken am Himmel, der kreisrunde Mond hatte sich hinter der dicksten verborgen. Holly ließ die Kugel vorsichtig in die Halterung fallen, kniff die Augen fest zusammen und wartete auf das grelle Lichtspektakel. Wider besseres Wissen betete sie, dass es ausbleiben würde.

Nach ein paar bangen Augenblicken riskierte Holly einen Blick und sah sich um. Zu ihrer Beruhigung stand das ungemähte Gras aufrecht zu ihren Füßen, und die Zweige im Obstgarten bogen sich bereits unter der Last der Früchte. Sie ließ die Luft, die sie angehalten hatte, mit einem Seufzer der Erleichterung entweichen.

»Siehst du, Holly. Keine Magie, kein Zauberkult.« Sie streckte die Hand aus, um die Kugel wieder aus der Halterung zu nehmen, doch im selben Augenblick fuhr ein Windstoß durch den Garten, das hohe Gras um sie herum rauschte. Die Wolke, hinter der der Vollmond verborgen war, hatte sich verzogen, und sein Licht langte gierig nach der Monduhr.

Als Holly die Kugel mit den Fingerspitzen berührte, leuchtete sie auf und ließ dünne Lichtblitze auf die Uhr rieseln. Hollys Finger fingen an zu zittern, und sie zog die Hand zurück, als plötzlich der ganze Garten von gleißendem Mondlicht erhellt wurde. Sie kniff die Augen zusammen und klammerte sich an die Uhr, um nicht das Gleichgewicht zu verlieren, aber im selben Augenblick hatte sie das Gefühl, dass ihr die Wirklichkeit entglitt und sie in einen Abgrund gerissen wurde.

Die Uhr schien unter ihren Händen zu vibrieren, als wäre sie elektrisch geladen, doch Holly hielt sich weiter krampfhaft daran fest. Das Ticken einer Uhr dröhnte in ihren Ohren, bis es langsam verebbte.

Es war weniger die Uhr, die ihr den Atem raubte, auch nicht das grelle Lichtermeer, es war die Luft, die mit einem Schlag eiskalt geworden war, und die warme Sommernacht in bitteren Winter verwandelt hatte.

Holly schlüpfte in ihre Jacke, der Schweiß auf ihrem Nacken bildete einen eiskalten Film. Verzweifelt versuchte sie, die Lichtreflexe vor ihren Augen wegzublinzeln, um wieder richtig sehen zu können, aber sie wusste auch so, dass ihre Umgebung sich verändert hatte. Kein Grashalm kitzelte mehr an den Beinen, und ihre Füße fühlten sich an wie Eisklötze. Als die Sicht wieder klarer wurde, begriff sie, warum sie so erbärmlich fror. Sie stand knöcheltief im Schnee, und die letzten störenden Lichtreflexe waren gar keine Lichtreflexe, sondern wirbelnde Schneeflocken.

Holly war im Handumdrehen völlig durchgefroren. Es blieb ihr nichts anderes übrig, als ins Haus zu flüchten und sich dem Grauen zu stellen, das sie dort, in welcher Form auch immer, erwartete. Aus dem Küchenfenster fiel ein Lichtschein auf die unberührte Schneedecke. Sonst war nur das Wohnzimmer beleuchtet, sein mildes Licht war vom Wintergarten teilweise verdeckt. Holly hatte nur noch das rettende, wärmende Haus im Kopf und war nicht in der Lage, sich damit zu beschäftigen, was passiert war. Erst als sie sich für einen Moment an die schützende Hauswand lehnte, versuchte sie, einen klaren Gedanken zu fassen.

Es bestand kein Zweifel, dass das Gleiche geschehen war wie letztes Mal, was es auch immer sein mochte. Sie sträubte sich gegen den Ausdruck Zeitreise, doch es handelte sich definitiv um etwas anderes als eine schlichte Halluzination. Sie hatte sich nicht den Kopf gestoßen und war auch sonst nicht verletzt. Sie wusste, wo sie sich befand, nur nicht in welcher Zeit. Mit Sicherheit war es keine laue Sommernacht.

Holly warf einen Blick auf den Wintergarten. Die Glastüren, die sich letztes Mal an der Seite befunden hatten, waren, wie sie sofort bemerkte, verschwunden. Von ihrem Blickwinkel aus war die Vorderseite des Wintergartens nicht zu sehen, aber sie wusste auch so, dass die Türen dort sein mussten, immerhin war das die Stelle, wo Billy sie gerade einbaute. Holly suchte fieberhaft nach einer vernünftigen Erklärung. Wenn es sich um eine Zukunftsvision handelte, konnte sich zwischenzeitlich auf irgendeine Weise etwas verändert haben; wenn sie sich das Ganze aber nur ausdachte, befanden sich die Türen natürlich an einer anderen Stelle. Die Lage der Türen besagte also nichts.

Bevor Holly schweren Herzens das Haus betrat, sah sie noch ein letztes Mal zur Monduhr, als könnte sie der Uhr irgendeine Erklärung entlocken. Die Uhr lag still und stumm unter einer Schneedecke. Holly wollte sich schon abwenden, als sie plötzlich stutzte. Es dauerte jedoch eine

Weile, bis sie begriffen hatte, warum. Zwischen dem Haus und der Monduhr lag dicker Schnee, auf der eine einzelne Spur von Fußabdrücken zu erkennen war, die Hollys Rückweg zum Haus markierte. Holly starrte angestrengt in das Schneetreiben, um die Fußabdrücke genauer sehen zu können, vor allem die weiter entfernten in der Nähe der Uhr. Obwohl es heftig schneite, hätte der Schnee nicht gereicht, ihre Abdrücke so schnell zu bedecken, doch die Spuren verschwanden direkt vor ihren Augen. Die Abdrücke in der Nähe des Hauses lösten sich zuletzt auf, und Holly traute ihren Augen nicht, als der Schnee die fußförmigen Vertiefungen millimetergenau auffüllte. Im Nu sah die Schneedecke auf dem Rasen aus, als wäre Holly nie darübergelaufen.

Hastig drehte sie sich um und drückte die Klinke der Hintertür, aber ihre Hand glitt ab. Sie erinnerte sich, wie viel Kraft sie letztes Mal gebraucht hatte, und packte fester zu. Nur fort von diesem Schneegestöber, das nicht nur den Garten, sondern auch ihren Verstand verwüstete.

Die Küche strahlte Wärme und Geborgenheit aus, und glücklicherweise war niemand zu sehen. Holly lehnte sich mit geschlossenen Augen an die Tür. Die Schneeflocken in ihren Haaren schmolzen und tropften ihr über das Gesicht. Sie fühlten sich wie Tränen an, doch Holly wusste, dass Weinen jetzt nicht angebracht war. Sie musste sich wappnen für das, was ihr bevorstand.

Holly zitterte und schüttelte die lähmende Angst ab. Als sie die Augen öffnete, sah die Küche genauso aus, wie sie befürchtet hatte. Ein Durcheinander von schmutzigem Geschirr und Babysachen. Der Küchentisch war unaufgeräumt, über der Kante hing eine aufgeschlagene Zeitung. Sie nahm die Zeitung hoch und suchte nach dem Datum. Sie war vom Januar 2012, gute eineinhalb Jahre in der Zukunft. Holly war klar, dass sie nicht länger leugnen konnte, eine Zeitreise gemacht zu haben. Aber damit konnte sie sich nicht lange aufhalten. Im Augenblick ging es darum, nicht den Verstand zu verlieren und diesen Alptraum heil zu überstehen.

Als sie die Zeitung wieder an ihren Platz legen wollte, entdeckte sie auf dem Tisch einen schwarzen, runden Brandfleck. Sie fuhr mit dem Finger über die Maserung, doch der Fleck schien nicht wegzugehen. Bislang war er ihr noch gar nicht aufgefallen. Obwohl das Ticken der Uhr, das den Anfang ihrer Zeitreise markiert hatte, nicht mehr zu hören war, hatte Holly das Gefühl, dass die Zeit verrann. Sie suchte verzweifelt nach einer Erklärung, aber sie hatte nur eine Chance zu verstehen, was hier geschah, oder besser gesagt, was in Zukunft geschehen könnte: Sie musste der Sache weiter auf den Grund gehen.

Holly verließ die Küche und verharrte einen Augenblick vor der Wohnzimmertür. Die Tür stand einen Spaltbreit offen, es war fast nichts zu hören. Die Schatten, die über die Wand huschten, gehörten zweifellos zu Tom. Hollys Herz klopfte bis zum Hals. Sie wusste, dass sie eintreten musste, und ob die Monduhr oder ihre Fantasie nun für dieses Spiel verantwortlich waren, spielte keine Rolle. Aus irgendeinem Grund war sie hier und sollte sich ihrer Zukunft stellen.

Leise schlich sie hinein und drückte sich so nah wie möglich an die Wand. Tom kniete mit dem Rücken zu ihr vor einer Wickelunterlage, auf der Libby lag und heftig strampelte. Tom mühte sich ab, ihr einen rosa Strampler überzuziehen. Holly war froh, dass sie an der Wand stand, denn als Libby sich umdrehte und sie anlächelte, bekam sie weiche Knie und musste sich anlehnen. Tom folgte Libbys Blick, aber er zog nur verständnislos die Brauen in die Höhe. Holly brach es fast das Herz, dass er sie wieder überhaupt nicht wahrnahm.

»Was gibt's denn da zu gucken, du kleine Kröte?« Tom kitzelte Libby am Bauch, die vor Vergnügen gluckste.

Am liebsten hätte Holly sich neben Tom auf den Boden gekniet und den Spaß mitgemacht. Sie wusste instinktiv, dass Libby ihre Tochter war, und wollte unbedingt ihr Kind in den Arm nehmen. Bestürzt stellte sie fest, dass ihr Verlangen, Libby in den Arm zu nehmen, größer war als ihr Bedürfnis, diesem Alptraum ein Ende zu bereiten.

»Bleib schön liegen, ich mach dir jetzt deine Flasche«, sagte Tom zu Libby, die inzwischen fertig angezogen war.

Er stand auf und drehte sich um, wobei Holly zu ihrer Erleichterung feststellte, dass er wieder ein wenig dem alten Tom ähnelte, nicht mehr dem gebrochenen Mann, den sie beim letzten Mal gesehen hatte. Er trug immer noch den akkuraten Kurzhaarschnitt, doch seine Kleidung, Jeans und T-Shirt, waren zerknitterter und abgetragener als je zuvor. Vor allem seine Augen gaben Holly Anlass zur Hoffnung; sie waren grün und glänzten, vielleicht ein bisschen rotgerändert, aber ohne diesen leeren, völlig verzweifelten Ausdruck.

Holly schloss die Augen, weil sie nicht ertragen konnte, dass Tom vollkommen achtlos an ihr vorbeiging. Als er das Zimmer verlassen hatte, setzte sie sich neben Libby auf den Boden, um sie besser betrachten zu können. Seit dem letzten Mal war sie gewachsen, ihre Augen waren jedoch noch genauso grün und ihre Bäckchen noch genauso rund. Holly kannte sich mit Babys nicht so gut aus und konnte schlecht schätzen, wie alt Libby sein mochte. Hollys letzte Vision lag drei Monate zurück, also konnte man annehmen, dass Libby mindestens drei Monate älter geworden war, aber ob sie nun vier oder sechs Monate alt war, konnte Holly beim besten Willen nicht sagen. Ihr Blick streifte einen rosa Teddy. Es war der, den sie in London gekauft hatte, als sie sich mit Sam und Mrs Bronson getroffen hatte.

»Damit solltest du noch gar nicht spielen. Viel weiß ich nicht, aber ich weiß, dass du mit Sicherheit noch keine zwei Jahre alt bist«, sagte sie besorgt zu Libby, die aufgeregt gluckste und strampelte, als sie Hollys Stimme hörte. Holly streichelte ihre Wange, und das Baby griff vergnügt nach ihrem Finger. Holly nahm das Händchen an den Mund und drückte einen zärtlichen Kuss darauf. »Du hübsches Kleines«, sagte sie. Libby strampelte wieder aufgeregt, und Holly machte es wie Tom und kitzelte Libby am Bauch, während sie ihren Finger fest umklammert hielt.

Holly befreite ihre Hand und schob sie unter Libbys Körper. Was Tom dazu sagen würde, wenn er seine Tochter in der Luft schweben sah, in den Armen einer unsichtbaren Frau, spielte keine Rolle. Sie musste Libby hochnehmen, koste es, was es wolle. Doch der kleine Körper schien wie festgewachsen auf dem Fußboden, und so sehr Holly sich auch bemühte, sie schaffte es nicht, ihre

Tochter auf den Arm zu nehmen. Es war wie beim letzten Mal. Vor lauter Enttäuschung stiegen ihr Tränen in die Augen. »Es tut mir leid, ganz schrecklich leid, aber aus irgendeinem Grund kann ich dich nicht in meinen Arm nehmen«, flüsterte sie.

Libby wurde ernst und sah ihre Mutter erstaunt an. Holly zwang sich zu einem Lächeln und streckte ihr die Zunge heraus, worauf Libby vor Vergnügen prustete und wieder strahlte.

Holly strich ihr zärtlich über die weichen blonden Haare, dann hörte sie auch schon Tom aus der Küche kommen. »Ich hab dich lieb«, flüsterte sie, während sie dem Baby einen Kuss auf die Stirn drückte. Die Worte sprudelten einfach so aus ihr heraus, aber sie fühlten sich richtig an. Mochte Libby auch nur ein Geschöpf ihrer Fantasie sein, so empfand Holly doch zum ersten Mal so etwas wie Mutterliebe.

Hastig kroch sie in eine Ecke, als Tom das Zimmer betrat und Libby hochnahm. »Jetzt wird aber Heia gemacht, meine kleine Maus«, sagte er. Mit der Flasche in der Hand und Libby an der Schulter wandte er sich zur Tür. Libby streckte ihre Ärmchen nach Holly aus, bevor sie verschwand.

»Gute Nacht, schlaf schön«, flüsterte Holly leise.

Holly blieb ratlos und verstört zurück und wusste nicht, was sie machen sollte. Sie sah sich im Zimmer um, das erstaunlicherweise so gut wie unverändert war. Ein paar Dinge waren natürlich wegen Libby dazugekommen, außerdem neue Sofakissen und eine Wolldecke in genau dem richtigen Grünton, nach dem Holly bisher vergeblich die Geschäfte abgesucht hatte. Außerdem lag ein Stapel Grußkarten auf dem Regal, neben der grinsenden Porzellankatze, die Tom ihr bei ihrer ersten Verabredung in Covent Garden gekauft hatte.

Holly versuchte vergeblich, das Grinsen zu erwidern, bevor sie sich den Karten zuwandte. Die oberste Karte in die Hand zu nehmen, war fast so mühsam wie Libby hochzuheben, aber als sie es endlich geschafft hatte, sah sie mit Entsetzen, dass es sich um eine Beileidskarte handelte, und ließ sie fallen. Eine Staubwolke wirbelte auf und legte sich wie ein Leichenhemd über Holly.

Erschrocken fuhr sie zurück und ging zum Kamin, wo sie mit dem Finger über das Sims strich wie eine Oberschwester, die die Sauberkeit der Krankenstation überprüft. Auch hier lag eine dicke Staubschicht. Tom hatte im Augenblick offenbar andere Sorgen als den Haushalt, trotzdem behagte es Holly nicht, dass Libby sich in so staubigen Räumen aufhielt. Mit dem Ärmel wischte sie den Staub beiseite, trat einen Schritt zurück, um ihr Werk zu betrachten, und sah zu ihrer Bestürzung, wie sich der Staub innerhalb von Sekunden wieder auf das Sims legte.

Holly hatte das Gefühl, in dieser Welt ein Fremdkörper zu sein, aber sie war fest entschlossen, sich nicht einschüchtern zu lassen. Möglicherweise hing ihr Leben davon ab. In diesem Zimmer fanden sich keine weiteren Anhaltspunkte, was mit ihr geschehen war, weshalb Holly beschloss, ihre Nachforschungen auf das Arbeitszimmer auszuweiten. Sie schlich aus dem Wohnzimmer und lauschte, ob Tom irgendwo zu hören war. Er war im oberen Stockwerk und fütterte Libby, doch Holly widerstand der Versuchung, hinaufzugehen und die beiden bei ihrem Abendritual zu beobachten. Stattdessen schlich sie an der Treppe vorbei ins Arbeitszimmer. Es lag im Dunkeln, nur der Mond schien durch das Fenster. Holly riskierte es, das Licht anzumachen, wobei sie erstaunt feststellte, wie leicht sich der Schalter diesmal umlegen ließ. Vielleicht wuchs mit ihrer Entschlossenheit, dem Geheimnis auf die Spur zu kommen, auch ihre Präsenz.

Tom arbeitete offenbar mehr zu Hause als früher. Als sie im Chaos seiner Unterlagen blätterte, stieß sie auf verschiedene Schriftstücke, die vermuten ließen, dass er die Stelle als Nachrichtensprecher mittlerweile angetreten hatte, falls sie sich wirklich eineinhalb Jahre später in der Zukunft befand. Auf machen Seiten befanden sich am Rand Bleistiftnotizen in Toms vertrauter Handschrift, obwohl der scharfe Ton der Anmerkungen und Kommentare Tom überhaupt nicht ähnlich sah. Die Unzufriedenheit war nicht zu übersehen.

Im Bücherregal fand Holly schließlich, wonach sie suchte – einen Order, auf dessen Rücken handschriftlich ein einziges Wort vermerkt war. Es war »Holly«, und im Gegensatz zu seinen Notizen hatte Tom sich die Mühe gemacht, jeden Buchstaben sorgfältig auszuschreiben. Im Ordner steckten verschiedene Dokumente und offizielle Schreiben, die sich alle auf ihren Tod bezogen, doch es gab nur ein Dokument, das ihr Schicksal erklären konnte.

Ihre Hände zitterten, als sie ihren Totenschein in der Hand hielt. Der Urkunde nach war sie am 29. September 2011 an einem Aneurysma gestorben, infolge von Komplikationen bei der Geburt. Holly holte tief Luft und lauschte in sich hinein, wie das Blut durch ihre Adern strömte und ihr Herz kräftig schlug. Sie war zweifellos quicklebendig. »Papier ist geduldig«, sagte sie sich, lächelte tapfer und verdrängte, dass das Wissen um ihren baldigen Tod bereits wie ein Stein auf ihrer Seele lag.

Sie hörte leise Schritte auf der Treppe, legte die Papiere hastig wieder an ihren Platz und machte das Licht aus. Als sie den Flur betrat, verschwand Tom gerade in der Küche. Einen Augenblick später kam er mit einem Glas und einer Flasche Whisky wieder heraus. Holly folgte ihm nur zögernd ins Wohnzimmer. Irgendetwas in seinem Ausdruck ließ sie nichts Gutes ahnen.

Tom ließ sich aufs Sofa fallen und starrte auf die Flasche in seiner Hand. Sein Gesicht war eingefallen, er sah nicht mehr wie der Mann aus, der mit Libby auf dem Arm das Zimmer verlassen hatte, sondern eher wie das Gespenst in ihrer ersten Vision. Holly beobachtete ihn von der Tür aus. Die Trostlosigkeit, die sich über den Raum legte, beunruhigte sie, und sie hatte das Gefühl, dem Ganzen plötzlich nicht gewachsen zu sein und sich für alle Fälle einen Fluchtweg offen halten zu müssen. Tom schenkte sich einen ordentlichen Whisky ein, ließ die goldgelbe Flüssigkeit im Glas kreisen und starrte hinein wie in einen Abgrund.

Dann zog er seufzend die Luft ein. Holly fuhr vor Schreck zusammen und stieß dabei an die halb geöffnete Tür, die sich ein Stück bewegte. Tom sah direkt in ihre Richtung, für einen Augenblick schien er sie zu bemerken; dann aber schlug sofort wieder die Verzweiflung über ihm zusammen und ließ den letzten Funken Hoffnung erlöschen.

Tom schüttelte den Kopf und sah in sein Glas. »Hallo, Holly«, flüsterte er. »Ich weiß, dass du mich siehst. Ich weiß, dass du gerade den Kopf schüttelst und meinst, ich soll mich zusammenreißen. Warum trittst du nicht einfach durch diese Tür und sagst, dass ich gefälligst diesen Saustall aufräumen soll.«

»Räum diesen Saustall auf«, befahl ihm Holly. Sie sprach leise, aber so, dass Tom sie hören konnte. Nichts deutete darauf hin, dass er sie gehört hatte, trotzdem antwortete er ihr.

»Ich bringe es einfach nicht fertig. Ich will nicht mal Staub wischen, weil ich mir vorstelle, dass überall Fingerabdrücke von dir sind, auf allem, was du in der Hand gehabt haben könntest. Ich will nicht, dass sie verschwinden, so wie du aus meinem Leben verschwunden bist.«

Holly würgte ihren Schmerz hinunter und wusste nicht, ob sie sich ihm in die Arme werfen oder lieber die Flucht ergreifen sollte. Aber sie tat weder das eine noch das andere, sondern blieb wie angewurzelt stehen, als er weitersprach.

»Ich hätte wirklich Schauspieler werden sollen. Alle glauben, dass es mir gut geht. Ich arbeite wieder, und solange ich unter Leuten bin, spiele ich den starken Max. Doch das bin ich nicht, Holly. Ganz und gar nicht. Du bist die Einzige, die weiß, wie es wirklich in mir aussieht. Oh Gott, Holly, wie gerne ich deinen Namen höre. Du glaubst nicht, was für Verrenkungen die Leute machen, um ihn nicht aussprechen zu müssen. Sie glauben wahrscheinlich,

ich würde einen Heulkrampf kriegen, wenn sie ihn erwähnen. Ich und heulen, wie käme ich dazu? Na ja, war nur ein Scherz.«

Tom lachte, aber es wirkte aufgesetzt. Holly war inzwischen vorsichtig näher gekommen, denn Tom hatte beim Sprechen einen Arm nach ihr ausgestreckt. Leise setzte sie sich neben ihn, legte ihm eine Hand auf die Schulter und kraulte ihn behutsam im Nacken. Seine Muskeln waren verspannt, und als sie versuchte, sie zu lockern, lehnte er sich ganz leicht dagegen und entspannte sich.

Er schloss die Augen. »Ich weine auch jetzt nicht.« Seine zitternden Lippen deuteten ein Lächeln an. »Du kennst das Gefühl, Holly, oder?« Das Lächeln verschwand, und die Verzweiflung kehrte zurück. »Ich will mich nicht gehen lassen. Ich kann mich nicht gehen lassen.« Er beugte sich vor, als wollte er sich ganz klein zusammenrollen, legte den Kopf an sein Glas und rollte es über die Stirn, wie um seine Gedanken abzukühlen. »Nein«, flüsterte er zwischen zusammengebissenen Zähnen. »Nein!«, wiederholte er und schluchzte trotzig auf. »Keine Tränen.«

Holly zog ihn fest an sich, damit er spürte, dass sie bei ihm war. Er zitterte am ganzen Körper, die ersten Tränen traten über das Ufer und unterhöhlten den Damm, den er gegen seinen Kummer aufgerichtet hatte. Und dann brach sich die Tränenflut ungehemmt eine Bahn, Tränen, die auch Tom nicht aufhalten konnte.

Sein ganzer Körper wurde vom Schmerz geschüttelt, der nicht angetastete Whisky schwappte über. »Ich schaffe es nicht einmal, meinen Kummer im Alkohol zu ersäufen«, schluchzte er und stellte das Glas neben der Flasche auf den Boden.

»Alles wird wieder gut, Tom.« Holly wiegte ihn beschwichtigend in ihren Armen, aber sie hatte selber einen Kloß im Hals. Die Tränen eines ganzen Lebens schnürten ihr fast die Kehle zu. Toms Schluchzer waren wie Hammerschläge an die Mauer ihrer eigenen Gefühle. »Lass deinem Kummer freien Lauf, verdräng ihn nicht«, ermunterte sie Tom mit Ratschlägen, die sie selber nicht befolgte.

»Ich liebe dich, Holly«, stammelte Tom. »Ich hätte dir noch viel öfter sagen sollen, wie sehr ich dich liebe. Ich wollte, ich könnte die Zeit zurückdrehen und dir noch einmal sagen, wie sehr ich dich liebe, nur ein einziges Mal. Meine Liebe hört nicht auf. Sie wird nie aufhören.«

Als sein Schluchzen allmählich verebbte und alle Tränen vergossen waren, hallte das Ticken einer Uhr durch den Raum. Holly wiegte Tom weiter leise in den Armen, als wäre er das Baby, das sie nicht hatte im Arm halten dürfen. Auf ihrer Brust lag ein zentnerschwerer Stein, sie fühlte sich vollkommen ausgelaugt. Dann durchschnitt ein anderes Geräusch die Luft, das Tom zusammenfahren ließ. Libby schrie. Das Schluchzen ihres Vaters hatte sie geweckt.

Libbys Weinen versetzte Holly einen schrecklichen Stich, aber die Monduhr zog sie wieder in die Gegenwart zurück. Das Weinen ihres Kindes verschwand in der Ferne, bis nur noch das leise Wispern des Windes in der Sommernacht zu hören war.

SECHS

Holly war erstaunt, wie tadellos sie in den Tagen nach dem Vollmond funktionierte. Das Gefühlschaos, in das ihre jüngste Vision sie gestürzt hatte, bewirkte eine Art Schockstarre. Sie konnte sich ihre aberwitzige und ganz und gar unmögliche Reise in die Zukunft nicht einmal ansatzweise erklären, so dass sie nicht einmal den Versuch dazu unternahm. Die Telefonate mit Tom waren so zärtlich und so sorglos wie immer, und ausnahmsweise hatte Holly keine Gewissensbisse. Sie hatte alles vollkommen verdrängt, und wenn sie jemanden belog, dann sich selbst. Es ging ihr gut, sie hatte kein Bedürfnis, eine Erklärung für die Vorkommnisse zu finden, sie hielt sich an ihren Fünfjahresplan, und wenn sie ihn eines Tages erfüllt hatte, würde sie amüsiert an ihre unliebsame Begegnung mit dem Wahnsinn zurückdenken.

Holly blieb die meiste Zeit sich selbst überlassen. Billy hatte den Wintergarten so weit fertig gestellt und war anderweitig beschäftigt, während der Putz trocknete. Sam Peterson hatte Kontakt mit ihr aufgenommen und machte Druck wegen der versprochenen Stücke für die Galerie. Holly sagte ihm zu, die Sachen in Kürze zu liefern. Sie war heilfroh, wenn sie im Atelier zu tun hatte und sich auf die Arbeit konzentrieren konnte, vor allem, wenn diese nichts mit Mutterschaft zu tun hatte. Mrs Bronsons Auftrag musste warten.

Erst am Sonntag nach Vollmond war es vorbei mit der seligen Abgeschiedenheit. Das gewohnte Sonntagsfrühstück mit Jocelyn stand an. Holly dachte nicht im Traum daran, ihr abzusagen, sondern gab sich stattdessen besondere Mühe, ein perfektes Bild abzugeben. Sie beschloss, für Jocelyn einen Kuchen zu backen. Was gab es Alltäglicheres als einen Kuchen zu backen? Sie setzte das künstliche Lächeln auf, das ihr schon zur zweiten Natur geworden war und nicht einmal im Schlaf verschwand, wie sie vermutete.

Eine halbe Stunde, bevor Jocelyn eintreffen sollte, war der Kuchen im Ofen, und Holly bereitete die Karamellfüllung vor. An diesem Kuchen hatte sie sich schon einmal unter den wachsamen Augen ihrer Schwiegermutter versucht, aber Diane hatte, um ehrlich zu sein, den größten Teil selber gemacht. Bei ihr hatte alles so einfach ausgesehen, doch als Holly einen Augenblick nicht aufpasste, kochte die Füllung über, und der ganze Kuchen war hinüber.

Als Jocelyn eintraf, fand sie Holly zusammengekauert in einer Ecke der Küche, mit hochgezogenen Knien, den Kopf in den Armen vergraben. Tagelang hatte sie versucht, die Augen vor der Zukunft zu verschließen, und als ihr jetzt auch noch die Gegenwart den Kampf ansagte, flüchtete sie in die Vergangenheit.

Erinnerungen an die Kindheit stürzten auf sie ein und versetzten sie zurück in eine Zeit, als es für sie der Normalzustand war, in einer Ecke zu kauern. Meistens, um den Auseinandersetzungen ihrer betrunkenen Eltern aus dem Weg zu gehen, aber auch aus anderen Gründen. Holly hatte schnell gelernt zu verschwinden, wenn wieder eine Party ihrer Mutter aus dem Ruder lief. Manchmal nahmen diese Partys jedoch tagelang kein Ende, und es blieb ihr nichts anderes übrig, als ihr sicheres Versteck im Kinderzimmer zu verlassen, nach unten in die Küche zu schleichen und sich etwas zu essen zu holen. In der Regel hatte sie Glück, aber wenn sie in das Blickfeld ihrer Mutter geriet, kam das bunte Treiben schlagartig zum Stillstand und ihre betrunkene Mutter kam ihr torkelnd entgegen. Die Gäste hielten sie für die fürsorgliche Mutter, die sich um ihre Tochter kümmerte, doch die Hand, die Holly packte, grub sich in ihren Arm, und der lauernde Blick ihrer Mutter konnte die Wut kaum verbergen. Mit gedämpfter Stimme fiel sie über das verstörte Kind her und überschüttete es mit wüsten Beschimpfungen. Holly flehte ihre Mutter an loszulassen, aber sie ließ erst locker, wenn Holly weinte. Dann durfte sie sich in eine Ecke kauern, und ihre Mutter mischte sich wieder lachend unter die Gäste. Ihr Kind hätte einen Fehler und würde neuerdings in die Hose machen, ob man so was nicht umtauschen könne. Brüllendes Gelächter brandete auf. Holly kämpfte in ihrer Ecke weiter mit den Tränen, bis sich schließlich jemand erbarmte, meistens ein Gast, nie ihre Eltern, sie an die Hand nahm und ihr einen Fluchtweg zeigte. Holly rannte dann nach oben in ihr Zimmer, zog sich ein Kissen über den Kopf, um den Lärm und vor allem das Gelächter nicht mehr hören zu müssen.

Aber was sie jetzt hörte war kein Gelächter, sondern

eine vertraute, freundliche Stimme, und eine Hand streckte sich ihr entgegen, um ihr auf die Beine zu helfen.

»Holly? Was ist denn mit dir passiert?« Jocelyn wirkte besorgt.

Holly hob hilflos den Kopf, doch als sie der alten Dame in die Augen sah, fühlte sie sich unwillkürlich in Sicherheit, zumindest für den Augenblick, und konnte die Vergangenheit abschütteln. Sie brachte sogar ein Lächeln zustande, als sie die angebotene Hand sah, die ihre Besitzerin wahrscheinlich eher zu Boden gerissen als Holly aufgeholfen hätte.

Sie kam ohne Unterstützung wieder auf die Beine und atmete tief durch. »Der Kuchen ist mir verbrannt«, erklärte sie Jocelyn. Ihre Hände waren zu Fäusten geballt, die Fingernägel fest in den Handflächen vergraben. Der Schmerz war Holly durchaus willkommen, weil er sie vom Nachdenken abhielt, und als ihr Tränen in die Augen schossen, weigerte sie sich standhaft, sie laufen zu lassen.

Jocelyn zog nur die Augenbrauen hoch und ließ Holly Zeit, sich zu sammeln. Inzwischen machte sie die Küchentür weit auf, um den Geruch von angebranntem Zucker und verkohltem Biskuitboden abziehen zu lassen.

»Wie gut, dass ich ein bisschen Gebäck aus der Teestube mitgebracht habe«, meinte Jocelyn, als sich der beißende Qualm verzogen hatte. Aus ihrer Einkaufstasche zog sie eine Gebäckdose heraus und wandte sich wieder an Holly. »Was ist denn nun passiert?«, wollte sie noch einmal wissen, und diesmal erwartete sie eine vernünftige Antwort.

Holly hob den Spüllappen hoch, der auf dem Tisch lag, und deutete auf einen runden Brandfleck.

»Aha«, sagte Jocelyn vorsichtig. Sie wusste genau, dass dieses Malheur für Hollys Zustand kaum verantwortlich sein konnte, aber sie schwieg. Sie hatte es nicht eilig und machte sich inzwischen nützlich, indem sie dem Dreck zuleibe rückte, den Hollys kulinarisches Abenteuer hinterlassen hatte. Mit der Routine einer geübten Hausfrau hatte sie im Handumdrehen das Chaos beseitigt und einen starken Tee aufgesetzt.

Holly führte zitternd die Porzellantasse an den Mund und nippte an dem süßen Tee. Über den Tassenrand warf sie Jocelyn einen Blick zu. Sie überlegte nicht nur, womit sie anfangen sollte, sondern ob sie den Mut hatte, überhaupt anzufangen. Wie sollte sie erklären, warum ein Brandfleck auf dem Tisch sie derart verstörte?

»Ich vermisse Tom«, flüsterte Holly.

»Du vermisst Tom? Ach, Kindchen, er kommt doch bald wieder. Oder hat sich irgendwas geändert? Bist du deshalb so verstört?«

Holly schüttelte den Kopf. Bis jetzt hatte sie sich erfolgreich dagegen gewehrt, sich einen Reim auf ihre Visionen zu machen. Für alles, was damit in Zusammenhang zu stehen schien, hatte sie eine plausible Erklärung zur Hand. Der Wintergarten, Toms Haarschnitt, die veränderte Lage der Türen, sogar der rosa Teddybär, alles hatte sie als Zufall oder bloße Sinnestäuschungen abgetan. Aber mit dem Brandfleck verhielt es sich anders. Der Brandfleck hatte das Fass zum Überlaufen gebracht. Als Holly die heiße Pfanne gedankenlos auf dem Küchentisch abgestellt hatte, war dies der Beweis dafür gewesen, dass alles so kommen würde, wie sie es in ihrer Zukunftsvision gesehen hatte.

Sie verdrängte diese Tatsache so gut es ging, aber ein Gedanke quälte sie weiter. »Mir fehlt Tom«, beteuerte sie.

»Er wird ja nicht ewig wegbleiben. Du hast selber gesagt, dass es gut für seine Karriere ist. Letzten Endes wird es sich auszahlen, wenn er dann in London eine feste Stelle hat. Ihr habt noch euer ganzes Leben vor euch und könnt die verlorene Zeit wieder wettmachen. Wenn du erst mal das Haus voller Kinder hast, wirst du dich noch nach Ruhe und Frieden zurücksehnen«, lachte Jocelyn in der Absicht, Holly aufzumuntern, aber sie stürzte sie damit in nur noch tiefere Verzweiflung.

Als Holly ihre Tasse absetzen wollte, zitterte sie so sehr, das ihr der Henkel aus der Hand glitt und sich der Rest Tee über den Tisch ergoss. »Heute geht aber auch alles schief!« Sie sprang hektisch auf, um einen Lappen zu holen und das Rinnsal aufzuwischen, bevor es Jocelyn erreichte.

Als sie sich wieder umdrehte, stand Jocelyn bereits neben ihr, nahm Holly den Lappen aus der Hand, legte ihn auf den Tisch und nahm sie in den Arm.

»Jetzt erzähl mir, was los ist.«

»Das kann ich nicht«, flüsterte Holly. »Ich habe Angst, Jocelyn. Noch nie in meinem Leben habe ich so große Angst gehabt.«

Jocelyn drückte Holly noch fester an sich, als sie merkte, wie sie am ganzen Körper zitterte. Sie streichelte ihr beschwichtigend über den Rücken. »Ist ja gut, ich bin bei dir. Was es auch ist, es wird wieder gut, glaub mir.«

Holly hob den Kopf und sah Jocelyn an. Wie anders wäre ihr Leben verlaufen, dachte sie, wenn sie eine Mutter wie Jocelyn gehabt hätte. Aber wenigstens war sie jetzt da und gab Holly das Gefühl, dass sie nicht länger allein mit ihrem Alptraum fertigwerden musste. »Ich werde noch wahnsinnig. Darüber sprechen darf ich allerdings auch nicht, weil dann alles wahr wird, und ich will nicht, dass es wahr wird«, sagte sie und kämpfte gegen die Tränen an.

»Was ist denn, Kindchen? Du kannst nicht alles in dich hineinfressen. Ich höre einfach nur zu, versprochen.«

Holly hielt die Luft an, um das Zittern unter Kontrolle zu bringen. Sie sah Jocelyn in die Augen, deren unbeirrte Miene sie ermutigte, das Unaussprechliche auszusprechen. »Ich werde sterben«, flüsterte sie. »Ich werde sterben, aber ich will nicht sterben. Ich will Tom nicht mit diesem Chaos allein lassen. Ich will nicht, dass Libby keine Mutter hat.«

Als sie schließlich Luft holte, merkte sie, dass Jocelyn erstarrt war. Jocelyn trat einen Schritt zurück und sah ihr in die Augen.

»Woher willst du das wissen?«, fragte sie zögernd.

»Ich habe es gesehen. Ich weiß nicht, was ...«, hickste Holly, als habe sie plötzlich einen Schluckauf, »... was passiert ist, aber es hat irgendwas mit der Monduhr zu tun. Sie ist überhaupt nicht kaputt. Sie funktioniert, und ich glaube, sie hat mir meine Zukunft gezeigt. Ich werde im nächsten Jahr am 29. September bei der Geburt meines Kindes sterben.«

»Du brauchst ein Glas Wasser gegen den Schluckauf« sagte Jocelyn, ließ Holly los und ging zur Spüle.

»Hast du mich gehört? Entweder bin ich total verrückt geworden oder die Monduhr hat mich in die Zukunft befördert und mir gezeigt, dass ich sterben werde«, flüsterte Holly, die Angst hatte, sich gerade lächerlich gemacht zu haben. Natürlich würde Jocelyn denken, dass sie den Verstand verloren hatte, was sonst?

Jocelyns Hand zitterte, als sie Holly ein großes Glas mit kaltem Wasser hinhielt, was Holly vor Aufregung nicht bemerkte. Statt zu trinken, legte Holly das kühle Glas an die Stirn. Sie wollte Jocelyn nicht in die Augen sehen.

»Würde es dir helfen, wenn ich dir sage, dass ich auch gestorben bin?«

Holly wäre beinahe das Glas aus der Hand gerutscht, aber sie konnte es gerade noch festhalten und den Tisch vor dem nächsten Unglück bewahren. Vorsichtshalber setzte sie sich hin, für den Fall, dass ihre Beine nachgeben sollten. »Wie meinst du das?«, stammelte sie, aber der Hoffnungsfunke glimmte schon.

»Mich hat die Uhr damals auch neugierig gemacht, Holly.« Jocelyn setzte sich neben sie und nahm ihre Hände. »Es tut mir leid. Verzeih mir. Ich hätte etwas sagen sollen, als ich sah, dass ihr die Uhr wieder aufgestellt habt, aber ich hatte gehofft, dass ihr nicht wisst, wie man sie in Gang setzt, und es auch nicht versucht.«

»Du hast deinen eigenen Tod vorausgesehen und ihn verhindert?« Holly klammerte sich an Jocelyns Hand und an den Funken Hoffnung, der in ihr aufloderte. Vielleicht war sie ja gar nicht verrückt geworden; vielleicht war es ein Rätsel, das sich lösen ließ. Denn Jocelyn hatte nicht nur bestätigt, dass die Monduhr tatsächlich in der Lage war, in die Zukunft zu sehen – sondern auch, dass sich am Gang der Dinge etwas ändern ließ.

Als Jocelyn nickte, hatte Holly das erste Mal seit Tagen das Gefühl, wieder Boden unter den Füßen zu haben.

»Wie hast du das gemacht? Bitte, ich muss es wissen.« Sie biss sich auf die Lippen und wartete auf Jocelyns Erklärung.

Jocelyn ließ Hollys Hand los und sank in ihrem Stuhl zusammen. Sie schwieg so ausdauernd, dass Holly schon dachte, sie würde überhaupt nichts sagen, aber dann begann sie, mit kaum hörbarer, zitternder Stimme zu erzählen.

»Ich habe dir ja schon von Harry erzählt, wie er war und warum ich ihn verlassen habe. Nun, das ist nur die halbe Wahrheit. Harry war schlimm genug, aber nur durch die Monduhr habe ich erfahren, dass es noch schlimmer kommen würde, viel schlimmer.« Jocelyn hatte den Kopf gesenkt und musterte ihre Hände, als die Erinnerungen an die Zeit im Pförtnerhaus wieder wach wurden. »Aus diesem Grund habe ich ihn verlassen, verstehst du? Um das Unglück zu verhindern, das uns drohte.«

Gebannt beobachtete Holly, wie Jocelyn den Kopf hob und aus dem Küchenfenster blickte. Trotz des Hochsommers war es draußen kühl und trübe. Von ihrem Platz aus konnte Jocelyn die Monduhr nicht sehen, aber der bloße Gedanke daran schien sie zu bedrücken.

»Es ist schon so lange her, und ich habe mir seitdem immer eingeredet, dass es nur ein schrecklicher, wirrer Traum war« sagte Jocelyn. »Es war so viel einfacher, als mit der Schuld zu leben.« Jocelyn warf Holly ein scheues Lächeln zu, bevor sie wieder aus dem Fenster sah.

»Was ist geschehen?«, fragte Holly.

»Ich war entsetzt, als Harry die Uhr mitten in den Garten knallte. Genau das hatte er beabsichtigt. Der Garten war mein Refugium, das Einzige in meinem Leben, was mir gehörte, und das wollte er auch noch zerstören.«

»Warum bist du bei ihm geblieben?«

»Ich war unglücklich, hatte keinerlei Ausbildung und überhaupt kein Selbstbewusstsein. Das hatte Harry nach all den Jahren gründlich untergraben. Ich hatte einfach nicht den Mut, mich mit Paul allein durchzuschlagen.«

»Und die Monduhr hat dir gezeigt, dass du es kannst?«

»Nein, die Monduhr hat mir gezeigt, was passiert, wenn ich es nicht getan hätte.« Jocelyn stockte. Sie zitterte vor Angst. »Um es kurz zu machen, ich sah eine Zukunft, in der ich Harrys Grausamkeiten nicht länger ertragen konnte. Ich habe mir das Leben genommen, Holly, was absolut egoistisch von mir war, weil Paul von nun an zu Harrys Zielscheibe für Hohn und Demütigungen wurde.«

Holly spürte, wie ihr ein Stein vom Herzen fiel, trotz der Ungeheuerlichkeit von Jocelyns Geschichte, einer Geschichte, die sich hier in ebendiesem Haus abgespielt hatte. »Man kann also die Zukunft ändern, die einem die Monduhr gezeigt hat?« Holly merkte, dass sie sich wiederholte, aber sie klammerte sich an den Hoffnungsschimmer, der sich plötzlich aufgetan hatte.

»Es ist nicht einfach, und es hat seinen Preis.«

Holly schüttelte den Kopf und schlug Jocelyns Warnung in den Wind. »Ich würde alles tun, um das, was ich gesehen habe, abzuwenden. In meiner Vision war ich hier im Haus und musste mit ansehen, wie Tom vor Trauer fast zusammengebrochen ist. Das Schlimmste war, dass er mich nicht sehen konnte, wenn ich direkt vor ihm stand. Es läuft mir jetzt noch kalt über den Rücken, wenn ich daran denke, wie er durch mich hindurchgesehen hat.«

»Siehst du. Der Schlüssel ist die Reflexion, erinnerst du dich? Das ist das Prinzip, nach dem die Monduhr funktioniert. Das Sonnenlicht wird vom Mond reflektiert, und dieses gespiegelte Licht wird von der Monduhr in die Zukunft reflektiert. Du bist auch nur eine Reflexion, du bist nicht wirklich dort.«

»Das erklärt, warum Tom mich nicht sehen konnte. Aber ich verstehe immer noch nicht, wie das gehen soll, weil Libby mich nämlich ganz bestimmt gesehen hat.«

»Libby? Ist das dein Kind?«

»Oh, Jocelyn, wenn du wüsstest, wie hübsch sie ist! Aber eigentlich weißt du es, sie sieht aus wie das Baby in meiner Skulptur«, erklärte Holly voller Stolz.

Jocelyn lächelte. »Ja, dann muss sie wirklich hübsch sein. Holly, ich weiß auch nicht, warum sie dich sehen kann. Sogar Charles Hardmonton war sich nicht ganz im Klaren, wie die Uhr funktioniert.«

»Das verstehe ich nicht. Wer, wenn nicht er? Er hat doch selber die Monduhr aus dem Mondstein gemacht!«

Jocelyn nickte. »Ich weiß nur so viel, dass die Wirkung am intensivsten ist, wenn der Mond genau über einem steht. Aber ich glaube fast, dass es keine Rolle spielt, wie präsent man letztlich in dem Zukunftsbild ist. Die Menschen sehen manchmal den Wald vor lauter Bäumen nicht. Besonders einem Erwachsenen fällt es schwer, etwas wahrzunehmen, was es eigentlich nicht geben dürfte. Kinder sind da anders.«

»Hat Paul dich gesehen?«

Jocelyn schüttelte den Kopf. »Er war schon älter, und er schäumte vor Wut.«

»Weil du ihn verlassen hast?«

Diesmal unterdrückte Jocelyn ein Seufzen. »Er hasste mich zu Recht, auch heute noch.«

»Warum sollte er dich heute noch hassen? Du warst doch seine Rettung, oder?«

»Das ist eine lange Geschichte. Du weißt ja längst noch nicht alles über die Monduhr.« Jocelyn ließ ihren Tränen freien Lauf.

Jetzt war es an Holly, Jocelyn zu trösten, die Rollen waren plötzlich vertauscht. Holly holte ein Papiertaschentuch aus dem Schrank. »Also dann«, meinte sie. »Ich höre. Erzähl mir die ganze Geschichte. Ich muss wissen, was ich tun kann, um das, was passieren soll, abzuwenden.«

»Es ist so viel, ich weiß nicht, wo ich anfangen soll«, murmelte Jocelyn. Sie starrte auf ihr Taschentuch, das sie zwischen ihren zittrigen Fingern zerknüllte. »Es gibt da dieses Tagebuch. Kurz nachdem Harry die Monduhr gekauft hatte, bin ich darauf gestoßen. Alles Wissenswerte über die Uhr ist dort verzeichnet. Seit fast dreißig Jahren habe ich es nicht mehr in die Hand genommen. Nachdem ich hier ausgezogen bin, wollte ich mit der Monduhr nichts mehr zu tun haben.«

Diesmal streckte Holly die Hand aus und legte sie beschwichtigend auf Jocelyns zitternde Hände. »Ich muss alles wissen. Schließlich muss ich einen Fünfjahresplan einhalten, nicht wahr? Wie kann ich Mutter sein, wenn ich nicht einmal lang genug lebe, um mein Kind auf den Arm zu nehmen?«

Holly gab sich Mühe, einen lockeren Ton anzuschlagen, um Jocelyn aufzumuntern, aber sie erreichte nur das Gegenteil. Jocelyn warf Holly einen verzweifelten Blick zu und schüttelte mutlos den Kopf. »Es tut mir so unendlich leid, Holly. Wenn ich das gewusst hätte, hätte ich die Monduhr zerstört oder wenigstens den Mechanismus. Es ist nicht gut, wenn der Mensch sich in die Zukunft einmischt, es ist nur eine Belastung.«

»Hör auf zu weinen, bitte«, beschwichtigte Holly, die entschlossen war, sich von Jocelyns Verzweiflung nicht verunsichern zu lassen. »Wir sind ja jetzt zu zweit. Geteiltes Leid ist halbes Leid.«

»Ach Holly, nichts lieber als das. Ich will dir nur zu gerne helfen,« sagte Jocelyn und schluchzte heftig.

Holly stand auf und eilte zu Jocelyn, die in sich zusammengesunken war. Sie nahm sie besorgt in die Arme, weil sie einen Schwächeanfall oder Schlimmeres befürchtete.

»Beruhige dich, Jocelyn. Ich weiß, was du sagen willst. Nach meiner Berechnung müsste Libby Ende Dezember gezeugt werden, es bleiben mir also noch ein paar Monate, um mir mit deiner Hilfe klar darüber zu werden, wie ich mich verhalten soll.«

Holly gab sich gelassener, als sie war. Sie musste die Antwort wissen, am liebsten auf der Stelle, aber sie konnte Jocelyn unmöglich länger quälen, jedenfalls nicht mehr heute. Sie hatte mit ihren Worten erreicht, was sie wollte. Jocelyns Schluchzen verebbte, und die Spannung fiel langsam von ihr ab.

»Wenn ich dich richtig verstehe, hast du Tom noch nichts gesagt?«

»Ich konnte bisher nichts sagen, weil mir das Ganze selber noch ein Rätsel ist, und ich wollte ihn nicht beunruhigen. Ich glaube, ich sollte ihm auch jetzt nichts sagen, wenigstens nicht, solange er so viel unterwegs ist. Ich muss erst noch mehr darüber herausfinden.«

»Wenigstens kommt er bald nach Hause«, meinte Jocelyn. »Du genießt einfach die Zeit mit Tom, und ich grabe inzwischen das Tagebuch aus. Ich glaube, es steckt in einem von den Kartons, die ich bei meiner Schwester deponiert habe, meine Wohnung ist zu klein, weißt du. Lisa wohnt jetzt in Beatrices Haus, sie kann mir bei der Suche helfen.«

»Und dann?«

»Und dann reden wir darüber, versprochen. Und nächstes Mal bekomme ich auch keine weichen Knie. Entschuldige, Holly, dass ich dich enttäuscht habe. Ich dachte, ich wäre aus härterem Holz geschnitzt.«

»Du hast mich nicht enttäuscht, du bist die tapferste Frau, die ich kenne«, lächelte Holly. »Und wo ich dich jetzt an meiner Seite weiß, ist die Sache schon viel weniger beängstigend.«

»Das ist schön. Versprich mir nur, dass du in der Zwischenzeit nichts in der Sache unternimmst.«

»Versprochen«, strahlte Holly. »Etwas Wichtiges sowieso nicht. Aber eins würde ich doch gerne aus der Welt schaffen.« Holly griff nach einer Tüte neben dem Tisch, aus der sie einen rosa Teddybär zog. »Könntest du das hier dem nächsten Wohltätigkeitsbasar vermachen? Es darf nur nicht an ein Kind unter zwei Jahren geraten. Ich übergebe es dir zu treuen Händen.«

»Können wir nicht zu Hause bleiben?«, brummte Tom. »Mehr als das hier brauchen wir doch nicht.«

Tom und Holly standen mitten in ihrem neuen Wintergarten. Die Wände waren frisch verputzt. Holly stand mit bloßen Füßen auf dem kühlen, harten Beton und lächelte selig. Toms Stimme hallte in dem kahlen Raum und überdeckte das morgendliche Vogelgezwitscher. Es roch herrlich nach Staub und abgestandener Sommerluft. Holly war entschlossen, jede Minute voll und ganz zu genießen. Vor allem ihren Ehemann, der hinter ihr stand und seine nackten Arme um ihre Taille gelegt hatte.

»Du riechst verschwitzt«, sagte sie.

»Hart verdienter Schweiß«, meinte Tom und küsste ihren Nacken.

»Hab ich mich beschwert?«, flüsterte sie. »Aber wir müssen trotzdem mal raus aus dem Haus. Du hast einwandfrei bewiesen, dass du deinen Jetlag überstanden hast.«

» Einwandfrei. Du sagst es.«

»Ja, es war wunderschön«, bestätigte Holly. »Aber wir wohnen schon beinahe ein halbes Jahr in diesem Dorf, und du kennst so gut wie niemanden hier.«

»Wie gesagt, alles, was ich brauche, kann ich von hier aus sehen, auch die Leute.«

»Ich will mir einen Termin beim Arzt holen«, erklärte Holly, ohne auf seine Hand zu achten, die unter das T-Shirt gewandert war, das sie ihm geklaut hatte. Seine Finger fuhren die Wölbung ihres Bauches nach, bevor sie den aufreizenden Pfad zwischen die Rundungen ihrer Brüste fanden.

»Warum? Fehlt dir was?«

»Nein. Ich finde nur, dass wir beide uns durchchecken lassen sollten, bevor wir das mit dem Kind angehen.«

»Zu einer eingehenden Untersuchung stehe ich dir jederzeit zur Verfügung«, grinste Tom.

»Eine richtige medizinische Untersuchung, du Witzbold. So was muss es doch geben, oder?«

»Holly, ich bin kerngesund und du auch, dazu brauchen wir doch keinen Arzt, der uns das bestätigt. Außerdem habe ich gerade jede Menge medizinische Untersuchungen hinter mir, für den nächsten Einsatz in Haiti. Ich habe keine Lust, noch mehr an mir herumdoktern zu lassen.«

»Wenn schon Familienplanung, dann auch richtig«, beharrte Holly. Das Gespräch mit Jocelyn hatte sie zuversichtlicher gestimmt, und sie sah sich endlich in der Lage, der Zukunft ins Auge zu sehen. Jetzt musste sie nur noch ganz konkret überlegen, wie sie ihren Kopf aus der Schlinge ziehen könnte. Genau genommen dachte sie an nichts anderes mehr. Das Naheliegendste war zu verhindern, im Dezember schwanger zu werden, was vergleichsweise einfach zu bewerkstelligen war. Was aber, wenn die Gehirnblutung, an der sie sterben sollte, zu einem anderen Zeitpunkt eintrat? Und was war mit Libby? Wenn sie ihre Zeugung verhütete, würde es keine Libby geben. Sie würde vielleicht andere Kinder haben, aber nicht die Tochter, die sie bereits in ihr Herz geschlossen hatte. Als erste Gegenmaßnahme wollte Holly deshalb die Geburtsrisiken verringern.

»Kannst du dir den Termin nicht telefonisch geben

lassen?«, flehte Tom. »Ich wette, im Schlafzimmer liegt ein Telefon.«

»Schönen guten Morgen!«, posaunte Billy draußen vor dem Wintergarten.

Holly zog das T-Shirt züchtig über den Hintern, und Tom lief zur Tür des Wintergartens, um Billy einzulassen. Sie fielen sich wie Brüder in die Arme, die sich jahrelang nicht gesehen hatten.

»Verzeihen Sie die Störung, aber ich hörte, dass Tom wieder zu Hause ist, und Sie lagen zufällig auf meinem Weg«, entschuldigte Billy sich bei Holly.

»Ich wette«, sagte sie, »dass Billy dich fast so sehr vermisst hat wie ich.«

»Sie wissen doch, dass Sie jederzeit willkommen sind, Billy«, meinte Tom. »Der Wintergarten ist übrigens großartig geworden, ich bin total begeistert.«

»Oh, danke. Ich wusste, dass er Ihnen gefallen würde. Wir müssen nur noch die Wände streichen und den Fußboden verlegen, dann ist alles tipptopp. Schade nur um die Türen.« Billy warf Holly einen missbilligenden Blick zu.

»Frauen«, zuckte Tom bedauernd mit den Schultern. Holly ahmte Billys vorwurfsvolle Miene nach und warf Tom, der verlegen grinste, einen warnenden Blick zu.

Billy hüstelte, um Holly abzulenken. »Meine Liebe, ich hoffe, Sie haben nicht vor, in diesem Aufzug das Haus zu verlassen.«

Holly überging seine Bemerkung mit einem verächtlichen Blick. »Also, was gibt's, Billy?«

»Na ja. Wenn die Türen nun schon völlig falsch sitzen

und einem nichts anderes übrig bleibt, als auf den nackten Rasen statt auf die Terrasse hinauszutreten, dachte ich, dass Tom vielleicht seine übrigen Umbaupläne noch besprechen wollte.«

»Kann mir mal jemand sagen, wovon eigentlich die Rede ist?«, erkundigte sich Holly.

»Ähm«, stotterte Tom. »Wolltest du dich nicht anziehen? Vergiss nicht, dass wir uns demnächst auf den Weg ins Dorf machen wollten.«

Holly sah die beiden misstrauisch an. »Männer«, zuckte sie mit den Schultern, bevor sie sich zum Gehen wandte. »Aber wenn ihr was am Garten verändern wollt – die Monduhr wird mir nicht angerührt!«

»Hat sie immer was zu meckern?«, flüsterte Billy vernehmlich, als Holly durch die neue Terrassentür wieder ins Wohnzimmer ging.

»Ich kann hören, dass du nickst, Tom Corrigan«, rief Holly über die Schulter, als sie die beiden Männer ihren geheimnisvollen Plänen überließ. Immerhin hatte sie selber auch geheime Pläne. Sie hatte mehr als einen Grund, ins Dorf zu gehen. Sie hoffte, dass Jocelyn mittlerweile die Aufzeichnungen, von denen die Rede gewesen war, gefunden hatte.

In Jocelyns Teestube war Hochbetrieb. Ein paar neugierige Blicke folgten Holly und Tom, als die beiden sich an den Gästen vorbei bis zum letzten freien Tisch zwängten. »Guten Morgen, Mrs Johnson«, sagte Holly, als sie sich über einen Gast beugen musste, um sich vorsichtig durch eine Lücke zwischen zwei Tischen zu schieben. Mrs Johnson war recht ausladend, und der Platz, den sie nicht selber beanspruchte, wurde von ihrer kompletten Ausrüstung eingenommen, einschließlich dicker Wolljacke, Schirm und diverser Einkaufstüten. »Wie läuft die Arbeit auf dem Hof?«, ächzte Holly beim Durchzwängen.

»Oh, die Lämmer gedeihen prächtig, meine Liebe. Nach diesem strengen Winter kann ich mich nicht beklagen.«

»Denken Sie an das Rezept für die Lammkeule, das Sie mir versprochen haben?« Holly hatte es geschafft und steuerte auf den freien Tisch zu. Tom, der sich an ihre Fersen geheftet hatte, stolperte über eine Tüte und landete beinahe auf Mrs Johnsons Schoß.

»Das ist er dann wohl«, sagte Mrs Johnson und beäugte Tom misstrauisch.

»Nett, Sie kennenzulernen«, grinste Tom befangen.

Mrs Johnson tätschelte ihm die Wange und nickte bedächtig.

»Was für ein nettes Kerlchen«, sagte sie zu Holly. »Direkt zum Anbeißen.«

»Hände weg, der gehört mir«, lachte Holly und reichte Tom ihre rettende Hand.

Hier und da noch ein Händeschütteln, dann hatten Holly und Tom es bis an ihren Platz geschafft. Lisa war am Tresen beschäftigt, während ein junges Mädchen, das Holly noch nicht kannte, bediente. Das Mädchen mochte Anfang zwanzig sein und hatte kurze, dunkle Haare, die ihr etwas Koboldhaftes verliehen. Ihre dunkelbraunen Augen erinnerten Holly an Jocelyn. Aber sie sah auch Lisa ähnlich, so dass Holly vermutete, dass es sich um Patti, Lisas Tochter und Jocelyns Großnichte, handelte. Patti studierte, soweit Holly von Jocelyn wusste, Englische Literatur. Nach der Schule hatte sie ein Jahr Auszeit genommen, woraus eine dreijährige Rundreise durch Europa geworden war, aber schließlich hatte sie den Sprung ins kalte Wasser gewagt und sich an der Uni eingeschrieben. Sie war die Erste in der Familie, die studierte, und Lisa und Jocelyn waren mächtig stolz auf sie.

»Was darf ich Ihnen bringen?«, erkundigte sich das Mädchen mit einem strahlenden Lächeln.

»Zweimal Cream Tea, oder?« Holly sah Tom fragend an, der gehorsam nickte. »Ist Jocelyn heute da? Ich hoffe, ich habe Glück«, fragte sie gespannt.

»Sie ist zu ihrem Sohn gefahren und kommt erst in ein paar Tagen wieder zurück. Sie sind Holly, nicht wahr?« Dem Mädchen ging plötzlich ein Licht auf.

Holly erstarrte, aber sie lächelte höflich und nickte. »Hat sie mir nicht irgendeine Nachricht hinterlassen?« Holly gab noch nicht auf.

»Ja, natürlich, entschuldigen Sie. Tante Joss lässt Ihnen ausrichten, dass es ihr leidtue, Tim zu verpassen. Sie meldet sich bei Ihnen, sobald sie wieder da ist.«

»Dann sind Sie also Patti«, sagte Holly, ohne den Fehler mit Toms Namen zu korrigieren. »Was macht das Studium?«

»Das ist eine komplizierte Geschichte, ich habe praktisch das Handtuch geworfen. Ich werde zwar wohl noch meinen Abschluss machen müssen, aber ich glaube nicht, dass es das Richtige für mich ist. Ich versuche gerade, meine Mutter zu überreden, dass ich hier arbeiten darf. Dann kann ich in meiner Freizeit schreiben. Ich möchte lieber freie Schriftstellerin werden, als einem Wisch hinterherzurennen, der mir sowieso keinen Job garantiert.«

»Sie sollten das Studium auf keinen Fall abbrechen«, mischte sich Tom ein.

»Entschuldigung, das ist mein Mann Tim, ich meine Tom«, schmunzelte Holly. Tom warf ihr einen vernichtenden Blick zu, doch Patti war schon rot bis über beide Ohren.

»Ich bin Journalist und weiß, wovon ich rede. Das ist kein Zuckerschlecken. Ein Examen wäre immerhin ein Türöffner, auch wenn es keine Garantie für einen Job ist. Sie würden es bereuen, wenn Sie jetzt alles hinwerfen, zumal Sie schon fast fertig sind. Wenn Sie den Wisch, wie Sie es nennen, mal in der Hand haben und einen Job suchen, kann ich mich für Sie verwenden und Kontakte anbahnen, versprochen.«

Patti erstarrte nahezu vor Ehrfurcht bei Toms Angebot und hing voller Begeisterung an seinen Lippen. Als sie am Tresen die Bestellung aufgab, beobachte Holly sie aus den Augenwinkeln. Mutter und Tochter unterhielten sich angeregt. »Du gefällst dir wohl in der Rolle des Schutzengels?«, wandte sie sich an Tom.

»Ich nehme Anfänger gerne unter meine Fittiche«, brüstete Tom sich.

»Auf deinen Reisen läufst du hoffentlich nicht jedem hübschen Mädchen hinterher und bietest ihm deine Dienste an.«

»Für mich gibt es nur dich«, sagte Tom und suchte in ihren Augen nach Bestätigung.

»Ich weiß, ich mache nur Spaß. Ich vertraue dir von

ganzem Herzen, und wenn du noch so weit weg bist.« Sie streckte die Hand aus und zupfte an einer kleinen Locke hinten an seinem Haaransatz. »Und auch wenn sie einen gefälligen Lackaffen aus dir machen.«

Tom nahm ihre ausgestreckte Hand in seine. »Ist es albern, wenn ich sage, dass ich meine Locken vermisse?«

»Mir fehlen deine Locken auch«, tröstete Holly ihn. »Aber schließlich müssen die Leute ins Schwärmen geraten, wenn man Moderator werden will.« Holly machte eine vielsagende Pause. »Ich meine übrigens das weibliche Publikum.«

Tom versuchte ein missglücktes Lächeln. »Ich habe mich in meinem Winkel bisher ganz wohl gefühlt, ich meine, ich fühle mich wohl. Dieses neue Image, das der Sender mir verpassen will, ist mir irgendwie …« Tom suchte ausnahmsweise einmal nach Worten.

»Unbehaglich?«, schlug Holly vor.

»Genau. Als müsste ich mich in einen Anzug zwängen, der mir nicht passt.«

»Zu eng an den Schultern?«

»Zu eng im Schritt«, sagte Tom, als Patti mit dem Cream Tea erschien. Wenn sie seine letzte Bemerkung gehört hatte, ließ sie sich zumindest nichts anmerken.

»Das geht aufs Haus«, sagte sie. »Mum besteht darauf.«

»Und? Werden Sie Ihr Examen machen?«, fragte Holly nach, weil sie wusste, wie sehr Jocelyn und Lisa sich freuen würden.

»Hm, ich bin noch nicht ganz überzeugt, aber ich habe Mum versprochen, dass wir noch mal in aller Ruhe darüber reden. Und wenn ich mich dazu entschließe, würde ich gerne auf Ihr Angebot mit den Kontakten zurückkommen«, wandte sie sich an Tom.

»Versprochen ist versprochen«, schlug er ein.

Als Patti verschwunden war, seufzte er. »Man müsste noch mal so jung und zuversichtlich sein.«

»Also, zurück zu dir. Wann kann ich dich und dein neues Image mal in Aktion sehen?«, erkundigte sich Holly. Toms Bericht über die kanadischen Öllagerstätten wurde gerade bearbeitet und war noch nicht gesendet worden.

»Nächste Woche. Einen Tag vor meiner Abreise, um genau zu sein.«

»Das muss ich verbreiten. Deine Eltern platzen schon vor Neugier. Komm, iss auf. Du weißt, wir müssen noch beim Arzt vorbeischauen.«

»Jawohl, Mama«, sagte Tom und stopfte sich das restliche Scone in den Mund.

Die Tage bis zur Ausstrahlung von Toms Fernsehbericht vergingen wie im Flug. Beunruhigend schnell, wie Holly fand. Am Abend, als Toms erster Bericht ausgestrahlt werden sollte, saßen beide aneinandergekuschelt auf dem Sofa, mit einer Flasche Wein und einer Tüte Popcorn ausgerüstet, und warteten auf die Sendung. Holly war froh, dass Tom noch da war. Ende August wurden die Tage schon kürzer, und während Holly sich sicher und geborgen im Wohnzimmer wusste, warf der Vollmond sein Licht auf die Monduhr. Sein Lockruf konnte es in dieser Nacht nicht mit dem sicheren Platz in Toms Armen aufnehmen.

Es war merkwürdig, den neuen, schick gestylten Tom als professionellen Berichterstatter auf dem Bildschirm zu sehen, während der wirkliche Tom kommentierte, was sich im Hintergrund abgespielt hatte. Umso merkwürdiger, als das Bild auf der Mattscheibe so gar nicht zu dem Mann passen wollte, der neben ihr saß und trotz der kurzen Haare immer noch der alte, zerzauste Tom war, den sie kannte und liebte. Die gepflegte, makellose Erscheinung auf dem Bildschirm gefiel ihr eigentlich nicht. Sie war ihr zu glatt. Sein Interview mit einem Sprecher der Ölfirma klang irgendwie fremd, schroffer als gewohnt.

»Und? Wie war ich?« Tom wirkte unsicher.

»Du warst …« Holly fehlten die richtigen Worte. »Du warst sehr professionell.«

»Es hat dir nicht gefallen, was?« Tom klang ein wenig enttäuscht, wie Holly bekümmert feststellte.

»Du wirkst so fremd«, versuchte sie zu erklären. »Das bist einfach nicht du selbst.«

Tom seufzte. »Ich weiß. Du hast ja recht. Ich gebe mir wirklich Mühe, den Erwartungen gerecht zu werden. Beim Sender loben mich alle in den höchsten Tönen, aber irgendwas stimmt nicht. Merkwürdig, wie anders sich die Menschen verhalten, nur weil du einen Anzug trägst und wie ein Lackaffe aussiehst. Die Berufspolitiker und die alten Hasen unter den Pressesprechern, die ich interviewt habe, behandeln mich immer noch von oben herab, aber mancher Außenstehende hat sich, glaube ich, von dem glatten Look einschüchtern lassen.«

»Und das verlangt der Sender von dir? Dass du rumläufst und die Leute einschüchterst?« Holly versuchte, einen lockeren Ton anzuschlagen, aber es ärgerte sie, dass man Tom zwingen wollte, nicht mehr der nette, verbindliche Reporter von früher zu sein.

»Wenigstens muss ich in Haiti keinen Anzug tragen«, tröstete er sie.

»Du wirst mir fehlen«, beklagte sich Holly.

»Noch bin ich ja hier, und ich komme auch wieder. Du wirst sehen, der ganze Stress wird sich im nächsten Jahr bezahlt machen. Nächstes Jahr habe ich ein kleines Baby, das mich liebt, ob mit oder ohne diesen blöden Anzug. Außerdem hat uns der Doktor grünes Licht gegeben, nichts kann uns also mehr daran hindern.«

»Ich weiß«, sagte Holly. Sie hatte erwähnt, dass sie sich den Kopf angeschlagen hatte, in der Hoffnung, dass der Arzt sie zum MRT schicken würde, wo sich ein angeborenes Aneurysma zeigen würde, das man behandeln konnte. Dann hätte sie ohne Sorge Libby zur Welt bringen können. Aber er hatte nur die üblichen Untersuchungen vorgenommen. Das Einzige, was Holly tun konnte, um bei der Geburt nicht zu sterben, war, Libbys Zeugung zu verhindern. »Jetzt müssen wir zwei nur noch für den Rest unseres Lebens zusammenbleiben.«

»So leicht wirst du mich nicht los«, lachte Tom und drückte ihr einen Kuss auf die Stirn.

»Und mich wirst du auch nicht so leicht los. Lass mich nur mit dem ganzen Promizirkus in Ruhe, und brenn nicht mit der erstbesten dummen Tusse durch, die dir über den Weg läuft.«

»Du weißt, dass ich so was nicht mache«, versicherte Tom.

»Ja, ich weiß«, sagte Holly. Wenigstens diese Gewissheit verdankte sie der Monduhr

»Trotzdem, ich habe morgen eine lange Reise vor mir«, gähnte Tom und reckte sich. »Gehen wir früh ins Bett?«

»Darf ich mein Popcorn mitnehmen?«, scherzte Holly.

»Solange dein Geraschel mich nicht am Einschlafen hindert«, gähnte Tom noch einmal herzhaft.

»Vielleicht hindere ich dich auf andere Weise daran.« Holly zog vielsagend die Augenbrauen in die Höhe, so wie Billy es immer machte.

»Ich weiß wirklich nicht, wovon Sie reden, Mrs Corrigan.«

»Dann werde ich dir ein bisschen Nachhilfe geben«, meinte Holly und setzte sich auf Toms Schoß. »Dazu brauchen wir aber nicht schon schlafen zu gehen.«

Als Holly und Tom endlich den Weg ins Bett gefunden hatten, war das Mondlicht, das durch das offene Fenster gefallen war, bereits verschwunden. Vor Holly lag einzig und allein die Gegenwart.

SIEBEN

Pünktlich um elf erschien Jocelyn mit einem Korb voller geheimnisvoller Köstlichkeiten. »Ich dachte, wir sollten den herrlichen Spätsommertag mit einem kleinen Picknick feiern, wenn es dir nicht zu anstrengend ist.«

»Zu anstrengend? Was ist denn in dich gefahren?«, erwiderte Holly verdutzt.

»Nun, ich habe allen Grund, deinem Tom dankbar zu sein. Immerhin hat er Patti dazu gebracht, ihr Studium wieder ernsthaft weiterzuführen.«

»Sie macht weiter? Jocelyn, das ist fantastisch. Aber glaub ja nicht, dass es allein Toms Verdienst ist. Ich bin sicher, dass sie früher oder später selber auf die Idee gekommen wäre.«

Jocelyn war gerade erst von ihrem Besuch bei ihrem Sohn zurückgekehrt, und sie hatten sich seitdem noch nicht gesprochen. Holly brannte auf neue Informationen über die Monduhr, doch jetzt, wo die Gelegenheit da war, scheute sie sich, das Thema anzuschneiden, genau wie Jocelyn.

Holly hatte es geschafft, mit all den Grübeleien und Theorien, die sie seit ihrer ersten Begegnung mit der Monduhr unablässig quälten, einen vorläufigen Waffenstillstand zu schließen. Sie hatte noch nicht auf alles eine Antwort gefunden, hatte noch nicht einmal alle Fragen gestellt. Aber sie hatte auch die Hoffnung noch nicht aufgegeben, dass ihr Leben und auch Libbys Leben zu retten wären. Noch gab sie ihre Tochter nicht verloren.

Doch so optimistisch sie auch war, die Angst blieb. Die Monduhr hatte ihr das höchste Glück und die tiefste Verzweiflung gezeigt. Jedes Gramm Hoffnung, so schien es, wurde mit einem Zentner Qual aufgewogen. Jocelyn hatte schon angedeutet, dass es seinen Preis haben würde, die Zukunft zu ändern, und angesichts dessen war sich Holly plötzlich gar nicht mehr so sicher, ob sie überhaupt in die letzten Geheimnisse der Monduhr eingeweiht werden wollte.

»Du hast hoffentlich nicht an ein Picknick im Garten gedacht.« Holly verzog das Gesicht, denn der Zustand des Gartens war ihr immer peinlich, wenn Jocelyn kam. Obwohl sie sich alle Mühe gab, den sommerlichen Wildwuchs unter Kontrolle zu halten, wenigstens so weit, dass Toms Arbeit nicht gänzlich umsonst gewesen war, präsentierte er sich schwerlich als der Bilderbuchgarten, den man daraus machen konnte.

»Ich würde vorschlagen, wir machen einen Ausflug zu den Ruinen von Hardmonton Hall.«

»Wirklich? Ich wusste gar nicht, dass man da hinfahren kann«, meinte Holly überrascht. Zu ihrer Schande musste sie gestehen, dass sie die nahe gelegene Ruine noch nicht besichtigt hatte und nur die verwitterten Mauern kannte, die die Grenze des ehemaligen Anwesens markierten und bis zum Torhaus reichten. Aber auch das war nur noch ein

Bruchteil des früheren Besitzes, da die meisten Ländereien verkauft und als Ackerland oder anderweitig genutzt wurden. Nur das Gelände im unmittelbaren Umkreis der Ruine hatte man im ursprünglichen Zustand belassen.

»Wer redet denn von Hinfahren«, brummte Jocelyn. »Ihr jungen Leute wollt überall hingekarrt werden. Meine Gelenke laufen heute wie geschmiert, und wenn ich den Marsch bewältige, dürfte das für dich erst recht möglich sein.«

»Du willst mir die Stelle zeigen, wo die Monduhr früher stand, nicht wahr?« Holly wurde schon bei der bloßen Erwähnung des Wortes flau im Magen.

»Ein passender Ort, um über das Für und Wider von Zeitreisen zu diskutieren, wie ich finde«, plapperte Jocelyn munter, aber Holly hatte das Gefühl, dass Jocelyn sich selber Mut machen wollte.

»Also, was brauchen wir noch?« Holly fing an, kopflos die Küchenschränke aufzureißen. »Eine Kanne Tee ist schon fertig. Irgendwo muss doch eine Thermosflasche sein. Hast du was zu essen mit? Ich habe noch ein paar Kleinigkeiten im Kühlschrank. Was ist mit Besteck? Hast du Besteck dabei?« Holly holte nach jedem Satz tief Luft, um der Panik Herr zu werden.

»Ich habe eine Thermosflasche«, beschwichtigte Jocelyn. »Und genug zu essen, um eine ganze Armee zu versorgen.« Holly wollte noch etwas sagen, doch Jocelyn schnitt ihr das Wort ab. »Und eine Decke und alles, was man sonst noch braucht, habe ich auch dabei.«

»Sicher?«, brachte Holly kleinlaut heraus.

Jocelyn hielt Hollys zitternde Hände fest. »Wir rüsten

uns ja nicht für eine Weltreise«, sagte sie. »Wir unterhalten uns nur, weiter nichts. Und nur solange, wie es uns guttut.«

»Soll ich mich noch umziehen?«

Jocelyn seufzte. »Das passt schon so.«

»Einen Schirm holen?«

Jocelyn zog eine Augenbraue hoch, was jede weitere Verzögerungstaktik im Keim erstickte.

»Jetzt hör auf, dir ständig irgendwelche Sorgen zu machen, ja? Das Leben steckt immer voller Überraschungen«, ermunterte sie Holly.

Schweigend machten sich die beiden auf den Weg. Sie folgten dem überwucherten Pfad, der einmal eine prachtvolle Zufahrt zum Herrenhaus gewesen und nach Jahren des Verfalls und der Vernachlässigung kaum mehr zu sehen war. Nur das gelegentliche Knacken der Zweige unter ihren Füßen unterbrach die Stille – und das Vogelgezwitscher, das trotz der wachsenden Anspannung der beiden Frauen dem Morgen etwas Heiteres verlieh.

Die alten Bäume, die einst die Zufahrt zum Herrenhaus gesäumt hatten, ragten hoch auf und wurden immer dichter, je weiter sich Holly und Jocelyn dem Ziel ihrer Wallfahrt näherten. Die Septembersonne, die hier und da durch die Baumkronen blitzte, tauchte den Weg in ein diffuses Licht. Holly bemühte sich, dem Spiel von Licht und Schatten und dem Kontrast von verrottender Vegetation unten am Boden und dem grünen Leuchten oben einen Reiz abzugewinnen. Die Blätter ließen den Herbst erst ahnen, aber als ein Windstoß durch die Baumkronen fuhr, meinte Holly ihr Laubrascheln schon hören zu können.

»Wie war es bei Paul?«, erkundigte sie sich, um das Schweigen zu unterbrechen.

»Hätte schlimmer sein können.«

»Das klingt aber nicht gut«, hakte Holly nach.

Jocelyn seufzte. »Paul hat mich viele Jahre nicht an seinem Leben teilhaben lassen, eigentlich seit dem Tod seines Vaters«, gestand sie. »Er war noch fast ein Kind, als ich Harry verlassen habe, er hatte keine Ahnung, was ich durchgemacht hatte, und wusste vor allem nicht, was die Zukunft für uns vorgesehen hatte. Ich wollte ihn um jeden Preis vor Harrys Bösartigkeit schützen, und merkwürdigerweise wollte auch Harry sich vor seinem Sohn nicht von seiner schlechten Seite zeigen. Harry war zu echter Liebe nicht fähig, aber er konnte fabelhaft den liebenden Vater spielen. Es machte ihm Spaß, Pauls Vertrauen zu gewinnen und ihn gegen mich aufzuhetzen, so dass Paul nie wirklich verstanden hat, warum ich Harry verlassen habe.«

»Er macht dich für Harrys Selbstmord verantwortlich?«, fragte Holly, obwohl sie die Antwort schon wusste.

Jocelyn lachte. »Ja sicher. Ja, er macht mich dafür verantwortlich, und er hat alles Recht der Welt dazu.«

»Aber du weißt doch, dass das nicht stimmt. Dein Mann hätte dich in den Selbstmord getrieben. Er hat sich an deiner Stelle umgebracht. Wie kommst du darauf, dass du schuld daran bist?«

Jocelyns Blick schweifte ab, dorthin, wo die Baumkronen sich lichteten und ihr Ziel in hellem Tageslicht erstrahlte.

»Na, sieh mal, das Licht am Ende des Tunnels«, wich sie Hollys Frage aus.

»Oder ein entgegenkommender Zug«, seufzte Holly.

Jocelyn drückte Hollys Hand. »Ich will dir doch nur helfen. Alles wird wieder gut«, beteuerte sie, doch ihr trauriger Blick sprach eine andere Sprache.

Die Ruinen verdienten ihren Namen zu Recht. Vom Herrenhaus waren nur noch von Efeu und Flechten überwucherte Mauerreste übrig. Holly hatte beinahe das Gefühl, über einen verwilderten Friedhof mit mächtigen Grabsteinen zu laufen.

»Weißt du, wann das Herrenhaus seine Glanzzeit hatte?«, erkundigte sie sich bei Jocelyn.

»Lord Hardmonton, also der alte Lord Hardmonton, veranstaltete einmal im Jahr ein Gartenfest, zu dem das ganze Dorf eingeladen war. Es war immer eine prächtige Angelegenheit, und wir freuten uns schon das ganze Jahr darauf. Als er starb, führte sein Sohn Edward, der später bei dem Brand umkam, die Tradition fort, aber da war ich schon verheiratet und bin nicht mehr hingegangen.«

»Wegen Harry?«

Jocelyn nickte.

»Warum ist das Schloss eigentlich abgebrannt? Mit der Monduhr konnte man doch in die Zukunft blicken, warum hat man den Brand nicht vorausgesehen? Hat Edward Hardmonton die Uhr nicht benutzt?« Holly war klar, dass Jocelyn sie behutsam an die Geheimnisse der Monduhr heranführen wollte, und sie merkte, dass sie über das Ziel hinausgeschossen war. Doch sie musste endlich alles wissen, die Fragen sprudelten aus ihr nur so heraus.

»Doch, doch, Edward machte Gebrauch von der Uhr«, sagte Jocelyn, blieb aber eine weitere Erklärung schuldig.

»Also, soweit ich mich erinnern kann, stand sie dort drüben.«

Holly fragte nicht weiter und folgte Jocelyn zum ehemaligen Ziergarten. Der Garten bot immer noch einen zauberhaften Anblick, trotz seines verwilderten Zustands. Eine Vielfalt exotischer Sträucher und Gräser hatte sich über die teilweise verfallenen Reste der Anlage ausgebreitet und die Oberhand gewonnen. Die roten, orangefarbenen und gelben Herbsttöne machten sich hier schon früher bemerkbar und boten einen atemberaubenden Anblick. Holly bedauerte, den Garten nicht schon in seiner sommerlichen Blütenpracht gesehen zu haben.

Holly erkannte die Stelle, wo die Monduhr gestanden hatte, von den Lageplänen wieder. Die kreisrunde Anlage war mit grauen Steinplatten eingefasst, die unter dem wuchernden Gestrüpp kaum mehr zu erkennen war. Auf dem alten Plan war jedes Viertel des Kreises mit unterschiedlichen Blumen und Stauden bepflanzt, die vermutlich die vier Jahreszeiten veranschaulichen sollten. Im Lauf der Zeit waren die weniger robusten Sorten offenbar ihren dominanteren Beetnachbarn gewichen oder gänzlich verkümmert. Im Gegensatz zu den anderen Teilen des Gartens wirkte diese Anlage ziemlich trostlos.

»Was ist das?«, wunderte sich Holly, als sie einen der vier Pfade betrat, die zum Mittelpunkt des Kreises führten, auf dem die Monduhr einst gestanden hatte. Unter einer dicken Schicht Moos, die sie mit dem Fuß beiseitegeschoben hatte, war eine Inschrift auf den Steinplatten zum Vorschein gekommen.

»Diese Inschriften findest du auf allen vier Pfaden«,

klärte Jocelyn sie auf. »Ein Gedicht mit vier Strophen. Ihretwegen habe ich dich hergebracht. Sie erklären, nach welchen Gesetzen die Monduhr funktioniert, und wenn ich mich recht erinnere, fängt das Gedicht hier drüben an.«

Als sie den Mittelpunkt der Anlage überquerten, setzte Holly den Korb ab, den sie bisher getragen hatte.

»Halt, ich brauch noch was.« Jocelyn kramte eine Drahtbürste aus dem Korb.

Vorsichtiges Bürsten und Schaben förderte den Wortlaut des ersten Pfades ans Tageslicht:

Unter dem vollen Mond
Doch nur für eine Stunde
Ist Reflexion der Schlüssel
Für der Monduhr Kunde

»Na ja, das konnte ich mir auch selbst zusammenreimen.« Holly vermochte ihre Enttäuschung nicht zu verbergen. Diese Strophe enthüllte wahrlich keine neuen Geheimnisse.

»Dass die Vision nur eine Stunde anhält und die Sache nur bei Vollmond funktioniert, hatte ich schon selber herausgefunden. Einmal hatte ich versucht, die Monduhr vor dem Vollmond in Gang zu setzen, aber die Kugel hatte nur geflackert.«

»Sehen wir uns mal den nächsten Vers an«, schlug Jocelyn vor.

Der zweite Pfad war nicht von Moos bedeckt, so dass Holly den Text relativ leicht entziffern konnte.

Ein Uhrwerk wundersamer Art
Weist dem Licht des Mondes den Pfad
Und es wirft seinen Schatten
Auf einem ungeborenen Tag

Der Ausdruck Uhrwerk ließ Holly aufhorchen und machte sie nachdenklich. »Das Mondlicht, das von der Kugel reflektiert wurde, sah aus wie die Zeiger einer Uhr, die im Kreis rasen, und ich konnte ein Ticken hören. Aber wie funktioniert dieses Uhrwerk denn? Woher weiß die Monduhr, wieweit sie die Reflexion in die Zukunft werfen soll?«

»Ich glaube, das wird für immer ein Rätsel bleiben. In dem Tagebuch von Lord Hardmonton kann man nachlesen, wie der Mechanismus konstruiert ist. Das Uhrwerk hat wohl nur die Aufgabe, den Ablauf der Stunde zu messen, sie bestimmt nicht, bis wohin die Reflexion reicht. Das macht allein die Monduhr. Wie, weiß ich ehrlich gesagt auch nicht, aber es scheint, dass sie einen entscheidenden Punkt im Leben des Zeitreisenden wählt.«

»Oder seinen Tod«, ergänzte Holly finster. »Hast du das Tagebuch dabei?«

»Keine Sorge. Es liegt im Korb. Nach dem Picknick kannst du es haben. Ich will es endlich los sein.«

»Wie ist es eigentlich in deine Hände geraten?«

»Mr Andrews war früher der Gärtner des Herrenhauses. Kurz nachdem Harry die Monduhr erworben hatte, hat er mich aufgesucht. Er selbst hat die Monduhr nie benutzt, aber er war ein Vertrauter von Edward Hardmonton. Den Rest erzähle ich dir nachher, ich glaube, du solltest erst noch das ganze Gedicht lesen. Auf zur nächsten Strophe«, befahl Jocelyn.

Auch dieser Pfad lag fast frei, nur ein paar Bodendecker überwucherten die Ränder, ließen die Schrift aber noch erkennen.

Wie die Hand auf dem Wasser
Die ohne Abdruck bleibt
Wie der Regentropfen am Fenster
Ist die Wegwahl nicht frei

Holly starrte verständnislos auf die Worte. Sie schauderte, als sie an ihre Fußabdrücke im Schnee und den Staub auf dem Kaminsims in ihrer letzten Vision dachte, und begriff, dass der erste Teil der Strophe exakt mit ihren Erfahrungen übereinstimmte. Sie hatte die Zukunft betreten, jedoch keine Spuren hinterlassen, alle Abdrücke waren verschwunden, eine Hand auf dem Wasser, wie es im Gedicht hieß. Mit den beiden letzten Zeilen konnte sie nichts anfangen, oder wollte es einfach nicht.

»Ist die Wegwahl nicht frei? Was soll das heißen? Heißt das nur, dass ich keine Wahl habe, oder noch etwas anderes? Hast du nicht gesagt, man müsste teuer dafür bezahlen, wenn man den vorgezeichneten Weg ändern will?«

»Beides ist richtig, denke ich. Am besten lässt es sich erklären, wenn du dir Regentropfen vorstellst, die am Fenster herunterrinnen, wie in dem Gedicht.«

Holly bezweifelte, dass ihr die Vorstellung einer Glasscheibe weiterhelfen würde, aber sie gehorchte und ließ sich von Jocelyn durch das Bild, das sich vor ihrem inneren Auge entfaltete, führen.

»Hast du schon einmal den Weg eines einzelnen Regentropfens die Scheibe hinunter verfolgt?«

Holly nickte schweigend. Oft genug hatte sie als Kind stundenlang aus dem Fenster ihres Zimmers gestarrt und die Regentropfen wie Tränen über die Scheibe rinnen sehen.

»Wenn er auf das Fenster fällt«, fuhr Jocelyn fort, »denkt man, dass er seinen Weg frei wählt. Aber irgendwann kreuzt er den Weg eines anderen Tropfens, einen Weg, den man überhaupt nicht sieht, nicht die kleinste Spur, und doch ändert unser Tropfen plötzlich seine Richtung. Er folgt seinem Vorgänger, geht nicht mehr seinen eigenen Weg, sondern einen vorgezeichneten.«

Holly hatte unbewusst die Augen geschlossen, als sie im Geiste einen Regentropfen an ihrem alten Kinderzimmerfenster verfolgte. Als sie die Augen wieder aufmachte, sah Jocelyn sie bekümmert an.

»Das Leben strebt offenbar immer nach einem gewissen Gleichgewicht, und auch wenn man meint, einen anderen Weg zu gehen, gelangt man letztlich doch an denselben Punkt.«

»Oh Gott«, seufzte Holly. »Das heißt also, dass alle medizinische Vorsorge umsonst wäre und ich bei der Geburt sterbe, wenn ich mit Libby schwanger werde. Ist es das, was du mir sagen willst?«

»Es tut mit leid, Holly, ich wollte, es wäre anders und die letzte Strophe würde dir Hoffnung machen. Die Gesetze der Monduhr sind grausam, das lässt sich nicht beschönigen. Aber vergiss nicht, dass die Monduhr die Möglichkeit offen lässt, dein Leben zu retten. Behalte das bitte immer im Blick. Und versuche, es als Geschenk zu betrachten.« Jocelyns gedämpfte Stimme hätte einem Totengräber alle Ehre gemacht.

»Ein Geschenk? Wie kannst du das Grauen, das auf mich wartet, ein Geschenk nennen?«, fuhr Holly sie verärgert an.

»Wenn es dich rettet – und ich weiß, dass es das wird –, dann ist es sehr wohl ein Geschenk. Komm, wir lesen die letzte Strophe.«

Auf dem letzten Pfad lag eine dicke Moosdecke, doch als Holly das grüne Leichentuch weggeschabt hatte, stockte ihr das Herz.

Willst du dem Tod entgehen
Rechnet die Monduhr auf
Ein Leben für ein Leben
Das ist der Preis beim Tausch

»Ein Leben für ein Leben«, wiederholte Holly. »Was ist mit aufrechnen gemeint?«

Jocelyn antwortete nicht. Sie sah Holly unverwandt an und wartete, bis sie selbst darauf kam.

»Mein Leben für Libbys? Ich soll das Leben meines Kindes opfern, um mein eigenes zu retten? Bitte, Jocelyn, sag, dass ich mich irre.«

Jocelyns fortgesetztes Schweigen war die Antwort, die Holly nicht hören wollte. Wie betäubt sank sie auf die Knie. »Jocelyn, ich kann nicht mehr, ich kann einfach nicht mehr«, rief sie entsetzt. Und dann tat sie etwas, was sie seit ihrer Kindheit nicht mehr gemacht hatte. Sie ließ ihren Tränen freien Lauf, und innerhalb kürzester Zeit brach sich der ganz aufgestaute Kummer Bahn, und sie schluchzte hemmungslos.

Jocelyn wählte einen Platz für das Picknick im Rosengarten, von wo aus man den Kreis für die Monduhr nicht sehen konnte. Das Essen rührte Holly nicht an, aber Jocelyn bestand darauf, dass sie ein paar Schlucke Tee trank, der süß und heiß war wie immer.

Trotz ihrer Bestürzung verspürte Holly seltsamerweise weiterhin den Wunsch, mehr über die Monduhr zu erfahren. Sie musste unbedingt verstehen, wie die Monduhr früher funktioniert hatte. Bevor sie Libby völlig aufgab, wollte sie sicher sein, dass es keinen anderen Ausweg gab. »Wie war das bei dir, Jocelyn? Du hast erzählt, dass du fast Selbstmord begangen hättest? Aber was haben die Regeln der Monduhr damit zu tun?«

Jocelyn schwenkte den Tee in ihrer Tasse, als würde sich auf diese Weise ein Weg in die Vergangenheit öffnen. »Ich fange besser noch mal ganz von vorne an. Einverstanden?« Jocelyn standen bereits Tränen in den Augen.

»Lass dir Zeit. Ich warte.« Holly beugte sich vor und streichelte der alten Dame die Hand.

»Als Mr Andrews mich das erste Mal im Torhaus besuchte, war von einer Zeitreise nicht die Rede. Er händigte mir einfach den Holzkasten und die Aufzeichnungen aus, allerdings nur ungern, wie ich dazusagen muss. Ich glaube, er war unschlüssig, ob er das Geheimnis der Monduhr mit den Hardmontons begraben oder die Entscheidung dem neuen Eigentümer überlassen sollte. Er legte mir nur ans Herz, die Aufzeichnungen vorher zu lesen und die Monduhr nicht wieder aufzustellen, bevor ich mir über die Konsequenzen im Klaren wäre. Als er nach ein paar Monaten wieder bei mir erschien, hatte ich nicht nur die Aufzeichnungen gelesen, sondern die Wirkung der Monduhr am eigenen Leib zu spüren bekommen.«

»Die Monduhr hat dich in die Zeit nach deinem Selbstmord versetzt.«

Jocelyn nickte. »Ich hatte vermutlich den gleichen Alptraum wie du und zweifelte an meinem Verstand. Die Aufzeichnungen bestätigten alle meine Erlebnisse, aber ich redete mir ein, dass es sich nur um eine Sinnestäuschung handelte. Als Mr Andrews merkte, dass ich meine Zukunft gesehen hatte, machte er mir klar, dass meine Vision Wirklichkeit werden könnte. Wir machten genau denselben Spaziergang zum Herrenhaus und zu dem Steinkreis, wo er mir das Gedicht erklärte, genau wie ich dir.«

»Der Regentropfen auf der Fensterscheibe«, nickte Holly.

»Als ich verstanden hatte, was die Regel *Ein Leben für ein Leben* bedeutet, dass nämlich ein anderer Mensch an meiner Stelle sterben muss, habe ich mich in mein Schicksal gefügt und die nächsten zwei Jahre stillgehalten.« Mit einem Schulterzucken ersparte sich Jocelyn jede weitere Erklärung.

»Doch dann hast du die Uhr noch einmal befragt und gesehen, was Harry Paul antun würde. Und dich deshalb für einen anderen Weg entschieden. Aber wieso *Leben für*

Leben?« Doch Holly wusste die Antwort schon, bevor sie die Frage ausgesprochen hatte. »Ja, sicher. Es war Harry. Harry hat sich selber das Leben genommen. Deshalb fühlst dich dafür verantwortlich, richtig?«

»Das ist nur die halbe Wahrheit«, gestand Jocelyn. »Wenn man den eigenen Tod verhindern will, kann man sich nicht auswählen, wer stattdessen stirbt. Es trifft immer jemanden aus der Familie, nicht unbedingt einen Blutsverwandten, aber jemanden aus dem Familienkreis. Man kann nicht einfach losziehen und wahllos einen Fremden auswählen in der Hoffnung, so die Rechnung zu begleichen.«

»Du nennst die Gesetze der Monduhr grausam, aber Jocelyn, grausam ist ja gar kein Wort dafür.«

Beide Frauen blickten nachdenklich in die Richtung, wo die Monduhr einmal gestanden hatte, und wagten nicht, sich in die Augen zu sehen.

Der Vormittag war lautlos in den Nachmittag übergegangen, die späte Septembersonne kämpfte sich mühsam durch die Wolken, die sich zusammenbrauten, und machte die Luft lau und milde. Holly fröstelte trotzdem.

»Ich konnte dem Tod nicht entkommen, ohne jemanden in der Familie zu gefährden. Die Monduhr forderte ein Leben, und ich hatte wahnsinnige Angst, dass ich Pauls Leben aufs Spiel setzte. Deshalb unternahm ich zwei Jahre lang nichts, bis ich erkannte, was Paul bevorstand, wenn ich nicht handelte und in die Zukunft eingriff.«

»Sag bloß, du hast Harry umgebracht.« Holly schnappte nach Luft, halb im Scherz, aber durchaus darauf gefasst, dass in diesen Ruinen noch mehr unangenehme Überraschungen auf sie warteten.

Jocelyn lächelte, doch zwischen den Fältchen um ihre Augen bahnte sich eine Träne ihren Weg. »So gut wie«, gestand sie. »Als ich sah, was er Paul antun würde, wurde ich so wütend, wie es wahrscheinlich nur eine Mutter nachfühlen kann. Ich hatte mich nie gegen Harrys Misshandlungen gewehrt, meine Unterwürfigkeit kannte keine Grenzen. Aber als ich sah, wie Harry seine Demütigungen auf Paul übertrug und ihn vernichten wollte, wie er mich vernichtet hatte, da war ich außer mir vor Zorn und hätte ihn zur Not auch umgebracht.«

Holly gab sich alle Mühe, sich auf Jocelyns Erzählung zu konzentrieren. Sie wollte um keinen Preis daran denken, was diese Geschichte für ihre eigene Entscheidung bedeutete, aber sie konnte nicht verhindern, dass die alten Zweifel an ihrer Eignung als Mutter wieder auftauchten. Sie dachte, sie wüsste inzwischen, wie es sich anfühlt, Mutter zu sein, aber die mörderische Wut, von der Jocelyn gesprochen hatte, konnte sie nicht im Mindesten nachempfinden.

Die Erinnerungen an früher ließen Jocelyn schaudern. Doch Holly musste unbedingt noch mehr erfahren. »Wenn du ihn nicht umgebracht hast, wie konntest du dann sicher sein, dass es Harry treffen würde? Dass er mit dem Leben bezahlen müsste?«, fragte sie leise.

»Ich fing an, mich zu wehren«, flüsterte Jocelyn, als ob sie die Geister, die sie gerufen hatte, nicht wecken wollte. »Harry hat, ohne es zu wollen, sich sein eigenes Grab geschaufelt. Er war keinerlei Widerstand gewöhnt und geriet völlig außer sich, als ich mich gegen ihn auflehnte. Er wurde immer gemeiner und brutaler – und schlug mich immer öfter.«

»Oh Jocelyn, ich wusste ja nicht, dass du so gelitten hast.« Holly war zutiefst erschrocken, was Jocelyn durchgemacht hatte.

»Der Spruch ›Was dich nicht umbringt, macht dich stark‹ trifft mit Sicherheit auf mich zu. Ich hätte mich natürlich am liebsten vor Scham verkrochen, wenn ich nicht irgendwann erkannt hätte, dass ich die Menschen um uns herum auf mein Schicksal aufmerksam machen musste. Harrys Geschäfte liefen immer schlechter, weil die Leute nichts mehr mit ihm zu tun haben wollten. Die Dorfbewohner wurden meine heimlichen Verbündeten, und meine Schwester sorgte schließlich dafür, dass keiner mehr ein Wort mit ihm redete. Er war kurz davor durchzudrehen, und ich fragte mich schon, ob ich nicht zu weit gegangen wäre, ob ich nicht trotzdem sterben würde, und zwar durch Harrys Hand. Nur weil ein lieber Freund, mein Retter in der Not, beherzt eingeschritten ist, hat sich die Sache zu meinen Gunsten gewendet und meiner Zukunft die entscheidende Wendung gegeben.«

»Und wer war dieser Retter in der Not?«

»Du kennst ihn bereits«, tat Jocelyn geheimnisvoll. »Er geht immer noch im Torhaus ein und aus.«

»Billy?« Holly war sprachlos.

Jocelyn nickte. »Damals war er ein junger Mann in den besten Jahren. Er kam zu uns in Torhaus, um von Harry Geld einzutreiben, das er ihm schuldete. Es war mitten am Tag, Paul war in der Schule, so dass Harry die Zeit nutzte, in der wir allein waren, um mich windelweich zu prügeln. Ich kauerte in einer Ecke, als im nächsten Moment Billy zur Stelle war und zur Abwechslung Harry abends seine gebrochenen Rippen und Blutergüsse zählen konnte.«

»Bravo, Billy.« Mit einem bewundernden Lächeln sah Holly den Mann plötzlich in einem neuen Licht.

»Die Schläge machten Harry nicht viel aus, aber die Demütigung konnte er nicht ertragen, und ich setzte alles daran, in dieser Wunde zu stochern. Am Ende war er ein gebrochener Mann, und ich wusste, dass es Zeit war, ihn zu verlassen.«

»Weil die Monduhr dir damals gezeigt hat, dass er sich deshalb umbringen würde?« Holly war perplex. Sie hatte immer gewusst, dass Jocelyn tausendmal stärker war, als ihre zerbrechliche Erscheinung vermuten ließ, aber dass Jocelyn die Brutalität ihres Ehemannes mit gleicher Münze heimgezahlt hatte, konnte sie sich nur schwer vorstellen.

»Vorher musste ich aber noch etwas erledigen. Die Monduhr braucht ein besonderes Ereignis als Auslöser, um eine neue Zukunftsvision hervorzubringen, in meinem Fall war das ein Brief an Harry, in dem ich ihm ankündigte, dass ich ihn verlasse. Ich machte ihm klar, dass er ein Versager war und ihm niemand eine Träne nachweinen würde, obwohl ich mich, glaube ich, weniger einfühlsam ausgedrückt habe. Nachdem ich den Brief geschrieben und meine sieben Sachen gepackt hatte, machte ich ein letztes Mal Gebrauch von der Monduhr. Sie bestätigte mir, dass niemand, den ich liebhatte, etwas zu befürchten hatte, dass Harry statt meiner Selbstmord begehen würde und ich getrost gehen konnte.« Jocelyn hob den Kopf und sah Holly in die Augen. »Um also auf deine ursprüngliche

Frage zurückzukommen, ja, in gewisser Weise habe ich Harry umgebracht.«

»Und das hast du Paul nie erzählt?«

»Nein. Vor Harrys Tod konnte ich es ihm nicht sagen, weil ich Angst hatte, es könnte die Zukunft verändern. Und später hinderten mich meine Schuldgefühle. Meine Tat war nicht zu rechtfertigen, nicht vor mir selbst, geschweige denn vor Paul.«

»Paul glaubt also immer noch, dass sein Vater ein Unschuldslamm ist?« Holly schüttelte missbilligend den Kopf.

»Paul hat den Brief an Harry gefunden, als das Torhaus geräumt wurde. Ich war zu diesem Zeitpunkt schon offiziell geschieden, so dass die gesamte Hinterlassenschaft an Paul ging. Als er alt genug war, zog er bei mir aus und verließ das Dorf. Ging zum Militär und reiste durch die Welt, überall hin, Hauptsache, weit weg von mir.«

»Keine leichte Zeit für euch beide. Aber jetzt habt ihr euch versöhnt?«

Jocelyn schüttelte traurig den Kopf. »Ich habe es versucht, jahrelang habe ich versucht, wieder Kontakt zu ihm aufzunehmen, aber er war fest entschlossen, mich aus seinem Leben zu streichen, so als wäre ich diejenige, die gestorben war. Alle Briefe und Karten kamen ungeöffnet zurück. Bis vor ein paar Wochen hatte ich jahrelang kein Wort mehr mit ihm gesprochen.«

»Ich dachte, du besuchst ihn regelmäßig. Du hast doch bei ihm gewohnt, oder? Du warst über eine Woche weg.« Holly war verwirrt, was das Gefühlschaos in ihr nur noch größer machte.

»Du hast den Anstoß gegeben, es noch ein letztes Mal zu versuchen. Ich konnte ihn durch einen Freund aus seiner Militärzeit ausfindig machen, der auch in Fincross aufgewachsen ist. Ich habe praktisch vor Pauls Tür kampiert, bis er mich hineinlassen musste.«

»Was hast du ihm gesagt?«

»Von der Monduhr habe ich nichts gesagt, wenn du das meinst. Ich glaube, da wäre ich zu weit gegangen, aber ich habe ihm erklärt, dass sein Vater mich an den Rand des Selbstmords getrieben hat. Ich habe ihm gesagt, dass ich Harry verlassen habe, auch um ihn zu schützen, nicht nur mich.«

»Hat er zugehört?«

Jocelyn lächelte, und die Falten in ihrem Gesicht glätteten sich. »Ausreichend, denke ich. Wir haben noch nicht alles gekittet, aber so manches.«

Jocelyns Tränen trockneten, doch ihr Lächeln konnte nicht darüber hinwegtäuschen, dass die Schuld, die sie seit vierzig Jahren mit sich herumschleppte, niemals vergehen würde.

Die Wolken, die mittlerweile aufgezogen waren, hatten den blauen Himmel eingetrübt und die milde Luft abgekühlt. Die üppige Vegetation verlor allmählich ihren Glanz, so dass Jocelyn nicht lange zum Aufbruch drängen musste.

»War nicht so ganz gelungen, dieses Picknick, wie?«, seufzte Jocelyn. »Es hat uns beiden den Appetit verschlagen, und zu meiner Schande muss ich gestehen, dass meine Gelenke eingerostet sind. Ich glaube, ich schaffe es nicht, allein aufzustehen.«

Holly musste lächeln, als sie sich aufrappelte und Jocelyn die Hände reichte, um sie hochzuziehen. »Ich kann dich hier ja schlecht sitzen lassen, außerdem weiß ich nicht, wie ich allein zurückfinden soll.« Das war Hollys Art, um Hilfe zu bitten. Jocelyn riss sich zusammen, kam auf die Füße und umarmte Holly. »Ich lasse dich nicht allein. Wir beide stehen das zusammen durch.«

Der Heimweg war mühsamer und dunkler. Das sanfte Dämmerlicht hatte sich in eine düstere Kühle verwandelt. Auf dem Hinweg hatte Holly zwischen Hoffen und Bangen geschwankt, aber für den Rückweg blieben nur Angst und Leere.

»Gibt es nicht vielleicht eine Ausnahme von der Regel?«, fragte Holly plötzlich, als sie sich dem Torhaus näherten. Bisher hatten sie geschwiegen, von Jocelyns gelegentlichen Verwünschungen abgesehen, wenn ihre Gelenke sie im Stich ließen.

»Die Monduhr lässt nicht mit sich handeln«, warnte Jocelyn. Sie blieb stehen und drehte sich zu Holly um, die nicht wusste, ob die alte Frau vor Schmerz das Gesicht verzog oder aus Furcht, dass Holly sich um ihre Zukunft bringen könnte.

»Und wozu soll sie dann gut sein?«, brauste Holly auf. »Warum hast du die Monduhr nicht zerstört oder wenigstens den Mechanismus? Damit eine dumme Gans wie ich darüber stolpert und ihn wieder zusammenbaut?«

Neue Schuld lastete auf Jocelyns Schultern, und sie wirkte plötzlich alt und gebrechlich. »Ich weiß es nicht, Holly. Ich weiß es wirklich nicht. Mir ging es wahrscheinlich ähnlich wie Mr Andrews. Ich dachte, dass ich kein Recht hätte, die Monduhr zu zerstören. Der Holzkasten war in einer Wand in Harrys Werkstatt versteckt, absolut sicher, wie ich annahm. Harry wäre nie auf die Idee gekommen, dort danach zu suchen. Und vergiss nicht, die Aufzeichnungen habe ich behalten. Wie konnte ich ahnen, dass jemand ohne Anleitung herausfindet, wie man die Uhr in Gang setzt?«

»Die Aufzeichnungen habe ich ja ganz vergessen«, flüsterte Holly, deren Ärger über Jocelyn so schnell verflogen war, wie er gekommen war. Sie war ungerecht gewesen, außerdem konnte sie schwerlich leugnen, dass sie nur mithilfe der Monduhr verhindern konnte, bei der Geburt zu sterben.

Sie reichte Jocelyn den Arm, um den Heimweg fortzusetzen. »Was hat es mit diesem Tagebuch auf sich?«

»Die Aufzeichnungen stammen von Edward Hardmonton, der dort mit erschütternder Genauigkeit berichtet, wie er die Monduhr wieder aufgestellt hat und was für Entscheidungen er danach treffen musste. Er wusste, dass ihn eine Tragödie erwartete, aber wie sollte er das drohende Unheil abwenden?«

»*Wie der Regentropfen am Fenster*«, zitierte Holly.

»Das kannst du ja perfekt auswendig.«

»Das Gedicht werde ich nicht so schnell vergessen«, seufzte Holly. »Es ist mein einziger Rettungsanker in diesem Alptraum.«

»Nicht der einzige. Ich bin auch noch da, um dir zu helfen, es sei denn, du willst Tom davon erzählen.«

Jetzt hatte Holly Gewissensbisse. Sie war im Begriff, eine Entscheidung über Leben und Tod zu fällen, und

Tom hatte das Recht, ein Wort mitzureden. »Ich muss selber erst wissen, was ich will. Dann werde ich mit Tom sprechen, irgendwann.«

»Nur nicht heute«, ergänzte Jocelyn.

»Oder morgen. Vielleicht auch erst, wenn alles vorbei ist und es nichts mehr zu entscheiden gibt.«

Die Bäume wurden lichter, und Holly merkte, wie Jocelyn aufatmete, als das Torhaus in Sicht kam.

»Ich fahr dich nach Hause.«

»Ich hab dir schon mal gesagt, dass ich mich von diesen alten Gelenken nicht unterkriegen lasse«, funkelte Jocelyn sie an.

»Dann begleite ich dich wenigstens nach Hause, keine Widerrede.«

»Wer spricht denn von Widerrede?«, lächelte Jocelyn matt.

Jocelyn war froh, als sie endlich die Teestube erreicht hatten, aber sie hatte keineswegs die Absicht, sich von Holly zu verabschieden. Sie wollte Holly mit ihren Grübeleien über die Zukunft nicht allein lassen. Beide machten sich keine Illusionen darüber, dass es nur eine Lösung gab, um Hollys Leben zu retten, und das war eine Zukunft ohne Libby. Es würde keine Libby geben, zumindest nicht jetzt, vielleicht niemals, aber Jocelyn konnte Holly ansehen, wie traurig sie diese Entscheidung machte.

»Ich kann jederzeit meine Siebensachen packen und zu dir ziehen, solange Tom weg ist«, bot Jocelyn ihr an. Sie hatte das Tagebuch aus dem Korb geholt, zögerte aber, es Holly zu überreichen.

»Keine Sorge, ich komme schon allein zurecht.« Holly riss Jocelyn das Tagebuch fast aus der Hand. »Damit habe ich ausreichend Lesestoff, außerdem mangelt es mir auch sonst nicht an Beschäftigung. Der Marmor für Mrs Bronsons Skulptur wird nächste Woche endlich geliefert, und Billy hat versprochen, noch mal vorbeizukommen, um dem Wintergarten den letzten Schliff zu verpassen. Du hast ja auch alle Hände voll zu tun.«

»Ja, im Herbst sind alle im Dorf schwer beschäftigt, aber die kommen bestens ohne mich aus, das kannst du mir glauben.« Jocelyn machte immer noch keine Anstalten, die Teestube zu betreten.

»Jocelyn, muss ich dich etwa eigenhändig in deine Wohnung hochschleppen?«, meinte Holly scherzhaft. Sie hatte diese Frau von Herzen gern, und sie war die Einzige, mit der sie über die Monduhr sprechen konnte, aber Holly hatte nun das dringende Bedürfnis, allein zu sein.

Als Holly nach Hause kam, wirkte das Torhaus öde und leer. Sie hatte eine vage Vorstellung davon bekommen, was es hieß, Mutter zu sein, sie hatte das Kind gesehen, das sie mit Tom bekommen würde, und sich eingebildet, alles haben zu können. Sie hatte angenommen, dass die Monduhr sie in ihrer unerforschlichen Güte auf die kommende Gefahr hingewiesen hatte, damit sie ihr ausweichen konnte, damit sie überlebte, damit sie alle drei eine Chance hatten.

Sie legte das Tagebuch vor sich auf den Küchentisch. Der Einband war aus braunem Leder, auf seiner Vorderseite waren oben links die Initialen E. H. eingeprägt. Ein ledernes Band hielt die losen Papierfetzen fest, die zwischen den zerfledderten Seiten steckten.

Holly überlegte, ob sie die Aufzeichnungen nicht lieber ungelesen beiseitelegen sollte, nachdem Jocelyn angedeutet hatte, wie erschütternd sie waren, denn ihr Bedarf an erschütternden Geschichten war für heute eigentlich gedeckt. Aber das Tagebuch zog sie magisch an, und sie wusste, dass sie erst Ruhe geben würde, wenn sie bis zum bitteren Ende durchgehalten hatte.

ACHT

Edward Hardmonton war schon als kleines Kind von der Monduhr fasziniert gewesen. Für die übrige Familie war sie nichts weiter als eine Kuriosität in den Gärten von Hardmonton Hall, die seit fast einem Jahrhundert ein mehr oder weniger vergessenes Dasein fristete. Aber der kleine Edward fühlte sich von dem steinernen Kreis magisch angezogen und verbrachte endlose Sommertage beim Spiel in der Nähe der Monduhr, die majestätisch in der Sonne funkelte. Er kannte jeden Zentimeter der gravierten Platte, jedes Wort der umlaufenden Inschrift, ohne den Mechanismus blieben die Geheimnisse der Monduhr für ihn indes stumm.

Als Edward Hardmonton Hall verließ und ein Studium aufnahm, war er so gespannt auf alles Neue, dass er keinen Gedanken mehr an die Vergangenheit verschwendete und die Monduhr bald vergessen hatte. Nach dem Abschluss seines Landwirtschaftsstudiums bereiste er die Welt, um sich über seine weitere Zukunft klar zu werden, wie es in seinen Kreisen in den sechziger Jahren üblich war. Er wusste, dass er zu den Privilegierten gehörte, nicht nur weil er die finanziellen Mittel hatte, in der Welt herumzugondeln, sondern weil sein Vater seine Reiselust voll und ganz billigte. Beide wussten, dass Edward, als einziges

Kind, eines Tages das Erbe seines Vaters antreten und die Bewirtschaftung der Ländereien übernehmen würde. Edward hatte durchaus nichts dagegen, aber bis dahin wollte er mit dem Segen seines Vaters das Leben in vollen Zügen genießen.

Edwards Selbstsuche fand ein plötzliches Ende, als sein Vater überraschend an einem Herzinfarkt verstarb. Edward war damals in Italien unterwegs, die Nachricht war niederschmetternd. Er bedauerte zutiefst, seinen Vater nicht mehr gesehen zu haben, und es war keine Frage, dass er umgehend nach Hardmonton Hall zurückkehrte, doch es fiel ihm schwerer, als er gedacht hatte. Er hatte eine junge Frau kennengelernt. Sie stammte aus einem kleinen italienischen Dorf, eine Schönheit mit olivfarbener Haut und schwarzbraunen Augen, Edward war hingerissen. Er kannte sie erst seit ein paar Wochen, aber er wusste bereits, dass Isabella die Richtige war. Die Vorstellung, sie zu verlieren, brach ihm das Herz, weshalb er allen Mut zusammennahm und am Abend vor seiner Abreise nach England um ihre Hand anhielt. Sie blieben für immer zusammen.

Es dauerte fünf Jahre, bis eine Wendung des Schicksals sein Interesse an der Monduhr wieder weckte. Edward und Isabella hatten einen zweijährigen Sohn, so dass die Zukunft der Familie gesichert war und Edward sich der Vergangenheit widmen konnte. Er durchforstete die Familienarchive und stieß dabei auf eine Sammlung von Aufzeichnungen und Skizzen in der krakeligen, tintenverschmierten Handschrift des achten Lord Hardmonton. Die Berichte dokumentierten die Forschungsreisen seines

Urgroßvaters zu antiken Stätten, und über kurz oder lang war Edward in der Lage, die Geschichte der Monduhr und den Zusammenhang mit dem berüchtigten Mondstein zu enträtseln.

Edwards neuerliches Interesse an der Monduhr entwickelte ein Eigenleben, und er fing an, seine Erkenntnisse in einem Tagebuch zu protokollieren. Neben seinen eigenen Aufzeichnungen kopierte er Auszüge aus den ursprünglichen Dokumenten, und seine Nachforschungen ergaben unter anderem, dass die Gerüchte über seinen Vorgänger stimmten. Als Charles Hardmonton bei seinen Kollegen aus der Wissenschaft in Ungnade fiel, weil man ihn verdächtigte, ein kostbares Kunstwerk entwendet zu haben, geschah das, wie Edward herausgefunden hatte, offenbar zu Recht, zumindest auf den ersten Blick.

Das verschwundene Objekt war der Mondstein, ein Opferstein, das Herzstück eines Aztekentempels, der der Mondgöttin Coyolxauhqui gewidmet war. Charles hatte immer wieder öffentlich die systematische Plünderung antiker Stätten angeprangert und wusste, dass der kostbare Stein in Gefahr war. Also ließ er ihn heimlich auf ein anderes Schiff und anschließend nach Hardmonton Hall bringen. Bei der Schiffsladung, die Charles zum Verhängnis wurde, stand der Mondstein fälschlicherweise auf der Frachtliste, an Bord war er aber nie gewesen.

Nachdem Charles sein ganzes Leben archäologischen Studien gewidmet hatte, verspielte er seinen Ruhm um einer einzigen Kostbarkeit willen. Denn er glaubte fest an die magischen Kräfte des sagenumwobenen Steins, den er entdeckt hatte.

Charles Hardmonton machte aus dem Stein die Monduhr, obwohl es offenbar mehrere Jahre dauerte, bis er einen Mechanismus konstruiert hatte, der sich das Licht des Vollmondes zunutze machen und die Uhr zum Leben erwecken konnte. Die Skizzen aus dem Archiv zeigten verschiedene Entwürfe von Zahnrädern und Halterungen für die Kristallkugel.

Sobald der Mechanismus funktionierte und die Macht des Mondsteins entfesselt war, benutzte Charles die Uhr, um einen Blick in seine Zukunft zu werfen. Mit der Genauigkeit eines geübten Forschers wies er die Möglichkeiten und Grenzen der Monduhr nach und verarbeitete seine Erkenntnisse in den Versen, mit denen er die Pfade beschriften ließ, die zur Monduhr hinführten.

Das Gedicht sollte eine Gebrauchsanleitung für die Monduhr sein, für spätere Generationen, für alle sichtbar mitten im Garten. Charles' Aufzeichnungen gaben aber keinen Hinweis, warum er später verfügte, dass die Kugel mit ihm begraben werden sollte. Der Verbleib der restlichen Teile des Mechanismus blieb rätselhaft, so dass schließlich niemand mehr die Uhr benutzen konnte.

Edwards erste Aufgabe war es also, den Mechanismus ausfindig zu machen und einen passenden Ersatz für die Kugel zu finden. Der Mechanismus war ziemlich mühelos aufzuspüren, nachdem Edward wusste, wonach er suchen musste. Der Holzkasten mit den verschiedenen Zahnrädchen und Metallklammern fand sich zwischen anderen verstaubten Uhren auf dem weitläufigen Dachboden des Herrenhauses. Seine Vorfahren mochten den Kasten als praktisches Ersatzteillager angesehen haben, aber die

Schnitzereien, mit denen er verziert war, führten Edward direkt an sein Ziel.

Einen Ersatz für die Kugel zu finden, erwies sich als schwieriges Unterfangen, und Charles' Grab zu öffnen kam nicht in Frage. Edward probierte es anfangs mit dem Stopfen einer Kristallkaraffe, den er der Halterung der Uhr anzupassen versuchte. Die Uhr funktionierte einigermaßen, aber die Zukunftsvision, die sich vor ihm entfaltete, war nur ein verzerrtes Abbild seiner gewohnten Umgebung, eine schemenhafte Ödnis. Immerhin war der Beweis erbracht, dass an der Legende der Monduhr etwas dran war, doch Edward begriff, dass er einen ausgefeilteren Ersatz für die Kugel brauchte.

Also kam er auf die Idee, ein Prisma zu verwenden, das er schließlich nach seinen Entwürfen herstellen ließ. So hoch die Erwartungen waren, mit denen er der Fertigstellung entgegensah, so tief war die Verzweiflung, die folgte. Schon beim ersten Gebrauch der Monduhr wurde offensichtlich, warum in seiner letzten Vision alles so öde gewirkt hatte. Das Haus war bis auf die Grundmauern abgebrannt, die jahrhundertealte Familiengeschichte ausgelöscht. Das ganze Anwesen sah aus, als hätte man es seinem Schicksal überlassen, bis auf ein kleines Stück, wie Edward entsetzt feststellte, das offenbar immer noch gepflegt wurde. Der Familienfriedhof war instand gesetzt, ein neues Grab aufgeschüttet. Auf dem Grabstein stand der Name seiner Frau und der seines Sohnes, der Todestag war derselbe. Er lag nicht einmal ein Jahr in der Zukunft.

Monatelang versuchte Edward die mögliche Ursache des Feuers zu finden, aber es war vergebens. Die Monduhr führte ihn immer wieder an die leblose Stätte, ohne ihm den leisesten Wink zu geben, wie er seine Familie vor der Tragödie bewahren konnte. Er begriff, dass er Hilfe brauchte, einen Menschen, den es auch noch in der Zukunft geben und der bei der Monduhr auf ihn warten und die entscheidende Verbindung zwischen Gegenwart und Zukunft herstellen würde. Natürlich hätte er die Rolle selber übernehmen können, denn er hatte das Feuer überlebt, doch Edward war weder willens noch in der Lage, sich selbst in der Zukunft gegenüberzutreten. Er zog stattdessen Mr Andrews, den Gärtner, ins Vertrauen, dessen Familie seit Generationen auf dem Anwesen arbeitete. Mr Andrews gelang es, Edward bei seinem nächsten Ausflug in die Zukunft zu begleiten. Mr Andrews hatte die Tragödie auch überlebt und konnte Edward Auskunft darüber geben, dass das Feuer von einem Defekt in den veralteten elektrischen Leitungen des Herrenhauses verursacht worden war.

Edward war mit den Gesetzen der Monduhr bestens vertraut. Er wusste, dass es kaum möglich war, den Weg, der seiner Familie vorgezeichnet war, zu verändern, aber er versuchte es trotzdem. Er traf alle erdenklichen Vorkehrungen, um das Feuer zu verhindern, und ließ nicht nur die gesamten elektrischen Leitungen des Hauses erneuern, sondern installierte auch Rauchmelder und Sprinkleranlagen. Das nötige Geld dafür verschaffte er sich durch geschickte Wetteinsätze bei Pferderennen, wobei er sich die Informationen zunutze machte, mit denen ihn der treue Mr Andrews ausrüstete. Der begleitete ihn nämlich fortan bei seinen Zukunftsvisionen und tat alles, was der Rettung der Hardmontons diente.

Jeder neue Blick in die Zukunft bestätigte, dass alle Vorsicht umsonst war. Edwards Einmischung hatte nur unwesentliche Veränderungen an den Ruinen bewirkt, was einzig und allein bewies, dass die Ursache des Feuers sich zwischenzeitlich geändert hatte, die Zerstörung aber die gleiche war. Zu allem Unglück wurde das Vermögen, das Edward für die Renovierung angehäuft hatte, durch einen überraschenden Steuerbescheid zunichtegemacht. Neue Bemühungen, Geld zu beschaffen, schlugen ebenfalls fehl. Die Monduhr erlaubte es ihren Benutzern nicht, das Schicksal einfach abzuwenden, und dazu gehörte auch der finanzielle Ruin der Hardmontons. Der Weg war vorgezeichnet, die Monduhr war unerbittlich.

Edward wollte sich nicht geschlagen geben, deshalb plante er, mit seiner Familie zu fliehen und das Land zu verlassen. Das Herrenhaus war dem Untergang geweiht, Edward konnte nichts daran ändern, aber seine Familie wollte er rechtzeitig retten. Wieder waren seine Rettungsversuche erfolglos. Mr Andrews konnte immer wieder nur berichten, dass irgendein anderes Unglück seine geliebte Frau und seinen Sohn getroffen hatte.

Die Gesetze der Monduhr waren streng, und sie ließen Edward keine Ruhe. Leben gegen Leben, das war die grausamste Regel. Das Schicksal forderte zwei Leben von ihm, aber er hatte nur eins zu geben. Es war unmöglich, beide zu retten, seine Frau und seinen Sohn.

Edward fing an, die Monduhr zu hassen, die ihn an den Rand des Wahnsinns gebracht hatte, und war fest entschlossen, sie zu zerstören. Aber trotz seiner Abscheu brachte er es nicht übers Herz. Er überließ es Mr Andrews, dem Gärtner, über das Schicksal der Monduhr zu bestimmen. Inzwischen klammerte sich Edward an die trügerische Hoffnung, dass die Vision ein Irrtum sei.

Erst im letzten Eintrag seines Tagebuchs, am Tag, bevor das Feuer ausbrach, hörte Edward auf, mit seinem Schicksal zu hadern.

Ich habe mich oft gefragt, warum mein Ururgroßvater das Werk, für das er seine Karriere und sein Ansehen geopfert hat, verfallen ließ. Ich weiß nun, was schon Charles Hardmonton auf seinem Totenbett gewusst haben musste. Es ist nicht gut, wenn der Mensch sich in sein Schicksal einmischt. Es ist eine unerträgliche Last, in die Zukunft blicken zu können und hinnehmen zu müssen, dass der Weg vorgezeichnet ist. Wie ein Regentropfen, der eine Fensterscheibe hinunterläuft, hinterlässt die Zukunft, in die wir blicken, eine Spur. Und auf sie führt uns unser Schicksal unausweichlich wieder zurück. Charles hatte gehofft, dass das Geheimnis der Monduhr mit ihm begraben wird, und mein sehnlichster Wunsch ist es, dass sie jetzt mit mir untergeht.

Ich verfluche den Tag, an dem ich sie wieder aufgestellt habe, aber ich hoffe, dass mein Leid nicht sinnlos war, mein Sohn Lucas wird es bezeugen.

Mein einziger Trost ist, dass ich mein Unglück nicht mehr allein tragen muss, eine egoistische Tat, aber ein notwendiges Übel. Isabella ist völlig verstört, und es bricht mir das Herz, wenn ich sie so leiden sehe, doch die Zeit drängt. Ich musste sie auf das Kommende vorbereiten, außerdem brauchte ich ihre Hilfe, um alles zum Wohl unseres kleinen Lucas zu regeln.

Es war vorauszusehen, dass Isabella sich als die Stärkere von uns beiden erweist. Als sie alles wusste und, wie ich, der Überzeugung war, dass unser Schicksal besiegelt ist, ist sie nicht in Trauer versunken. Sie tut alles, was für Lucas' Wohlergehen nötig ist, wodurch sie meine Schuld und meine Ängste ein wenig mildert. Ich bin ein glücklicher Mann, ich habe erfahren, was Liebe ist. Und so erwarte ich getrost den morgigen Tag, in den Armen der Frau, für die ich, ohne zu zögern, mein Leben gegeben hätte, wenn es nicht schon unserem geliebten Lucas versprochen worden wäre.

Holly klappte das Tagebuch vorsichtig zu, beinahe ehrfürchtig, und wickelte das Lederband wieder um die zerfledderten Seiten. Sie fühlte sich vollkommen ausgelaugt. Edward Hardmontons Geschichte hatte ihr die letzte Kraft, die letzte Hoffnung geraubt. Mehr als zwei Stunden hatte sie am Küchentisch verbracht, und beim Aufstehen protestierte ihr verkrampfter Körper heftig. Der Schmerz war fast wie eine Erlösung von der Betäubung, die sich über ihren Körper und ihre Seele gelegt hatte.

Wie in Trance verließ Holly die Küche, aber plötzlich verspürte sie etwas Neues. Wut stieg in ihr auf. Als sie das Wohnzimmer betrat, sah sie statt der leeren Stelle auf dem Fußboden Libby auf ihrer Wickelunterlage mit den Beinen strampeln. Statt des leeren Sofas sah sie Tom seine Tochter füttern. Überall verfolgte sie das Bild ihres ungeborenen Kindes, und sie machte ihrem Ärger lautstark Luft.

»Bin ich denn wahnsinnig«, schrie sie. »Ich kann doch nicht Libby sterben lassen, um mich zu retten!«

Holly ließ ihren Blick durchs Zimmer irren, als könnte sie dort eine Antwort finden. Er blieb an der Porzellankatze hängen, die sie vom Regal aus angrinste. Die Katze würde es auch in ein paar Jahren noch geben, Holly aber nicht. Und Libby auch nicht. Und die ganze Zeit hörte die Katze nicht auf zu grinsen.

»Wenn Libby nicht hier sein kann, warum dann du?«, fauchte Holly sie an. In ihrer Wut packte sie die einfältig grinsende Katze und schleuderte sie an die Wand, wo sich klirrend der Kopf vom Körper löste und hinter dem Sofa verschwand.

Holly stand mitten im Zimmer und atmete tief durch. Ihre Gedanken drehten sich im Kreis, ständig auf der Suche nach Erklärungen und Zusammenhängen, doch sie kamen immer wieder auf einen Punkt zurück. Es war eine Zeile des Gedichtes, die Holly laut wiederholte. *Ein Leben für ein Leben, das ist der Preis beim Tausch.* Wenn sie nicht selber ums Leben kann, dann jemand anderes, jemand, der ihr nahestand, den sie liebte. Sie schloss die Augen, während die Worte in ihrem Kopf nachhallten. Ihr Leben für Libbys Leben, es gab keine andere Wahl.

Hollys Wut war schließlich verraucht, und jetzt konnte sie nur noch ein Mensch retten.

»Hallo. Bist du gerade beschäftigt?«, fragte Holly.

»Nein, ich muss nur ein paar Unterlagen sortieren. Was ist los, Hol?« Tom klang besorgt. Bei Holly war es früher Abend, aber in Haiti war es Mittagszeit, und Tom hatte nicht damit gerechnet, dass Holly so früh anrief.

Dabei hatte Holly den Anruf so lange wie möglich hinausgezögert, doch als sie am Küchentisch saß und die Sonne untergehen sah, schwanden mit dem Licht nicht nur ihre eigenen Hoffnungen und Träume, sondern auch die von Tom, wenn er davon gewusst hätte.

»Nichts, ich wollte dich nur überraschen«, log sie. »Wenn du keine Zeit hast, sag's ruhig, ich kann später noch mal anrufen. Ich wollte nur deine Stimme hören, und das hab ich jetzt. Ich musste nur wissen, dass es dir gut geht.«

»Nein, leg nicht auf. Ich kann eine kleine Ablenkung gebrauchen. Ich habe nur ein paar Notizen von den Interviews heute Morgen ausgearbeitet und wollte mir eigentlich eine verfrühte Siesta gönnen. Aber wenn ich jetzt die Augen zumache, kann ich sowieso nicht abschalten, weil mir so vieles durch den Kopf geht.«

»Ich dachte, das Schreiben hilft dir, deinen Kopf zu lüften?« Holly starrte weiter auf das Tagebuch.

»Na ja, das ist hier gar nicht so einfach. Ich mag den Job und verfluche ihn gleichzeitig. Hier drüben sieht man alles in einem anderen Licht. Schade, dass du nicht hier bist. Dann könntest du dir mal anhören, was die Leute so erzählen, es haut einen um und macht einem ein richtig schlechtes Gewissen. Es gibt hier Tausende, die nicht einmal ein Dach über dem Kopf haben, die keinerlei Perspektive haben, und ich selber weiß, dass ich jederzeit heim fliegen kann in mein wundervolles Haus zu meiner wundervollen Frau. Ich lebe in einer Sicherheit und Sorglosigkeit, von der diese Menschen nicht einmal zu träumen wagen. Ich bin nicht von Hunger bedroht, ich erhalte jederzeit die nötige medizinische Hilfe. Wenn ich mal

Kinder habe, brauche ich mir keine Sorgen zu machen, dass sie irgendwann Tag für Tag ums nackte Überleben kämpfen müssen. Ich werde in Zukunft nichts mehr als selbstverständlich betrachten.«

Holly zögerte lange mit einer Antwort. Hatte nicht auch Edward Hardmonton Pläne und Hoffnungen für die Zukunft gehabt, bevor die Monduhr sein Schicksal besiegelte? »Du hast recht. Man sollte nichts als selbstverständlich ansehen und lieber froh sein über das, was man hat. Unser Fünfjahresplan ist doch eigentlich arrogant, oder? Wir sollten uns lieber mehr an dem erfreuen, was wir haben, statt nach den Sternen zu greifen.«

Holly war sich bewusst, dass sie damit den Grundstein für die Entscheidung legte, keine Kinder zu haben, aber sie hütete sich, es auszusprechen. Wenn sie es aussprach, stellte sie damit womöglich die Weichen für die Zukunft und löschte Libby endgültig aus. Holly war jedoch noch nicht so weit, dieser Tatsache ins Auge zu sehen.

»Wir reden ja schon wie die Greise«, bemerkte Tom. »Klar, ich bin mir viel zu wenig bewusst, wie gut es mir geht. Wie gut ich es mit dir getroffen habe. Und ich? Ich reise um die Welt und erwarte von dir, dass du ein Leben auf Abruf führst. Ich verdiene dich gar nicht.«

»Ich will nur, dass du glücklich bist, das ist für mich das Wichtigste. Ich weiß, dass ich dir nicht alles geben kann.« Holly stockte und räusperte sich, um den Klos in ihrem Hals loszuwerden. »Aber deine Arbeit geht vor und wird für deine berufliche Zukunft die Weichen stellen.«

»Um mein Leben lang vor der Kamera an einem Tisch zu sitzen, wie?«

»Am Tisch sitzen und ein Buch schreiben hört sich besser an«, gab Holly zu.

Toms Stimmung hob sich hörbar, als die Rede auf das Buch kam, das er schreiben wollte, seine Begeisterung übertrug sich auf Holly und löste ihre Starre. Der Anruf bei Tom hatte seinen Zweck erfüllt. Toms Pläne erinnerten sie daran, dass sie beide auch noch andere Dinge im Leben vorhatten, Dinge, die nicht den Gesetzen der Monduhr unterworfen waren. Es entstand plötzlich eine lange Pause am Telefon, bis Holly merkte, dass sie den roten Faden verloren hatte.

»Langweile ich dich?«, fragte Tom vorwurfsvoll.

»Entschuldige. Nein, nein, du langweilst mich nicht, du öffnest mir die Augen für alles Schöne, worauf wir uns freuen können. Nicht zuletzt auf unser Wiedersehen in ein paar Wochen. Du fehlst mir.«

»Du mir auch«, flüsterte Tom. »Ich liebe dich, Mrs Corrigan.«

»Ich liebe dich auch. Komm heil wieder nach Hause.«

Holly legte das Telefon aus der Hand und sah aus dem Fenster, wo die Monduhr in der Dämmerung leuchtete. »Von dir lasse ich mich nicht unterkriegen«, murmelte sie. Tom hatte ihr vor Augen geführt, dass die Zukunft noch vor ihnen lag. Es gab noch Hoffnung, es musste sie geben, und die wollte sie der Monduhr nicht kampflos opfern, jedenfalls nicht ganz.

NEUN

Das Atelier war erfüllt von emsiger Betriebsamkeit, und Holly hatte in der Hitze, dem Staub und dem ohrenbetäubenden Hämmern Ort und Zeit vergessen. Der Marmorblock, den sie für Mrs Bronsons Skulptur gewählt hatte, war wunderschön, sogar im Rohzustand. Es war fast ein Jammer, den von bunten Adern durchzogenen Stein zu bearbeiten. Aber es half nichts, es musste sein. Drei Tage waren seit dem verhängnisvollen Ausflug zu den Ruinen von Hardmonton Hall vergangen. Sie begriff allmählich, dass sie ihren Traum begraben musste, Libby irgendwann einmal im Arm halten zu können. Sie würde nicht erleben, wie ihre Tochter aufwuchs und die Familie vervollständigte, die Tom und sie sich so sehnlich wünschten. Der Kummer, dieses Kind nicht auf die Welt bringen zu können, die Schuldgefühle, dass sie diese Entscheidung ohne Tom getroffen hatte, die Schande, das Leben ihrer Tochter für ihr eigenes geopfert zu haben – das alles nagte an Holly, und sie bezweifelte, jemals damit fertigwerden zu können.

Sie setzte die Kettensäge an, Staubwolken flogen auf und behinderten ihre Sicht. Langsam aber sicher nahm die Spirale Form an, die als dramatische Grundlage gedacht war, aus der die Figuren von Mutter und Kind herauswuchsen. Obwohl ihr die Arbeit zügig von der Hand ging, machte sie ihr keine Freude. Es war ein Auftrag, der erledigt werden musste, mehr nicht.

Holly kam sich wie eine ausgemachte Heuchlerin vor. Zu ihrer Mutter hatte sie keine innere Verbindung, keine Basis, auf der man aufbauen konnte, und jetzt sollte es noch nicht einmal eine Libby geben, für die sie selber etwas aufbauen konnte. Sie fühlte ihr Misstrauen bestätigt. Sie wäre niemals eine gute Mutter geworden. Es war beschlossene Sache, sie würde Libby opfern, um selber am Leben zu bleiben. Holly hatte das Gedicht immer wieder gelesen, tausendmal. Sie hatte jede Seite des Tagebuchs durchforstet, in der Hoffnung doch noch einen Hinweis zu entdecken, wie sich die Leben-für-Leben-Regel umgehen ließ, aber die Mühe hätte sie sich sparen können, und Holly wusste es. Wenn es einen Ausweg gegeben hätte, hätte Edward Hardmonton ihn gefunden.

Während Holly große Brocken aus dem Stein stemmte, spielte sie mit der Idee, die Monduhr noch einmal zu benutzen. Die Uhr hatte zwar ihr Leben aus der Bahn geworfen, doch gleichzeitig hatte sie ihr auch Zeit mit ihrem Kind geschenkt. Vielleicht hatte Jocelyn recht. Vielleicht war Libby ein Geschenk, das Holly nicht so leichtfertig hergeben sollte.

Außerdem waren ihre neuen Erkenntnisse über die Funktion der Monduhr nicht alle niederschmetternd. Holly wusste jetzt, dass sie am besten und am schnellsten in die Zukunft projiziert wurde, wenn das Mondlicht direkt auf sie fiel. Sie erinnerte sich, wie sie in Toms Unterlagen geblättert und der Vollmond durch das Fenster des Arbeitszimmers geschienen hatte. Das musste der Grund gewesen sein, warum es ihr plötzlich so viel leichter gefallen war, Dinge zu bewegen. Vielleicht ließ sich doch noch ein Weg finden, Libby an sich zu drücken. Allein der Gedanke, ihr Baby im Arm zu wiegen, ließ Hollys Herz höher schlagen. Aber dann fiel ihr Tom ein. Sie müsste wieder seinen Schmerz mit ansehen, seinen leeren Blick, der durch sie hindurchging – und sie bezweifelte, das noch einmal auszuhalten.

Sie hatte auch noch andere Befürchtungen. Es war nicht auszuschließen, dass ihre Entscheidung, Libbys Zeugung zu verhindern, nicht schon die Zukunft verändert hatte. Sollte das der Fall sein, konnte sie auf die Enthüllungen der Monduhr gut verzichten. Nein, die Monduhr wollte sie nicht befragen, jedenfalls nicht jetzt. Widerwillig musste sie sich aber eingestehen, dass sie die Uhr damit nicht aus ihrem Leben verbannen konnte. Es stand immer noch eine Frage offen, die sie früher oder später beantwortet haben wollte. Wie würde die Aufrechnung der Monduhr aussehen, musste sie nur Libby opfern oder würde sie womöglich überhaupt keine Kinder mehr bekommen?

Im Augenblick war diese Frage aber nicht vordringlich. Sie hatte es sowieso nicht verdient, Mutter zu werden, und hätte am liebsten auf die Monduhr eingedroschen, wie auf den Marmorblock, der vor ihr stand.

»Schon mal daran gedacht, ins Baugewerbe zu wechseln?« Billy war an der Tür des Ateliers aufgetaucht, die offen stand, und musste schreien, um sich bei dem Lärm verständlich zu machen.

»Ist schon Mittagspause?«, fragte Holly. Sie war es mittlerweile gewöhnt, ihre Arbeit zu unterbrechen, um die hungrige Meute der Handwerker zu füttern, die letzte Hand an den Wintergarten legten.

»Mittagspause? Eher Feierabend! Es ist halb vier.«

»Das tut mir leid, Billy, ich habe völlig die Zeit vergessen.«

»Das dachten wir uns, aber keine Sorge. Wir haben durchgearbeitet und verkrümeln uns demnächst, wenn Sie nichts dagegen haben. Es ist herrliches Wetter heute, vielleicht das letzte Mal dieses Jahr. Sie sollten auch gelegentlich an die Sonne gehen.«

»Also, wenn Sie nicht wochenlang verschwunden gewesen wären und mich mit einem halbfertigen Wintergarten allein gelassen hätten, würde die Sonne längst hereinscheinen«, protestierte Holly. Billy war in ihrem Ansehen beträchtlich gestiegen, seitdem sie erfahren hatte, wie er Jocelyn damals vor ihrem Mann verteidigt hatte, aber sie wollte sich nichts anmerken lassen.

»Das Warten lohnt sich«, sagte er mit sichtlichem Stolz.

»Und wann sind Sie fertig?«

»Ein paar Tage noch, dann haben wir es geschafft. Aber dann sind Sie mich noch nicht los. Dann kommt der Garten dran.«

»Tom hat Sie beauftragt, den Garten zu pflegen?«, rief Holly aus.

Billy schlug sich mit der flachen Hand gegen die Stirn. »Was bin ich für ein Esel. Jetzt ist die Katze aus dem Sack. Ihr Mann wird ziemlich sauer werden, wenn er davon erfährt.«

»Na, der hat gut reden. Er sollte die Arbeit lieber selber machen. Aber wenn er schon in der Welt herumreisen muss und einen Haufen Geld verdient, können wir es ja wenigstens für ihn ausgeben«, seufzte Holly.

»Wann kommt der Chef denn nach Hause? Ich habe ihm schon tausendmal gesagt, dass er Sie nicht solange allein lassen soll. Sie brauchen einen Beschützer, ob Sie's glauben oder nicht.«

»In ein paar Wochen ist er wieder da, aber nur für kurze Zeit. Danch soll es irgendwohin nach Südamerika gehen.«

Billy schüttelte bedächtig den Kopf, um seiner Empörung Ausdruck zu geben. »Warum begleiten Sie ihn eigentlich nicht auf seinen Reisen?«

»Alles schon erwogen, das können Sie mir glauben.« Hollys schlechtes Gewissen meldete sich wieder. Sie krümmte die Zehen in den Schuhen, um irgendwo Halt zu finden, aber der Boden bot nur knirschende, zertrümmerte Steinbrocken.

Tom fehlte ihr mehr den je. Billy hatte recht. Sie brauchte jemanden, der sie beschützte, und niemand war besser dafür geeignet als Tom. Doch Tom musste nicht wissen, womit sie sich herumschlug. Die Entscheidung, Libby aus ihrer Zukunft auszuradieren, war ihr Problem, nicht seins. Sie würde ihm erst im neuen Jahr davon erzählen, wenn er endgültig wieder zu Hause und der Zeitpunkt, mit Libby schwanger zu werden, überschritten war.

»Na ja. Sie wissen ja, wo Sie mich finden, wenn Sie Gesellschaft brauchen«, riss Billy sie aus ihren Gedanken. »Nehmen Sie es mir nicht übel, aber Sie wirken irgendwie verändert. Sie sollten öfter unter die Leute gehen. Es ist nicht gut, sich so zu verkriechen.«

»Ich gehe ins Dorf, ich habe Toms Eltern, und Jocelyn gibt's ja auch noch. Außerdem telefoniere ich jeden Tag mit Tom.«

»Man kann auch in einem Raum voller Menschen einsam sein.«

»Sehr weise«, meinte Holly, die Billys plötzlicher Ernst betroffen stutzen ließ. »Ich werde es beherzigen.«

»Und wenn Sie das nächste Mal mit Ihrem Göttergatten sprechen, sagen Sie ihm, dass der glanzvollen Einweihungsfeier seines Wintergartens nichts mehr im Wege steht, wenn er nach Hause kommt.«

»Soll ich ihm auch sagen, dass dann der Garten fix und fertig ist?«

»Hm«, brummte Billy finster, aber dann grinste er. »Reden ist Silber, Schweigen ist Gold.«

Obwohl in der Teestube zu dieser Jahreszeit nicht gerade Hochbetrieb herrschte, war Jocelyn so beschäftigt wie selten. Wenn sie nicht arbeitete, hielten sie tausend andere Dinge auf Trab. Im ganzen Umkreis gab es kaum einen Ausschuss oder einen Wohltätigkeitsverein, in dem sie nicht Mitglied war. Außerdem war die Ernte in vollem Gange und ihr Terminkalender so voll, dass sie nicht einmal bei Holly zum gewohnten Sonntagsfrühstück erscheinen konnte. Dafür lud sie Holly kurzerhand in die Teestube ein. Holly hatte Billy im Verdacht, dass er Jocelyn seine Sorge über ihre seelische Verfassung mitgeteilt hatte, doch es half alles nichts, die Einladung konnte sie unmöglich ausschlagen.

Das Dorf wirkte so heiter und frisch wie die späte Septemberluft, das krasse Gegenteil zur staubigen Atmosphäre ihres Ateliers. Beschwingt schlug sie den Weg zur Teestube ein. Nur Tom fehlte, um das Vergnügen mit ihr zu teilen.

In einer Woche sollte er wieder zu Hause sein. Obwohl sie dank der Monduhr wusste, dass er unversehrt zurückkehren würde, machte sie sich Sorgen um ihn. Nach den Telefongesprächen hatte sie immer mehr den Eindruck, dass er verunsichert war. Er war mit Leib und Seele Journalist, aber auf die Tragödie, die sich in Haiti abspielte, war er nicht vorbereitet gewesen. Tom war zunehmend frustriert, wie wenig er als Reporter bewirken konnte.

Holly begriff allmählich, dass diese Reise für ihn mehr bedeutete, als irgendein beliebiger Auftrag. Sie würde sein Leben verändern, was mit Sicherheit Auswirkungen auf seine berufliche Laufbahn hatte. Obwohl sie auch in Toms Zukunft gesehen hatte, hatte sie sich bisher keine Gedanken gemacht, was mit ihm beruflich passieren könnte. Er würde, wie sie aus seinen Unterlagen im Arbeitszimmer entnommen hatte, Nachrichtenmoderator werden, aber sie hatte auch die Kommentare gesehen, die er an den Rand gekritzelt hatte. Und denen konnte man entnehmen, dass die Arbeit ihn nicht befriedigte. Sie verstand allmählich, warum.

Als Holly die Teestube betrat, musste sie die Sorgen um Tom erst mal auf sich beruhen lassen. Er war offenbar nicht der einzige Mensch, der auf andere einen unglücklichen Eindruck machte.

»Wir machen uns so unsere Gedanken, Holly«, sagte Jocelyn.

Sie hatten sich an einen Tisch in der Teestube gesetzt, in die zwischen dem Frühstücksrummel und dem Ansturm zur Mittagszeit eine kurze Phase der Ruhe eingekehrt war. Lisa war im Hintergrund in der Küche beschäftigt, und die wenigen anderen Gäste waren bereits mit Essen und Getränken versorgt. Durch die Teestube zog der einladende Duft frisch gebackener Croissants.

»Könnte es sein, dass du mit ›uns‹ zufällig dich und Billy meinst?«

»Wenn ein derart unsensibler Mensch wie Billy schon merkt, das irgendwas im Busch ist, dann muss man sich wirklich Sorgen machen«, erwiderte Jocelyn.

»Also, was mich bedrückt, ist doch kein Geheimnis zwischen uns beiden.« Holly pickte ein paar Krümel von einem Plundergebäck, das Jocelyn ihr ungefragt vorgesetzt hatte.

»Hast du dich jetzt entschieden, wie du vorgehen willst?« Nun war es Jocelyn, die bedrückt wirkte.

»Ich darf nicht schwanger werden, das ist mir schon klar, aber das ist nicht mal das Problem. Ich kriege die Dreimonatsspritze, die nächste ist im November fällig. Tom und ich hatten vereinbart, dass ich aufhöre zu verhüten und versuche, Ende des Jahres schwanger zu werden. Dank der Monduhr muss ich nur rechtzeitig zum Arzt gehen, oder?«

»Die Monduhr öffnet dir ein Fenster in die Zukunft, aber die Entscheidungen, die dein Leben auf den Kopf stellen, musst du selber treffen«, sagte Jocelyn. »Du trägst eine große Verantwortung, wer wüsste das besser als ich, und ich stehe dir zur Seite, wenn du mich brauchst. Aber ich kann dir die Entscheidung nicht abnehmen. Ich will sie dir auch nicht abnehmen, schon gar nicht, wenn dein Leben auf dem Spiel steht.«

Holly wusste, das niemand außer Jocelyn wirklich nachvollziehen konnte, was sie durchmachte. Für Holly war es einfacher, ihre Entscheidung in die Tat umzusetzen, als für Jocelyn damals, aber die Last der Verantwortung war die gleiche. »Musstest du allein damit zurechtkommen? War der Gärtner der Einzige, der Bescheid wusste?«

»Mr Andrews wusste auch nicht alles. Ich schämte mich zu sehr, um ihm alle Einzelheiten der Vision zu erzählen. Lange behielt ich das Geheimnis meiner Zukunft für mich, aber schließlich weihte ich meine Schwester Beatrice ein. Sie half mir, wo sie konnte, letztlich lag es jedoch an mir, wie ich meine Zukunft gestaltete. Die Last hatte ich zu tragen, ich ganz allein.«

»Ich weiß, was du meinst, und ich will dich nicht zusätzlich belasten. Du willst nicht für den Tod eines anderen Menschen verantwortlich sein.« Holly errötete, als sie merkte, wie gedankenlos ihre Bemerkung in diesem Zusammenhang war.

»Ich will mein Gewissen nicht mit einem weiteren Tod belasten. Einer reicht.«

»Ich habe mir die ganze Woche das Hirn zermartert, wie ich bei diesem Handel mit der Monduhr meinen Kopf aus der Schlinge ziehen könnte. Sieh mich nicht so entsetzt an«, bat Holly, als sie Jocelyns erschrockene Miene sah. »Ich weiß, dass ich Libby nicht retten kann, ohne das

Leben eines anderen Menschen zu gefährden. Ich würde ja nicht nur mein Leben aufs Spiel setzen, sondern auch Toms Leben.«

»Deshalb kann ich dir hier nichts raten. So leid es mir tut, Holly, du musst dich selbst entscheiden und mit den Konsequenzen leben. Aber versuche nicht, Spielchen mit der Monduhr zu spielen. Bitte Holly, schon gar nicht, wenn du dabei mit Menschenleben spielst.«

»Hätte ich das verfluchte Ding doch bloß nie entdeckt!«

»Wenn es dir hilft, dein Leben zu retten, ist es ein Geschenk und kein Fluch, aber vergiss nicht, dass der Weg vorgezeichnet ist. Denk an den Regentropfen am Fenster«, sagte Jocelyn mit Nachdruck.

»Du meinst, es reicht nicht, rechtzeitig zum Arzt zu gehen, damit ich nicht mit Libby schwanger werde?« Holly und Jocelyn sahen sich bekümmert an.

»Man verändert vielleicht die Umstände eines Ereignisses, aber man kann nicht verhindern, dass es eintritt. Du weißt, was in Hardmonton Hall geschehen ist. Edward hat Gott und die Welt in Bewegung gesetzt, um das Feuer zu verhindern, aber letztlich hatte er nur Einfluss auf die Ursache.«

»Nicht besonders ermutigend, Jocelyn«, sagte Holly und lachte, aber das Lachen kam nicht von Herzen.

Jocelyn seufzte resigniert, in stillschweigender Kapitulation vor der Macht der Monduhr. »Ich bin überzeugt, dass ein übergeordnetes System dahintersteht, weshalb man das Schicksal auch nicht so einfach abwenden kann. Wenn ich eines von der Monduhr gelernt habe, dann das: Die Welt ist weit weniger chaotisch, als wir meinen. Die

Menschen vergeuden so viel Zeit mit der Überlegung, ob sie nach links oder nach rechts gehen sollen, und merken nicht, dass sie doch alle an derselben Stelle landen.«

»Aber die Zukunft lässt sich verändern«, beharrte Holly und geriet wieder in die mittlerweile vertraute Panik.

»Ja, aber es hat seinen Preis.«

»Ich habe Angst, Jocelyn. Ich habe Angst, dass ich dafür bis an mein Lebensende bezahlen muss. Dass die Monduhr mir nicht nur Libby wegnehmen will, sondern alle Kinder, die ich vielleicht haben würde. Was wäre das für ein Leben? Könnten Tom und ich dann noch glücklich sein?«

»Ich kenne ihn ja nur flüchtig, aber mit diesem Mann wirst du immer glücklich sein, das kann ich dir versprechen«, versicherte Jocelyn.

Bevor Holly sich weiter in ihren Ängsten verlieren konnte, bimmelte die Glocke über der Tür der Teestube und kündigte neue Gäste an. Lisa war noch hinten in der kleinen Küche mit Gemüseputzen beschäftigt.

»Die Pflicht ruft«, seufzte Jocelyn und kam nur mühsam auf die Beine. »Das ist die Quittung für unseren Ausflug. Ich glaube, ich sollte allmählich kürzertreten.« Auch wenn sie doppelt so alt war, schuftete sie immer noch wie eine Vierzigjährige, doch die Arbeit in der Teestube schien sie trotz schmerzender Gelenke eher zu beflügeln als auszulaugen.

»Ihr könntet hier noch eine Aushilfe gebrauchen«, meinte Holly.

»Wenn das ein Angebot sein soll, schlage ich ein«, lachte Jocelyn.

Holly blieb der Mund offen stehen, während sie überlegte, wie sie den Kopf wieder aus der Schlinge ziehen könnte, die Jocelyn gerade ausgelegt hatte. »Wenn ich es nicht besser wüsste, würde ich sagen, dass ich in eine Falle getappt bin.«

»Und du würdest vermutlich am liebsten Nein sagen und dich zu Hause an deinem Elend weiden.«

Holly dachte stirnrunzelnd über das Angebot nach, wobei sie versuchte, nicht auf Jocelyn zu achten, die sich mit übertriebenem Ächzen und Stöhnen am Tisch entlanghangelte.

»Ich muss mir den Vormittag für die Arbeit im Atelier freihalten. Außerdem habe ich keine Ahnung vom Kochen«, warnte Holly.

»Umso besser, dann kriegst du ein bisschen Übung.«

»Soll ich jetzt gleich anfangen?«, bot Holly an.

»Nein, morgen Nachmittag reicht vollkommen.«

Holly blieb unschlüssig sitzen. Sie warf einen kurzen Blick zu der jungen Familie hinüber, die sich an einen freien Tisch gesetzt hatte und die Speisekarte studierte. »Dann muss ich nur noch den Vollmond heute Nacht heil überstehen«, sagte sie.

Jocelyn ließ sich wieder auf einen Stuhl fallen. »Wie gedankenlos von mir! Entschuldige, Holly. Mir war nicht bewusst, dass es schon so weit ist. Willst du dir Uhr benutzen?«

»Nein, auf keinen Fall. Von Zukunftsvisionen habe ich ein für alle Mal die Nase voll.« Holly lächelte tapfer, aber das Herz lag ihr wie ein Stein in der Brust. »Ich habe schon ein Tuch über die Monduhr geworfen, um sie nicht dauernd sehen zu müssen. Von mir aus kann sie auch in Zukunft unter dieser Hülle bleiben.«

»Bist du wirklich sicher, dass du allein zurechtkommst?«, fragte Jocelyn.

Holly stand auf. »Natürlich. Bis morgen also.«

Jocelyn stand ebenfalls auf und drückte Holly.

»Du schaffst das. Du bist eine starke Frau. Stärker als ich damals.«

»Da täuschst du dich. Ich wäre froh, wenn ich nur halb so stark wäre wie du«, meinte Holly. »Du bist ein ganz besonderer Mensch.«

»Papperlapapp«, sagte Jocelyn und schob sie ein wenig verlegen aus der Tür. »Und glaub ja nicht, wenn man der Chefin ein wenig Honig ums Maul schmiert, drückt sie ein Auge zu. Ich erwarte dich hier pünktlich um ein Uhr!«

Als Holly aus der Teestube trat, war sie überrascht, wie beschwingt sie die Straße hinunterlief. Mit einem Selbstvertrauen, das sie schon lange nicht mehr gespürt hatte, flog sie fast zurück zum Torhaus. Eigentlich war sie eine Kämpfernatur, warum sollte sie das nicht mehr sein? Sie durfte nur nicht voreilig handeln, dann würde sie die Sache zu ihrem und zu Toms Wohl durchstehen.

Und tatsächlich bezwang Holly in dieser Nacht die Monduhr und widerstand der hartnäckigen Anziehungskraft, die von ihr ausging.

Holly klapperte mit Töpfen und Pfannen und hetzte im Kampf mit weichgekochtem Gemüse und angebrannten Bratkartoffeln von einer Ecke der Küche zur anderen. Sie hatte sich in den Kopf gesetzt, zu Toms Begrüßung seine

Eltern und Jocelyn zum Sonntagsessen einzuladen, aber mittlerweile bereute sie es heftig. Und eine Flasche Wein zu köpfen, um sich Mut anzutrinken, war sicher nicht weniger töricht gewesen.

»Soll ich dir wirklich nicht helfen?« Diane steckte den Kopf zur Tür hinein und gab sich alle Mühe, ihr Entsetzen über das Chaos zu verbergen, das Holly gerade anrichtete.

»Nein, ich komme schon zurecht«, behauptete Holly hartnäckig, während sie ein Geschirrtuch über den Brandfleck warf, den sie auf dem Küchentisch gemacht hatte. Das kleine Missgeschick hatte sie Diane bereits gebeichtet. Zum Glück hatte sie kein Drama daraus gemacht.

Beim Anblick des Geschirrtuchs schwieg Diane. Holly war in einer Verfassung, in der man sie am besten in Ruhe ließ. »Wenn du meinst …«, sagte sie, was mehr nach einer Frage als nach einer Feststellung klang.

»Ja, das meine ich«, erwiderte Holly zähneknirschend und bewahrte tapfer die Fassung. »Geh nur wieder rein zu Tom. Ihr habt euch sicher eine Menge zu erzählen.«

»Also schön.« Diane lächelte halbherzig, machte aber keine Anstalten, die Küche zu verlassen. Kurz darauf klingelte es an der Haustür.

»Das wird Jocelyn sein.« Holly blickte panisch in die Runde und überlegte, wie lange sie wohl den Herd unbeaufsichtigt lassen könnte, bevor die ganze Küche in die Luft flog. Jocelyn kannte Toms Eltern noch nicht und Tom nur ganz flüchtig. Es war ihre Pflicht als Gastgeberin, sie miteinander bekannt zu machen. Sie stolperte beinahe über ihre eigenen Füße, als sie in der Küche hin und her hastete.

»Keine Hektik. Ich kann inzwischen auf das Essen aufpassen, wenn du an die Tür gehst.« Diane war in ihrem Element.

Einen Moment lang war Holly versucht, mit ihrer geöffneten Flasche Wein fluchtartig die Küche zu verlassen und die Kocherei in fähigere Hände zu übergeben. Diane könnte aus dem Chaos bestimmt noch irgendetwas machen, aber selbst ihr dürfte es schwer fallen, aus der brodelnden grünen Masse im hintersten Winkel des Backofens wieder anständig geformten Rosenkohl zu zaubern. »Nein, ich hab die ganze Schweinerei veranstaltet, ich muss selber sehen, was noch zu retten ist. Könntest du Jocelyn für mich in Empfang nehmen?«

»Wenn du meinst«, willigte Diane nur ungern ein. Sie verließ rückwärts die Küche, als fürchtete sie sich, diesem brodelnden Tollhaus den Rücken zu kehren.

Kurz darauf steckte Jocelyn den Kopf zur Tür hinein.

»Diane meinte, du willst partout alles allein machen, aber …« Jocelyn taxierte die Küche mit einem skeptischen Blick. »Willst du nicht doch, dass ich dir ein wenig helfe?«

»Ich komme schon allein zurecht«, sagte Holly mit ihrem Dauerlächeln, das sich allmählich verkrampfte. Es war schon schwierig genug, die Übersicht über die vielen kleinen Missgeschicke zu behalten, die sich im Minutentakt ereigneten, auch ohne die guten Samariter, die man ständig abwimmeln musste. »Entschuldige bitte, dass ich dich nicht vorgestellt habe, wie es sich gehört, aber ich komme hier einfach nicht weg.«

»Oh, mach dir keine Sorgen um uns. Diane und Jack

sind reizend, und ich freue mich, deinen hinreißenden Ehemann wiederzusehen. Du solltest mich allerdings nicht zu lange mit ihm allein lassen.«

»Ich vertraue dir voll und ganz«, lächelte Holly. Aber wenn du mich jetzt bitte entschuldigst, ich muss das Mittagessen wieder zum Leben erwecken.«

»Du weißt ja, wo ich bin, wenn du mich brauchst«, sagte Jocelyn, als sie ebenfalls rückwärts die Küche verließ. »Und wenn du vielleicht mal in den Ofen guckst. Es riecht irgendwie verbrannt«, rief sie, bevor sie verschwand.

Als Holly die Ofentür öffnete, schlug ihr eine Rauchwolke entgegen. Hastig riss sie die Küchentür auf, um den Rauch abziehen zu lassen, als Tom auftauchte. »Na, alles klar?«, erkundigte er sich.

Holly war nahe daran, ihn anzuschreien, dass er verschwinden solle, doch er griff nach ihrer Flasche Wein und schenkte ihr ein Glas ein.

»Sieht aus, als könntest du ein Gläschen gebrauchen.«

»Lieber nicht«, meinte sie. »Andererseits kommt es auf ein Glas mehr oder weniger auch nicht mehr an. Alles, was schieflaufen kann, ist sowieso schon schiefgelaufen.«

»Es riecht köstlich.« Tom strahlte, wobei er vermied, Holly in die Augen oder auf die Rauchwolken zu sehen, die aus dem Ofen quollen.

»Du bist ein unverschämter Lügner, aber du bist ein Schatz. Sind alle zufrieden da drin?«

»Die kochen fast über vor Begeisterung. Wenn du mir den kleinen Wortwitz gestattest.« Holly schlug mit dem Geschirrtuch nach ihm, bevor sie ihn ausreden ließ. »Jocelyn und meine Mutter plaudern wie zwei alte Freundinnen.«

Holly kippte den Wein herunter und hielt Tom das leere Glas zum Nachfüllen hin. Tom hob die Flasche hoch, um Holly zu zeigen, dass sie leer war.

Sie machte mit dem Kopf eine Bewegung in Richtung Kühlschrank. »Da ist noch mehr drin.«

»Wie lange dauert es noch bis zum Essen?«, erkundigte Tom sich vorsichtig. Wahrscheinlich rechnete er gerade aus, ob sie das Essen noch auf den Tisch bringen konnte, bevor sie völlig betrunken war.

»Nach meiner Berechnung war es vor einer halben Stunde fertig. Jetzt ist es verkocht und angebrannt.«

»Wenigstens brauchen wir hier keinen Platz zu schaffen und können im Wintergarten essen«, bemerkte Tom mit einem Blick auf den Küchentisch, wo kein einziger Zentimeter mehr frei war.

Holly atmete tief durch, um einen klaren Gedanken zu fassen. »Ach, ich geb's auf. Du kannst mir helfen, die ganze Chose auf den Tisch zu bringen. Meinst du, ich sollte lieber noch eine Pizza in den Ofen schieben? Nur für alle Fälle.«

»Ach was, es ist sicher wunderbar.«

Der Geruch von frischer Farbe im Wintergarten wurde schnell vom Duft verkochten Gemüses mit einem Stich ins Angebrannte überlagert. Es war erst früher Nachmittag, doch es begann bereits zu dämmern. Die gedämpfte Beleuchtung ließ das Essen sogar einigermaßen appetitlich aussehen, wie Holly feststellte. Sie hatten sich in der Teestube einen langen Tisch geliehen, um alle unterzubringen.

»Lecker.« Jocelyn schob lächelnd die erste Portion von Hollys Kochkünsten in den Mund. Holly hörte es deutlich krachen, als Jocelyn auf eine Bratkartoffel biss.

»Köstlich«, bestätigte Diane.

»Schmeckt ähnlich wie bei Diane«, steuerte Jack bei. Diane warf ihrem Mann einen strafenden Blick zu. »Früher, meine ich«, stellte er klar.

»Du meinst, Mum konnte am Anfang eurer Ehe auch nicht kochen?« Tom lachte, aber ein Blick auf Holly ließ ihn verstummen.

»Es schmeckt scheußlich, stimmt's?« Holly kippte einen großen Schluck Wein herunter, um den bitteren Nachgeschmack und ihre Enttäuschung hinunterzuspülen.

Ein Chor von Beteuerungen und Schmeicheleien erhob sich, und alle griffen wie auf Kommando zu und füllten ihre Teller.

»Ich bin froh, wieder daheim zu sein. Ihr könnt euch gar nicht vorstellen, wie sehr ich mich auf zu Hause gefreut habe«, sagte Tom.

»Du hast uns auch gefehlt.« Holly blickte Tom an, aber aus den Augenwinkeln sah sie in den Garten. Die fahle Silhouette der Monduhr leuchtete im Zwielicht unter ihrem weißen Tuch wie ein allgegenwärtiges Gespenst.

Holly nippte am Wein und hörte aufmerksam zu, als Tom von seinem Aufenthalt in Haiti erzählte. Die Erfahrungen dort hatten ihn gezeichnet, es würde lange dauern, bis er sie verarbeitet hatte, wenn überhaupt. Umso sicherer war Holly, dass es richtig war, Tom im Augenblick nichts von der Monduhr zu sagen.

»Es ist furchtbar, wenn man sieht, wie viele Menschenleben, ja ganze Ortschaften auf einen Schlag ausgelöscht wurden«, wandte er sich an Jocelyn.

»Niemand kann sich seines Lebens sicher sein«, sagte Holly traurig.

Jocelyn warf Holly einen warnenden Blick zu, sagte aber nichts.

»Dieses Hähnchen hat sicher auch nicht gewusst, was ihm blüht«, sagte Jack und lachte über seinen Scherz, bis ihn seine Frau in die Seite boxte.

»Der Wintergarten ist wunderhübsch«, bemerkte Diane, um der Unterhaltung eine unverfänglichere Wendung zu geben.

»Ja, Billy hat das sehr schön gemacht«, pflichtete Jocelyn ihr bei.

»Der Entwurf stammt von uns beiden«, sagte Tom voller Stolz. »Hauptsächlich von Billy, muss ich dazu sagen, und dann hat natürlich meine liebe Frau noch ihren Senf dazugegeben. Die Türen sollten eigentlich an der Seite sein, aber Holly hat in letzter Minute die Pläne geändert.«

»Ja«, ergänzte Holly. »Pläne kann man immer ändern. Oder sie werden verändert, ohne unser Zutun. Warum nehmen wir sie eigentlich so wichtig?«

Sie fühlte sich plötzlich benommen, der viele Wein und die wachsende Überzeugung, dass die Zukunft sich tatsächlich kaum beeinflussen ließ, benebelten ihr Hirn. Sie kämpfte mit den Tränen und merkte, dass plötzlich alle verstummt waren und sie besorgt ansahen. Seit dem verhängnisvollen Ausflug nach Hardmonton Hall hatte sie nicht mehr geweint und dachte, sie hätte sich wieder im Griff, aber offenbar saßen die Tränen doch recht locker.

»Entschuldigt bitte, ich brauche ein Glas Wasser.« Sie sprang auf und verschwand hastig in der Küche.

Um den Nebel in ihrem Kopf zu lichten, trank sie das Glas in einem Zug leer.

»Was ist los, Hol?« Tom war ihr nachgelaufen, nahm sie von hinten in die Arme und legte den Kopf auf ihre Schulter.

»Ich hab neuerdings was gegen Pläne, das ist alles. Man kann nicht einfach davon ausgehen, dass man alles bekommt, was man sich vornimmt. So läuft das nicht im Leben.«

»Geht es um unseren Fünfjahresplan? Hast du es dir anders überlegt?« Tom bemühte sich um einen lockeren Ton, aber er wirkte plötzlich angespannt.

Holly schwieg. Für dieses Thema musste sie nüchtern sein, und ein Haus voller Gäste war auch nicht unbedingt die beste Gelegenheit.

»Sag bitte, dass du immer noch ein Kind willst!« Tom war zwar mittlerweile an Hollys Widerstand gewöhnt, doch er hatte offenbar angenommen, dass jetzt, wo ihre Zukunftspläne schwarz auf weiß auf dem Papier standen, alle Bedenken ausgeräumt waren.

Wütend drehte sich Holly zu ihm herum. Sie fühlte sich in die Enge getrieben »Ich möchte ja ein Kind haben. Ich wünsche es mir von ganzem Herzen. Aber warum müssen wir immer nach den Sternen greifen? Können wir nicht einfach zufrieden sein mit dem was wir haben?«, fauchte sie, um nicht laut zu schreien.

»Glaubst du, dass ich das nicht weiß? Nach allem, was ich gesehen habe?«

»Dann müsstest du ja wissen, dass man sich nicht darauf verlassen kann, dass die Menschen, die man liebt, am nächsten Tag noch da sind.«

Sie funkelten sich eine Weile stumm an. Holly brach als Erste das Schweigen. »Entschuldige«, schluckte sie. »Aber muss das jetzt sein?«

Tom seufzte, als er sie zärtlich auf die Stirn küsste. »Nach dir«, sagte er und machte mit der Hand eine Geste in Richtung der Gäste.

Gedämpftes Lachen drang vom Tisch herüber, aber mit Tom und Holly betrat auch ihr bedrücktes Schweigen den Raum.

»Alles in Ordnung, Holly?«, erkundigte sich Diane.

»Beim Kochen habe ich wohl ein bisschen zu viel Wein getrunken«, gestand Holly. Sie hob ihr Wasserglas und versuchte, ihren Ärger und ihre Ängste zu vergessen, aber wieder fiel ihr Blick auf die gespenstische Silhouette im Garten. Wenn wenigstens die Monduhr sie nicht ständig verfolgen würde.

»Vielleicht musst du dich erst noch an den fremden jungen Mann gewöhnen, der an deiner Haustür aufgetaucht ist«, lachte Diane.

»Also bitte, ich bin hier doch kein Fremder«, protestierte Tom.

»Wie man's nimmt«, meinte Holly. Ihre Blicke trafen sich zum ersten Mal, seit sie sich wieder an den Tisch gesetzt hatten, eine wortlose Geste der Entschuldigung, und als alle über ihren kleinen Scherz lachten, spürte Holly, wie die Spannung wich.

Diane konnte es nicht lassen, Toms Aussehen aufs Korn

zu nehmen. »Du hast auf der Reise ziemlich abgenommen, aber wenigstens wachsen die Haare wieder nach. Komisch, deine Locken fehlen mir, obwohl ich mich jahrelang über deinen Wuschelkopf beklagt habe.«

»Mir auch«, lächelte Holly. »Aber jede Ausgabe von Tom ist besser als gar keine.«

»Ich weiß nicht, was ihr habt.« Jocelyn hob ihr Glas. »Ich finde ihn zum Anbeißen.«

»Schmeckt bestimmt besser als das Essen«, murmelte Holly. »Aber ihr könnt euch freuen, den Nachtisch hat Jocelyn beigesteuert. Möchte jemand?«

Der Nachmittag klang friedlich und ohne böse Worte aus. Als Tom und Holly die Gäste verabschiedeten, wichen gerade die letzten Sonnenstrahlen der einbrechenden Nacht.

»Jetzt sei mal ehrlich«, sagte Tom, als er die Haustür schloss. »Hast du Zweifel, dass wir miteinander klarkommen? Ist es das, was du mit ›morgen nicht mehr da sein‹ meinst? Kampflos aufgeben würde ich dich aber ganz bestimmt nicht. Ich liebe dich, Holly, und wenn meine Auslandsaufenthalte uns zu sehr belasten, dann stelle ich sie ein. Ich will dich nicht verlieren.«

»Das weiß ich«, sagte Holly. »Ich finde nur, dass wir uns viel zu viel mit der Zukunft beschäftigt haben, immer auf der Suche nach dem, was noch fehlt, anstatt zu schätzen, was wir haben. Ich möchte nicht, dass du irgendwann sagst, hey, damals war ich glücklich und habe es nicht mal gemerkt, ich hatte meine Frau, ich hatte meine Träume, und es war genug.«

Tom sah sie so durchdringend an, dass es ihr unangenehm war, als könnte er in die Tiefe ihrer Seele blicken und dort die Geheimnisse entdecken, die sie ihm verschwieg.

Ihm fehlten offenbar die richtigen Worte, er nahm sie einfach in den Arm und drückte sie fest an sich. »Du hast recht, Holly. Es stimmt. Wir haben genug. Mehr als genug.«

ZEHN

Die Hand ein bisschen nach rechts. Ja, das ist gut. Noch ein kleines Stück.« Hollys Begeisterung wuchs. »Nein, nein, nicht so weit. Jetzt ein wenig nach links. Langsam, gleich hast du's. Ja, genauso. Fantastisch. Bleib so!«

»Ich kann gleich nicht mehr«, stöhnte Tom.

»Jammere nicht, wir haben doch gerade erst angefangen.«

»So habe ich mir meine Zeit zu Hause aber nicht vorgestellt! Halbnackt, ja. Stellungen ausprobieren, auch okay. Aber hier mitten im Atelier mit einer Plastikpuppe auf dem Arm? Nicht gerade das, wovon ich geträumt hatte.«

»Wir haben schon ein ganzes Wochenende im Bett vergeudet«, erinnerte Holly ihn.

»Vergeudet?«

Holly musste lachen. Ihr ausgehungerter Körper war, wie sie zugeben musste, satt und zufrieden, auch wenn ihr alles wehtat. »Okay, nicht vergeudet. Die Arbeit in der Teestube kann ich einschränken, aber mit Mrs Bronsons Auftrag darf ich nicht in Verzug kommen. Ich liebe dich, ich bin verrückt nach dir, und wann hätte ich sonst schon Gelegenheit, deinen göttlichen, wenn auch etwas unterernährten Körper in aller Ruhe zu betrachten.«

Holly hatte den Sockel so gut wie fertiggestellt. Aus der dunklen Masse des mächtigen Marmorblocks wuchs eine Art Spirale, die im Gegensatz zum verkleinerten Modell sorgfältig ausgearbeitet war. Schemenhafte Figuren wanden sich darauf empor, die vorangegangene Generationen symbolisierten, die Basis der Vergangenheit, auf der die Zukunft aufbaute.

Der obere Teil war die schwierigere Aufgabe. Holly wollte erst noch mehr Skizzen anfertigen, bevor sie das Drahtgerüst modellierte, das die aus Ton geformte Figur von Mutter und Kind stabilisieren sollte. Sie hatte Tom dazu überreden können, mit nacktem Oberkörper, einem Laken um die Hüften und einer Babypuppe im Arm zu posieren. Tom entsprach nicht unbedingt der Mutter, die sie sich vorstellte, doch er war auch nicht mehr der kräftige Kerl, von dem sie sich verabschiedet hatte.

»Wenn du wüsstest, wie es da drüben zugeht, würdest du auch halb verhungert wiederkommen. Es war nicht so, dass man uns nicht gut versorgt hätte, es gab ausreichend zu essen. Aber ich konnte einfach nicht von dem Elend um uns herum abschalten. Das ging allen so«, war Toms Rechtfertigung.

Bei seiner Abreise nach Haiti war er der seriöse, gediegene Moderator in spe gewesen, mit kurzem Haarschnitt und elegantem Anzug, aber Holly war erschrocken, wie er sich nach und nach verändert hatte. Jedes Mal, wenn sie einen Bericht aus Haiti im Fernsehen gesehen hatte, wirkte er ein bisschen weniger seriös, ein bisschen weniger gediegen. Einerseits war sie froh, dass er sich wieder in ihren alten, zerzausten Tom verwandelte, aber er wirkte nicht nur zerzaust, sondern ausgezehrt, fast krank. Es war nicht zu übersehen, dass die Veränderungen nicht nur körperlicher Art waren.

»Jetzt bist du zum Glück wieder zu Hause. Ich weiß, dass du nicht einfach zur Tagesordnung übergehen und alles vergessen kannst, aber du kannst das Problem nicht lösen, nicht wirklich, allein schon gar nicht. Aber du kannst sehr wohl etwas bewirken, Tom. Deine Arbeit ist anstrengend, doch von diesem Job hast du immer geträumt, und wer weiß, wohin das noch führt.«

»Direkt zurück ins Studio, damit du's weißt. Es ist nur ein zeitlich begrenzter Auftrag, vergiss das nicht. Was soll ich da schon bewirken?«

»Du wirst schon sehen«, beteuerte Holly in dem zaghaften Versuch, ihn zu beschwichtigen. »Jetzt hör auf herumzuhampeln, und lass den Arm ausgestreckt.«

»Du hast recht, ist vielleicht eine nützliche Übung. Ich kann es kaum mehr erwarten, bis ich Vater werde.« Er wiegte mit wachsender Begeisterung die Puppe in seinem Arm.

»Mal sehen«, flüsterte Holly, die sich verzweifelt auf ihre Skizze konzentrierte, um nicht die alkoholisierte Diskussion wieder aufkommen zu lassen, die sie bei dem verunglückten Sonntagsessen gerade noch hatte vermeiden können.

»Was ist los mit dir, Hol? Beim letzten Mal warst du so erpicht darauf, eine Familie zu gründen. Und jetzt weichst du mir immer aus, wenn ich davon anfange.« Tom hatte seine Stellung nicht verändert, so dass er sie nicht sehen konnte, aber er spürte, dass sie bedrückt war.

»Und wenn wir keine Kinder kriegen können?«

»Warum sollten wir denn keine Kinder kriegen können? Ich bin doch der geborenen Babymacher, sieh mal her.« Tom ließ die nicht vorhandenen Muskeln an seinem dürren Arm spielen, um seiner Behauptung Nachdruck zu verleihen.

»Würde unsere Beziehung zerbrechen, wenn wir keine kriegen?« Hollys Frage hallte im Atelier nach. Die Fotos schaukelten traurig in einem unsichtbaren Luftzug und machten sich mit ihrer heiteren Zuversicht über sie lustig. Was würde sie darum geben, wenn sie die Antwort auf die Frage, die sie immer noch umtrieb, wüsste. Warum konnte die Monduhr ihr nicht endlich versprechen, dass sie Mutter werden und ihre Kinder aufwachsen sehen konnte? Vor Hollys innerem Auge liefen Regentropfen an einer Fensterscheibe herunter. Jeder Tropfen stand für ein ungeborenes Kind, und alle bahnten sich den gleichen Weg nach unten. Gab es denn keinen Ausweg? Musste sie ein Leben lang ihren Tribut an die Monduhr entrichten?

Tom ließ die Arme sinken und sah sie an. »Uns beide kann nichts trennen, Hol, das schwöre ich dir. Aber davon ist doch gar nicht die Rede. Es sei denn, du hast deine Meinung geändert. Also, willst du nun Kinder haben oder nicht?«

»Ja, natürlich. Aber …«, stotterte sie. In diesem Augenblick ging die Tür auf, kalte Luft fuhr herein.

»Oh. Störe ich?« Billy erschien in der Tür und hielt sich bei dem Anblick, der sich ihm bot, die Augen zu.

»Keine Sorge, Billy. Sie können die Augen ruhig aufmachen«, sagte Holly und wischte sich vorsichtshalber die Augenwinkel, bevor sich ein paar Tränen bemerkbar machten.

»Ist er unter dem Tuch etwa nackt?«

»Seien Sie froh, er könnte auch ohne Tuch dastehen«, lachte Holly, als sie Billys empörte Miene sah.

»Das wäre ja noch schöner«, protestierte Tom, der versuchte, ein bisschen Muskeln zu zeigen und gleichzeitig die Puppe im Arm zu balancieren.

Holly und Billy betrachteten Tom, dessen Haltung alles andere als männlich wirkte. »Ich finde, Sie sollten sich in Zukunft ein passenderes Modell aussuchen«, schlug Billy vor.

»Wir Männer sollten eigentlich zusammenhalten«, meinte Tom entrüstet.

Holly hatte Sorge, dass die kindische Diskussion kein Ende nehmen würde. »Also, Leute, ich muss weiterarbeiten. Billy, Sie lenken mein Modell ab. Was führt Sie überhaupt her?«

»Ich wollte nur mal vorbeischauen«, sagte Billy verlegen.

»Und was ist das für eine Papierrolle da unter Ihrem Arm?«

»Das hier? Ach, nur Entwürfe für einen Auftrag, an dem ich gerade arbeite. Keine große Sache weiter.«

»Geben Sie her.« Holly klang wie eine Mutter, die ihrem Kind eine Strafpredigt hält, und musste innerlich lachen.

Billy sah sich hilfesuchend nach Tom um, der sich offenbar ebenso unbehaglich fühlte.

»Der Plan für die Umgestaltung des Gartens, oder?« Die beiden Männer rührten sich nicht.

»Könnte man so sagen«, meinte Billy schließlich. »Oder auch nicht.« Er sah Tom hilflos an.

»Oh, mir fällt gerade ein, dass ich beim Sender anrufen muss.« Tom ließ das Tuch fallen und warf die bedauernswerte Puppe in hohem Bogen auf die Werkbank.

Nur mit seinen Boxershorts bekleidet hastete er zur Tür. Billy wollte ihm folgen, aber Holly hielt ihn fest. »Nicht doch«, sagte sie. »Ihretwegen stehe ich jetzt ohne Modell da, es hilft nichts, Sie müssen einspringen.«

»Ich?«, stotterte Billy.

»Tut mit leid, Bill«, sagte Tom, nahm ihm den Plan ab und verschwand durch die Tür.

»Wussten Sie nicht, dass ich schon immer auf Ihren Körper scharf war?«, zwinkerte Holly Billy schadenfroh zu.

Es blieben ihnen nur zwei Wochen, und Holly versuchte diese kurze Zeit nicht mit Gedanken an die Zukunft zu belasten. Das Leben musste in der Gegenwart gelebt werden. Toms nächste Reise sollte sein letzter Auftrag sein, er führte ihn nach Südamerika, wo er eine Reportage über Kinder drehen sollte, die ihr Überleben mit dem Durchwühlen von Mülldeponien sicherten. Die Thematik versprach nicht weniger erschütternd zu werden als die Berichterstattung aus Haiti. Holly sorgte sich, in welcher Verfassung er diesmal zurückkommen würde. Vermutlich nicht stabil genug, um ihn mit den Tatsachen zu konfrontieren, vor die sie ihn dann stellen musste. Sie suchte immer noch nach Ausreden, um ihre Beichte zu verschieben, aber früher oder später musste sie ihm von der Monduhr erzählen.

Die vierzehn Tage waren nötig gewesen, um Tom wieder aufzupäppeln. Der hohläugige, verstörte Ausdruck seiner schönen grünen Augen war mithilfe einer gehörigen Portion Ruhe, Entspannung und selbst gekochtem Essen, das gelegentliche angebrannte Ausrutscher einschloss, verschwunden.

»Ich bin froh, dass deine Haare wieder länger sind.« Holly betrachte Tom, der mit der Hand durch seine feuchten, frisch gewaschenen Haare fuhr. Es war noch früh am Morgen, das Taxi war bereits unterwegs, um ihn abzuholen. Holly lag ausgestreckt auf dem Bett und beobachtete, wie er die allerletzten Sachen in seinen Koffer stopfte.

»Du weißt, dass der Sender darauf bestehen wird, dass ich sie wieder schneiden lasse, wenn ich aus Südamerika zurück bin«, warnte Tom. »In Haiti hatten sie schon versucht, das Team zu bestechen, damit sie mir im Schlaf die Haare abschneiden.«

»Und, warum haben sie es nicht getan?«

»Mein Angebot war höher. Du brauchst dich über die ziemlich üppige Abbuchung des Duty-free-Shops auf unserer Kreditkartenrechnung nicht zu wundern.«

»Na, hoffentlich halten sie diesmal auch zu dir.«

»Wir halten zusammen wie Pech und Schwefel, keine Sorge.«

Tom setzte sich auf die Bettkante, um die Socken anzuziehen. Holly rutschte näher und legte von hinten die Arme um ihn.

»Ich mache mir aber Sorgen.« Sie küsste ihn auf den Kopf.

Tom zog Holly auf seine Knie. »Du wirst mir fehlen.«

»Du bist ja bald wieder hier. Es ist ja nicht für immer.« Holly schlang die Arme um seinen Hals und spürte das Klopfen ihres Herzens, und es tat ihr weh. Die Entscheidung, die sie fällen würde, betraf auch ihn, betraf sie beide. Doch an das, was die Entscheidung so unendlich schwermachte, an diesen einen Menschen, wollte sie lieber nicht denken.

»Ich könnte hier ewig so bleiben«, sagte Tom, zog sie aufs Bett und bedeckte sie mit immer leidenschaftlicheren Küssen.

»Lass«, stöhnte Holly. »Sonst lass ich dich nicht mehr los.«

»Ich liebe dich, Holly.«

»Ich dich auch.«

»Das Taxi kommt gleich. Schade, dass wir nicht noch ein bisschen Zeit haben«, sagte Tom, löste sich aus ihrer Umarmung und raffte sich widerwillig auf.

»Wir haben später noch genug Zeit für uns, unser ganzes Leben«, tröstete Holly ihn. Sie kniff die Augen zusammen, als hinter ihren geschlossenen Lidern das Bild von Libby auftauchte, die sie mit ihren wunderschönen grünen Augen ansah.

Sie rührte sich nicht und sah schweigend zu, wie Tom sich hastig anzog und den Koffer verschloss. Ein energisches Klopfen an der Haustür vermeldete, dass das Taxi da war. Tom beugte sich hinunter und küsste sie auf den Kopf.

»Übrigens …«, meinte er, als er mit einem Kuss ihre Lippen streifte.

»Was?« Sie sah ihm von unten in die grünen Augen.

»Du riechst nach ungeputzten Zähnen«, meinte er und grinste unverschämt.

»Und dir hängt ein Popel an der Nase«, revanchierte sich Holly.

»Und mit diesen liebevollen Worten überlasse ich dich deinem Schicksal. Schlaf noch schön.«

Holly schlang die Arme um Toms Hals und klammerte sich an ihn. Es klopfte noch einmal, nachdrücklicher als vorher, aber Tom rührte sich nicht, es war Holly, die loslassen musste. Die Einsamkeit, die ihr mittlerweile so vertraut war, senkte sich wieder über das Haus, noch bevor die Tür ins Schloss fiel und das Taxi davonfuhr.

Während Toms Kurzurlaub zu Hause war Holly mit Mrs Bronsons Skulptur so gut wie keinen Schritt weitergekommen. Doch daran konnte sie nicht allein ihrem Ehemann die Schuld geben. Es war ihr klar, dass sie der Arbeit bewusst ausgewichen war. Die Figur des Kindes, an der sie arbeitete, würde Libby ähnlich sehen, das war abzusehen, nicht Mrs Bronsons Sohn, dessen Foto inzwischen in der hintersten Ecke einer Schublade schlummerte. Sie war hin- und hergerissen zwischen dem Wunsch, ein Abbild von Libby zu schaffen, und der Angst, ihrer Tochter in die hübschen, arglosen Augen zu blicken. Aber Libby war nicht der einzige Grund, warum Holly die Sache vor sich herschob. Sie konnte nicht ernsthaft arbeiten, wenn sie selber nicht an ihren Entwurf glaubte. Sie brauchte eine zweite Meinung.

»Ich weiß nicht, irgendetwas fehlt.« Skeptisch betrachtete sie die Skulptur. Die Figur von Mutter und Kind hatte sie aus Maschendraht geformt und mit Stahlstiften am Marmorsockel befestigt. Alles entsprach genau dem Modell, das Mrs Bronson abgesegnet hatte.

»Der Sockel ist dir gut gelungen.« Jocelyn stand Seite an Seite mit Holly am Ende des Ateliers, so weit wie möglich von der Skulptur entfernt. Die Bäume vor den Fenstern kratzten im schneidenden Oktoberwind mit ihren dürren Ästen einsam und verlassen an den Fensterscheiben.

»Das heißt, dass dir die obere Hälfte nicht gefällt«, schloss Holly nüchtern.

»Wie soll ich über einen Haufen verbogenen Stacheldraht ein vernünftiges Urteil abgeben?« Jocelyn zuckte mit den Schultern. Sie richtete ihr Augenmerk lieber auf die verkleinerte Version und strich mit der Hand über die Figur der Mutter und danach über die des Babys. »Sehr schön. Du wirst die endgültige Form schon entsprechend hinkriegen. Ist das Libby?«

Holly nickte bloß, weil sie glaubte, ihre Stimme würde vor Erregung zittern.

»Sie ist bezaubernd.«

»Und ich bin eine schreckliche Mutter.« Holly machte ihrem schlechten Gewissen Luft.

»Du hast keine andere Wahl, das wissen wir doch.«

»Ich weiß. Aber ich frage mich, wie ich ohne sie leben soll. Klar, ich habe die Möglichkeit, mein Leben zu retten, und ich bin froh, dass ich sie überhaupt kennengelernt habe. Trotzdem bricht es mir das Herz.«

»Also, zurück zu deiner Skulptur«. Jocelyn wechselte bewusst das Thema. »Es geht um verschiedene Generationen, wenn ich recht verstehe. Jedes Kind wird die Mutter des nächsten Kindes?«

»Ja«, seufzte Holly. »Mit dem Sockel will ich die Generationenfolge darstellen. Um ehrlich zu sein, ich war nahe daran, irgendwo eine Bruchstelle einzufügen.«

»Als Anspielung auf das Verhältnis zu deiner Mutter?« Jocelyn war mit Hollys Vergangenheit so weit vertraut, dass sie sich vorstellen konnte, warum Holly diese Version erwogen hatte.

»Das Einzige, was meine Mutter mir mit auf den Weg gegeben hat, sind Selbstzweifel.«

»Libby hat dir gezeigt, dass du eine gute Mutter sein kannst, und allein aus diesem Grund wird sie immer eine Bereicherung in deinem Leben bleiben, auch wenn sie es nicht mit dir teilen kann.«

»Ich weiß. Deshalb ist es mir auch so wichtig, dass ich bei der Skulptur nichts falsch mache. Ich werde allerdings das Gefühl nicht los, dass irgendwas nicht stimmt. Vielleicht ist es die ganze Haltung?«

»Das musst du näher erklären. Was für ein Gefühl meinst du?«

Holly konzentrierte sich auf das verkleinerte Modell. Sie betrachte es von allen Seiten, wobei sie der Drehbewegung der Spirale folgte, den angedeuteten Figuren und dann dem oberen Teil, wo die Mutter die Aufwärtsbewegung fortsetzte. »Die Kette der Figuren steht nicht nur für die Bindung zwischen Mutter und Kind, sondern sie soll auch zeigen, wie eine Generation auf die andere aufbaut. Die Spirale macht das Ganze dynamischer. Man könnte jederzeit aus der Kurve fliegen, mitten in unvorhergesehenen

Abenteuern landen.« Holly lachte. »Entbehrt nicht der Ironie, nicht wahr?«

»Es hat nicht jeder die Gelegenheit, in die Zukunft zu blicken«, gab Jocelyn zu bedenken, die wie immer der Monduhr auch etwas Positives abgewinnen konnte.

»Wie dem auch sei, die Mutter und das Baby stellen die gegenwärtige Generation dar.«

Jocelyn tippte sich nachdenklich ans Kinn. »Warum hält die Mutter das Baby im Arm und blickt nach unten? Was hat das mit der Gegenwart zu tun?«

Holly stutzte. Sie lief noch einmal um die Skulptur herum. Dann eilte sie wieder zu Jocelyn und umarmte sie stürmisch. »Wenn ich dich nicht hätte! Das ist es. Das hat nicht gestimmt.« Holly griff hastig nach ihrem Skizzenblock.

Mit fliegender Feder erklärte sie Jocelyn, worum es ging. »Ich habe viel zu sehr auf Mrs Bronsons Bedürfnis, im Mittelpunkt zu stehen, Rücksicht genommen und die Idee nicht konsequent zu Ende geführt.«

»Ich kann dir nicht ganz folgen«, meinte Jocelyn.

»Der Sockel ist stimmig, die Drehbewegung, die Verbindung zwischen den Generationen, die aufeinander aufbauen. Aber der obere Teil, die Mutter und das Kind, zeigen, wie oberflächlich ich die Bindung zwischen Mutter und Kind gesehen habe. Die Mutter nimmt die Drehbewegung richtig auf, sie hält das Kind jedoch völlig falsch. Es ist durchaus eine beschützende Geste, aber sie hat zugleich etwas Besitzergreifendes. Sie muss das Baby in die Höhe halten, seinen Weg in die Zukunft nachzeichnen. Nur so setzt sich das Thema fort, dass eine Generation auf der anderen aufbaut.«

»Darfst du den Entwurf denn noch ändern? Mrs Bronson hat ihn doch schon abgesegnet?«, gab Jocelyn zu bedenken.

»Ach was, zum Teufel mit Mrs Bronson. Es ist mein Werk, und ich habe von Anfang an Probleme damit gehabt. Ich konnte mich nie richtig damit identifizieren, weil ich wusste, dass irgendwas falsch war. In meinen Werken steckt immer ein Stück von mir selbst, und an dieser Skulptur hängt sogar mein Herz und meine ganze Seele. Jetzt weiß ich, was nicht stimmt, und muss es ändern.«

Jocelyn betrachtete Holly mit einem Lächeln. »Du hast schon lange nicht mehr dieses Funkeln in den Augen gehabt.«

Holly erwiderte das Lächeln. Jocelyn hatte recht. Seit Monaten schlug sie sich mit ihren Befürchtungen und Ängsten herum, und die Arbeit an der Skulptur war eine echte Herausforderung. Jetzt jedoch war endlich der Groschen gefallen. Holly konnte es gar nicht erwarten, das Gebilde aus Maschendraht einzureißen und noch mal von vorne anzufangen.

Jocelyn war im Begriff sich zu verabschieden, aber an der Tür zögerte sie einen Moment.

»Ist noch was?« Holly merkte, dass Jocelyn noch etwas auf dem Herzen hatte.

»Heute Nacht ist Vollmond«, sagte Jocelyn mit einem unsicheren Lächeln.

»Ich weiß. Aber keine Sorge, die Monduhr ist gut verpackt.«

»Du willst es nicht noch einmal versuchen?«

»Nein, jetzt jedenfalls nicht. Vielleicht später mal. Mir reicht, was die Zukunft im Augenblick für mich bereithält.«

»Tom und dich, euch beide hält sie bereit«, bestätigte Jocelyn. »Du hast dich richtig entschieden.«

Schließlich ging sie – im Glauben, dass Hollys Entschluss eisern genug war, um dem Sog der Monduhr zu trotzen. Die junge Frau würde ihre Hilfe nicht brauchen.

Wieder allein, stürzte Holly sich in die Arbeit, aber die Hoffnung, dass die wiedererwachte Kreativität für Ablenkung sorgen würde, erwies sich als falsch. Im ganzen Atelier lagen Skizzen von Libby verstreut, die sie verfolgten und nicht in Ruhe ließen. Noch bestand die Möglichkeit, dass alles wie in ihrer Vision eintreten würde. Ihr Entschluss, nicht schwanger zu werden, war noch nicht in die Tat umgesetzt. Der Termin für die nächste Verhütungsspritze war erst in ein paar Wochen. Dann erst wäre alles besiegelt, aber jetzt, als der Vollmond immer näher rückte, hatte Holly das Gefühl, den ursprünglichen Weg noch nicht verlassen zu haben.

Holly sah sich die Bilder ihrer Tochter an. Dann warf sie einen Blick auf die neuen Skizzen, die sie von der Mutter mit dem Kind angefertigt hatte. Holly wurde ganz aufgeregt, als ihr einfiel, was Jocelyn gesagt hatte: nämlich dass man im direkten Mondlicht besonders intensiv in der Zukunft präsent war. Vielleicht war heute Nacht die letzte Gelegenheit, Libby auf den Arm zu nehmen.

Holly bebte vor Spannung. Zum ersten Mal, seit die Monduhr in ihr Leben getreten war, freute sie sich auf den makellos gerundeten und, wie sie hoffte, wohlwollenden Mond.

Die kümmerliche Herbstsonne am wolkenlosen Himmel hatte tagsüber für milde Luft gesorgt, aber der Mond, der mittlerweile aufgegangen war, verbreitete keine Wärme, und der Hof, der ihn umgab, versprach den ersten Nachtfrost.

Die Bäume im Obstgarten raschelten traurig im Wind und warfen ihre Blätter ab, als würden sie das Ende des Sommers betrauern. Das weiße Laken flatterte wie ein Gespenst, als Holly es von der Monduhr zog.

Die Uhr leuchtete im Mondlicht, und die Messinghalterung streckte gierig ihre Krallen aus, um nach der Kugel zu greifen, die in Hollys zitternder Hand lag. Als sie die Kugel einrasten ließ und darauf wartete, dass die gleißende Strahlenflut sie mit sich riss, behielt sie den Obstgarten fest im Auge. Vor drei Monaten hatte sie zuletzt die Monduhr befragt und war in einer kalten Januarnacht gelandet. Wenn die Uhr sich wieder an den Abstand von achtzehn Monaten hielt, an dem sich ein Fenster in die Zukunft öffnete, dann müsste sich der herbstliche Anblick in eine Frühlingslandschaft verwandeln, und der Obstgarten wäre der erste Hinweis, dass die Zukunft sich nicht verändert hatte und dass es ihre sieben Monate alte Tochter immer noch gab. Wenn der Obstgarten anders aussah, musste sie sich auf das Schlimmste gefasst machen.

»Bitte, bitte, nimm sie mir nicht weg. Tu mir das nicht

an«, flüsterte Holly, als das Mondlicht die Uhr und die ganze Umgebung in einem Strudel gleißender Lichtblitze mit sich riss und Holly geblendet die Augen schloss.

Nachdem die Lichter endlich wieder verblasst waren, blinzelte Holly, voller Angst, was sie erwartete. Das wuchernde Gestrüpp hatte sich in einen gepflegten Garten verwandelt. Sie wagte kaum zu atmen, als sie ihren Blick auf den Obstgarten dahinter richtete. Hier und da waren die ersten Blüten der Apfelbäume als helle Punkte in der Dunkelheit zu erkennen, aber es reichte, um sie zuversichtlich zu stimmen.

Die Hintertür ließ sich spielend leicht öffnen, denn die wilde Entschlossenheit, ihre Tochter zu sehen, verlieh ihr die starke Präsenz, die ihr bisher gefehlt hatte. Im Haus brannte nirgendwo ein Licht, leise schlich sie auf der Suche nach Libby durch die Küche in den Flur. Erst als ihr bewusst wurde, dass es vollkommen still im Haus war, stutzte sie und überlegte. Entweder schliefen die Bewohner oder es war niemand da. Holly überfiel panische Angst. Sie traute sich nicht ins obere Stockwerk, bevor sie nicht sicher war, ob es Libby überhaupt noch gab. Sie atmete tief durch, raffte allen Mut zusammen und betrat das Wohnzimmer, wo sich genug Hinweise finden würden, ob ihre Einmischung in die Zukunft ihre Tochter schon das Leben gekostet hatte.

Im gespenstischen Dunkel konnte Holly ein paar vertraute Umrisse ausmachen, die Sofas, den Fernsehtisch, den Kamin, sogar die Porzellankatze im Bücherregal. Sie grinste sicherlich hämisch zu ihr hinüber, auch wenn es in der Dunkelheit nicht genau zu sehen war. Holly wunderte sich, warum die Katze überhaupt noch da war, obwohl sie doch an der Wand zerschellt war, aber sie wollte sich nicht von ihrer verzweifelten Suche nach Beweisen für Libbys Existenz ablenken lassen. In der Dunkelheit tastete sie sich vorwärts und stolperte über einen Gegenstand, der scheppernd über den Fußboden rollte. Sie hob ihn auf und lächelte, als sie eine Babyrassel in der Hand hielt. »Danke«, flüsterte sie.

Bevor Holly sich auf die Suche nach Libby machte, siegte ihre Neugier, und sie tastete sich zum Bücherbord, um die Porzellankatze in Augenschein zu nehmen, die dort selbstgefällig thronte. In der spärlichen Beleuchtung wirkte sie auf den ersten Blick tadellos in Ordnung, als Hollys Finger indes über die Figur glitten, spürte sie am Hals eine verräterische Furche. Irgendjemand hatte die Scherben hinter dem Sofa hervorgekramt und zusammengeklebt.

Holly nahm zwei Stufen auf einmal. Sie wusste jetzt zwar, dass es Libby noch gab, aber nicht, ob sie auch zu Hause war. Tom könnte mit ihr unterwegs sein, vielleicht übernachteten die beiden bei seinen Eltern. Im Torhaus gab es nur zwei Schlafzimmer; an der Tür zum Elternschlafzimmer lief sie vorbei, ohne ernsthaft in Versuchung zu sein, nach Tom zu sehen. Sie könnte ihn ohnehin nicht trösten, und sie wollte ihn auf gar keinen Fall noch einmal so todtraurig erleben. Es war ja auch unnötig, redete sie sich ein, weil sie dafür sorgen würde, dass Tom ihren Tod überhaupt nicht betrauern musste.

Die andere Tür stand einen Spaltbreit offen, durch den der schwache Schimmer eines Nachtlichts fiel. Holly wusste instinktiv, dass Libby im Zimmer war, und sie holte kurz Luft, bevor sie eintrat. Sie bebte vor Spannung und Vorfreude, das Herz schlug ihr bis zum Hals. Holly hatte die Monduhr für genau diesen Zweck benutzt, aber jetzt traute sie sich nicht einzutreten, hätte am liebsten kehrtgemacht und wäre weggelaufen. Sie würde ihrer Tochter in die Augen sehen und alles noch unendlich schwerer machen. Sie müsste Libby um Verzeihung dafür bitten, das sie Herr über Leben und Tod spielte.

Das Zimmer, das sie betrat, war keine Gerümpelkammer mehr. Es war ein reizendes Kinderzimmer, und Holly hatte das Gefühl in ein Zauberland einzutreten. Die Einrichtung entsprach genau ihrem Geschmack, zarte Pastelltöne mit einem modernen Touch. Die Wände waren in einem blassen Gelb gehalten, alles andere in satteren, kontrastierenden Farben, und an der Wand hing ein bildschöner Märchenteppich.

Ein verziertes weißes Kinderbett stand an der gegenüberliegenden Wand, ein buntes Mobile baumelte darüber. Libby schnarchte leise. Holly beugte sich über sie und sog ihren Babygeruch ein. Ihr Herzschlag beruhigte sich, ein Gefühl von Wärme durchflutete ihren Körper und löste die Anspannung. Holly konnte sich an dem Kind nicht sattsehen, nahm jedes Detail wahr, das sie sich seit ihrem letzten Besuch einzuprägen versucht hatte. Das kleine Gesicht hatte einen herzförmigen Schnitt und wohlgeformte Pausbäckchen, an die Holly sich erinnerte. Ihre leicht geöffneten roten Lippen bildeten einen hübschen Kontrast zu der zarten Haut, und weiche blonde Locken lagen wie ein Heiligenschein um ihren Kopf.

Als Holly unsicher eine Hand ausstreckte, um dem Baby

im Schlaf die Wange zu streicheln, schlug Libby die Augen auf. Holly erschrak. »Hallo, mein Schatz. Hab ich dich geweckt?«, flüsterte sie.

Ihr Entzücken schlug in blankes Entsetzen um, als Libbys Lippen zitterten, als wollte sie anfangen zu schreien. Holly hatte nicht bedacht, dass das Baby sich vor ihr fürchten könnte. Sie traute ihren spärlichen mütterlichen Instinkten nicht zu, ein schreiendes Baby zu beruhigen, nicht einmal Libby.

Glücklicherweise blieb es ihr erspart, ihr Geschick auf die Probe zu stellen. Libbys ängstliche Miene hellte sich auf, und ein Lächeln erschien auf ihrem Gesicht. Sie rollte sich auf den Bauch, um sich an den Gitterstäben hochzuziehen. »Wie groß du geworden bist«, staunte Holly verunsichert. Sie hatte keine Ahnung, was sie jetzt machen sollte.

Libby kniete mittlerweile an den Gitterstäben des Bettchens, dann griff sie hinter sich nach einer Stoffpuppe, die neben ihr gelegen hatte. Erwartungsvoll blickte sie zu Holly auf, um auf den Arm genommen zu werden. Sie gluckste und brabbelte voller Begeisterung.

Holly, die jetzt auch noch besorgt war, dass Tom aufwachen könnte, lief in ihrer Panik zum Fenster und zerrte verzweifelt an den Jalousien. Je mehr Mondlicht durch die Ritzen drang, umso weniger Kraft musste sie aufwenden. Der leuchtende Mond, umgeben von tausenden, glitzernden Sternen, war in seiner ganzen Pracht zu sehen. Libby plapperte ungeduldig im Hintergrund. »So weit, so gut«, flüsterte Holly. Erleichtert stellte sie fest, dass der Mond das Kinderzimmer nun hell erleuchtete, und hoffte inständig, stark genug zu sein, um das zu bewerkstelligen, was ihr bei ihren letzten Besuchen nicht gelungen war.

Sie drehte sich wieder zu Libby um und atmete tief durch. Die Anspannung steigerte sich fast ins Unerträgliche. Sie hatte sich so danach gesehnt, Libby im Arm zu halten, bis zur Besessenheit, und jetzt könnte der Traum in Erfüllung gehen, sie könnte Libby zum ersten und zum letzten Mal in ihren Armen spüren.

Als Holly sie aufnehmen wollte, streckte Libby die Arme aus und klatschte aufgeregt in die Hände. Holly spürte den weichen Schlafanzug und die Körperwärme, als sie ihrem Kind behutsam unter die Arme griff. Sie zögerte einen Moment. Auf was sollte sie sich gefasst machen? Die Freude, das Kind hochzuheben? Oder die Enttäuschung darüber, dass alles hoffnungslos war? Libby sah Holly erwartungsvoll in die Augen, und das zarte Band, das in dem Moment zwischen ihnen beiden geknüpft wurde, erschien ihr so fest, dass Holly glaubte, es könnte nie mehr reißen.

Und so leicht es Holly ums Herz wurde, so leicht ließ Libby sich heben, direkt in die Arme ihrer Mutter.

»Meine süße kleine Libby«, weinte Holly und drückte das Baby an ihre Brust. Sie küsste Libbys Kopf, ihre Wangen, ihre Nase, ihren Hals. Libby zappelte vor Vergnügen, griff nach Hollys Haaren und gluckste, als sie ihr mit der Stoffpuppe ins Gesicht wedelte.

»Was hast du denn da?«, fragte Holly und wollte ihr das weiche Spielzeug aus der Hand winden, doch Libby ließ nicht locker und protestierte heftig.

»Okay, das gehört dir«, entschuldigte sich Holly. Sie spürte, wie der Vollmond ihr über die Schulter sah, und lächelte. In diesem Augenblick war Holly der Monduhr tatsächlich dankbar für dieses Geschenk. Von ihr aus hätte es für immer so bleiben können.

Unwillkürlich hatte sie Libby hin- und hergewiegt. Schließlich gähnte die Kleine und lehnte ihren Kopf an Hollys Schulter. Allmählich schlief sie wieder ein, die Lider fingen an zu flattern, und die Finger spielten rhythmisch mit den Falten der Stoffpuppe. Merkwürdiges Spielzeug, dachte Holly. Ein weicher runder Kopf mit Schlapphut und ein quadratisches Stück Stoff, das am Hals befestigt war und den Körper der Puppe bildete. Früher mochte es einmal weiß gewesen sein, aber inzwischen sah es grau und unansehnlich aus.

Libby war längst eingeschlafen, doch Holly wiegte sie weiter. Es war die letzte Gelegenheit, ihr Kind im Arm zu halten. Obwohl Holly sich überlegt hatte, was sie Libby sagen musste, fehlten ihr jetzt, wo es so weit war, die richtigen Worte. Eigentlich gab es nur eins, was sie sagen wollte.

»Ich liebe dich, Libby.« Holly legte ihre Lippen auf die verschwitzte Stirn des Babys. Dabei hätte sie es am liebsten belassen und die Beichte verschwiegen, die ihr auf dem Herzen lag, aber sie musste sie aussprechen, wenigstens um sich selber zu strafen.

»Verzeih mir«, schluchzte sie leise. »Ich hatte nicht gewusst, wie sehr ich dich liebe, und ich wollte, es bliebe uns noch mehr Zeit. Ich würde dir so gerne eine richtige Mutter sein. Ich wollte, das Leben wäre nicht so ungerecht. Du weißt ja nicht, wie schwer mir die Entscheidung gefallen ist.« Holly biss sich auf die Lippen, um das Schluchzen zu unterdrücken, das ihr die Kehle zusammenschnürte. »Ich bin leider keine gute Mutter. Verzeih mir Libby, verzeih mir. Du hast eine bessere Mutter als mich verdient, ich kann nicht anders. Ich muss es tun. Für mich, für deinen Daddy.«

Holly taten die Arme weh, aber sie war fest entschlossen, Libby so lange wie möglich im Arm zu halten. Erst ein leises Seufzen im Zimmer nebenan riss sie aus ihren Gedanken. Der Klang von Toms Stimme stimmte sie noch trauriger. Nur widerwillig legte sie Libby ins Bettchen. Sie musste Tom unbedingt sehen, um sich in Erinnerung zu rufen, warum sie bereit war, Libbys Existenz auszulöschen. Ein letztes Mal streichelte sie ihr Gesicht. »Ich werde dich immer, immer liebhaben« versprach sie, als sie schließlich ihren Tränen freien Lauf ließ. Libby seufzte und schnarchte leise in seliger Ahnungslosigkeit.

In Toms Zimmer war es stockdunkel, Holly brauchte eine Weile, bis sich ihre Augen daran gewöhnt hatten. Noch bevor sie Tom erkennen konnte, hörte sie ihn. Er stöhnte und rief nach ihr, und das Bettzeug, in dem er sich hin- und herwarf, raschelte in der Dunkelheit wie trockenes Laub. Wütend warf er plötzlich die Decke von sich, setzte sich auf die Bettkante und vergrub den Kopf in beiden Händen.

»Holly«, flüsterte er, als er die Hand nach dem Schalter der Nachttischlampe ausstreckte.

Das matte Licht erleuchtete einen Raum, der ihr völlig fremd war und kaum Ähnlichkeit mit dem Schlafzimmer hatte, das sie vorhin verlassen hatte, um in den Garten zu gehen. Das Einzige, was nicht in der Unordnung untergegangen war, war ihr Frisiertisch, der, abgesehen von einer dicken Staubschicht, genauso aussah wie immer.

Aber ihr Interesse galt nicht dem Raum, sondern Tom. Er hatte seinen Notizblock vom Nachttisch genommen und schrieb in fliegender Hast etwas auf. Holly setzte sich leise neben ihn, und es lief ihr kalt über den Rücken, als sie entdeckte, dass er ihr einen Brief schrieb.

Meine liebste Holly,
ich kann nicht mehr. Du fehlst mir unendlich, und ich muss endlich wissen, warum es so gekommen ist. Ich muss wissen, warum du mich allein gelassen hast. Warum du nicht noch ein bisschen länger durchgehalten hast? Du konntest nicht mal Libby kurz im Arm halten. Wenn du sie nur einmal in den Arm genommen hättest, ein einziges Mal, wärst du bei uns geblieben. Du hättest uns nicht im Stich gelassen.

Tom hielt inne und klopfte erregt mit dem Stift auf das Papier. Der Stift zitterte förmlich unter seiner aufgestauten Wut. Holly war schockiert. Noch nie hatte sie einen solchen Zornanfall bei ihm erlebt, schon gar keinen, der gegen sie gerichtet war. Starr vor Angst ließ Holly ihn nicht aus den Augen, als er weiterschrieb.

Es ist meine Schuld. Ich war derjenige, der Kinder wollte, nicht du. Du wolltest nicht Mutter werden, aber ich habe dich dazu gedrängt. Ich habe dir nicht geglaubt, als du gesagt hast, du könntest das nicht. Ich habe dich dazu gezwungen, und es hat dich das Leben gekostet. Ich habe dich umgebracht.

Tom bebte am ganzen Körper. Holly konnte seine Verzweiflung nicht länger ertragen und stand auf, um zu gehen. Sie wusste, dass sie ihn nicht erreichen konnte, ihm nicht sagen konnte, dass sich alles zum Guten wenden würde. Sie konnte aber auch nicht mit ansehen, wie seine Wut und seine Enttäuschung ihn verzehrten, eine Wut, die er jetzt auch noch gegen sich selbst richtete. Sie trat einen Schritt zurück, vermochte jedoch nicht ihren Blick von dem Notizblock zu wenden, der Toms ganze abgrundtiefe Verzweiflung offenbarte.

Ich hatte mir alles so schön vorgestellt. Ich wollte der perfekte Familienvater sein, habe diesen Job angenommen, den ich nicht mag, damit wir alle zusammen sein können, und wollte dann weitersehen. Nun habe ich alles verloren. Ich sitze vor der Kamera, und mein Anzug kommt mir wie eine Zwangsjacke vor. Zu Recht, denn ich weiß nicht mehr, wer ich eigentlich bin. Bei der Arbeit trage ich diese verfluchte Maske, und wenn ich nach Hause komme, setze ich die nächste auf.

Warum kann ich die Zeit nicht einfach zurückdrehen und noch mal von vorne anfangen? Ich vermisse dich so, Holly! Es tut so verdammt weh. Ich kann so nicht weiterleben.

Als Tom aufhörte zu schreiben, sah er derart hilflos aus, dass Holly es nicht übers Herz brachte zu gehen. Tom brauchte sie, und ob er sie spüren konnte oder nicht, sie musste es wenigstens probieren. Sie trat wieder einen Schritt vor, um sich neben ihn zu knien und den Arm um ihn zu legen. Sie musste ihm unbedingt sagen, dass sich alles zum Guten wenden würde, ob er sie hörte oder nicht, ob er ihre Gegenwart spürte oder nicht.

In diesem Augenblick fing Libby an zu schreien. Als Holly ihren Kopf in die Richtung des Kinderzimmers drehte, hörte sie, wie Tom nach Libby rief, er käme gleich. Er stand auf, und da Holly wie angewurzelt stehen geblieben war, ging er direkt durch sie hindurch.

Holly war genauso verblüfft wie Tom. »Holly?«, fragte er und blieb überrascht stehen. Libbys Geschrei wurde nachdrücklicher. Tom erwachte aus seiner Trance und stolperte aus dem Zimmer.

Holly zitterte wie Espenlaub. In dem Augenblick, als Tom durch sie hindurchgegangen war, hatte sie seinen wilden Schmerz gespürt, seine Wut und seine Verzweiflung. Holly bekam Angst um Tom – und um Libby. Wie sollte ein Mensch mit diesem Schmerz weiterleben? Sie holte mehrmals tief Luft, um das Zittern unter Kontrolle zu bringen. Neben dem Herzklopfen, das in ihren Ohren dröhnte, neben dem Babygeschrei, das allmählich nachließ, hörte Holly noch ein anderes Geräusch. Das Ticken einer Uhr, die das nahe Ende ihrer Vision anzeigte.

Holly hastete Tom hinterher, er stand mit dem Rücken zu ihr am Fenster des Kinderzimmers. Er blickte hinaus und tröstete Libby, die sich an ihn schmiegte. Mochte er auch ein psychisches Wrack sein, dachte Holly, so war er doch immer noch ein guter Vater.

»Daddy ist ja da«, flüsterte er Libby zärtlich und leise ins Ohr. Er hatte sich in seiner Wut verausgabt, und jetzt war er vollkommen leer. Seine Stimme klang matt, fast leblos. »Das kann ich nicht machen«, murmelte er.

Holly konnte Toms eingefallene Züge erkennen, die sich im Fenster spiegelten. Er sah nach oben zum Himmel, aber dann fiel sein Blick auf eine Stelle direkt vor seinen Augen, eine Stelle auf der Fensterscheibe, wo sich Hollys Gesicht im Mondlicht spiegelte und von der nächtlichen Dunkelheit abhob. Ihre Blicke trafen sich, und Holly sah, wie sich Toms Augen vor Entsetzen weiteten.

Die Wirbel des Mondlichts rissen alles mit, Holly spürte noch, dass Tom sich nach ihr umwandte, dann war er verschwunden und Libby für immer verloren.

ELF

Es dauerte ein paar Tage, bis Holly sich von der Vision erholt hatte. Sie hatte nicht nur Tom in seinem grenzenlosen Elend gesehen, sie hatte seinen Schmerz tatsächlich empfunden, als er durch sie hindurchgegangen war. Wenn sie daran dachte, hatte sie immer noch das Gefühl, als sei es ihr eigener Schmerz. Sie hätte ohne Weiteres die ganze Woche im Bett verbringen können, aber sie musste in Bewegung bleiben, durfte nicht zu viel nachdenken, und glücklicherweise gab es genug zu tun.

Als Holly zur Arbeit in der Teestube erschien, war Jocelyn außer sich, als sie hörte, dass Holly die Monduhr benutzt hatte. Sie wollte die ganze Geschichte wissen, aber weil sie nicht allein waren, konnte Holly sich auf das Nötigste beschränken. Sie wollte noch nicht darüber sprechen, sie musste das Ganze erst einmal verdauen. Innerhalb einer einzigen Stunde hatte sie die beglückendste und die erschütterndste Erfahrung ihres Lebens gemacht. Wenn sie daran dachte, wie sie Libby im Arm gehalten hatte, schlug ihr Herz höher, aber dann erinnerte sie sich wieder an Tom.

Glücklicherweise ließ Jocelyn sie fürs Erste in Ruhe, aber als sie am Wochenende zum gewohnten Sonntagsfrühstück erschien, erwartete sie natürlich einen umfassenden und aufrichtigen Bericht und stellte sofort die Frage, auf die Holly schon gefasst war.

»Hast du es dir etwa anders überlegt?« Mit finsterer Miene, das Gesicht voller Sorgenfalten, rührte sie in ihrer Teetasse und blickte nachdenklich in die wirbelnde Tiefe, als wüsste die Tasse und nicht Holly die Antwort. Sie saßen in Hollys Küche, in der es köstlich nach frisch gebackenen Muffins roch, die Jocelyn mitgebracht hatte.

Holly massierte sich den Nacken, um die Morgenmüdigkeit zu vertreiben. Der Sonntag war der einzige Tag in der Woche, an dem sie sich gestattete auszuschlafen. Erst im letzten Moment hatte sie sich angezogen und den Tee für Jocelyn aufgesetzt. Aber sie war noch genauso müde, wie die ganze letzte Woche. Seit ihrem letzten Ausflug in die Zukunft hatte sie nicht mehr richtig geschlafen.

»Nein, ich habe es mir nicht anders überlegt«, beteuerte Holly.

»Ich meine nur, so wie du über Libby sprichst, machst du nicht den Eindruck, als wolltest du auf sie verzichten.«

Holly seufzte. »Ich glaube, wenn ich im Kinderzimmer geblieben wäre und nur sie gesehen hätte, würde es anders in mir aussehen. Du hast recht, eigentlich will ich nicht auf sie verzichten, aber wenn ich daran denke, was die Vision mir sonst noch gezeigt hat, dann weiß ich, was ich tun muss. Ich war nicht nur Zeuge von Toms rasendem Schmerz, ich habe tatsächlich selber gefühlt, wie er leidet. Ich kann ihm das nicht zumuten. Es bleibt mir nichts anderes übrig, ich muss auf Libby verzichten. Das weiß ich.«

»Hast du dir schon einen Termin beim Arzt geben lassen?«

»Ja, in ein paar Wochen«, sagte Holly. »Ich bin eigentlich davon ausgegangen, dass du das bereits für mich erledigt hättest.«

Jocelyn lächelte matt. »Ich kenne eben die Tücken der Monduhr. Es wird nicht so einfach sein, nicht schwanger zu werden.«

»Ich lasse mir die Spritze geben, versprochen. Danach ist das Thema Libby passé. Ich werde sie nicht mehr sehen, ich werde nicht erleben, wie sie aufwächst. Ach, Jocelyn, du hättest sie sehen sollen. Sie ist schon ordentlich gewachsen. Sie konnte sich selber aufsetzen und babbelte vor sich hin. Ich glaube, sie wird bald sprechen.« Holly verhaspelte sich beinahe, ihre Worte konnten mit ihren Gefühlen kaum Schritt halten. Aber dann erstarrte sie, als ihr bewusst wurde, was sie gesagt hatte. Jocelyn griff nach ihrer Hand und drückte sie.

»Danach …« Holly suchte wieder nach Worten. »Wenn es Libby nicht mehr gibt, war das dann alles? Ist Libby der einzige Preis, den ich zahlen muss? Glaubst du, dass ich noch andere Kinder haben kann?« Holly hatte diese Frage schon zu lange vor sich hergeschoben, sie musste endlich die Antwort wissen.

Jocelyn hielt immer noch ihre Hand fest. »Ich wollte, ich wüsste die Antwort, aber ich weiß sie nicht. Zumindest nicht sicher.«

»Nicht sicher? Hast du denn eine Vermutung.«

Jocelyn zögerte, sie suchte nach den richtigen Worten und wusste nicht, ob sie lieber gar nichts sagen sollte. »Wenn meine Theorie mit dem universellen Gleichgewicht stimmt, dann muss ich dich leider enttäuschen, es ist wahrscheinlich dein Schicksal, nur dieses eine Kind zu bekommen.«

»Dann werde ich also nie Mutter. Tom wird nie Vater, es sei denn mit einer anderen Frau«, stellte Holly nüchtern fest. »So viel zum Thema gerechte Weltordnung. Ist es denn zu viel verlangt, dass es für uns alle drei eine Zukunft gibt? Ich, Tom und Libby, eine ganz normale Familie?«

»Ich habe von Gleichgewicht geredet, nicht von Gerechtigkeit. Es ist nicht gerecht. Es ist alles andere als gerecht, aber bitte berufe dich nicht darauf, es ist nur eine Theorie. Zum richtigen Zeitpunkt musst du die Monduhr noch einmal befragen, ein letztes Mal noch. Nur um selber die Antwort herauszufinden.«

Holly schüttelte den Kopf. »Nein! Ich hasse es, mir mein Leben durch das bestimmen zu lassen, was die Monduhr mir zeigt. Wenn ich nur daran denke, welche Überraschungen sie noch auf Lager haben könnte, wird mir schlecht vor Angst.«

Hollys Hand war schon fast taub, weil Jocelyn sie immer noch umklammerte. »Bitte geh kein Risiko ein«, bat Jocelyn nachdrücklich.

Holly merkte, dass sie weinte, und sie konnte nichts dagegen machen. Eine Träne nach der anderen, alle nahmen den gleichen Weg, so oft sie auch darüberwischte.

Das Leben ging weiter, so normal, wie es für Holly im Augenblick möglich war. Sie arbeitete weiter in der Teestube, doch die meiste Zeit verbrachte sie im Atelier, um mit Mrs Bronsons Skulptur voranzukommen. Sie konnte jetzt auf eigene Erfahrungen als Mutter zurückgreifen, und es war ihre hübsche kleine Libby, die ihr bei der Arbeit vor Augen stand. Wenn sie ihrem Kind schon nicht das Leben schenken durfte, wollte sie es wenigstens in ihrer Skulptur unsterblich machen.

Holly hatte sich angewöhnt, bei der Arbeit dieselbe Fleecejacke anzuziehen, die sie getragen hatte, als sie Libby auf dem Arm gehalten hatte, weil sie eine Verbindung zu ihrer Tochter herstellte. Sie bildete sich ein, dass die Jacke an der Stelle, wo Libby an ihrer Schulter eingeschlafen war, immer noch ein kleines bisschen nach Baby roch.

Erst nach vielen schlaflosen Nächten konnte sie mit dem Versprechen Frieden schließen, das sie Jocelyn und sich selbst gegeben hatte. Sie musste sich immer wieder vor Augen halten, dass sie das Leben ihrer Tochter nicht nur für ihr eigenes, sondern auch für Toms Leben opferte. Die Bindung, die zwischen Libby und ihr entstanden war, ging ihr nicht aus dem Kopf, und sie schien umso intensiver zu werden, je weiter die Arbeit an der Figur des Kindes voranschritt. Und mit der Bindung wuchs auch das Schuldgefühl. In ihren schlimmsten Stunden, wenn sie nachts wach lag, und sich einsam und verlassen fühlte, brachen alle Dämme, und sie machte sich heftige Vorwürfe, dass sie das Leben ihrer Tochter zerstörte, um ihr eigenes zu retten. Sie fragte sich dann, wie sie dieses allerliebste Baby im Arm halten konnte mit dem Wissen, eine Mörderin zu sein. Erst die Morgensonne, die durch das Schlafzimmerfenster blinzelte und die nächtlichen Schatten verscheuchte, konnte dieser Selbstzerfleischung ein Ende machen. Und dann stand Holly wieder Toms hohler Blick vor Augen, mit dem er ihr Spiegelbild im Fenster angestarrt hatte, und ihr Entschluss stand fest. Sie würde sich in das Unausweichliche fügen, aber Libby würde immer ein Teil von ihr bleiben, komme, was wolle.

»Vermisst du mich manchmal?«, fragte Tom. »Ich vermisse dich nämlich.«

»Ja, natürlich vermisse ich dich, obwohl ich glaube, dass Billy dich vielleicht noch mehr vermisst«, neckte Holly ihn.

»Hat er schon mit dem Garten angefangen?«

»Nein, wo denkst du hin. Bei dir ist es vielleicht warm und milde, aber hier ist es eiskalt, und der Boden ist gefroren. Billy meint, er kann erst im Frühjahr anfangen. Aber dann bist du ja wieder zu Hause und kannst ihm helfen.«

»Hm, apropos nach Hause kommen …«, sagte Tom. Holly missfiel sein Ton. Sie wusste, dass er ihr etwas Unangenehmes mitzuteilen hatte.

»Bist du im Frühjahr etwa nicht da?«

Tom lachte. »Um Gottes willen, nein. So schlimm ist es nicht. Es könnte nur sein, dass sich der Auftrag hier noch ein bisschen länger hinzieht.«

»Wie lange?«, wollte Holly wissen. Tom sollte Anfang Dezember zurückkommen, und sie hatte schon angefangen, die Tage zu zählen.

»Zwei, drei Wochen. Weihnachten bin ich auf jeden Fall wieder zu Hause. Du musst dann nur mit einem Geschenk aus dem Duty-free-Shop vorliebnehmen, fürchte ich.«

Holly wollte schon böse werden, aber dann fiel ihr wieder ein, dass Tom in ihrer Vision gesagt hatte, wie sehr er die Arbeit als Nachrichtenmoderator verabscheute, die er nach Neujahr antreten würde. Sie wollte ihn nicht drängen, die Arbeit, die ihm offensichtlich Freude machte, vorzeitig zu beenden.

»Dann muss es aber eine große Flasche sein«, sagte Holly. »Ich meine Parfüm, keinen Alkohol.«

»Du bist ein Schatz, weißt du das?«

Holly runzelte die Stirn, sie wusste, dass sie dieses Lob nicht verdiente. »Aus welchem Grund verlängert ihr? Ist was passiert?«

»Ein paar von den Jungs sind freie Mitarbeiter, sie haben wegen eines Sonderauftrags ihre Zelte hier abgebrochen. Weiter im Süden hat es ein Grubenunglück gegeben, sie übernehmen dort die Berichterstattung über die Rettungsmaßnahmen. Und wir sind die Dummen, an denen jetzt die ganze Arbeit hängen bleibt, deshalb wird es ein bisschen länger dauern als gedacht.«

»Wärst du nicht lieber mitgegangen?« Holly hatte sich vorgenommen, ausführlich mit Tom über seinen Job zu sprechen, wenn er wieder zurück war, und es konnte nicht schaden, schon mal den Boden dafür zu bereiten. Die Monduhr würde sie jedenfalls nicht hindern, Tom bei wichtigen beruflichen Entscheidungen eine Hilfe zu sein.

»Ich bin an meinen Vertrag gebunden, auch wenn er nur befristet ist. Ich kann mir jetzt keinen Ärger mit dem Sender leisten«, gestand Tom kleinlaut. Er hatte offenbar keine Ahnung, worauf Holly hinauswollte.

»Nach allem, was du im letzten halben Jahr geleistet hast, kann ich mir nicht vorstellen, dass sie dich für den Rest deines Lebens ins Studio verbannen wollen.«

Tom lachte nervös. »Das hört sich ja an, als müsste ich ins Gefängnis.«

»Genauso empfindest du es doch, oder? Ich weiß, dass du dich dazu verpflichtet fühlst, weil es die beste Lösung für uns ist, aber ich merke doch, wie sehr dir deine Arbeit da drüben gefällt, auch wenn sie anstrengend ist und dich psychisch fertigmacht. Und ich weiß, dass du es nicht zugeben würdest, deshalb sage ich es jetzt. Du bist nicht zum Moderator geschaffen, du wirst unglücklich damit sein.«

»Nun mal langsam, Holly. Woher weißt du das alles?«, unterbrach sie Tom. Er wirkte betroffen, aber er hatte immerhin nicht widersprochen, wie Holly befriedigt feststellte.

»Ich weiß, wir sind davon abgekommen, dass du als freier Journalist arbeitest. Du hast den Job als Moderator aus Vernunftgründen angenommen. Jetzt jedoch sieht die Sache anders aus. Dank Sams Galerie habe ich genug Aufträge, wir kommen auch so zurecht – das ist ein sicheres Standbein. Klar, Auslandsreisen sind für uns beide kein Vergnügen, aber wie wäre es, wenn du die Hälfte des Jahres für Aufträge unterwegs bist und die andere Hälfte schreibst und recherchierst? Hört sich das nicht verlockender an, als dich jeden Tag in einen Anzug zu zwängen und in die Kamera zu lächeln?«

Als Holly schließlich Luft holte, schwieg Tom am anderen Ende der Leitung. »Entschuldige«, sagte sie. »Ich habe mir nur Gedanken gemacht und wollte erst mit dir darüber reden, wenn du wieder hier bist. Aber was soll's, ich kann eben nicht die Klappe halten.«

»Oder aufhören, Pläne zu schmieden«, sagte Tom leise.

»Mische ich mich zu sehr ein? Entschuldige bitte.«

»Nein, du brauchst dich nicht zu entschuldigen, wirklich nicht. Ich liebe dich, weil du mich so durch und durch kennst.«

»Mehr als du denkst«, flüsterte sie.

»Du hast ja recht. Der neue Job kommt mir vor wie die Quadratur des Kreises, aber was soll aus unseren anderen Plänen werden? Aus unserer Familie?«

Auf diese Frage hatte Holly schon gewartet. »Ich möchte, dass du glücklich bist, Tom. Wenn das Schicksal Kinder für uns vorgesehen hat, werden wir sie auch bekommen.« Holly war richtig stolz auf ihre Antwort. Sie kam der Wahrheit so nahe wie möglich.

»Das ist nun wirklich kein Problem«, warf Holly ein.

»Kein Problem? Kein Problem?«, zischte Jocelyn leise, aber laut genug, dass ein Stammgast der Teestube neugierig von seiner dampfenden Suppe aufsah.

»Die Sprechstundenhilfe meinte, die neue Lieferung müsste jederzeit eintreffen. Sie ruft mich nächste Woche an, wenn wieder was da ist.« Holly versuchte, möglichst beiläufig zu klingen, aber selbst sie hatte es mit der Angst zu tun bekommen, als es hieß, die Verhütungsspritze stünde gerade nicht zur Verfügung. Jocelyns Befürchtungen hatten sich als richtig erwiesen. Holly war immer noch ein früher Tod beschieden, der Kampf mit der Monduhr war noch nicht vorbei.

»Wie kannst du das auf die leichte Schulter nehmen! Kannst du nicht woanders hingehen?«, hakte Jocelyn nach.

»Zur Not kann ich ins Ärztezentrum nach London gehen, wo ich früher immer war. Wenn's sein muss auch als Privatpatientin. Und wenn alle Stricke reißen, verzichte ich einfach auf Sex mit Tom«, sagte Holly munter.

Jemand hüstelte, Holly und Jocelyn drehten sich um. Es war der alte Herr mit der Suppe. Holly errötete. Der Gast ebenfalls. »Verzeihen Sie die Störung«, sagte er. »Könnte ich noch ein Brötchen haben?«

»Hier«, fertigte Jocelyn ihn barsch ab und knallte ein Brötchen auf den Tresen. Lästige Kunden konnte sie im Augenblick nicht gebrauchen.

Der alte Herr kehrte zufrieden an seinen Platz zurück, und Jocelyn konnte sich wieder Holly widmen. »Ich habe dich gewarnt, es ist nicht so einfach. Holly, du musst wirklich höllisch aufpassen.«

»Ich weiß, Jocelyn. Das werde ich. Mich gegen Libby zu entscheiden und mit der Schuld zu leben, ist schlimm genug. Aber wenn ich aus Versehen doch schwanger würde, wäre ich völlig aufgeschmissen. Eine Abtreibung käme nicht in Frage, nachdem ich sie im Arm gehalten habe. Wie sollte es dann weitergehen? Ich weiß, wie ernst die Lage ist«, beteuerte Holly.

Jocelyn nickte.

»Dass Ganze hat aber doch einen Haken«, gestand Holly und biss sich nervös auf die Lippen.

Jocelyn sah sie verständnislos an, dann fiel bei ihr der Groschen und ihr blieb vor Schreck der Mund offen stehen. »Morgen ist Vollmond, und du könntest Libby noch mal sehen.«

Holly, die sich immer fester auf die Lippen biss, um

nicht in Tränen auszubrechen, nickte. »Was soll ich bloß tun?« Sie nahm damit die Frage vorweg, die Jocelyn auf den Lippen lag. »Ich glaube, du musst mir helfen und verhindern, dass ich Libby wiedersehe. Wenn ich sie noch einmal sehe, schwöre ich dir, dass ich die Sache nicht durchziehen kann.«

»Dann bleiben also zwei Möglichkeiten. Entweder du gibst mir die Glaskugel oder ich übernachte bei dir. Oder beides.«

Holly wurde plötzlich bewusst, dass sie den Kasten um keinen Preis aus der Hand geben wollte. Sie war selber verblüfft, wie sehr sie ihn als ihr Eigentum betrachtete. »Genau genommen waren das drei Möglichkeiten«, wandte sie ein.

Jocelyn zog als Antwort nur eine Augenbraue hoch.

»Außerdem habe ich kein Gästebett.«

»Dein Bett reicht für zwei«, sagte Jocelyn ungerührt. So leicht gab sie sich nicht geschlagen.

In ihrem Rücken hüstelte der alte Herr erneut. Und Holly errötete wieder.

»Was wollen Sie denn jetzt?«, fuhr Jocelyn ihn an.

»Ich möchte bezahlen«, war die kleinlaute Antwort. Er händigte Jocelyn das abgezählte Geld aus.

Jocelyn warf einen Blick auf die Münzen. »Wie? Kein Trinkgeld?«

Jocelyns war in einer Stimmung, in der man besser nicht mit ihr diskutierte. Sie bekam ihr Trinkgeld, und sie bekam ihre Einladung, in der Vollmondnacht bei Holly zu übernachten.

Es war Ende November, die Vollmondnacht war bitterkalt, der Himmel sternenklar. Keine einzige Wolke bot Schutz vor dem bösen Blick des Mondes, und Holly spürte, wie seine Argusaugen auf ihr ruhten, obwohl sie die Vorhänge im ganzen Haus sorgfältig zugezogen, die Jalousien heruntergelassen und in allen Zimmern die Lampen angemacht hatte, um das Mondlicht auszuschließen. Trotzdem hatte Holly das Gefühl, dass der Mond sie verfolgte, sein Licht schien durch jede Ritze ihrer Festung zu fallen, in der sie sich verschanzt hatte.

Jocelyn erschien für ihre Nachtwache mit unzähligen Tüten und Taschen, in denen sie die Grundausrüstung für einen Abend unter Frauen verstaut hatte. Sie machten es sich gemütlich, knabberten Popcorn und Schokolade und sahen sich eine DVD an. Jocelyn hatte eine Komödie mitgebracht, denn Lachen sei immer noch die beste Medizin, erklärte sie Holly.

Mitternacht war schon vorbei, als sie beschlossen, ins Bett zu gehen, und sich auf den Weg ins Schlafzimmer machten. Holly war es ein bisschen peinlich, dass Jocelyn bei ihr übernachtete und neben ihr lag. Sie hatte den größten Teil ihres Lebens allein geschlafen, und seit Tom weg war, hatte sie sich schnell wieder daran gewöhnt. Jocelyn kam ihr ein bisschen wie ihre Gefängniswärterin vor, obwohl sie selber darum gebeten hatte, unter Hausarrest gestellt zu werden.

»Macht es dir was aus, wenn ich das Licht anlasse?« Holly wurde das Gefühl nicht los, dass der Mond seine Fänge nach ihr ausstreckte und durch das Fenster und die Falten der Vorhänge kroch.

»Nein, durchaus nicht. Wirst du schlafen können?«

Holly zuckte mit den Schultern. »Ich versuch's. Aber ich kann schon spüren, wie die Monduhr mich magisch anzieht«, gestand sie. »Es kribbelt richtig in meinen Beinen, ich entschuldige mich schon mal, wenn ich dich im Schlaf treten sollte.«

»Ich sagte doch schon, ich habe ein dickes Fell. Deine dünnen Beinchen merkt man doch gar nicht.« Jocelyn beugte sich vor und stopfte die Decke um Hollys Schultern. »Der Morgen kommt schneller, als du denkst.«

»Hoffen wir's. Ich will nur, dass das Ganze endlich vorbei ist, aber ich fürchte, dass es nie ein Ende haben wird«, seufzte Holly. Die beiden Frauen lagen nebeneinander und starrten an die Decke. »Ich weiß nicht, wie ich mit der Schuld weiterleben soll.«

»Du tust es einfach.« Jocelyn drehte sich auf die Seite und sah Holly an. »Aber vergleich dich nicht mit mir. Was ich getan habe, war etwas anderes. Ja, ich habe ein schlechtes Gewissen, und das ist richtig so. Ich hätte Harry niemals eine Pistole an die Schläfe gesetzt und abgedrückt, aber ich habe sie geladen. Ich wollte ihn zugrunde richten.«

»Aber du hast doch nur den Spieß umgedreht. Hätte Harry an deiner Stelle etwa Gewissensbisse gehabt?«

»Er war, wie er war, aber er hätte es niemals bewusst auf mein Leben abgesehen. Ich dagegen wusste, was ich tat und worauf es hinauslaufen würde. Aber bei dir sieht das anders aus. Du quälst dich unnötig, wenn du glaubst, dass du Libby umbringst. Du nimmst ihr nur die Möglichkeit zu leben. Das ist ein Unterschied.« Jocelyn ließ nicht locker.

»Es fühlt sich aber gleich an. Ich habe Libby gesehen, ich habe sie im Arm gehalten. Es macht gefühlsmäßig keinen Unterschied.«

Die beiden Frauen schwiegen eine Weile, Holly dachte schon, Jocelyn wäre eingeschlafen, aber die alte Dame hatte offenbar nicht die Absicht, Holly ihren Grübeleien zu überlassen.

»Paul hat mich über Weihnachten eingeladen«, fing sie an. »Ich reise kurz vor Weihnachten hier ab und bleibe ungefähr eine Woche. Ein kleiner Anfang, aber ich glaube, wir haben die Kurve gekriegt.«

»Du wohnst bei ihm? Das ist doch ein riesiger Fortschritt.«

Jocelyn lächelte wehmütig. »Ich wohne in einem Hotel in der Nähe. Wie gesagt, ein kleiner Anfang.«

Holly war empört, biss sich jedoch auf die Zunge. Sie wusste kaum etwas von Paul, und in gewisser Weise war auch er ein Opfer der Monduhr. Wusste Paul überhaupt, was ihm all die Jahre entgangen war, als er Jocelyn aus seinem Leben ausgeschlossen hatte?

»Sag mal, wer ist eigentlich diese Mrs Bronson«, nahm Jocelyn das Gespräch wieder auf, als das Schweigen beklemmend wurde. »Bist du schon so weit, dass du die Skulptur übergeben kannst?«

»Ich bin so gut wie fertig. Da ich keinen eigenen Brennofen habe, musste ich den oberen Teil zum Brennen geben. Er müsste in den nächsten Tagen wieder da sein. Dann muss ich nur noch die beiden Hälften zusammensetzen und letzte Hand anlegen, und damit ist die Sache dann erledigt.«

»Ich bin schon sehr gespannt. Es wird sicher wunderschön.«

»Ich bin selber sehr zufrieden, wenn ich das mal sagen darf. In diesem Werk steckt ein Teil von mir, den ich überhaupt nicht kannte.«

»Hoffentlich ist Mrs Bronson auch so angetan, es sieht ja nun etwas anders aus, als sie gedacht hat.«

Holly zuckte unter der Decke mit den Schultern. »Ist mir vollkommen egal. Mir gefällt's, und ich bin stolz darauf.«

»Du möchtest die Skulptur am liebsten selber behalten, wie?«

Holly fühlte sich ertappt. Woher kannte diese Frau sie so gut? »Ja, vor allem Mrs Bronson gönne ich sie nicht. Bei dir wäre das was anderes.«

Jocelyn versteckte ihre Verlegenheit hinter einem Lachen. »In meine kleine Wohnung würde ja nicht mal das Modell passen, von der fertigen Version ganz zu schweigen.«

»Du weißt doch, wie ich das meine«, sagte Holly leise.

Jocelyn errötete. »Ja, natürlich. Und jetzt wird geschlafen, es ist schon spät.«

»Ja, Jocelyn«, sagte Holly wie ein artiges Kind.

Holly brachte es tatsächlich fertig einzuschlafen, aber die Monduhr ließ nicht locker und spukte bis in ihre Träume. Holly träumte so lebhaft wie noch nie. Im Traum lief sie über ein Feld, um sie herum eine bunte, schillernde Welt. Der azurblaue Himmel und die hellgrüne Wiese unter ihren Füßen leuchteten so grell, dass ihr die Augen wehtaten.

Leicht und beschwingt lief sie auf ein kleines Mädchen mit wunderbar grünen Augen und einem Kranz blonder Locken zu. Es war Libby, aber als vier- oder fünfjähriges Mädchen. Sie riss sie an sich und wirbelte sie im Kreis herum. Sie konnte Libbys Juchzen hören, während die Sonne vom klaren Himmel strahlte. Doch plötzlich verblasste die leuchtende runde Scheibe, wurde kälter, und der blaue Himmel wurde nachtschwarz. In Sekundenschnelle verwandelte sich die Sonne in den Mond, der auf Holly herabblickte, als sich Libbys Erdenschwere vor ihren entsetzten Augen in Luft auflöste. Holly verlor das Gleichgewicht, und ihre Hände griffen ins Leere, so dass sie der Länge nach hinschlug. Keuchend wachte sie auf, der Schreck saß ihr noch in allen Gliedern.

Es war kurz nach sechs Uhr morgens, als Holly leise aus dem Bett schlüpfte, um Jocelyn nicht zu wecken, die leise neben ihr schnarchte. Sonnenaufgang war erst in einer Stunde, das wusste sie. Überwältigt von der Sehnsucht nach Libby, besessen von dem einen Gedanken, schlich sie im Schlafanzug die Treppe hinunter. Sie schnappte den Holzkasten, stolperte durch die rabenschwarze Nacht zur Monduhr, ohne auf das Gestrüpp zu achten, das ihre nackten Füße zerkratzte.

Die Kugel klapperte im Kasten, als Holly sie mit zitternden Händen herausholte und in die Halterung fallen ließ. Sie konnte in der Dunkelheit kaum sehen, wie die Kugel einrastete. Voller Ungeduld wartete sie auf ein erstes Lebenszeichen. Ihr Atem klang rau in der kalten Luft, und sie hatte das Gefühl, von der Finsternis verschluckt zu werden.

Als die Dunkelheit sich nicht lichtete, warf sie einen verzagten Blick zum Nachthimmel hinauf und begriff schließlich, warum es viel zu finster war. Der Vollmond hatte nicht auf sie gewartet, er war bereits untergegangen und Libby mit ihm.

Holly war vor Schmerz wie von Sinnen und hämmerte mit den Fäusten auf die gnadenlose Monduhr. Sie schluchzte hemmungslos und nahm kaum das Licht wahr, das in der Küche anging, auch nicht die Decke, die sich zusammen mit zwei kräftigen Armen um ihre Schultern legte.

»Schon gut, schon gut«, beschwichtigte Jocelyn. »Komm ins Haus. Es wird alles gut.«

»Aus und vorbei«, schluchzte Holly. »Die Monduhr hat gewonnen.«

»Ich wollte, es wäre so, aber es ist noch nicht vorbei, Holly. Der größte Kampf steht dir noch bevor. Komm jetzt.«

Als Jocelyn sie ins Haus brachte, überlegte sie, was Jocelyn gemeint hatte. Zum ersten Mal dämmerte ihr, dass es nicht um einen Kampf mit der Monduhr ging, sondern um einen Kampf mit sich selber. Es gab noch mehr Entscheidungen, die sie treffen musste.

Zwei Wochen vor Weihnachten lud Holly Mrs Bronson für eine offizielle Abnahme der Skulptur ins Torhaus ein, bevor sie den heiklen Transport und die Aufstellung in Mrs Bronsons Landhaus organisierte. Sie machte sich auf ein eher unangenehmes Treffen gefasst und hatte vorsichtshalber Sam Peterson dazugebeten. Sie hatte das dumpfe Gefühl, dass sie Beistand gebrauchen könnte.

Holly hatte allen Grund, sich Sorgen zu machen, nicht zuletzt, weil sie keine Lust hatte, sich mit den fadenscheinigen Ausreden einer Mutter auseinanderzusetzen. Sie hatte andere Dinge im Kopf. Seit der Vollmondnacht quälte sie der Traum von Libby, und sie bereute es zutiefst, dass sie die letzte Gelegenheit, ihre Tochter zu sehen, verpasst hatte.

Hollys Entschluss, ihr eigenes Leben zu retten, war seitdem ernsthaft ins Wanken geraten. Der Gedanke an den letzten Schritt, mit dem sie Libby endgültig aus der Zukunft tilgen sollte, machte sie krank. So krank, dass sie keinen neuen Termin für die Verhütungsspritze vereinbart hatte. Sie klammerte sich an die Vorstellung, dass Libby noch irgendwo in der Zukunft vorhanden war, wenigstens noch eine Weile. Das Risiko, das sie damit einging, war enorm, doch sie konnte nicht anders. Sie wollte dieses Band noch nicht kappen, besonders jetzt, wo sie sich von der einzigen realen Verbindung, der Skulptur, die nach Libbys Vorbild geschaffen war, trennen musste. Die Zeit drängte, am Ende des Monats würde Libby nicht mehr da sein, und die Skulptur auch nicht. Ihr einziger Trost war Toms baldige Rückkehr und natürlich die heimliche Hoffnung, dass Mrs Bronson die Skulptur nicht haben wollte.

»*Was* hat sie gesagt?« Tom traute seinen Ohren nicht. Holly konnte ihn förmlich sehen, wie er mit offenem Mund das Telefon anstarrte.

»Mrs Bronson hat gesagt, dass sie gerichtlich gegen mich vorgehen will und den Vorschuss auf Heller und Pfennig einklagen wird«, wiederholte Holly finster. Sie saß am Küchentisch, vor sich ein großes Glas Rotwein, das schon zum zweiten Mal gefüllt war. Es war erst Nachmittag, aber die kraftlose Dezembersonne war schon von der hereinbrechenden Winternacht in die Flucht geschlagen worden.

»Geht das überhaupt? Was steht denn im Vertrag?«

»Oh ja, sie kann mich verklagen«, versicherte Holly. »Sam hat sie zum Bahnhof gebracht, und ich kann nur hoffen, dass er sein ganzes Verhandlungsgeschick einsetzt und mir aus der Patsche hilft.«

»Was genau kann dir denn passieren?«

»Im schlimmsten Fall muss ich den ganzen Vorschuss zurückzahlen und eine Entschädigung dazu. Keine Ahnung, wie viel.«

»Und wenn dieser Fall nicht eintritt, was wäre dann möglich?« Tom atmete vorsichtig auf.

»Sie könnte vermutlich verlangen, dass ich die Skulptur noch einmal mache, so wie sie ursprünglich aussehen sollte.« Holly klang wie ein ungezogenes Schulkind. An diese Möglichkeit wollte sie lieber gar nicht denken. Einen Auftrag, hinter dem sie nicht stand, würde sie strikt ablehnen. Und ganz sicher würde sie ein fertiges Stück nicht verändern, vor allem, wenn es Libby ähnlich sah.

Tom lachte. »Eigentlich hätte sie doch begeistert sein müssen. Zugegeben, es entsprach nicht dem, was sie in Auftrag gegeben hatte. Aber du hast das Ganze doch nur verbessert. Was hat sie denn daran gestört?«

Holly hatte Tom ein Foto von der fertigen Skulptur geschickt, und auch wenn sein Urteil nicht ganz objektiv war, hätte kein normaler Mensch letztlich etwas daran auszusetzen gehabt. »Ich glaube, es hat ihr nicht gefallen, dass das Kind im Mittelpunkt steht und nicht die Mutter. Außerdem war ihr der Körper der Mutter zu männlich.«

Tom lachte noch lauter, trotz der schlechten Nachricht. »Meine Muskelpakete haben sie also nicht beeindruckt?«

»Deine Muskelpakete? Du müsstest eigentlich sehen, das es Billys sind.« Holly versuchte, der Sache eine lustige Seite abzugewinnen, aber sie wäre ein schwerer Schlag für ihre Finanzen. »Was soll ich denn jetzt machen, Tom?«

»Ich verspreche dir, dass ich Tag und Nacht arbeiten werde, um diese Hexe auszuzahlen. Ich möchte nicht, dass du bei deiner Kunst Kompromisse machst, auch nicht Mrs Bronson zuliebe.«

»Sam müsste ein Wunder vollbringen, wenn er mich da heil rausbringt. Aber lass nur, es ist, wie es ist.«

»Na, dann nimmst du meine Neuigkeit ja vielleicht genauso gelassen.«

»Was soll das heißen?« Bei Holly schrillten sämtliche Alarmglocken, obwohl ihre Konzentration schon merklich nachgelassen hatte und der Wein ihr offenbar direkt aus der Flasche in den Kopf gestiegen war.

»Du meintest doch, ich soll mir mal Gedanken über meinen weiteren Berufsweg machen und mich auch nach anderen Möglichkeiten umsehen. Weißt du, man sollte sich gut überlegen, ob man einen sicheren Job so einfach ausschlagen soll, besonders jetzt, wo die Lage ziemlich unsicher ist und der Wettbewerb schärfer geworden ist, aber …«

»Aber?«, fragte Holly. Es war offensichtlich, dass die Zweifel an seiner Karriere, die Holly gesät hatte, nicht nur Wurzeln geschlagen, sondern frische Triebe und ein Eigenleben entwickelt hatten.

»Ich habe den Sender ein bisschen unter Druck gesetzt. Ich werde dort nicht vor Mitte Januar anfangen, diese Sonderberichte kommen richtig gut an, es wäre Blödsinn, sie sausen zu lassen.«

»Wann und wo?« Holly war klar, dass er von seinem nächsten Einsatz sprach.

Sie hörte wortlos zu, als Tom erklärte, dass es bei seinem neuen Auftrag um eine Reportage über die Auswirkungen der Erdrutsche gehe, die in China verheerende Schäden angerichtet hatten. Die chinesische Regierung erlaubte dem Sender nur für kurze Zeit und nur zu einem ganz bestimmten Zeitpunkt den Aufenthalt im Land, und zwar ausgerechnet die drei Wochen über Weihnachten. Tom musste direkt von einem Einsatzort zum nächsten, mit einem kurzen Zwischenstopp in Singapur.

»Weihnachten können wir also vergessen.« Holly war sauer.

»Nicht ganz. Du könntest nach Singapur fliegen, dann können wir Weihnachten trotzdem zusammen feiern. Mein Flug nach China geht erst am ersten Feiertag. Ich weiß, das ist bescheuert. Aber es ist wirklich eine Riesenchance und bringt eine Menge Geld, die dein kleines Problem aus der Welt schaffen könnte.«

»Vermutlich«, sagte Holly, die sich nicht sicher war, wie die veränderte Situation nicht nur Weihnachten, sondern ihr ganzes weiteres Leben und den Handel, den sie noch mit der Monduhr abzuschließen hatte, beeinflussen würde.

»Es könnte sogar ganz nett sein, mal woanders Weihnachten zu feiern. Ich könnte gleich morgen früh einen Flug für dich am 21. Dezember buchen«, meinte Tom.

Holly stellte das Weinglas hin und bereute, keinen klaren Kopf behalten zu haben. Der 21. Dezember war für Holly ein magisches Datum, weil es das Datum für den nächsten Vollmond war. Der Vollmond hatte die Tür zu einer Welt geöffnet, in der ihre Tochter gefangen war, und Holly hatte das Gefühl, wenn der Mond das nächste Mal aus dem Schatten trat, würde diese Tür zu Libby zufallen, und sie würde ihre Tochter nie wiedersehen.

Das Datum sollte offenbar noch in anderer Hinsicht magisch werden. Holly hatte angenommen, dass der Termin beim Arzt die Weiche in die Zukunft verstellen würde. Ohne es zu wissen, hatte Tom diese Planung umgeschmissen und sie vor eine neue Wahl gestellt. Entweder flog sie zu ihm nach Singapur und riskierte schwanger zu werden, oder sie blieb zu Hause und sicherte sich damit auf Kosten ihrer Tochter das Recht weiterzuleben.

»Holly?«, fragte Tom, als sich das Schweigen ausdehnte.

»Entschuldige, ich habe gerade überlegt. Es ist gar nicht so einfach, hier wegzukommen.«

»Was? Wieso denn?«, stammelte Tom, halb verblüfft und halb enttäuscht.

»Ich habe auch meine Verpflichtungen. Jocelyn ist über Weihnachten nicht da, und ich muss in der Teestube arbeiten.« Holly ärgerte sich über ihre eigenen Worte. Sie wollte noch keine Entscheidung treffen. Sie war noch nicht so weit.

»Du hast recht. Die Idee ist blödsinnig und egoistisch.«

»Nein, überhaupt nicht. Die Idee ist nicht blöde. Ich

freue mich für dich, dass du die Gelegenheit hast, noch ein paar weitere Berichte zu machen. Das macht dir doch solche Freude. Du bist gar nicht egoistisch, ich bin egoistisch.«

»Aber die Reise ist ziemlich lang, wir haben ja nur ein paar Tage für uns.«

»Nein, es ist mir nicht zu weit. Ich würde um die ganze Welt reisen, Tom, um dich zu sehen. Nicht einmal Zeitgrenzen könnten mich aufhalten.«

»Du kommst also?«

Bevor Holly antworten konnte, klopfte es an der Tür.

»Das wird Sam sein, ich muss Schluss machen.«

»Sag mir, dass du kommst, bitte.«

»Ich komme«, antwortete Holly nervös. Jocelyns Warnung war nicht umsonst gewesen, denn Holly merkte, wie der Weg in ihre Zukunft sich immer mehr mit Libbys Weg verband.

Sam sah erschöpft aus und machte den Eindruck, als könnte er einen Drink gebrauchen. »Hast du auch eins für mich?« Er deutete auf Hollys halbleeres Weinglas, als er sich zu ihr an den Küchentisch setzte.

Holly stellte ihm ein Glas hin und schenkte ihm ein, bevor sie sich nach dem Stand der Dinge mit Mrs Bronson erkundigte.

»Na ja, begeistert war sie nicht«, meinte er.

Holly fühlte sich nicht ganz unschuldig. »War sie sehr verärgert?«

Sam zog eine Augenbraue hoch. »Ich will gar nicht wiederholen, was sie über dich losgelassen hat.«

»Und?«, fragte Holly ungeduldig. Mrs Bronson war ihr gleichgültig, sogar das Geld, das sie die Angelegenheit zweifellos kosten würde. Sie war nur an ihrer Skulptur interessiert und was mit ihr geschehen sollte.

»Ich denke, ich habe sie fast so weit, dass sie die Figur nimmt.« Offenbar verheimlichte Sam aber noch etwas.

Holly war bestürzt. »Tatsächlich?«

Sam hätte sich fast an seinem Wein verschluckt. »Holly, manchmal bist du mir ein Rätsel. Erst wolltest du den Auftrag nicht haben, und jetzt setzt du alles daran, dass Mrs Bronson die Skulptur nicht nimmt. Aber ich kann dich beruhigen, sie will den Müll gar nicht haben, den du da produziert hast. Ihre Worte, nicht meine, und ehrlich gesagt hat sie ein anderes Wort als Müll benutzt, ich bin ja ein wohlerzogener Mensch.«

»Also, noch mal mach ich das nicht für sie«, beharrte Holly. Sie ließ ihren Wein im Glas kreisen, trank aber nichts. Sie hatte anderes im Kopf, und Mrs Bronson war ihr ziemlich schnuppe.

»Keine Sorge, das würde ich dir nicht antun. Sie würde das Modell nehmen, wenn du es noch ausarbeitest und bis Weihnachten fertig hast.«

»Du bist ein Schatz, Sam«, strahlte Holly.

»Freu dich nicht zu früh. Du hast die vereinbarte Leistung nicht erbracht, weshalb sie den Vorschuss zurückfordert. Und für die fertige Figur gibt es kein Honorar. Im Grunde bekommt sie das Werk kostenlos. Die große Skulptur kannst du behalten, allerdings musst du unterschreiben, dass du das Objekt nicht verkaufst. Du darfst es behalten oder als Stiftung weitergeben. Würde sich bei den Steinzeitmenschen hier draußen doch gut als Götze für ihre komischen Fruchtbarkeitstänze machen.«

»Dem Landleben kannst du wohl nicht viel abgewinnen«, bemerkte Holly.

»Doch, durchaus«, bemerkte Sam sarkastisch. »Euer Taxifahrer hier hat mir gerade gesagt, dass eine Kältewelle im Anmarsch ist, und wenn ich hier einschneie, würde er dem Schneesturm tapfer die Stirn bieten und mir die Sehenswürdigkeiten der Gegend zeigen. Ich wette, der kennt jedes Schaf persönlich.«

»Was bist du für ein schlechter Mensch, Sam!« Holly konnte sich ein Lachen nicht verkneifen.

»Ja, ich bin ein schlechter Mensch«, bestätigte Sam und sah diesmal aus, als hätte er tatsächlich ein schlechtes Gewissen. Er griff nach seiner Aktentasche und zog ein hübsch verpacktes Geschenk heraus. »Ein Friedensangebot.«

Holly sah ihn verdattert an. »Wofür willst du dich denn um alles in der Welt entschuldigen? Ich bin doch diejenige, die für den ganzen Ärger verantwortlich ist?« Vorsichtig wickelte sie das Geschenk aus. Auf den ersten Blick sah es wie ein seidenweiches, weißes Stück Stoff aus, aber als es sich entfaltete, blieb Holly fast das Herz stehen. Es war eine Schmusepuppe. Exakt jene Schmusepuppe, an die Libby sich in der letzten Vision geklammert hatte. Holly hielt sie an die Wange, genau wie ihre Tochter es gemacht hatte.

Sam war Hollys Reaktion peinlich, und er räusperte sich verlegen. »Ich glaube, die Mutter trägt es eine Weile bei sich, damit der Stoff ihren Geruch annimmt, dann schläft das Baby beruhigter, wenn man nicht da ist«, erklärte Sam mit einem aufmunternden Lächeln. »Bei deinem letzten Besuch in der Galerie war ich wohl ein bisschen taktlos, als ich mich darüber lustig gemacht habe, dass du dich ans Thema Mutterschaft wagst. Selbstverständlich wärst du eine gute Mutter, das sehe ich an der Skulptur. Alle werden überrascht sein, du selber am meisten.«

Holly bemühte sich, ein Lächeln zustande zu bringen, aber es reichte nur für eine zitternde Unterlippe. »Mal sehen.«

ZWÖLF

»Du willst das jetzt nicht hören, ich weiß, aber es könnte sich als Glück im Unglück erweisen«, sagte Jocelyn.

Holly war nach Toms Anruf völlig aufgelöst. Sie bewältigte ihren Alltag einigermaßen, doch den Job in der Teestube hatte sie aufgegeben. Jocelyn hatte sie erzählt, dass ihr die Zeit dazu fehle, weil sie das Modell für Mrs Bronson ausarbeiten und fertigstellen müsse, aber das entsprach nur der halben Wahrheit. Sie wusste, dass Jocelyn sie zwingen würde, endlich Nägel mit Köpfen zu machen – und sie war noch nicht so weit. Erst als Jocelyn zum Sonntagsfrühstück erschien und nur noch eine knappe Woche bis zu ihrem Abflug nach Singapur blieb, konnte Holly den Kopf nicht länger in den Sand stecken.

Ihr war schon lange klar, dass sie irgendwann den Weg verlassen musste, der in Libbys Zukunft führte. Sie sah ein, was für ein riskantes Spiel sie getrieben hatte, als sie nicht wieder zum Arzt gegangen war, um sich die Verhütungsspritze geben zu lassen. Sie musste zugeben, dass es törichter Eigensinn gewesen war, aber sie hatte sich nicht unter Druck setzen lassen wollen. Doch genau das taten jetzt Toms veränderte Reisepläne. Es gab nur zwei Möglichkeiten. Entweder nach Singapur zu fliegen und möglicherweise schwanger zu werden oder zu Hause zu bleiben und Libby ein für alle Mal zu verlieren. Es bestand kein Zweifel, welcher Möglichkeit Jocelyn das Wort reden würde. Jocelyn hatte zwar gesagt, Holly müsse ihre Entscheidung ganz allein treffen, aber es war abzusehen, dass sie keine Ruhe geben würde, bis Holly sich ihrer Meinung nach richtig entschieden hatte.

»Genau«, sagte Holly. »Komm mir jetzt nicht damit.« Sie saß am Küchentisch, die Jacke fest um die Schultern gezogen, und blickte aus dem Fenster in das Schneetreiben. Der Garten sah aus, als hätte jemand ein schützendes weißes Tuch darübergeworfen. Die Monduhr war unter der dicken Schneedecke fast verschwunden.

»Du wirst also am Donnerstag fliegen.« Jocelyn gab nicht auf und ließ sich von Hollys hartnäckiger Weigerung, über ihre weiteren Pläne zu sprechen, nicht beeindrucken. »Ich weiß, dass du nicht beim Arzt warst, und du kannst dein Leben darauf verwetten, dass du in Singapur schwanger wirst, das weißt du genauso gut wie ich. Ja, ja. Das Wortspiel war durchaus beabsichtigt.«

Holly wich einer direkten Antwort aus und starrte weiter aus dem Fenster. »Dreimal. Ich habe Libby dreimal gesehen, aber nur einmal auf den Arm genommen.« Sie konnte die Tränen nicht zurückhalten. »Ausgerechnet ich, die sich nie Kinder gewünscht hat, würde jetzt alles tun, um Libby noch einmal, noch ein einziges Mal im Arm halten zu können. Ich fasse es nicht.«

»Selbst wenn du keine eigenen Kinder mehr bekommen kannst, ist das noch nicht aller Tage Abend«, versuchte Jocelyn sie zu trösten. »Tom hat auf seinen Reisen so viel

Armut und Elend gesehen, unendlich viele Kinder brauchen Hilfe, vielleicht kannst du ja eins adoptieren?«

Holly schüttelte den Kopf. »Das kann ich mir nicht vorstellen. Tom würde es nicht reichen, nur ein Kind zu retten, es müsste bestimmt gleich ein ganzes Dorf sein.«

Holly hatte schon mal die Fühler ausgestreckt, wie Tom zu einer Adoption stand, und die Antwort war entsprechend ausgefallen.

»Aber darum geht es nicht. Andere Kinder interessieren mich überhaupt nicht. Es geht mir nur um Libby. Wenn ich die Augen schließe, sehe ich Libby. Meine Arme tun mir weh, als würde ich Libby tragen. Ich versuche, mich an Libbys Duft zu erinnern. Ich werde sie nie wiedersehen, und besonders traurig ist, dass Tom nichts von ihr weiß. Ich weiß, was ich opfere, er nicht, jedenfalls nicht wirklich. Ich hintergehe nicht nur Libby, ich hintergehe auch ihn. Ob unsere Beziehung das aushalten wird?«

»Ihr liebt euch, ihr werdet es irgendwie überleben.«

Holly lächelte traurig, denn ihr Herz und ihr Wille waren gebrochen. »Ja, ich werde es überleben. Aber ich werde auch dafür büßen müssen.«

»Du fliegst also nicht nach Singapur? Bitte, Holly, sprich es aus. Sag, dass du nicht nach Singapur fliegst«, bat Jocelyn.

»Ich fliege nicht nach Singapur«, wiederholte Holly seufzend. »Oh, Jocelyn, ich werde sie nie wiedersehen. Wie soll ich mir das jemals verzeihen.« Die Last ihrer Entscheidung bedrückte sie, doch sie erlaubte sich keine Tränen, weil sie glaubte, kein Recht auf die Erleichterung zu haben, die sie bringen würden.

Auch Jocelyn war den Tränen nahe. »Dann bleibe ich über Weihnachten auch hier. Kommt nicht infrage, dass du allein hier sitzt.«

»Und Paul? Er freut sich doch auf dich?«

»Er hat mich für den ersten Feiertag eingeladen – mehr nicht. Die übrige Zeit würde ich im Hotelzimmer hocken und darauf warten, dass er mich noch mal einlädt. Ich habe mich nicht getraut, es zu dir sagen, ich habe mich zu sehr geschämt. Es ist seine Form von Rache, nehme ich an.«

»Rache? Paul sollte sich glücklich schätzen, dass er so eine Mutter hat. Wenn ich den erwische, setzt es was, das schwöre ich.«

Jocelyn musste lachen, aber ihre Augen behielten den bekümmerten Ausdruck. »Ich habe mein Recht, seine Mutter zu sein, verwirkt. Nicht nur, weil ich Harry etwas angetan habe. Um mich zu retten, habe ich ihn den Launen eines herzlosen und gewalttätigen Vaters ausgesetzt. Die Monduhr hat mir mein Leben geschenkt, aber nicht meinen Sohn. Er hat noch eine Rechnung mit mir offen.«

»Du bist kein schlechter Mensch, Jocelyn. Kein Wort mehr über offene Rechnungen. Wenn er das nicht begreift, kann er mir gestohlen bleiben.«

»Also, ich bleibe hier, und damit basta. Ich rufe Paul an und sage ab. Wahrscheinlich ist er erleichtert.«

»Ich werde wohl auch zum Telefon greifen müssen«, seufzte Holly. »Allerdings sage ich Tom erst in letzter Minute ab. Ich habe keine Lust auf tagelange Diskussionen und Überredungsversuche. Weihnachten ist sowieso schon im Eimer.«

»Es wird ja nicht das letzte Weihnachtsfest sein, wenn ich dich daran erinnern darf.«

Holly lächelte tapfer, aber es war ein aufgesetztes Lächeln, an das sie sich wohl in Zukunft gewöhnen musste. Libby hatte mütterliche Gefühle in ihr geweckt, und Holly war selber überrascht, wie bereitwillig sie diese Gefühle gehätschelt und gepflegt hatte. Mit bewährter Routine verdrängte sie all ihre Träume und Hoffnungen, Mutter zu werden, und mit der Zeit würde die Saat, die ihre Tochter ausgestreut hatte, sicherlich verkümmern und zugrunde gehen.

Holly stürzte sich mit Feuereifer auf die Arbeit an Mrs Bronsons Skulptur. Nicht, weil der Abgabetermin drängte oder die Erlösung von Mrs Bronson winkte. Der Grund war, dass Holly sich schämte, in Bezug auf ihre Tochter versagt zu haben, und sie die Sache so schnell wie möglich hinter sich bringen wollte. Als das fertige Stück am Tag vor Hollys geplantem Abflug nach Singapur versandt war, schloss sie das Atelier ab. Die große Skulptur stand noch dort; Holly hatte jedoch ein Tuch darübergeworfen, weil sie das Gefühl hatte, dass die Generationen der Mütter sie mit vorwurfsvollen Blicken verfolgten.

Die emotionale Mauer, hinter der Holly sich verschanzt hatte, war stark genug, um den Tag zu überstehen, aber in der Nacht vor dem Abflug konnte sie nicht schlafen. Sie lief im leeren Haus auf und ab, eine Decke um die Schultern gewickelt, und hätte sich am liebsten irgendwo in einer Ecke verkrochen. Wenn sie an das Telefonat mit Tom dachte, das noch ausstand, wurde ihr übel. Sie wollte ihn in aller Frühe anrufen und ihm sagen, dass sie ihre Pläne geändert hatte.

Die Morgendämmerung war noch lange nicht in Sicht. Holly betrat den Abstellraum, der nun niemals Libbys Zimmer werden sollte. Er war kalt und kahl und leer. Sie hockte sich in einen Winkel zwischen aufgestapelten Kartons und dem Koffer, den sie schon längst hätte packen sollen, zog die Knie unters Kinn und legte die Arme darum, um sich festzuhalten und das schreckliche Gefühl loszuwerden, nichts in den Händen zu haben.

Der Koffer, an den sie ihren Kopf lehnte, war kalt. Er war aus dunkelbraunem Leder, aber er weckte Erinnerungen an einen bunt karierten Koffer aus Hollys Kindertagen, den ihre Mutter hinter dem Sofa versteckt hatte, als sie ihre Familie verlassen wollte. Entsetzt hatte Holly mit ansehen müssen, wie ihre Mutter an der Haustür ihren Mann erwartete. Sie verwehrte ihm den Zutritt, verlangte die Scheidung, brüllte ihn an, dass er an allem schuld sei, dass er sich von seiner Tochter verabschieden und aus ihrem Leben verschwinden solle. Die Vorstellung, mit ihrer Mutter allein bleiben zu müssen, versetzte Holly in Panik, weshalb sie fast erleichtert war, als ihr Vater zum Gegenangriff überging. Er schob seine Frau beiseite, sagte, dass er nicht im Traum daran denke zu verschwinden. Wenn sie die Scheidung wolle, müsse sie selber ausziehen. Holly hatte sich keinen Augenblick der Illusion hingegeben, dass sie irgendeine Rolle dabei spielte. Es ging ihrem Vater ums Haus, das er nicht aufgeben wollte. Holly hielt die Luft an, als die beiden sich in eisigem Schweigen anstarrten, bis sich schließlich ein Lächeln auf dem Gesicht von Hollys Mutter ausbreitete. Triumphierend zuckte sie mit den Schultern, ließ ihren sprachlosen Ehemann stehen, verschwand im Wohnzimmer, wo sie den Koffer hinterm Sofa hervorzog, und war auf dem Weg zur Haustür. An Holly lief sie achtlos vorbei. Kein entschuldigendes Wort, kein schlechtes Gewissen, nicht einmal ein Abschiedsgruß. Ihr letztes Wort galt Hollys Vater. »Endlich kann ich wieder leben.«

Kaum hatte Holly die Erinnerung verscheucht, tauchte eine andere auf. Holly sah sich wieder mit Libby auf dem Arm, in demselben Zimmer, in dem sie sich gerade befand. Sie hatte ihrer Tochter versichert, dass sie sie liebte, hatte sie um Verzeihung gebeten, aber machte sie das wirklich zu einer besseren Mutter? Als Antwort kauerte Holly sich noch mehr zusammen, bis sie kaum mehr atmen konnte. Sie blickte auf die Stelle, wo sie gestanden hatte, am Fenster, dessen Jalousie jetzt offen stand, und die Dunkelheit dahinter legte sich auch über ihre Seele. Sie erinnerte sich an Toms eingefallenes Gesicht, das sich in der Scheibe gespiegelt hatte, erinnerte sich, wie er gesagt hatte, er sei am Ende. Es war dieses Bild, an das Holly sich klammerte, und das Einzige, was sie davon abhielt, nach dem Koffer zu greifen und ihn für die Reise nach Singapur zu packen. Mit Toms Gesicht vor Augen fand sie schließlich, was sie für unmöglich gehalten hatte. Schlaf.

Erst das hartnäckige Klingeln des Telefons ließ Holly hochfahren. Ächzend rappelte sie sich von ihrer Decke auf und schleppte sich mit steifen Gliedern zum Telefon im Schlafzimmer.

»Hallo?«, brachte sie heiser heraus. Ihre Kehle war wie zugeschnürt.

»Holly? Bist du dran?« Es war Tom.

Holly wurde ganz flau im Magen, als sie daran dachte, dass sie sich jetzt entscheiden musste.

»Ja, ich bin's«, krächzte sie. Sie sah auf die Uhr. Es war halb sieben, in einer knappen Stunde sollte sie sich eigentlich auf den Weg zum Flughafen machen.

»Geht's dir nicht gut? Du klingst ja furchtbar. Bist du krank? Kannst du überhaupt fliegen?« Tom klang zunehmend besorgt.

Jetzt, dachte Holly. Jetzt war der Augenblick gekommen, an dem sie sich von Libby verabschieden musste. »Tom!« Sie schluchzte fast. »Ich kann nicht.«

»Um Gottes willen. Was hast du denn? Du machst mir richtig Angst.«

Holly versuchte, sich zusammenzureißen. Sie atmete tief durch. Sie tat es für Tom, sagte sie sich immer wieder.

»Ich kann nicht kommen.« Ihre Stimme klang immer noch heiser, aber sie ließ keinerlei Regung erkennen.

Eigentlich hatte sie das Wetter vorschieben wollen, das sie zu Hause festhielt. Ein neuerlicher Frosteinbruch hatte das Land praktisch lahmgelegt, und sie brauchte Tom sicher nicht lange davon zu überzeugen, dass sie nicht reisen konnte, auch wenn schon Tauwetter angesagt war. Aber da Tom sofort angenommen hatte, dass sie krank sei, ließ sie ihn in dem Glauben. Es war ihr mehr oder weniger gleichgültig, dass sie log; es gab Schlimmeres, was ihr Gewissen belastete. Sie war gerade dabei, das Leben ihres Kindes zu opfern, und konnte förmlich hören, wie die Feder über das Papier kratzte, als die Zukunft umgeschrieben wurde.

Tom ahnte nichts davon und machte sich nur Sorgen um Hollys Gesundheit. Er ließ sich seine Enttäuschung nicht anmerken, nahm ihr das Versprechen ab, im Bett zu bleiben und zur Not Jocelyn um Hilfe zu bitten. Es sei ja nicht das letzte Weihnachten, meinte er, und Holly fragte sich, wie diese zukünftigen Weihnachtsfeste aussehen mochten, die sie sich erkauft hatte. Würden sie überhaupt noch zusammen sein?

Sie hatte erwartet, erleichtert zu sein, als sie das Telefon auflegte. Die Entscheidung, mit der sie sich seit Wochen gequält hatte, war endlich gefallen. Von einem Gefühl der Erleichterung konnte jedoch keine Rede sein. Eigentlich wollte sie überhaupt nichts fühlen, nur die grenzenlose Leere.

Jocelyn ließ sich weniger schnell davon überzeugen, dass sie sich um Holly keine Sorgen machen musste. Beide wussten, dass es eine Vollmondnacht war, und Jocelyn war nur mühsam davon abzubringen, wieder Nachtwache zu halten. Holly blieb dabei: Die Sache sei erledigt, ihr Leben habe eine andere Wendung genommen und Jocelyn könne erleichtert aufatmen. Jocelyn seufzte eher resigniert als erleichtert, aber sie willigte schließlich ein, Holly ihren neuen Weg allein gehen zu lassen.

Und Holly wusste ganz genau, wohin sie ihr Weg führen würde, zumindest in dieser Nacht. Kaum war der Mond aufgegangen, war sie schon auf dem Weg nach draußen. Sie musste die letzten Zweifel ausräumen, und wenn sich herausstellen sollte, dass der Blick in die Zukunft ihre schlimmsten Befürchtungen bestätigte, war es zweifellos die Strafe für die Entscheidung, die sie gerade gefällt hatte.

Die Nacht war kalt und stürmisch. Aufgetürmte, vom Mondlicht erhellte Wolkenberge jagten über den Himmel und gaben den Blick auf das zaghafte Glitzern der Sterne frei, das der Mond mit seinem grellen Licht überstrahlte. Holly stand mit klopfendem Herzen vor der Monduhr. Warum um alles in der Welt ließ sie sich noch einmal auf dieses Spiel ein? Aber ihr innerer Tumult brachte ihr wieder in Erinnerung, wie viel von der Monduhr abhing. Sie musste einfach wissen, was für ein Leben sie erwartete. Würde sich das Opfer überhaupt gelohnt haben?

Das Tauwetter hatte den verwilderten Rasen und das Unkraut unter der vereisten Schneedecke zum Vorschein gebracht. Die Temperaturen waren nicht mehr ganz so frostig, doch es war immer noch bitterkalt, und Holly zog den Reißverschluss ihrer Winterjacke bis unters Kinn. Sie hielt die Glaskugel in der Hand, aber sie hatte noch nicht gewagt, diese in die Halterung fallen zu lassen. Sie ließ die Kugel in ihrem Handschuh hin und her rollen, wo sie im Mondlicht glitzerte. Gebannt verfolgte Holly, wie sie mal diesen, mal jenen Weg in ihrer Handfläche nahm, dann plötzlich wich die Kugel von ihrer Bahn ab und fiel herunter, an den Ort, den das Schicksal ihr bestimmt hatte, mitten ins Herz der Monduhr.

Es war eine Sache von Sekunden, so dass Holly keine Zeit mehr blieb, sich auf das aufblitzende Strahlengewitter einzustellen. Ihre Augen weiteten sich, als die Halterung sich gierig um die glitzernde Kugel schloss, und sie war für einen Moment geblendet. Sie musste sich auf ihre übrigen Sinne verlassen, um herauszufinden, wie ihre Umgebung beschaffen war. Als Erstes fiel ihr der Temperaturunterschied auf. Die Nacht war plötzlich milde und duftete nach Sommer. Holly rührte sich nicht, sie zog nur die Handschuhe aus und machte den Reißverschluss ihrer Jacke auf. Dann tastete sie nach der Monduhr, die sich warm und vertraut anfühlte.

Blinzelnd öffnete Holly die Augen und blickte sich im Garten um. Er war vom Licht des Vollmonds erleuchtet, der ihr auf der Reise ins Unbekannte gefolgt war, und vom elektrischen Licht, das durch das Küchenfenster fiel. Hollys wildes Herzklopfen stolperte kurz, als sie daran dachte, was ihr möglicherweise bevorstand. Einen Augenblick überlegte sie, ob sie einfach stehen bleiben sollte. In den letzten Wochen hatte sie die Hölle durchgemacht, wer konnte wissen, welcher Alptraum sie diesmal erwartete. Im Grunde genommen hatte sie kein Bedürfnis, noch einmal in die Zukunft zu blicken, aber sie hatte gerade ihre Tochter geopfert und musste einfach wissen, wofür. Sie musste endlich wissen, ob sie noch ein Kind haben würde, das vor der Monduhr und ihren Visionen sicher war.

Holly ging langsam über die Wiese auf die Hintertür zu. Sie schwitzte und ließ die Jacke achtlos auf den Boden fallen. Sie holte einmal tief Luft, um sich zu beruhigen, als sie die Tür öffnete und ihre Zukunft betrat. Bei dem Anblick, der sich ihr bot, stockte ihr der Atem. Die Küche war der reinste Quell der Hoffnung, Babyflaschen waren zu sehen und ein Hochstuhl, der an den Tisch gerückt war.

Mit zitternden Händen wühlte Holly auf dem Küchentisch nach einer Zeitung, fand aber nur eine Gasrechnung. Sie war vom Juni 2012. Die Monduhr zog Holly also nach wie vor achtzehn Monate in die Zukunft. Wie betäubt starrte sie auf das Datum und dann auf den Hochstuhl. Tausend Fragen gingen ihr durch den Kopf. Doch Holly interessierte nur eine einzige. Es war nicht die Frage, ob sie noch mehr Kinder bekommen würde, nicht einmal, ob sie bei der Geburt sterben würde. Sie wollte nur wissen, ob das Kind, das diesen Hochstuhl benutzte, Libby war. Holly war schon auf dem Sprung zur Tür, die zum Flur führte, als das Licht flackerte und ausging. Die Küche versank in Dunkelheit, Holly sträubten sich die Nackenhaare. Bevor sich ihre Augen an die Finsternis gewöhnen konnten, bevor sie mehr erkennen konnte, als den sanften Schimmer des Mondlichts, das durch das Küchenfenster fiel, ging das Licht wieder an. Holly fröstelte, aber sie verdrängte die bange Ahnung, die sie in der Dunkelheit befallen hatte, und klammerte sich an ihren Hoffnungsfunken.

Als sie in den Flur trat, hörte sie Toms Stimme im Arbeitszimmer. Holly horchte an der Tür. Außer ihm sprach niemand, offensichtlich telefonierte er. Er klang wieder wie früher, nicht wie der gebrochene Mann in ihren Visionen. Er lachte, und Holly war erleichtert. Das Gespräch drehte sich um seine Arbeit, ein geplantes Interview, er klang glücklich und angeregt und voller Leben. Was sie dann hörte, ließ ihr Herz höher schlagen.

»Tut mir leid, Pete, aber ich muss jetzt wirklich Schluss

machen. Ich war gerade dabei, Libby ins Bett zu bringen. Es ist Zeit für ihre Flasche, und die junge Dame kann sehr ungnädig werden, wenn man sie warten lässt.«

Noch bevor Tom ausgeredet hatte, machte Holly auf dem Absatz kehrt, nahm zwei Stufen auf einmal und sprang die Treppe hinauf. Vor der Tür des Kinderzimmers wollte sie anhalten und vorsichtig hineinspähen, doch sie hatte so viel Schwung, dass sie bereits mitten im Zimmer stand, bevor sie nachdenken konnte. Es brannte nur ein kleines Nachtlicht, das seinen Schimmer im Raum verbreitete.

»Hallo, mein Schatz.« Holly keuchte vor Anstrengung.

Libby stand aufrecht in ihrem Bettchen, klammerte sich an die Gitterstäbe und an ihre Stoffpuppe, die noch abgegriffener war als beim letzten Mal. Libby lächelte sie an, hopste auf und ab und war genauso aufgeregt wie Holly. Plötzlich verlor sie das Gleichgewicht und landete unsanft auf dem Popo. Sie verzog das Gesicht und streckte die Hände nach Holly aus. »Mama!«, sagte sie.

Mit Tränen in den Augen lief Holly zum Fenster, um die Jalousie hochzuziehen und genug Mondlicht hereinzulassen, damit ihr noch einmal gelingen konnte, wovon sie nicht mehr zu träumen gewagt hatte. Sie beugte sich zu ihrer Tochter hinunter und nahm sie auf den Arm.

Mit dem Kind auf dem Arm schloss sie die Augen und überließ sich ihren übrigen Sinnen. Sie atmete tief ein und sog Libbys Duft ein, der nach Seife, Schweiß und schlicht nach Libby roch. Sie spürte Libbys Gewicht auf ihrem Arm, sie war schwerer und kräftiger geworden seit dem letzten Mal. Sie war jetzt neun Monate alt und hatte sich auch sonst verändert. Ihre blonden, widerspenstigen Locken kitzelten Hollys Nase. »Du hast mir gefehlt«, flüsterte sie Libby ins Ohr. »Du weißt ja gar nicht, wie sehr ich mich nach diesem Augenblick gesehnt habe. Ich kann es gar nicht fassen, dass ich hier bin. Dass du hier bist.«

Holly hatte es bisher nicht gewagt, sich Gedanken darüber zu machen, was passiert war und warum. Vielleicht hatte ihre Entscheidung, nicht nach Singapur zu fliegen, die Zukunft ja noch nicht verändert, vielleicht geschah das erst in dem Augenblick, an dem Libby gezeugt worden wäre. Holly fröstelte und versuchte, den Gedanken zu verscheuchen. Vorerst jedenfalls. Es dauerte eine ganze Weile, bis Holly die Augen öffnete und Libby anlächelte. »Ich liebe dich, und ich gebe dich nie wieder her.«

Libby lächelte auch. »Dada«, sagte sie und deutete zur Tür.

Als Holly sich umdrehte, hörte sie Tom die Treppe heraufkommen. »Ich muss dich jetzt absetzen«, flüsterte sie. Sie musste es tun, ob sie wollte oder nicht. Sie konnte nicht zulassen, dass zwei Welten aufeinanderprallten, wenn Tom das Zimmer betreten würde, so lange Libby noch auf Hollys Arm war. Alles sollte seine Ordnung haben, Chaos und Unruhe konnte sie jetzt nicht gebrauchen.

Mit der Babyflasche, die er mit beiden Händen wärmte, betrat Tom das Kinderzimmer. »Schlafenszeit, mein Fräulein«, sagte er zu Libby, die wieder aufrecht in ihrem Bettchen stand und vor Freude hopste. Er warf einen irritierten Blick auf die offene Jalousie, doch Holly, die vor dem Fenster stand und ihn ansah, nahm er nicht wahr. Ihre Gegenwart war nichts weiter als ein Handabdruck auf dem Wasser, hieß es nicht so in dem Gedicht? Tom zog die Jalousie herunter und widmete sich Libby.

Holly musterte die beiden. Tom sah gut aus, besser gesagt, so zerzaust wie früher. Zerzaust in einem positiven Sinn: besser erholt als beim letzten Mal und nicht so gediegen. Nachrichtensprecher war er also nicht geworden, dachte Holly.

Tom nahm Libby hoch und knuddelte sie. Als sie mit beiden Händen nach der Flasche griff und ihre Stoffpuppe fallen ließ, lächelte er. Libby ließ ihn nicht aus den Augen, als sie anfing zu trinken.

Tom sah sie zärtlich an. »Na, du Wonneproppen?« Er bedeckte ihren Kopf mit Küssen. Libby kniff verzückt die Augen zusammen, als seine Haare sie im Gesicht kitzelten. »Ach, Libby. Ich liebe dich. Ich hätte nicht gedacht, dass ich noch mal so viel Liebe für jemanden empfinden kann.«

Er schaukelte Libby hin und her. Holly konnte nicht widerstehen und streckte ihre Hand aus. Sie strich Libby über den Kopf, ließ ihre Finger durch Toms Haare gleiten, die so voll und widerspenstig waren wie früher, und so vertraut. Sie merkte, wie er schauderte.

»Deine Mum hat mal gesagt, ich sollte zufrieden sein, mit dem, was ich habe, und nicht nach den Sternen greifen«, flüsterte Tom. »Ich weiß, dass es keinen Zweck hat, sich etwas Unmögliches zu wünschen. Ich habe dich, Lib, und im Augenblick ist das genug.«

Libby hörte auf zu trinken und griff nach Toms Haaren, als hätte Holly das Signal dazu gegeben. Sie zog seinen Kopf zu sich heran, er legte seine Stirn an ihre und schloss fest die Augen. »Ach, Libby. Ich vermisse deine Mum aber trotzdem«, flüsterte er. »Ich werde sie immer vermissen.«

Libbys Antwort war ein herzhaftes Bäuerchen.

»Puh, du riechst ja aus dem Mund wie deine Mum!«, lachte Tom.

Auch Libby gluckste vor Vergnügen, als er sie in ihr Bettchen legte, damit sie ihre Milch austrinken konnte. Dabei ließ sie ihn nicht aus den Augen. »Na, welche Gutenachtgeschichte möchtest du denn hören?«, fragte er.

Libby blickte in Hollys Richtung. »Mama«, sagte sie.

»Aha, eine Geschichte über deine Mama also?« Tom setzte sich neben ihr Bett, legte den Kopf an das Gitter und himmelte seine Tochter an. »Wo fange ich denn an? Also, es war einmal eine wunderschöne kleine Prinzessin, die hieß Holly. Der böse König und die böse Königin hatten sie in einen Turm gesperrt und gesagt, dass sie niemand liebhätte.«

Als Tom erzählte, wie seine Prinzessin von einem feschen jungen Prinzen gerettet wurde, schlich Holly näher und setze sich auf die andere Seite des Bettchens. Sie legte auch den Kopf aufs Gitter und lauschte der Geschichte so gebannt wie Libby. Tom traten die Tränen in die Augen, aber er lächelte tapfer, als er Libby erzählte, wie der Prinz und die Prinzessin einen Stern vom Himmel holten, um ein ganz besonderes Kind daraus zu machen. Dadurch sei jedoch ein Loch im Himmel entstanden, das wieder gefüllt werden musste. Also musste die Prinzessin in den Himmel gehen und sich an die Stelle setzen, an der der Stern gewesen war. Auch Holly weinte, aber die Tränen schienen auf ihren Wangen zu gefrieren, als das Licht wieder flackerte. Das Bild von Tom und Libby fing ebenso an zu flackern, dunkle Schatten huschten über ihre Vision, wie bei einer Störung auf dem Bildschirm.

Tom und Libby bemerkten das Flackern offenbar auch. Libby ließ ihre Flasche fallen und setzte sich auf. Sie fing an zu weinen, streckte die Arme nach Holly aus und griff mit den kleinen Fingern verzweifelt ins Leere. Hollys Herz fing an zu rasen, als Libbys Weinen immer ängstlicher wurde. Tom und Holly standen beide auf, als das Flackern so stark war, dass man kaum mehr etwas sehen konnte.

»Libby?« Erschrocken beugte Tom sich hinunter, um das Baby in seine schützenden Arme zu nehmen, doch Holly sah nicht mehr, ob er sie erreichte. Irgendwo im Hintergrund von Libbys kläglichem Geschrei und Hollys Herzklopfen tickte eine Uhr.

Der warme Schimmer des kleinen Nachtlichts verwandelte sich in kaltes Blau, als der Mond ins Fenster schien und sich dunkle Schatten um Holly schlossen. Das Ticken der Uhr verlor sich in der Ferne, eine bleierne Stille breitete sich aus, die nur von Hollys stockendem Atem unterbrochen wurde. Diesmal hatte sie Zeit, sich an die Dunkelheit zu gewöhnen. Sie befand sich immer noch in demselben Raum, aber er war jetzt leer und leblos. Es war das unbenutzte Zimmer, das Holly nur zu gut kannte. Keine Spur von Libby, nicht einmal ihr süsser Babyduft. Nur ihr Schreien, das in Holly nachhallte.

Holly stutzte. Wenn die Zeit, die sie in der Zukunft verbracht hatte, abgelaufen war, müsste sie, wie immer, wieder vor der Monduhr stehen. Eine furchtbare Ahnung befiel sie. War sie womöglich noch in der Zukunft? Auch der Blick aus dem Fenster war beunruhigend. Die Bäume waren nicht verschneit, sondern standen in dichtem Sommergrün. Das unbewohnte Zimmer bot den vertrauten Anblick, ein Durcheinander von überflüssigem Zeug, Krimskrams und Kartons. Die Kartons hatten sich vermehrt, die Unordnung auch, und neben dem Koffer, an den sie sich in der vergangenen Nacht zum Schlafen gelehnt hatte, stand noch ein anderer Koffer. Toms. Es bestand kein Zweifel. Sie befand sich mitten in einer neuen Vision ihrer Zukunft.

»Nein, nein, nein.« Holly stöhnte auf. »Bitte, lieber Gott, lass es nicht wahr sein. Nicht jetzt schon. Libby braucht mich, ich konnte mich nicht einmal verabschieden. Und ich muss Abschied nehmen.«

Ihre Tränen legten einen gnädigen Schleier über die Vision, und sie musste nicht mit ansehen, wie die Zeit ablief und Libbys Leben auslöschte.

»Verzeih mir, Libby. Verzeih mir bitte!«, schluchzte sie und ging rückwärts aus dem Zimmer. Auf dem Treppenabsatz drehte sie sich um und stürzte in der Dunkelheit davon. Als sie die Treppe hinunterhastete, flackerte das Licht wieder auf, erschrocken stolperte sie über die letzte Stufe und landete auf den Knien. Das Haus wechselte von einer Zukunftsvision in die andere, mal war es dunkel und verlassen, mal hell erleuchtet. Im oberen Stockwerk konnte Holly Libbys Schluchzen hören und Tom, der versuchte, sie zu beruhigen. Aber er klang selber verstört. Libby rief: »Mama!«, dann war alles still. Die Finsternis brach mit einer Wucht über Holly herein, dass es ihr den Atem verschlug.

Sie rappelte sich auf und hatte nur noch den Wunsch

zu fliehen. In der Küche zwang sie sich, innezuhalten und einen Blick auf das Leben zu werfen, das sie auf Kosten von Libby erhalten hatte. Die Küche lag, wie das ganze Haus, im Dunkeln und wirkte leer und verlassen. Im fahlen Licht konnte Holly erkennen, dass alles tadellos sauber und aufgeräumt war. Es roch sogar steril. »Steril und leer, so wie dein zukünftiges Leben«, dachte sie.

Sie stürzte aus dem Haus und lief ohne anzuhalten durch den Garten, bis sie vor der Monduhr stand. »Ich habe genug gesehen, bring mich nach Hause.«

Die Uhr glitzerte unheimlich im Mondlicht, doch ihr blieb nichts anderes übrig, als ungerührt die Minuten abzuzählen, die das Ende von Hollys Alptraum und den Beginn ihres restlichen Lebens anzeigten.

Der Blick in die Zukunft hatte bei Holly ein Gefühl der Leere und Hoffnungslosigkeit hinterlassen, aber kaum hatte das wirbelnde Mondlicht sie wieder unsanft in die Gegenwart befördert, erfasste sie ein unbändiger Zorn auf die Monduhr. »Nein!«, schrie sie. »Warum tust du mir das an?«

Ihre Worte, die sich wie das Heulen eines eingesperrten Raubtieres anhörten, wurden von den heftigen Böen eines heraufziehenden Schneesturmes davongetragen, und nur ihr hemmungsloses Schluchzen hallte noch durch die Nacht. Sie klammerte sich an die Uhr und starrte sie so böse an, dass der Stein unter ihren Händen hätte zu Staub zerfallen müssen. Sie hätte ihn am liebsten so brutal zerstört, wie ihr Leben von der Monduhr zerstört worden war.

»Ich wusste es. Ich bin die Tochter meiner Mutter. Ich wusste von Anfang an, dass ich bei Libby versage.« Holly keuchte. »Ich hätte auf mein Gefühl hören und Tom klipp und klar sagen sollen, dass ich keine Kinder will. Ich bin es nicht wert, Kinder zu haben.«

Holly unterdrückte ihre Tränen, denn sie war mit der Monduhr noch nicht fertig. »Klar, ich war ein Egoist und bereit, mein Leben auf Libbys Kosten zu retten. Aber warum hast du sie mir gezeigt? Warum hast du mir die Möglichkeit gegeben, sie auf den zu Arm nehmen, sie zu lieben? Warum das alles, nur um mir am Ende zu zeigen, wie sich ihr Leben vor meinen Augen auflöst? Meinst du, du müsstest mir etwas beweisen?«

Holly atmete tief durch, ohne Rücksicht auf die eisige Luft, die sie erschauern ließ.

Sie fing an, besinnungslos auf die Monduhr einzuschlagen. »Du hättest mir nicht vor Augen führen müssen, wie jämmerlich ich versagt habe. Dass mir mein eigenes Leben wichtiger war als meine Tochter, genau wie bei meiner Mutter. Wozu? Warum musste ich mit anhören, wie Libby nach mir schrie? Was du mir gezeigt hast, war kein Geschenk. Du hast mir nicht das Leben gerettet, du hast mir nur gezeigt, wie mein Körper ohne meine Seele weiterlebt.«

Sie kochte vor Zorn, doch die Winterkälte erwies sich auf die Dauer als die Stärkere. Holly war bis auf die Knochen durchgefroren und völlig ratlos. Es führte zu nichts, ihre Wut an der Monduhr auszulassen. Was sie brauchte, war ein fester Halt.

Sie hatte das Gefühl, in ihrem Kummer um Libby zu

versinken und unter der Last der Schuld zusammenzubrechen. Es war allein ihre Entscheidung gewesen, auf Libby zu verzichten, und jetzt war sie für immer verloren. Trotzdem wagte Holly nicht, die Monduhr loszulassen und den Weg zu beschreiten, der vor ihr lag. Ein Weg, der einen mörderischen Zoll von ihr verlangte und ihr solche Angst einjagte, dass sie glaubte, verrückt zu werden.

Holly presste die Augen zusammen, als sie versuchte, sich an Libbys Gesicht zu entsinnen, an alle Einzelheiten, ihren Geruch, den Klang ihrer Stimme, ihren Atem, als sie sich an Hollys Schulter geschmiegt hatte. In der Dunkelheit der Nacht wärmte Holly sich an den Erinnerungen an Libby, bis ihr wohlige Schauer über den Rücken liefen. Die wenigen kostbaren Augenblicke, die sie mit ihrer Tochter geteilt hatte und an die sich klammerte, halfen ihr im Kampf gegen die Verzweiflung. Sie atmete noch einmal tief ein. Die eisige Luft weckte schlagartig wieder ihre Lebensgeister, und sie schaffte es endlich, die Monduhr loszulassen.

Es war mitten in der Nacht, der Sonnenaufgang noch lange nicht in Sicht. Der Garten lag im Dunklen, nur das Licht aus der Küche warf ein paar Schatten. Aber Hollys Ziel war nicht die Küche, sie schlug hastig und stolpernd den Weg zum Atelier ein.

Sie blinzelte, als sie Licht machte. Die Fotos, die von der Decke baumelten, tanzten mit ihren fröhlichen Gesichtern im Luftzug, der durch die offene Tür strich, wie bizarre Gestalten in einem Gruselkabinett. Es war, als wollten sie sich über Holly lustig machen und ihr ein Glück vorgaukeln, das für immer dahin war. Kopflos fummelte sie an den Schaltern, bis das Licht gedämpft und die Fotos wieder in der Dunkelheit verschwunden waren.

Entschlossen wandte sie sich der schemenhaften Figur in der Mitte des Ateliers zu. Es war die Skulptur von Mutter und Kind, über die sie ein Tuch geworfen hatte. Zerknirscht zog sie das Tuch ab. Alle Figuren auf dem spiralförmigen Sockel blickten nach oben zu dem Kind, das die Mutter in den erhobenen Armen hielt, und Holly folgte ihren Blicken. Ihre Beine gaben nach, die letzte Kraft, mit der sie sich hergeschleppt hatte, war verbraucht.

Holly kniete vor der Statue, an die sie sich wie ein verirrtes Kind klammerte, und konnte die Augen nicht von dem Baby wenden. Wie sollte sie diesen Schmerz ein Leben lang aushalten? Sie begriff allmählich, dass sie diese Last allein tragen musste. Sollte sie Tom irgendwann davon erzählen, müsste er mit seinem eigenen Gefühlschaos fertigwerden, doch er würde niemals durch dieselbe Hölle gehen wie sie. Die Schuld lag bei ihr, bei ihr ganz allein. Und es war keineswegs sicher, dass ihre Beziehung den unvermeidlichen Bruch aushalten würde. Vielleicht war es das, was sie so in Panik versetzt hatte, als sie durch das leere Haus geirrt war. Würden nur Kinder in ihrem Leben fehlen, oder würden sie sich selber aus den Augen verlieren?

Holly war ganz wirr im Kopf von den vielen Fragen, sie sehnte sich nach Tom, der sie einfach in die Arme nehmen und ihr versichern würde, dass alles wieder gut werden würde. Holly fühlte sich so einsam wie seit ihrer Kindheit nicht mehr. Es war, als würde der Damm, den sie gegen ihre Gefühle aufgerichtet hatte, endgültig brechen. Das erste Schluchzen war nicht mehr als ein klägliches Aufheulen, aber dann flossen die Tränen wie ein Sturzbach und hörten nicht wieder auf. Als die fahle Winterdämmerung durch die Dachfenster des Ateliers sickerte, glitt Holly weinend in einen unruhigen Schlaf, in der Hoffnung, Libby wiederzusehen, doch ihre Tochter kehrte nicht einmal in ihre Träume zurück.

Stattdessen träumte Holly davon, wie die Zeit verstrich. Hunderte von Uhren starrten sie an, deren spinnenfingrige Zeiger sich drehten und wirbelten, knackten und knisterten, in endlosen Kreisen, ohne Anfang und Ende.

Holly wachte auf, als der Regen im Takt mit ihrem klopfenden Herzen auf das Dach des Ateliers trommelte. Eine unbegreifliche Panik erfasste sie, und sie blickte zu der Skulptur hoch, als könnte sie dort die Antwort finden. Die Figur der Mutter hielt das Baby in die Luft, dem Leben entgegen, das vor ihm lag. Diese Mutter war Holly für einen kurzen Augenblick gewesen, und diesen Augenblick hatte sie in ihrem Werk verewigt. Aber dann hatte Holly einen anderen Weg gewählt und das bezaubernde Geschöpf, das sie angelächelt und Mama zu ihr gesagt hatte, dafür hergegeben.

Holly stand auf und folgte mit dem Finger der Aufwärtsbewegung der Figur, darauf gefasst, dass sich irgendwo in der Generationenfolge eine Lücke zeigen würde. Mit unbarmherziger Deutlichkeit wurde ihr klar, dass sie die falsche Entscheidung getroffen hatte. Ihr wurde übel, Gewissensbisse und bittere Reue schlugen über ihr zusammen. In diesem Augenblick hätte sie in Singapur aus dem Flugzeug steigen und Tom wiedersehen sollen, und dann hätten sie irgendwann ein Kind der Liebe gezeugt, einer Liebe, die viele Generationen weiterleben würde. Das wäre die richtige Entscheidung gewesen, der richtige Weg. Wenn sie nur die Uhr zurückdrehen, sich noch einmal anders entscheiden könnte, aber die Zeit war endgültig abgelaufen. Ihr Puls fing an zu flattern, als ihr bewusst wurde, wie sehr sie Libby liebte und alles für sie tun würde. Sie war eine gute Mutter, sie hatte es nur zu spät erkannt.

Holly stutzte. Sie würde jetzt zwar aus dem Flugzeug steigen, der Zeitpunkt, an dem Libby gezeugt oder nicht gezeugt wurde, lag aber noch in der Zukunft. Die Stelle, an der sich die beiden Wege trennten, war noch nicht erreicht. Ihre Vision war zwischen zwei möglichen Realitäten hin und her gesprungen, die Zukunft noch nicht festgelegt. Wie denn auch? Holly blieb beinahe das Herz stehen, als sie begriff, dass vielleicht noch Zeit war, alles wieder ins Lot zu bringen.

»*Was* willst du?« Diesmal war Jocelyn entsetzt.

Holly war zum Telefon gestürzt und wählte hektisch eine Nummer nach der anderen, als Jocelyn auftauchte. Sie war unter dem Vorwand gekommen, ein paar Einkäufe bei Holly deponieren zu müssen, in Vorbereitung auf das Weihnachtsfrühstück, das bei Holly stattfinden, aber von Jocelyn zubereitet werden sollte. In Wirklichkeit wollte sie nur bei Holly nach dem Rechten sehen, und ihr war augenblicklich klar, dass ihre Sorge berechtigt gewesen war.

»Ich will nach Singapur fliegen«, bestätigte Holly. Sie wusste, dass es nicht leicht sein würde, Jocelyn zu erklären, warum sie sich plötzlich anders entschieden hatte, und insgeheim hatte sie gehofft, erst damit herausrücken zu müssen, wenn alles geregelt wäre. Leider waren ihre Bemühungen, so kurz vor Weihnachten noch einen Flug nach Singapur zu erwischen oder wenigstens Tom aufzutreiben, bisher erfolglos geblieben, aber sie gab sich nicht so leicht geschlagen.

»Das verstehe ich nicht«, stotterte Jocelyn. Sie war kreidebleich geworden. »Das kannst du nicht machen. Und wenn du schwanger wirst?«

»Genau deshalb muss ich hin, Jocelyn. Ich bin ihre Mutter, und es ist meine Aufgabe, sie zu beschützen. Libbys Wohlergehen ist mir wichtiger als mein Wunsch, am Leben zu bleiben, wichtiger als der Wunsch, Tom vor all dem Kummer zu bewahren. Meine Tochter steht an erster Stelle, das weiß ich jetzt. Ich habe lange gebraucht, um das zu begreifen.« Wärme durchströmte Hollys Herz, als sie es aussprach. »Ich will schwanger werden und Libby eine Chance geben.«

Jocelyn war auf ihrem Stuhl zusammengesunken und sah Holly ungläubig an. »Weißt du überhaupt, was du da sagst? Du sprichst vom Tod. Die Monduhr wollte dich retten. Die Monduhr war ein Geschenk, um dich vor dem Tod zu bewahren, Holly. Wirf es nicht weg. Ich beschwöre dich.« Jocelyns Stimme versagte.

»Ja, sie ist ein Geschenk, das weiß ich mittlerweile auch. Sie hat mir nicht nur gezeigt, wie man sich als Mutter fühlt, sondern auch, dass ich eine gute Mutter sein kann, dass die Geschichte sich nicht zwangsläufig wiederholen muss. Ich kann es besser machen als meine Mutter. Meine Mutter war zu keinem Opfer bereit, nicht zu dem allerkleinsten.

Ich bin bereit, alles herzugeben. Das ist mein sehnlichster Wunsch. Und du musst mir dabei helfen.«

Jocelyn ergriff Hollys Hand und versuchte es mit Argumenten. »Aber du weißt doch gar nicht, wie die Zukunft aussieht. Du hast ein leeres Haus gesehen, das besagt nichts.«

Holly lächelte, als könnte sie Jocelyn damit beweisen, dass sie nicht völlig den Verstand verloren hatte. »Du verstehst mich nicht. Es geht nicht darum, was die Zukunft mir bringt. Ich weiß es nicht, und es interessiert mich auch nicht mehr. Libby ist meine Tochter, sie ist mein Fleisch und Blut. Jetzt vielleicht noch nicht, aber ich habe sie gesehen und im Arm gehalten. Ich kenne ihren Babygeruch, ich kenne jede einzelne blonde Locke. Ich weiß, dass ich alles tun würde, um sie zu beschützen. Alles, Jocelyn.«

Jocelyn schüttelte den Kopf. »Es ist aber zu spät. Du kommst nicht mehr rechtzeitig hin, oder?«

»Ich weiß es ehrlich gesagt nicht. Ich will die Hoffnung noch nicht aufgeben. Du hast selbst gesagt, wie schwierig es ist, den Weg zu ändern. Ich sollte Libby bekommen, warum sollte das jetzt nicht mehr möglich sein?«

Trauer und Verzweiflung waren verflogen, als Holly begriffen hatte, dass die Zeit noch nicht gänzlich abgelaufen war. Erst als sie Jocelyns entsetzte Miene sah, wurde ihr wieder bewusst, welchen Preis sie bezahlen musste, wenn sie ihren Plan in die Tat umsetzte. Es ging um ihr Leben, aber es betraf nicht nur sie allein. Auch Tom, Jocelyn, Toms Eltern, sie alle wären betroffen. Sie müssten mit dem Leid fertigwerden, das Hollys Tod für sie bedeuten würde. Eine Ahnung davon hatte Holly in ihren Zukunftsvisionen bekommen. Dann jedoch erinnerte sie sich, in welchem Zustand sie noch vor wenigen Stunden gewesen war. Das Leid, das ihr Tod verursachen würde, war nichts im Vergleich zu dem Schmerz, den der Verlust von Libby für sie bedeutet hatte, und sie war wild entschlossen, es nicht so weit kommen zu lassen.

»Holly, hör mir zu.« Jocelyn beugte sich vor und drückte Hollys Hand so fest, dass es wehtat. »Überlege dir gut, was du tust. Was du den Menschen antust, die dich lieben. Was wird aus mir? Ich will dich nicht verlieren.« Jocelyn weinte.

Holly hatte das Gefühl, als packte sie eine kalte Hand. »Wenn ich Libby nicht retten kann, bin ich sowieso verloren. Wenn ich überlebe und Libby nicht, ist auch mein Leben vorbei.«

Die Zeit verging unbarmherzig schnell, und die Hoffnung, die Holly am Morgen geschöpft hatte, rann ihr wie Sand durch die Finger. Voller Zuversicht hatte sie ihren Koffer gepackt, sich angezogen und wieder umgezogen, während Jocelyn beide Telefone überwachte, über die Holly ein Flugticket aufzutreiben versuchte. Holly hatte sämtliche Pferde scheu gemacht und schließlich mehrere Reisebüros gefunden, die sich nach Kräften bemühen wollten, einen freien Platz im nächsten Flieger ausfindig zu machen. Bisher hatte noch nichts gefruchtet.

Sogar Tom zu erreichen, erwies sich als unmöglich. Sie hatte in seinem Hotel eine Nachricht hinterlassen, aber bisher hatte er noch nicht zurückgerufen. Seine Kollegen in London waren keine große Hilfe, alle machten vage Versprechungen; im Weihnachtstrubel hatte jedoch keiner die Zeit, um Holly ein Ticket nach Singapur zu verschaffen.

Holly hatte schon rote Ohren vom stundenlangen Telefonieren, jede Minute war kostbar. »Ich geb's nicht auf. Ich muss die Dinge wieder in Ordnung bringen«, beschwor sie Jocelyn zum hundertsten Mal. Sogar die zerbrochene Porzellankatze, die hinter dem Sofa Staub angesetzt hatte, machte sie wieder heil. Sorgfältig klebte sie die Teile zusammen.

»Soll ich vielleicht noch Billy Bescheid sagen, damit er die Türen im Wintergarten versetzt?«, erkundigte Jocelyn sich fassungslos. »Es lässt sich nicht alles wiedergutmachen. Vielleicht solltest du endlich einsehen, dass es Dinge gibt, die sich nicht mehr ändern lassen.«

Holly schüttelte den Kopf, aber als sie aus dem Fenster sah, begann es schon zu dämmern, und mit dem Licht schwand auch ihre Zuversicht. Sie saßen am Küchentisch, zwischen den Händen eine Tasse mit dampfendem Tee. Während Hollys Stimmung allmählich in den Keller sank, war Jocelyn bemüht, ihre Erleichterung nicht zu zeigen.

»Du hast getan, was du konntest, Holly. Ich weiß, dass es schwer für dich wird, und du wirst dir Vorwürfe machen, aber wenigstens weißt du, dass du bereit warst, für Libby auf alles zu verzichten.«

»Ich war so sicher, dass mir noch genügend Zeit bleibt«, flüsterte Holly. Sie setzte ihre Tasse ab, stand auf und starrte hinaus in die Dunkelheit, auf die Monduhr. »Ich habe mich so lange gegen sie gewehrt, und jetzt, wo ich bereit bin nachzugeben, lässt mich das Miststück hängen.«

»Du wirst es schaffen und einen neuen Weg finden.«

Holly machte ein paar Schritte zur Tür, am liebsten wäre sie in den Regen hinausgerannt und hätte die Monduhr wachgerüttelt. Aber sie blieb vor dem Glasfenster der Tür stehen, an dem die Regentropfen herunterrannen. »Ich war so sicher, dass ich wieder auf den alten Weg zurückkomme, der zu Libby führt.« Mit dem Finger verfolgte sie einen kleinen Tropfen, der die Scheibe hinunterlief und sich nahtlos in die Spur eines anderen Tropfens fädelte. »Verzeih mir, Libby«, flüsterte Holly. Sie schauderte bis in die Fingerspitze, die auf der Scheibe verharrte. Auf der anderen Seite des Fensters tauchte aus der Dunkelheit ein anderer Finger auf und legte sich an ihre Fingerspitze. Vor Schreck fuhr Holly zusammen, aber als sie die Hand hinter dem Finger sah, eine kräftige Hand, die Holly für immer festhalten konnte, zog sie den Finger nicht zurück. Hinter der Hand war ein Arm, der sich um ihre Schulter legen und vor allen Gefahren beschützen konnte. Und hinter dem Arm tauchte zu Hollys Überraschung die Brust, der Hals, das Gesicht ihres Liebsten auf, und Holly verschlug es den Atem.

»Willst du mich vielleicht mal reinlassen?«, rief Tom, der fröstelnd im Regen stand.

Holly öffnete die Tür und warf sich in seine Arme. Sie konnte gerade noch Toms Gesicht mit Küssen bedecken, bevor sie in Tränen ausbrach.

»Hast du ein Leck?«, lachte Tom.

»Ich habe kein Leck, ich weine«, strahlte sie. Dann presste sie sich an ihn und küsste ihn lange und leidenschaftlich.

»Du hast immer noch Mundgeruch«, grinste er.

»Ich? Du riechst, würde ich sagen. Als hättest du wochenlang kein Wasser und keine Seife gesehen.«

»Was erwartest du von einem Mann, der zwei Tage unterwegs ist, um zu seiner armen, kranken Frau nach Hause zu kommen?«

Holly hielt ihn fest und ließ den Regen achtlos auf sich niederprasseln. Tom hatte es eiliger, ins Trockene zu kommen, er nahm Holly kurzerhand auf den Arm und trug sie ins Haus. Holly blickte über seine Schulter zur Monduhr, und warf ihr zum ersten Mal ein Lächeln zu.

»Sieh mal, ich habe schon ein vorzeitiges Weihnachtsgeschenk bekommen.« Holly drehte sich zu Jocelyn um. Aber Jocelyn war verschwunden.

»Sollte ich nicht lieber hinterherfahren und sie nach Hause bringen?«, meinte Tom.

Holly seufzte bekümmert auf. »Lass nur. Sie kommt schon zurecht.«

Tom sah müde aus, als er nass und zähneklappernd mit Holly auf dem Arm in der Küche stand. »Was soll ich denn jetzt mit dir machen?«, grinste er verschmitzt.

»Oh, ich habe mir schon was ausgedacht, keine Sorge«, sagte Holly.

DREIZEHN

Es war ein Weihnachtsfest wie im Bilderbuch, Holly war rundum glücklich. Sie feierte im Kreis der Familie, die aus Tom, seinen Eltern, Jocelyn und ihrer weiteren Verwandtschaft bestand, zu der auch Lisa und deren Tochter Patti gehörte. Patti verbrachte ihre Semesterferien zu Hause und nutzte nur zu gerne die Gelegenheit, Tom mit Fachfragen zu bombardieren.

Jocelyn machte gute Miene zum bösen Spiel, aber Holly wusste, dass sie in Wahrheit untröstlich war. Holly sorgte dafür, dass sie genügend Zeit füreinander hatten, und bestand darauf, Jocelyn nach dem Weihnachtsessen nach Hause zu begleiten, wo sie die Einladung auf eine Tasse Tee nur zu gern annahm.

Holly war noch nie in Jocelyns Wohnung gewesen und überrascht, wie eng sie war. Zwei Sessel drängten sich um ein tragbares Fernsehgerät, aber Jocelyn und Holly setzten sich lieber an den kleinen Bistrotisch, offensichtlich ein ausgemustertes Stück aus der Teestube. Der Tisch stand an dem einzigen Fenster, vor dem üppige Winterveilchen im kalten Wind zitterten. Hinter dem leuchtenden Violett und Gelb der Blumen war die Kirche zu sehen, deren steinerne Fassade genauso grau war wie Jocelyns Gesicht. Es hatte sich bisher noch keine Gelegenheit ergeben, über die Zukunft zu sprechen, auch für Holly nicht, die Jocelyn noch ein besonderes Geschenk übergeben wollte, nämlich die Aufzeichnungen und den Holzkasten mit der Glaskugel und dem auseinandergenommen Mechanismus.

»Ich brauche die Sachen nicht mehr« sagte Holly. »Solange ich schwanger bin, will ich kein Risiko eingehen. Außerdem ist es nicht nötig, Libby zu besuchen, ich habe sie jetzt immer bei mir.« Holly klopfte sich auf ihren flachen Bauch. »Du musst mir nur dabei helfen, dass die Monduhr nicht in falsche Hände gerät. Tom braucht nicht zu wissen, was sie anrichten kann. Sie hat sich lange genug in unser Leben gemischt.«

»Wenn ich gewusst hätte, worauf die Geschichte hinausläuft, hätte ich den Kasten schon längst an mich genommen.«

»Vielleicht ist es ein bisschen viel verlangt, aber ich brauche dich jetzt noch mehr als zuvor«, sagte Holly nachdrücklich. »In den vergangenen acht Monaten wurde mein ganzes Gefühlsleben auf den Kopf gestellt, das hat nicht nur mich, sondern auch meine Beziehung zu Tom belastet. Es war nicht einfach, wir haben uns immer weiter voneinander entfernt – und ich meine nicht nur die Meilen, die zwischen uns lagen. Jetzt ist alles wieder gut; ich bin völlig im Reinen mit mir, auch mit Tom, es ist wunderbar. Es tut fast weh, wie sehr ich meinen Mann und mein Baby liebe.« Hollys Stimme versagte vor Rührung, und sie hoffte inständig, dass auch Jocelyn ihren Frieden mit der Welt schließen konnte.

Die Tasse zitterte in Jocelyns Hand, sie musste erst einen Schluck trinken, bevor sie sprechen konnte. »Was geschehen ist, ist geschehen. Ich werde die Sachen gut verwahren und dir und Tom helfen, und wenn es so weit ist, auch Libby. Ich habe dich im Stich gelassen, aber ich verspreche dir, dass ich Libby niemals im Stich lassen werde.«

»Du hast mich nicht im Stich gelassen, wie kommst du darauf? Du hast mich meine eigenen Entscheidungen treffen und meinen Weg gehen lassen. Das belastet höchstens mein Gewissen, aber nicht deins. Außerdem war es die richtige Entscheidung, du wirst mich durch nichts vom Gegenteil überzeugen können.« Hollys Stimme versagte.

Jocelyn nickte höflich, doch Holly spürte, dass sie niemals einverstanden sein würde, zumindest nicht, bevor sie Libby gesehen hatte.

»Ich werde alles regeln, was für Libbys Ankunft nötig ist und für Toms Leben ohne mich, aber ich brauche dich, damit du Tom ermahnst, sich an die Abmachungen zu halten, wenn ich nicht mehr da bin.« Holly war überrascht, wie leicht ihr die Worte über die Lippen kamen. Sie hatte ja nicht vor, gleich zu sterben, neun Monate waren noch lange genug, um die nötigen Vorbereitungen zu treffen. »Toms Beruf ist bisher der einzige Haken an der Sache. Er ist immer noch fest entschlossen, den Posten des Nachrichtensprechers anzunehmen, und wenn er merkt, dass ich schwanger bin, wird es noch schwieriger werden, ihn dazu zu bewegen, sich das Ganze noch mal durch den Kopf gehen zu lassen. Der Sender hat eine Stinkwut, dass er sich nach Singapur abgesetzt hat, sie werden ihm das Leben noch schwerer machen, als es dann ohnehin ist. Ich möchte ihn unbedingt dazu überreden, als freier Journalist zu arbeiten. Im letzten Jahr konnte er viele gute Kontakte knüpfen, die sich als nützlich erweisen könnten. Mit den Auslandsreisen ist jetzt wohl Schluss, aber wenn er Vater wird, wäre das doch keine schlechte Sache, mehr zu Hause zu sein. Er kann beruflich etwas aus sich machen, ich muss ihm nur die richtige Richtung zeigen.«

Jocelyn nahm Hollys Gesicht in beide Hände. »Jetzt halt mal die Luft an, Holly. Es ist noch genug Zeit, um Pläne zu schmieden. Hast du selber gesagt.«

Holly lächelte traurig. »Ja, ich weiß. Aber ich weiß auch, dass ich anderen Kummer zufügen werde. Ich will ihn nur ein wenig mildern.«

»Das ist nicht möglich. Aber ich werde tun, was ich kann.«

Holly legte die Stirn in Falten und grübelte, was sonst noch zu bedenken war. »Patti ist ein nettes Mädchen und für ihr Alter sehr vernünftig. Meinst du, dass sie eine Hilfe wäre? Sie müsste mit ihrem Studium fertig sein, wenn Libby auf die Welt kommt. Vielleicht könnte sie Tom zur Hand gehen, ihm bei seinen Recherchen helfen oder sich um Libby kümmern?«

Jocelyn zog eine Augenbraue hoch. »Siehst du dich etwa nach einem Ersatz für dich um?«

Holly lachte nervös. »Du lieber Himmel, nein. Ich will nur, dass es Tom gut geht, noch gehört er selbstverständlich mir. Eine neue Frau in seinem Leben – daran will ich nicht mal denken, aber …« Holly konnte den Satz nicht beenden, sie ließ das Wort in der Luft hängen.

»Aber?«, hakte Jocelyn nach.

Holly blickte bekümmert aus dem Fenster. »Wenn es dazu kommen sollte, sag ihm, dass es mir nur um sein

Glück geht. Sag ihm, er muss loslassen.« Mit einem verschmitzten Lächeln drehte sie sich zu Jocelyn um. »Du musst nur dafür sorgen, dass der Ersatz gut, aber nicht besser ist als ich.«

»Ich glaube, so jemanden gibt es auch gar nicht. Du bist ziemlich einzigartig, Holly Corrigan.«

Die Silvesternacht war für Holly ein zwiespältiges Vergnügen, aber sie hatte keine Zeit darüber nachzugrübeln, wie ungerecht das Leben war. Das brachte nichts mehr, und sie war einfach nur glücklich; glücklich, weil sie letzten Endes das Geschenk der Monduhr angenommen hatte. Die Uhr hatte ihr die Möglichkeit gegeben, ihr Kind vor ihrem Tod noch im Arm zu halten. Ohne die Monduhr hätte sie ihre Tochter nie gesehen.

»Was hältst du davon, wenn ich dir jetzt sage, dass ich wahrscheinlich schwanger bin?«, sagte Holly leise.

Sie hatten entschieden zu Hause zu bleiben und saßen in der Küche, als der Countdown für Mitternacht begann. Tom war gerade dabei, eine Flasche Sekt zu öffnen, aber er hielt abrupt inne, als ihm klar wurde, was Holly eben gesagt hatte.

»Ist das wahr? Wie kannst du das so schnell wissen?«, fragte er vorsichtig.

Holly nickte. »Ich bin mir absolut sicher, glaub mir.«

Tom rührte sich nicht, er stand mitten in der Küche und blinzelte irritiert. Langsam breitete sich ein strahlendes Lächeln auf seinem Gesicht aus, und das laute Jubeln, das aus dem Fernseher im Wohnzimmer tönte, als das alte Jahr in das neue überging, nahm er nur am Rande wahr. Hastig und ziemlich unsanft stellte er die Sektflasche auf dem Küchentisch ab, um Holly in die Arme zu schließen. Der Korken flog aus der Flasche und der Sekt sprudelte über, doch es kümmerte niemanden.

»Stimmt das wirklich?«

»Ein glückliches neues Jahr!«, strahlte Holly mit ihm um die Wette.

»Glücklich, ja, das bin ich. Sehr glücklich sogar. Wie hätte es auch anders sein können, immerhin steht es so in unserem Plan.«

Über Hollys Lächeln huschte ein Schatten, und sie musste sich Mühe geben, keine unangenehmen Gedanken an die Zukunft aufkommen zu lassen. »Ja richtig, unser Plan. Ich glaube, wir müssen ihn noch mal überarbeiten.«

Tom stutzte kurz, bevor er noch mehr strahlte als vorher, und Holly wusste, dass er Wachs in ihren Händen war. Er wischte brav den übergelaufenen Sekt auf, während sie ihr Notizbuch aus der Schublade zog, es entschlossen auf den Küchentisch legte und darin blätterte, bis sie den laufenden Fünfjahresplan, der dort schwarz auf weiß niedergelegt war, gefunden hatte. Holly setzte sich, Tom rückte seinen Stuhl an ihre Seite, und beide starrten auf die aufgeschlagene Seite.

»Hast du was dagegen, wenn wir noch eine Zusatzvereinbarung machen?«, fragte Holly.

»Könnte es sein, dass sie mich betrifft?«

Diesmal stutzte Holly.

»Eine, die mit meiner Arbeit zu tun hat?«, ergänzte er. »Sieh mich nicht so verdattert an. Meinst du, ich hätte den

Wink mit dem Zaunpfahl nicht verstanden, dass ich den Job als Nachrichtensprecher ablehnen soll?«

»Ich will mich ja nicht einmischen. Ich denke nur …«, setzte Holly an.

»Gib dir keine Mühe«, lachte Tom. »Ich weiß, was du denkst, ich denke genau das Gleiche. Der Job ist nicht mein Ding, aber wir werden bald ein Kind haben, und ich will nur euer Bestes.«

»Aber du kannst doch auch für deine Familie sorgen, ohne einen verhassten Job übernehmen zu müssen. Und du wirst ihn hassen, Tom, du …«

Tom legte einen Finger auf Hollys Lippen.

»Ich mache das für ein halbes Jahr, inzwischen kann ich meine Fühler ausstrecken, um freiberuflich arbeiten zu können. Bis zur Geburt des Babys läuft die Sache. Vielleicht habe ich dann auch schon mit meinem Buch angefangen. Würdest du das jetzt bitte alles aufschreiben, oder soll ich das machen?«

Holly zog seinen Finger von ihren Lippen und küsste ihn treuherzig. »Es ist dein Plan.«

»Ich bin froh, dass du einverstanden bist. Ich hatte schon Bedenken.« Der skeptische Blick, den er Holly zuwarf, verwandelte sich in ehrfürchtiges Staunen. »Ein Baby. Wir bekommen ein Baby«, flüsterte er.

Auch ohne sich in Toms Pläne einzumischen, gab es genug anderes, was Holly auf Trab hielt. Dafür sorgte Sam Peterson. Zum Glück hielt sich das Theater, das Mrs Bronson um die Skulptur gemacht hatte, in Grenzen. Sie war Besitzerin eines echten Kunstwerkes von Holly Corrigan und hatte nicht die Absicht, seinen Wert zu mindern, indem sie der Künstlerin das Wasser abgrub, zumal sie das Werk umsonst bekommen hatte. Hollys Ruf blieb also unbeschädigt, aber trotzdem lehnte sie weitere Aufträge strikt ab. Sie stellte weiter kleinere Objekte für die Galerie her und nahm das Ganze lockerer als bisher. Die Zeit mit Tom war ihr wichtiger.

Wenn sie sich doch einmal ins Atelier wagte, ertappte sie sich dabei, dass sie mehr von der Skulptur mit der Mutter und dem Kind gefesselt war als von ihrer Arbeit. Der Schwangerschaftstest hatte Tom die Bestätigung geliefert, die er für nötig hielt, aber Hollys Körper zeigte noch nicht die geringsten Anzeichen eines wachsenden Lebens. Es war Libbys Ebenbild aus Ton, das sie für Holly erst real machte. Holly erfreute sich an dem Kunstwerk, doch war ihr klar, dass ihm ein würdigerer und dauerhafter Platz gebühren sollte. Sie griff Sams Vorschlag auf und beschloss, es der Gemeinde zu vermachen. Ihre Wahl fiel auf den Maifeiertag, das Fest des Frühling und der Fruchtbarkeit; es war der perfekte Tag für die Enthüllung im Gemeindesaal, und Sam bekam eine Einladung, die er unmöglich ablehnen konnte. Die Veranstaltung versprach sehr bewegend zu werden, denn Holly wusste, dass es nicht das einzige Vermächtnis war, das sie hinterlassen sollte.

Tom und Holly machten sich für den großen Festakt der Enthüllung fertig. Wie immer hatten Tom ganze zehn Minuten gereicht, um zu duschen und sich umzuziehen, und er saß nun auf dem Bett und sah Holly zu, die wie ein aufgescheuchtes Huhn umherflatterte. Sie probierte ihren halben Kleiderschrank durch, aber sie war jetzt im vierten Monat und schon ein wenig in die Breite gegangen, so dass nichts mehr richtig passte.

»Alles zu eng«, jammerte sie, als sie versuchte, sich in ihr Lieblingskleid zu zwängen. Es war ein Minikleid aus den sechziger Jahren, mit einem auffallenden Muster in Orange und Schwarz, aber es spannte so in der Taille, dass es selbst für ein Stück aus den Sechzigern unanständig kurz war.

»Wär's dir anders lieber?« Seit Tom von der Schwangerschaft wusste, strahlte er ununterbrochen.

Holly schälte sich wieder aus dem Kleid und hockte sich neben Tom aufs Bett. »Nein, ganz gewiss nicht.« Sie küsste ihn zärtlich und fing an, sein Hemd aufzuknöpfen.

Ihr leidenschaftlicher Kuss ließ Tom vor Entzücken stöhnen. »Komm, lass uns hierbleiben. Bitte«, flehte er.

»Kommt leider nicht in Frage. Wir können unsere Gäste nicht warten lassen. Außerdem sind deine Eltern unten und könnten sich von dem Lärm belästigt fühlen.«

Holly streifte Tom das Hemd ab und rutschte vom Bett. Dann schlüpfte sie in sein Hemd, kombinierte es mit schwarzen Leggings und einem Gürtel, während Tom den Schrank nach einem anderen Hemd durchwühlte.

Schließlich gelang es ihr, nicht ohne Hilfe seiner Eltern, mit einem widerspenstigen Tom im Schlepptau das Haus zu verlassen. Dabei war sie eigentlich diejenige, die dem Abend mit gemischten Gefühlen entgegensah. Tom war daran gewöhnt, im Rampenlicht zu stehen, sie aber nicht, weshalb sie ihre Schwangerschaft vorgeschoben hatte, damit er die Begrüßungsrede übernahm. Aber sie wusste, dass sie trotzdem im Mittelpunkt des Interesses stehen würde.

Der Gemeindesaal war gut gefüllt, mit Einwohnern aus Fincross und ein paar ausgewählten auswärtigen Gästen. Jocelyn hatte für Tom alles Nötige arrangiert, um mit Hilfe von Tombolas und Versteigerungen die erforderlichen Mittel für die Gemeindekasse zusammenzukratzen, und als wäre das noch nicht genug, hatte sie mit Lisa ein Buffet vorbereitet, das für die Speisung der Fünftausend gereicht hätte.

»Sie haben sich ja eine wahnsinnige Mühe gegeben«, staunte Tom, als er das endlose Buffet sah, das sich über die ganze Länge des Gemeindesaals zog.

»Ach wo, es war keine Mühe, überhaupt nicht«, flunkerte Jocelyn. Lisa, die hinter ihr stand, verzog das Gesicht, um klarzustellen, dass es nicht der Wahrheit entsprach. »Na gut. Ich gebe zu, dass ich froh bin, heute Abend meine Füße hochlegen zu können. Mir tun die Beine weh, das kann ich Ihnen sagen.«

»Also, Sie setzen sich jetzt hin«, befahl Tom und zog Jocelyn hinter sich her, um einen Platz für sie zu finden. »Und dass Sie mir heute keinen Finger mehr rühren! Sagen Sie einfach, wenn Sie was brauchen.«

Jocelyns Augen funkelten. Es war nicht zu übersehen, dass sie sich geschmeichelt fühlte, von einem jungen Mann verwöhnt zu werden. »Ich hätte gerne was zu trinken, wenn es nicht zu viel Mühe macht«, gurrte sie.

»Entschuldige, mein Lieber, es wird sich hier nicht vor den Pflichten gedrückt«, unterbrach Holly die beiden mit einem Schmunzeln. »Erst müssen wir die Enthüllung hinter uns bringen, dann können wir noch die ganze Nacht die Puppen tanzen lassen. Solange muss Jocelyn sich noch allein behelfen.«

»Kann ich vielleicht behilflich sein?« Sam war wie aus dem Nichts aufgetaucht.

»Du kommst wie gerufen«, meinte Holly verschmitzt. »Darf ich vorstellen, das ist Sam Peterson, Galeriebesitzer und Fachmann für schwierige Verhandlungen. Sam, das ist meine Familie.« Vergnügt stellte sie alle der Reihe nach vor. Jocelyn kam zum Schluss. »Und hier unser ganz besonderer Gast«, erklärte Holly. »Ich wäre dir dankbar, wenn du dich um sie kümmerst. Ich glaube, eine kleine Erfrischung würde ihr guttun, wenn du bitte so freundlich wärst.«

»Wer ist denn gestorben und hat dich plötzlich zur Königin gemacht?«, erkundigte sich Sam schlagfertig.

»Bisher noch niemand«, sagte Holly, und alle lachten. Außer Jocelyn.

»Also los, Ihre Majestät, machen wir uns an die Arbeit.« Diesmal nahm Tom Holly ins Schlepptau. »Und laufen Sie nicht weg. Ich bin gleich wieder da«, zwinkerte er Jocelyn zu.

Am Rednerpult unterhielt Tom das Publikum dann mit ein paar amüsanten Anekdoten auf Hollys Kosten. Erst als es um die Stiftung der Skulptur ging, schlug er einen ernsthafteren Ton an. »Meiner Frau wird es sicher nicht gefallen, was ich jetzt sage, aber noch vor einem Jahr hielt sie nicht viel vom Kinderkriegen, jedenfalls nicht, soweit es sie selbst betraf. Sie konnte sich sich nicht als Mutter vorstellen, und ehrlich gesagt hatte auch ich Bedenken.«

Tom warf einen vorsichtigen Blick auf Holly, er war sich nicht sicher, ob ihr seine Indiskretion unangenehm war. Holly lächelte zaghaft. Warum sollte sie einen Hehl daraus machen, dass es tatsächlich ein mühsamer Weg gewesen war?

»Eigentlich hatte ich mich selber für den großen Weltreisenden gehalten, aber wenn ich die Skulptur hinter mir ansehe, muss ich feststellen, dass ihre Erschafferin es war, die eine erstaunliche Reise hinter sich hat. Holly hielt es für ausgeschlossen, jemals so etwas wie Mutterliebe nachempfinden zu können, doch es gibt diese Liebe, in Stein gemeißelt, für jedermann sichtbar. Ich bin unendlich stolz auf sie und freue mich schon jetzt auf den Tag, an dem das Bild aus Stein zu einem Bild aus Fleisch und Blut wird.«

Tom sah Holly an. Im vergangenen Jahr hatte sie noch etwas gelernt. Zu weinen. Und sie weinte wie ein kleines Kind. Als man sie zum Mikrofon zog, kämpfte sie sich schniefend durch alle Danksagungen. Sie dankte allen für die Zuneigung, Unterstützung und Geduld, namentlich Tom, seinen Eltern, Jocelyn und sogar Billy. Die Liste nahm kein Ende, bis sie schließlich allen Anwesenden dankte, vor allem für ihre Geduld. Ihre anfängliche Scheu, eine Rede zu halten, war verflogen, und Tom bereute es fast, ihr das Mikrofon überlassen zu haben.

»Ich hätte nie gedacht, dass der Umzug aufs Land so ein einschneidendes Erlebnis wird. In kürzester Zeit habe ich mich hier in Fincross heimisch gefühlt und konnte Wurzeln schlagen, die hoffentlich noch viele Generationen bestehen. Ich bedauere nur, dass ich Hardmonton Hall nicht mehr in seiner alten Pracht kennengelernt habe. Nun, ich will mich nicht aufdrängen und in Ihre Angelegenheiten mischen, aber ich fände es schön, wenn das Geld, das heute Abend zusammengekommen ist, für die Instandsetzung des Parks verwendet wird. Es wäre schade, wenn diese prachtvolle Anlage für immer verloren ginge.«

Holly fing Jocelyns erstaunten Blick auf. Es sollte ein weiteres Vermächtnis sein, das Holly hinterlassen wollte, eins, das vor allem Edward und Isabella Hardmonton gewidmet war. Die Welt würde vielleicht niemals von dem Opfer erfahren, das die beiden gebracht hatten, aber Holly kannte es. Abgesehen davon würde das Projekt jedoch auch Jocelyn guttun. Es würde ihr helfen, sich wieder der Zukunft zuzuwenden, statt über die Vergangenheit zu grübeln, und käme ihren gärtnerischen Ambitionen sicher mehr entgegen als der Blumenkasten vor dem Fenster in ihrer engen Wohnung.

Holly war sich bewusst, dass sie die Aufmerksamkeit der Zuhörer lange genug in Anspruch genommen hatte, und erklärte das Buffet zur allgemeinen Erleichterung für eröffnet, bat aber alle, hinterher noch zu bleiben. Es waren noch Spendenaktionen geplant, und sie ermunterte alle, nicht nur tief in die Tasche zu greifen, sondern auch bis zum Morgengrauen das Tanzbein zu schwingen.

Bevor die beiden sich unter die Menge mischten, richtete Holly noch einmal das Wort an Tom. »Danke.«

»Ich denke, das hast du schon gesagt«, lachte er. »Aber falls ich dir noch nicht ausreichend gedankt haben sollte – danke, Holly. Danke, dass du mich zum glücklichsten Menschen unter der Sonne gemacht hast.«

Holly umarmte ihn und legte den Kopf auf seine Schulter, damit er den Kummer in ihren Augen nicht sehen konnte.

»Sieh mal, da ist Billy«, sagte Tom aufgeregt.

»Deine zweite große Liebe. Ein Wunder, dass ich euch beide überhaupt allein lasse.«

»Du musst reden!«, empörte sich Tom lautstark, als sie auf Billy zusteuerten. »Wer hat denn den armen Kerl stundenlang als Geisel in seinem Atelier festgehalten?«

»Hallo, wen haben wir denn da?« Billys Begeisterung stand der von Tom in nichts nach, als die beiden sich die Hand schüttelten. »Darf ich euch meine Frau Edna vorstellen? Edna, das sind Holly und Tom.«

Die Frau an Billys Seite machte den Eindruck einer strengen Matrone, mit ihrem grauen, straff zurückgebunden Dutt und einem Gesicht, das genauso rund war wie ihre Figur. Wahrscheinlich genügte ein einziger vernichtender Blick aus ihren Augen, um Billy in Schach zu halten, aber das Lächeln, mit dem sie Holly und Tom begrüßte, war offen und herzlich.

»Wie schön, dass ich Sie endlich kennenlerne! Billy hat schon so oft von Ihnen gesprochen, und natürlich habe ich Sie im Fernsehen gesehen«, wandte sie sich an Tom.

»Im Fernsehen bin ich nicht mehr lange zu sehen, zumindest nicht in den Nachrichten. Ich kündige demnächst.« Tom wirkte sichtlich erleichtert.

»Soll das heißen, dass die Pläne für die Umgestaltung des Gartens auf Eis gelegt werden müssen?«, fragte Billy.

»Auf keinen Fall«, lachte Tom. »Ich mache mich selbstständig, ein paar Projekte sind schon in die Wege geleitet.«

Billy runzelte misstrauisch die Stirn. »Ich hoffe, Sie werden Ihre Frau nicht wieder so lange allein lassen.«

»Nein, selbstverständlich nicht. Ich bleibe hier, keine Sorge. Und Zeit genug für unsere Gartenpläne bleibt auch. Apropos, kann ich Sie mal kurz wegen nächster Woche sprechen?«

»Du hast doch nichts dagegen, Liebling?«, fragte Billy verlegen und wartete auf Ednas Einverständnis.

»Beeil dich aber«, mahnte sie.

Sobald die beiden außer Hörweite waren, konnte sich Holly ein Lachen nicht länger verkneifen. »Ich merke schon, wer bei Ihnen die Hosen anhat, dabei tut Billy immer so, als wäre er der große Zampano.«

Edna musste ebenfalls lachen. »Der braucht ein straffes Regiment, sonst bildet er sich wer weiß was ein. Aber gut, dass wir gerade allein sind. Billy möchte unbedingt das Kinderzimmer für Sie einrichten. Damit will er sich für die vielen Aufträge bedanken.«

»Wirklich? Wie nett von ihm!« Holly war ehrlich gerührt von Billys großzügiger Geste.

»Sie sind also einverstanden? Er hat eben eine Schwäche für das Torhaus und seine Bewohner. Wenn es nach ihm ginge, wäre er am liebsten die ganze Zeit dort. Sagen Sie Bescheid, wenn er lästig wird. Dann werde ich ihm den Marsch blasen.«

»Billy und lästig?« Anfangs war er Holly manchmal auf die Nerven gegangen, doch mittlerweile sah sie Billy in einem anderen Licht. »Er hat auf mich aufgepasst, als Tom nicht da war, das weiß ich durchaus zu schätzen.«

»Wir haben keine eigenen Kinder, und ich bin überzeugt, er würde Tom und Sie am liebsten adoptieren.«

»Oh, aber möchte er denn auch schon Großvater werden?«, fragte Holly und tätschelte ihren Bauch. Die beiden Frauen lachten amüsiert, bis schließlich die Männer wieder auftauchten. Holly bestand darauf, dass Billy und Edna sich ihnen anschlossen.

Die Veranstaltung war ein großer Erfolg und Holly so aufgedreht wie schon lange nicht mehr. Sie bedauerte nur, dass Jocelyn schon bald, nachdem das Buffet verzehrt und aufgeräumt war, gegangen war. Jocelyn hätte es zwar um keinen Preis zugegeben, aber die Vorbereitungen für den Abend hatten sie sichtlich erschöpft, so dass Holly keinen Versuch machte, sie zum Bleiben zu bewegen.

Tom und Holly hielten bis zum Schluss durch. Trotz Jacks und Dianes Angebot, sie nach Hause zu fahren, beschlossen sie, den Abend ausklingen zu lassen und zu Fuß nach Hause zu gehen. Der Vollmond blickte über ihre Schultern und wies ihnen den Weg über die Dorfwiese. Hunderte von Glockenblumen wiegten ihre Köpfe in der lauen Nachtluft, und Holly erlaubte sich ausnahmsweise, traurig und auch ein bisschen ängstlich zu sein. Von alldem musste sie schon bald Abschied nehmen.

»Ich kann nicht mehr«, stöhnte Tom und ließ sich ins Gras fallen. »Mir fallen fast die Füße ab vom vielen Tanzen.«

»Entschuldige mal. Ich bin hier die Schwangere. Wunde Füße stehen wohl eher mir zu.«

Tom zog sie zu sich herunter. »Dann tun sie mir eben aus Solidarität weh.«

»Dein Mitgefühl gilt eher Sam«, lachte Holly.

»Na ja, irgendjemand musste ja mit ihm tanzen. Er war untröstlich, dass sich hier niemand für Volkstänze begeistert.«

»Ihr beide habt ja dann eine flotte Sohle aufs Parkett gelegt.«

Trotz Sams seltsamer Ansichten über das Leben auf dem Land war er der Star des Abends gewesen, und Holly hatte den Verdacht, dass er nicht zum letzten Mal da war. Er übernachtete in einem Gasthof, mit dessen Vermieter er ins Gespräch vertieft war, als Holly ihn zuletzt gesehen hatte.

Tom und Holly lagen auf dem Rücken im Gras und sahen in den nächtlichen Himmel hinauf.

»Sieh mal, der Mond. So hell war er in London nie.«

»Es ist nicht alles Gold, was glänzt«, meinte Holly. »Er reflektiert nur das Sonnenlicht, mehr nicht. Er hat keine eigene Energie.«

»Das erzähl mal Werwölfen und Mondsüchtigen.« Tom lallte ein weing.

»Eine Zeitlang hat er mich ganz verrückt gemacht, aber dann habe ich begriffen, dass ich mein Schicksal selber in die Hand nehmen muss.«

Tom sah sie von der Seite an. »Hast du auch was getrunken?«

»Nein«, sagte Holly mit einem wehmütigen Lächeln. »Du allerdings ganz bestimmt.«

»Ich liebe Sie, Mrs Corrigan«, flüsterte er.

Holly erinnerte sich an den trauernden Tom, der glaubte, ihr zu selten gesagt zu haben, dass er sie liebe. »Ich weiß, dass du mich liebst. Du musst es gar nicht immer sagen, ich weiß es auch so. Immer wenn du mich ansiehst, mit mir sprichst, an mich denkst, spüre ich es. Vergiss das nicht.«

Tom strahlte sie an. Sie hoffte, der Alkohol würde sein Gedächtnis nicht zu sehr benebeln, aber sie konnte ihm nicht allen zukünftigen Kummer ersparen. Schuldgefühle würde er so oder so haben. Das konnte sie nicht ändern. Sie konnte nur versuchen, die Leere, die sie mit Sicherheit in seinem Leben hinterlassen würde, mit vielen guten Erinnerungen zu füllen.

Holly schluckte, um ein Seufzen zu unterdrücken. Sie wollte Tom nicht verlassen. Sie wollte für immer bei ihm bleiben, und sie wollte Libby aufwachsen sehen. Als sie tief Luft holte, spürte sie ein leichtes Flattern im Bauch. Erschrocken hielt sie die Luft an. Es war wie das Flattern von Schmetterlingsflügeln.

Tom glaubte, ihr fehlte etwas, und beugte sich über sie. »Alles in Ordnung?«, fragte er und klang so nüchtern wie den ganzen Abend nicht.

»Ich glaube, das Baby hat sich bewegt«, sagte Holly atemlos.

Tom legte eine Hand auf ihren Bauch, und sie führte seine Fingerspitzen an die Stelle, wo sie zum ersten Mal Libbys Bewegungen gespürt hatte.

»Ich spüre nichts«, brummte Tom.

»Du hast noch unendlich viel Zeit, um sie richtig kennenzulernen.« Tom war es inzwischen gewöhnt, dass Holly von einem Mädchen sprach, aber er hatte die Hoffnung auf einen Jungen noch nicht aufgegeben.

Vorsichtig legte er sein Ohr an Hollys Bauch. »Das ist er«, sagte er.

»Das ist wer?«

»Der Augenblick, von dem du gesprochen hast. Wenn man von seinem Leben sagen kann, es ist genug. Ich weiß, was ich habe, und ich bin glücklich. Ich bin wunschlos glücklich.«

Holly stockte das Herz. »Ja, das ist der Augenblick.« Sie sah hinauf zum Mond und begriff, dass auch sie wunschlos glücklich war. Sie hatte ihren Mann, und sie hatte Libby, die in ihr heranwuchs, und beide waren bei ihr bis zu dem Tag, an dem sie sterben musste.

EPILOG

Der 29. September 2011 war ein schöner Tag zum Sterben. Der Morgenhimmel leuchtete kristallklar, auch wenn sein Blau ein wenig blass war. Vor dem Torhaus hatten sich ein paar Menschen eingefunden, um den zukünftigen Eltern alles Gute zu wünschen. Billy und seine Leute hatten nach und nach den Garten in Schuss gebracht und waren in dieser Woche noch einmal angerückt, um letzte Hand anzulegen.

»Mit ein bisschen Glück sind wir fertig, bevor Sie wieder aus dem Krankenhaus kommen«, sagte Billy zu Holly.

»Hoffen wir mal lieber nicht, dass die Wehen so lange dauern«, scherzte Tom, der vor Glück strahlte. Ganz im Gegensatz zu Holly, die noch eine größere Last mit sich schleppte als das Kind in ihrem Bauch.

»Alles wird gut«, tröstete Jocelyn sie und nahm sie wie eine Mutter in die Arme.

»Ich habe Angst«, flüsterte Holly, damit die anderen sie nicht hören konnten. »Ich will noch nicht sterben.«

»Es wird alles gut«, versicherte Jocelyn wieder, und Holly widersprach ihr nicht, obwohl Jocelyn ihr ansah, dass sie ihr nicht glaubte.

Toms aufgeregten Anruf, dass bei Holly die Wehen eingesetzt hatten, hätte Jocelyn nicht gebraucht. Sie kannte schon lange den Tag von Libbys Geburt und hatte sich mit der gleichen Sorgfalt wie Holly darauf vorbereitet.

Holly krümmte sich vor Schmerzen, als die nächste Wehe sie überrollte.

»Schluss mit dem Geplauder, wir müssen ins Krankenhaus«, drängte Tom und wollte Holly zum Auto schieben.

»Ich liebe dich. Du bist für mich die Mutter, die ich nie gehabt habe«, sagte Holly zu Jocelyn, und ihre Stimme klang immer ängstlicher »Ich weiß nicht, wie ich dir danken soll, für alles, was du für mich getan hast und noch tun wirst. Ohne dich hätte ich das alles nicht geschafft.«

»Ach, Holly, meine Liebe. Ich bin dir ja so dankbar. Endlich konnte ich wieder für jemanden wie eine richtige Mutter sorgen.« Beide waren den Tränen nahe, doch keine wollte als Erste die Fassung verlieren.

»He, ihr beiden, ihr tut ja, als würdet ihr euch nie wiedersehen. Jetzt komm schon«, drängte Tom erneut.

Holly wandte ihren Blick nicht von Jocelyn, als sie die Auffahrt hinuntertapste und sich ins Auto zwängte. Jocelyn blickte ihr nach, und erst als das Auto nicht mehr zu sehen war, erlaubte sie sich ein paar Tränen. Aber auch das nur für einen kurzen Augenblick. Es gab noch allerhand zu tun.

»Darf ich dich um einen Gefallen bitten?«, fragte sie Billy und richtete sich zu voller Größe auf, soweit es ihre alten Knochen zuließen. »Ich habe hier noch das eine oder andere zu erledigen, wäre dir danach jedoch dankbar, wenn du mich nach Hause fährst. Heute wird mir der Heimweg zu viel, glaube ich.«

»Du möchtest nach Hause gefahren werden? Das ist ja ganz was Neues. Aber ich bin gerne zu Diensten«, lächelte Billy, aber plötzlich sah er sie besorgt an. »Dir fehlt doch nichts, Joss?«

»Wird schon wieder«, versicherte Jocelyn augenzwinkernd.

»Na gut. Wäre doch schade, wenn die Frau meiner Träume Sorgenfalten kriegt.«

»Ich fürchte, dafür ist es ein bisschen zu spät«, meinte Jocelyn. Sie sah das Torhaus an. »Hat schon viel gesehen, nicht wahr?«

Beide blickten zu der eindrucksvollen Fassade hinüber, die ihr Alter und ihre Geheimnisse hinter frisch gestrichenem Fachwerk und wucherndem Geißblatt verbarg.

Billy zog die Augenbrauen hoch. »Manche Dinge lässt man besser in der Vergangenheit ruhen.«

»Manche Menschen auch« ergänzte Jocelyn bedeutungsvoll.

»Und darum ist heute auch ein besonderer Tag. Es wird Zeit, dass wir einen Schlussstrich unter die Vergangenheit ziehen und nach vorne schauen.« Billys Augen glitzerten verdächtig.

»Ich hätte es nicht besser ausdrücken können. Aber genug geschwatzt, ich hab zu tun und du auch«, meinte Jocelyn und schickte ihn wieder an die Arbeit im Garten.

Holly hatte Jocelyn mit Schlüsseln und Anweisungen versehen, damit alles vorbereitet war, wenn Tom allein mit dem Neugeborenen nach Hause kam. Mit den Vorräten, die Holly aufgetürmt hatte, hätte man eine ganze Armee durchfüttern können.

Jocelyn schlich leise durch das verlassene Haus, um die Gespenster der Vergangenheit nicht zu wecken. Einem Blick in das neu eingerichtete Kinderzimmer im oberen Stockwerk konnte sie aber nicht widerstehen, obwohl ihre Gelenke mit den Stufen um die Wette knirschten. Als sie den Treppenabsatz erreicht hatte, war aus dem Ziehen im Rücken trotz der Tabletten ein stechender Schmerz geworden, und sie musste erst einmal tief Luft holen, bevor sie die Tür zum Kinderzimmer öffnete. Das leere Bettchen stand in der Mitte und wartete auf Libbys Ankunft. Als Jocelyn näher trat, sah sie, dass es nicht gänzlich leer war, die Stoffpuppe, von der Holly erzählt hatte, lag darin. In den vergangenen Wochen hatte Holly die Puppe mit ins Bett genommen, damit sie ihren Geruch annahm, ein letztes Geschenk, ein letztes Band zwischen Mutter und Tochter.

Als Jocelyn Stufe für Stufe wieder hinunterging, gab sie sich Mühe, nicht an die Zeit zu denken, in der sie hier zu Hause gewesen war. Die Gespenster hatte sie abschütteln können, aber das schlechte Gewissen, das ihr wie ein Schatten gefolgt war, als sie Harry verlassen hatte, hatte sich als hartnäckiger erwiesen. Doch diese Schuld, die sie seit Jahrzehnten quälte, wurde allmählich leichter, auch wenn ein trauriger Tag vor ihr lag.

In der Küche, mit der sie seit eineinhalb Jahren auch manche schöne Erinnerung verband, fühlte Jocelyn sich am wohlsten. Eigentlich hätte sie für Toms Rückkehr eine kräftige Suppe vorbereiten sollen, aber zum Kochen reichte die Zeit heute nicht. Rasch packte sie den Vorrat an Pasteten und Kuchen aus, den sie aus der Teestube mitgebracht hatte und warf nur einen flüchtigen Blick aus dem Fenster auf die Monduhr. Einen weißen Umschlag, das Tagebuch und den Holzkasten ließ sie in ihrem Einkaufskorb.

Mit dem Korb unter dem Arm machte sich Jocelyn auf den Weg in Hollys Atelier, das ein paar Gespenster besonderer Art barg. Es war schon Ewigkeiten her, seit ihr Mann hier seine Werkstatt hatte, und es sah völlig anders aus als früher, aber trotzdem spürte Jocelyn seine Gegenwart hier am allermeisten.

Sie legte den Kasten und das Tagebuch auf Hollys Werkbank, wo man beides leicht finden würde. Nachdenklich betrachtete sie den Kasten und tippte mit ihrem von Arthritis gezeichneten Finger darauf. »Ich bin bereit, den Handel abzuschließen«, sagte sie.

Den weißen Umschlag legte sie behutsam obenauf. Der Brief hätte auch ein Pakt mit dem Teufel sein können, aber auf wundersame Weise hatte die Monduhr einen Pakt daraus gemacht, der, wie Jocelyn wusste, schon zusammen mit ihrem Schicksal besiegelt war.

Jocelyn schloss das Atelier und das Haus hinter sich ab, bevor sie Billy von seiner Arbeit aufscheuchte, um sich nach Hause fahren zu lassen. Ein geradezu beglückendes Gefühl der Erleichterung erfasste sie, je weiter sie sich vom Torhaus entfernte und die letzten Reste ihrer Schuld hinter sich ließ. Nicht für lange, dachte sie, als sie sich vorstellte, was sie zu Hause erwartete. Auf dem kleinen Bistrotisch lag alles bereit. Die Tabletten, die Flasche Wodka und die Fotos der Menschen, die ihr etwas bedeuteten und die das Letzte sein sollten, auf das ihr Blick jemals fallen würde. Jocelyn war im Begriff, die Rechnung zu begleichen.

Meine liebste Holly,
ich nehme an, dass du dich fragst, was um Himmels willen passiert ist, oder vielleicht eher, warum man im Dorf den Tod einer törichten alten Frau statt den einer jungen Mutter betrauert.

Eine Geburt ist für jede Frau ein einschneidendes Erlebnis, aber ich denke, dir wird es noch ein bisschen schwerer fallen, dich an die neue Lebensphase zu gewöhnen. Du wirst mir böse sein und dich gleichzeitig schuldig fühlen. du wirst glauben, einem anderen Menschen das Recht auf Leben genommen zu haben. Ich wollte, ich könnte die rechten Worte finden, um es dir auszureden, aber ich kann nur sagen, du brauchst wirklich kein schlechtes Gewissen zu haben! Ich habe mein halbes Leben damit vergeudet, mich mit Schuldgefühlen zu quälen, das möchte ich dir ersparen. Wir beide wissen, dass die Monduhr Leben gegen Leben verrechnet – aber es muss nicht unbedingt deins sein oder Libbys oder Toms. Warum dann also nicht meins? Will ich tatsächlich meinen Lebensabend mit diesen eingerosteten Gelenken im bettlägerigen Zustand verbringen? Für mich ist das eine schlimmere Vorstellung als der Tod.

Manchmal blicke ich hinauf zum Vollmond, und er kommt mir vor wie das Sinnbild meines Lebens. Er stiehlt sich das Sonnenlicht des vergangenen Tages, so wie ich einem anderen Menschen das Leben gestohlen habe. Und zur Strafe konnte mein eigenes Leben nicht hell genug leuchten. Bis du aufgetaucht bist.

Dein Schicksal wird anders aussehen, weil ich dir dieses Geschenk mache. Ein Geschenk, das von Herzen kommt und bei dem die Monduhr, wie du dir denken kannst, ihre Hand im Spiel hat.

Ich sitze, während ich diesen Brief schreibe, an deinem Küchentisch. Heute ist der Abend, an dem deine Skulptur im Gemeindesaal enthüllt wird, und Tom und du, ihr feiert sicherlich noch bis nach Mitternacht. Der Vollmond scheint durchs Fenster und zwinkert mir dann und wann zu.

Ich wollte, du könntest mich hier sitzen sehen, aber sei versichert, mir ist nicht schwer ums Herz, ganz im Gegenteil. Heute Nacht habe ich die Monduhr ein letztes Mal befragt, und ich sah für einen Augenblick das gleiche Bild von der Zukunft wie du, mit einem trauernden Tom, der dich schrecklich vermisst. Ich war schon lange bereit, mein Leben für deins zu opfern, doch wie du ja weißt, hat die Monduhr ihre eigenen Regeln. Die Rechnung geht nur auf, wenn jemand aus der Familie sein Leben opfert. Sieh dir noch einmal deine Skulptur an, Holly. Das bist du mit Libby im Arm, aber der Sockel aus schwarzem Marmor, die Mutter, auf die man bauen kann und die dir als Kind gefehlt hat, die will ich für dich sein. Ich habe dir immer wieder gesagt, dass du wie eine Tochter für mich bist, und Gott sei Dank hat die Monduhr es heute Nacht bestätigt.

Ich brauchte nur einen Blick auf Libby zu werfen, die-

ses niedliche Geschöpf, das seine Mutter verlieren würde, und mein Entschluss stand fest. Und die Monduhr ist darauf eingegangen. Mein Leben gegen dein Leben. Eine Mutter opfert ihr Leben für ihre Tochter. Kommt dir bekannt vor, oder? In dem Augenblick, als mir klar wurde, dass ich den Handel machen wollte und konnte, entfaltete sich vor meinen Augen mit einem Mal ein Zukunftsbild, von dem wir beide nie zu träumen gewagt hätten. Holly, der Anblick, wie ihr zu dritt so glücklich vereint wart, war wunderschön. Natürlich hättest du versucht, mich daran zu hindern, meinen Plan in die Tat umzusetzen, aber ich bin eben, wie du ganz richtig gesagt hast, ein sturer Bock.

Doch in einer Hinsicht kann ich dir entgegenkommen. Ich werde dir ein paar Dinge verraten, die dir die ersten Schritte auf deinem neuen Weg erleichtern könnten. Ich weiß, dass du dir Gedanken über die weitere Zukunft gemacht hast, du hast es mir selber gesagt. Du hattest nicht ganz unrecht, dir Sorgen zu machen, wie es mit dem Gleichgewicht aussieht, das die Monduhr fordert. Ich würde dir gerne den Schock ersparen, doch ich will aufrichtig mit dir sein: Tom und du, ihr werdet keine weiteren Kinder haben. Die Holly, die ich sah, möchte, dass du es weißt, und sei es nur, damit du dich an keine falschen Hoffnungen klammerst. Du wirst darüber hinwegkommen, aber du musst dieses Wissen und die damit verbundene Belastung mit Tom teilen, wie so manches andere auch. Verschwende keine Zeit damit, dir Sorgen zu machen, dass Tom in Versuchung geraten könnte, die Monduhr selber zu benutzen. Er wird es nicht tun. Er wird dich unterstützen und dir eine Hilfe sein, besonders bei dem, wozu ich gleich kommen werde, ein Projekt, für das du selber den Grundstein gelegt hast.

Du wirst die Instandsetzung der Gärten von Hardmonton Hall weiter vorantreiben, und Tom wird dir helfen, Lucas Hardmonton ausfindig zu machen. Lucas hat ein Recht darauf, die volle Wahrheit über das Schicksal seiner Eltern zu erfahren und über das Opfer, das sie gebracht haben. Du wirst dir keine Gedanken darüber machen müssen, ob du ihm das Tagebuch aushändigen und die Monduhr an ihrem ursprünglichen Ort wieder aufstellen sollst, und du brauchst keine Zeit mit der Frage zu verschwenden, ob man sie nicht besser zerstören sollte. Du wirst sie nicht zerstören, keiner wird es jemals schaffen, nicht wahr? Du wirst sie den Hardmontons zurückgeben, was für dich und für Lucas die beste Lösung ist. Denk außerdem dran, Billy auf Trab zu halten, obwohl ich heute Nacht Fotos von den Instandsetzungsarbeiten der alten Gartenanlage angeschaut habe, die recht vielversprechend aussahen. Und bei Gelegenheit sagst du ihm bitte auch, dass ich mit dem Ergebnis sehr zufrieden gewesen wäre. Pass nur auf, dass es ihm nicht zu Kopf steigt.

Aber genug jetzt. Mehr werde ich von deiner Zukunft nicht preisgeben. Das Leben will gelebt werden, jeder Tag soll mit einem unbeschriebenen Blatt beginnen, auch wenn das Gestern gelegentlich durchschimmern wird. Um was ich dich bitte, ist einzig und allein, dass du Nachsicht hast mit Paul. Er wird um seine Mutter trauern, nur ein bisschen später als gedacht.

Ich könnte ewig so weiterschreiben, aber ich muss

Schluss machen mit meinem Geschwätz. Sei nicht traurig. Am Vorabend von Libbys fünftem Geburtstag, wenn der Vollmond auf uns niederscheint, werden wir endgültig voneinander Abschied nehmen.

Bis dann.

In ewiger Liebe und Dankbarkeit,

Jocelyn

DANK

Ich habe wegen Nathan Valentine angefangen zu schreiben. Er war meine Inspiration, und so ist dieses Buch auch ein Teil seines Vermächtnisses. Er war ein Segen für mich, aber die drei Jahre und zehn Monate, die ich ihn bei mir haben durfte, waren viel zu kurz. Mein kleiner Junge hat mich mehr gelehrt, als ich ihm jemals hätte beibringen können, und manche Lektion war schwer. Vor allem hat er mir gezeigt, die Freude im Moment zu erleben und in jedem Augenblick das zu würdigen, was mir gegeben wird. Daher hoffe ich, dass er es mir nicht übel nimmt, wenn nun mein erster Dank meiner Tochter Jessica Valentine gilt, denn ohne sie wäre ich verloren. Sie wächst zu einer wunderbaren, schönen jungen Frau heran und macht ihre Mum sehr, sehr stolz.

Ich muss mich auch bei vielen anderen Leuten bedanken, bei Freunden und Verwandten, die mir in den letzten Jahren geholfen und mich unterstützt haben. Ich kann euch unmöglich alle hier namentlich erwähnen, aber glaubt mir, dass ich es allein euch zu verdanken habe, dass ich es bis hierher geschafft habe. Besonderer Dank gilt meiner Mutter Mary Hayes dafür, dass sie meinen Kindern ebenso eine Mutter war wie mir, an Chris Valentine und Jonathan Hayes für die Ermutigung, meine Träume zu verwirklichen, und an Lynn und Mick Jones: manche Menschen sind mit jemandem gesegnet, den sie ihren Fels in der Brandung nennen können, ich habe zwei davon.

Ein riesiges Dankeschön gilt meinem Agenten Luigi Bonomi für seine Einsicht, seine Anregungen und vor allem den Mut, mein Manuskript auseinanderzunehmen und dann wieder zusammenzusetzen. Großer Dank auch an alle bei HarperCollins, die meinen Traum ernst genommen und ihm Flügel verliehen haben, vor allem an Sarah Ritherdon und Hana Osman, die mich so sanft *und unterstützend durch die für mich gänzlich neue Welt des Verlagswesens geführt haben.*

Schließlich möchte ich den Regenbogenmüttern danken (ihr wisst schon, wer gemeint ist …), die von ihren Söhnen gelernt haben, tapfer zu sein, und die sich gegenseitig Halt gegeben haben. In Erinnerung an unsere kleinen Helden Conor, Connor, Jordan, James und Nathan.

INTERVIEW

Frau Brooke, „Das Geheimnis der Monduhr“ ist Ihr erster Roman – wollten Sie schon immer Schriftstellerin werden?

Der Wunsch zu schreiben war wohl schon immer da, doch mir fehlte das Selbstvertrauen, um tatsächlich damit anzufangen. Ich hatte viele Ideen für Geschichten und eine äußerst lebhafte Phantasie, aber die Zeit verging, und irgendwann sagte ich mir, dass ich schon längst etwas in dieser Richtung unternommen hätte, wenn es mir mit dem Wunsch, Schriftstellerin zu werden wirklich ernst gewesen wäre. Der Verlust meines Sohnes Nathan änderte alles. Als bei ihm Leukämie diagnostiziert wurde, konnte ich kaum noch sprechen, nicht etwa weil ich nicht wollte, sondern weil ich einfach kein Wort mehr herausbrachte. Das war der Moment, als ich anfing zu schreiben. In Form von Gedichten fand ich einen Weg, meine Gefühle auszudrücken, außerdem führte ich ein Tagebuch im Internet.

Als Nathan schließlich starb, schrieb ich nicht einfach nur weiter, sondern ich stürzte mich förmlich in die Arbeit. Es war mir ein großes Bedürfnis, über Nathan zu schreiben, jede wertvolle Erinnerung zu bewahren. Irgendwann merkte ich dann, dass ich nicht mehr mit dem Schreiben aufhören wollte. Im Rahmen meiner Trauerarbeit hatte ich den Traum, Schriftstellerin zu werden wiederentdeckt, und dafür bin ich Nathan sehr dankbar.

Wie sind Sie auf die Idee mit der Monduhr gekommen?

Ich liebe diese Momente beim Schreiben, wenn auf einmal scheinbar aus dem Nichts ein Gedanke auftaucht und wie von Zauberhand die einzelnen Elemente zusammenfügt. Die Monduhr war so ein Einfall. Als ich das erste Kapitel in Angriff nahm, hatte ich noch keine genaue Vorstellung davon, wie die Monduhr aussehen sollte oder wie genau sie funktionieren würde. Ich wusste, dass ich etwas brauchte, das die geheimnisvolle Kraft besaß, Holly in die Zukunft zu transportieren, und irgendwie schien die Nacht der richtige Zeitpunkt für eine Zeitreise zu sein, also ergab sich die Verbindung mit dem Vollmond ganz von selbst. Erst als ich darüber nachdachte, wie der Mond das Licht der Sonne reflektiert, und der Gegenstand, den ich mir ausdenken wollte, wiederum das Licht des Mondes reflektieren sollte, kam mir die Idee, dass auch Zeit reflektiert werden könnte. Plötzlich fügte sich alles zusammen, und die Monduhr war geschaffen.

Die Entwicklung der Regeln, nach denen die Monduhr sich richtet, nahm wesentlich mehr Zeit in Anspruch. Je länger ich darüber nachdachte, wie Holly die Zukunft beeinflussen könnte, desto klarer wurde mir, dass ich ihr zu viel Macht über ihr Schicksal zugestand. Ich erfand die Regeln, um meine Geschichte vor dem Chaos zu bewahren, und die Ein-Leben-für-ein-Leben-Regel war dabei besonders wichtig, denn sie legt fest, dass Holly sich nur zwischen diesen beiden Möglichkeiten entscheiden kann: Ihr Leben oder das von Libby.

Sie haben eine sehr lebhafte Phantasie, gab es für das Haus oder die kleine Stadt ein reales Vorbild?

Das Torhaus und das Städtchen Fincross sind frei erfunden. Das Haus hat sein Vorbild in den vielen, über ganz England verstreuten Häusern dieser Art, die irgendwann von den großen Anwesen separiert wurden, über die sie einst wachten. Das Städtchen geht wohl eher darauf zurück, dass ich zu viele dieser „Unser neues Zuhause"-Dokusoaps im Fernsehen gesehen habe.

Die Atmosphäre des Torhauses hingegen, die Stimmung, die es zu einem perfekten Zuhause für Holly und Tom machen könnte, gründet sich auf einen realen Ort, nämlich das Haus meiner Großeltern. Ich bin in einem Reihenhaus in Liverpool aufgewachsen, und obwohl meine Großeltern ganz in der Nähe wohnten, schien ihr Haus unendlich weit weg zu sein. Sie wohnten in einer typischen Doppelhaushälfte, und dort gab es etwas, was wir nicht hatten – einen Garten. Ich verbinde mit diesem Garten einige meiner liebsten Kindheitserinnerungen und kann mich so lebhaft daran erinnern, wie ich in den mit Werkzeug vollgestopften Tischlerschuppen meines Großvaters schlich, oder wie ich Obst pflückte, damit wir Marmelade und Obstkuchen daraus machen konnten. An einem Apfelbaum, den meine Mutter als Kind gepflanzt hatte, hing eine Schaukel, auf der ich endlose Stunden verbrachte. Es war eine idyllische Umgebung, die zwar in der Stadt verwurzelt war, die man aber ebenso gut aufs Land hätte verpflanzen können.

Ein Buch zu schreiben erfordert wohl einiges an Planung, und der Text muss sicher immer wieder überarbeitet werden. Wie sind Sie an das Projekt „Das Geheimnis der Monduhr“ herangegangen?

Die Grundidee für den Roman hatte ich eigentlich von Anfang an. Ich wollte eine Geschichte erfinden, die den Leser zu jenem entscheidenden Punkt führt, als Holly klar wird, dass sie ihr eigenes Leben für das ihres Kindes opfern muss. Natürlich musste ich das Konzept mit der Zeitreise sorgfältig aufsetzen, damit Gegenwart und Zukunft immer synchron ablaufen können. Aber nicht alles war von Beginn an vorgesehen. Die Figur von Jocelyn zum Beispiel ist definitiv ein Element der Geschichte, das erst während des Schreibprozesses entstand, und mit einigen anderen Ideen ging es mir genauso. Mein ursprüngliches Konzept beinhaltete zwar die Eckpunkte der Geschichte, aber ich fühlte mich nicht sklavisch daran gebunden.

Während der Phase der Redaktion brachten mein Agent und mein Lektor Vorschläge und eigene Ideen ein, die ich auch eingearbeitet habe. Mir war klar, dass meine Geschichte mit jedem Durchgang noch dichter und ausgefeilter wurde. Einfach war dieser Überarbeitungsprozess natürlich nicht. Das Schwierigste daran war, die einzelnen Handlungsstränge aufzutrennen und zu hoffen, dass ich am Ende alle wieder zusammenführen konnte. Ich hätte nie erwartet, dass das so anstrengend sein kann, und ich frage mich ernstlich, wie es meine Tochter Jess in dieser Zeit mit mir ausgehalten hat. Aber wenn ich dann den entscheidenden Einfall hatte, und sich in der Geschichte damit eins ins andere fügte, waren alle Mühen vergessen.

Was ist Ihre früheste Erinnerung an das Schreiben?
Wie ich schon sagte, habe ich mit dem Schreiben erst dann ernsthaft angefangen, als Nathan krank wurde. Davor habe ich allenfalls Limericks über meine Familie gedichtet, die ich an Weihnachten in unsere selbst gebastelten Knallbonbons steckte. Nach Nathans Tod verspürte ich das dringende Bedürfnis zu schreiben, und so beschloss ich, einen Kurs für kreatives Schreiben zu belegen. Ich wollte sichergehen, dass ich der Geschichte, zu der er mich inspiriert hatte, auch gerecht werden konnte. Als ich das Tagebuch abgeschlossen hatte, fing ich an, Kurzgeschichten zu schreiben, um in Übung zu bleiben. Mein erstes längeres Manuskript war der Versuch eines Kinderbuchs. Die Idee dafür trug ich schon jahrelang mit mir herum, hatte sie aber nie umgesetzt. Die Geschichte war auf drei Teile ausgelegt, und ich schrieb gerade am zweiten Teil, als sich die Idee für „Das Geheimnis der Monduhr" in meinem Kopf festsetzte. Da konnte ich nicht anders, als alles stehen und liegen zu lassen und mit diesem Roman zu beginnen.

Fühlen Sie sich einer Figur aus Ihrem Roman besonders verbunden und wenn ja, welcher und aus welchem Grund?
Aus vielen Gründen fühle ich mich vor allem Holly verbunden, zum Beispiel weil sie ordentlich und diszipliniert, aber gleichzeitig kreativ ist. Diese Eigenschaften widersprechen sich oft, aber wenn man ein Manuskript fertigstellen will und eine Deadline einhalten muss, kann diese Kombination durchaus hilfreich sein. Genau wie Holly mag ich Kunst und versuche mich manchmal im Zeichnen, obwohl ich darin nicht annähernd so gut bin wie andere in meiner Familie. Einer der ersten Entwürfe, den Holly für Mrs Bronson macht, geht auf ein Bild zurück, das ich gezeichnet

habe, als Nathan ein Baby war. Es zeigt drei im Kreis angeordnete Figuren, die mich mit meinen beiden Kindern darstellen sollen. Im Gegensatz zu Holly bin ich aber kein Planungstyp, und es würde mir nie einfallen, einen Fünf-Jahres-Plan aufzustellen. Nicht weil ich dafür zu spontan wäre, wie beispielsweise Tom, sondern weil ich einfach nicht darauf vertraue, dass Dinge wirklich eintreffen, bis es tatsächlich so gekommen ist, vor allem wenn es sich um positive Ereignisse handelt … Daher kann ich es auch immer noch nicht recht glauben, dass ich es tatsächlich geschafft habe, meinen ersten Roman zu veröffentlichen.

Glauben Sie an Schicksal und an die Vorstellung, dass jeder von Geburt an einem vorherbestimmten Lebensweg folgt?
Ich habe ein Kind verloren und stelle mir natürlich oft die Frage nach dem „Was wäre, wenn …?". Ich könnte mich mit jeder Entscheidung, die während Nathans Krankheit getroffen wurde, herumquälen. Es wäre daher wohl am tröstlichsten, es mit Jocelyn zu halten und daran zu glauben, dass die Welt gar nicht so chaotisch ist, wie wir meinen, und dass es keine richtigen und falschen Entscheidungen gibt, sondern nur unterschiedliche Wege zum selben Ziel. Tatsächlich glaube ich aber schon, dass das Leben chaotisch ist, daher würde ich nie dafür eintreten, das Schicksal anzunehmen und kampflos aufzugeben. Mein Sohn hat das auch nicht getan.

Wussten Sie die ganze Zeit über, wie „Das Geheimnis der Monduhr" ausgehen würde?
Jetzt muss ich ein Geständnis ablegen, ja, ich wusste es, aber dieses ursprüngliche Ende habe ich nicht verwendet. „Das Geheimnis der Monduhr" setzt beinahe am Schluss der Geschichte ein, als Holly kurz vor den Geburtswehen steht und weiß, dass sie sterben wird. Diese ersten Abschnitte wurden seit der ersten Fassung nur wenig geändert. So wollte ich meine Geschichte abschließen, als ich mit dem ersten Kapitel begonnen habe. Hollys Opfer half mir

dabei, meine Frustration zu bewältigen, und ich zweifelte keinen Moment daran, dass sie ihr Opfer bringen müsste. Erst als ich anfing, mehr über Jocelyn zu schreiben und ihre Konturen genauer herauszuarbeiten, bekam diese Figur ein eigenes Leben. Es war einer jener magischen Momente der Inspiration, als ich begriff, dass ich ihr unfreiwillig eine entscheidende Rolle in meiner Geschichte zugeschrieben hatte. Hollys Rettung geht wohl nicht auf mein Konto, das war vielmehr Jocelyns Werk.

Können Sie uns schon etwas über Ihr nächsten Buch verraten?

Mein nächstes Buch handelt von eine jungen Frau, die gegen eine Krebserkrankung kämpft. Sie hoffte, den Krebs bereits besiegt zu haben, als er erneut ausbricht. Sie fühlt, dass ihr ihre zweite Chance genommen wird, und beginnt aufzuschreiben, wie ihr Leben hätte verlaufen können, und wie sie es hätte leben wollen. Bald stellt sich heraus, dass sich die Ebenen ihres Schreibens und ihres Lebens vermischen, und sie ist sich nicht sicher, ob das eine Nebenwirkung ihres Gehirntumors ist oder reine Magie. Auch die Idee für diese Geschichte geht auf meinen Sohn zurück. Nathan war erst drei Jahre alt, als er starb. Deshalb kann ich mich nur an die Dinge halten, die er in seinem kurzen Leben getan hat, um mir vorzustellen, was aus ihm geworden wäre, wenn er hätte aufwachsen dürfen. Er hat sich zweimal verliebt, einmal in die Freundin meines Neffen und einmal in eine Krankenschwester auf der Krebsstation. Er war sehr höflich und zurückhaltend, gleichzeitig schummelte er aber beim Kartenspielen und bestand darauf, auf dem Weg in den Operationssaal seine Thomas-die-kleine-Lokomotive-Sonnenbrille zu tragen. Als ihn einmal eine ältere Dame nach seinem Namen fragte, antwortete er „Sexy". – Ich muss einfach immer wieder darüber nachgrübeln, wie sein Leben wohl verlaufen wäre, und meiner neuen Protagonistin geht es genauso …